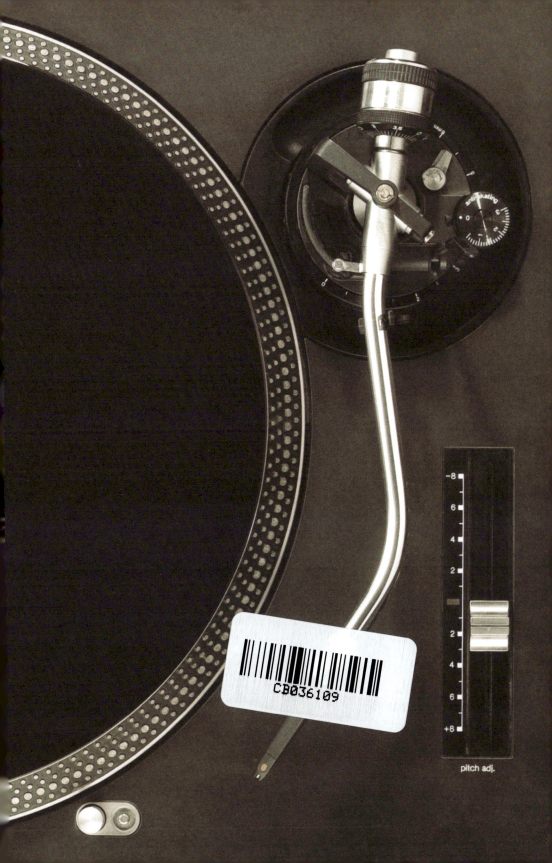

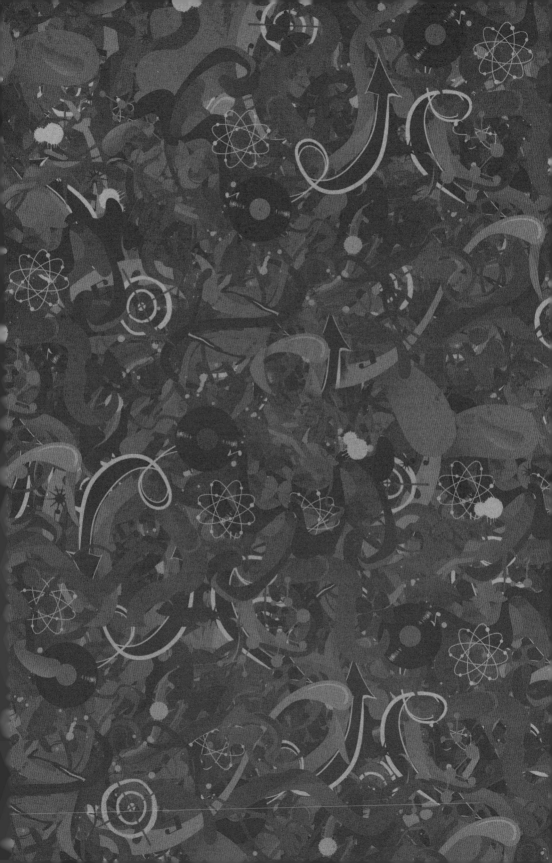

ORANGEBOY
Copyright © Patrice Lawrence, 2016
Todos os direitos reservados.

Tradução para a língua portuguesa
© Cecília Floresta, 2019

Os personagens e as situações desta obra são reais apenas no universo da ficção; não se referem a pessoas e fatos concretos, e não emitem opinião sobre eles.

Diretor Editorial
Christiano Menezes

Diretor Comercial
Chico de Assis

Gerente Comercial
Giselle Leitão

Gerente de Marketing Digital
Mike Ribera

Editores
Bruno Dorigatti
Raquel Moritz

Editores Assistentes
Lielson Zeni
Nilsen Silva

Adaptação de capa e projeto gráfico
Retina78

Designers Assistentes
Aline Martins / Sem Serifa
Arthur Moraes

Finalização
Sandro Tagliamento

Revisão
Camila Fernandes
Solaine Chioro
Retina Conteúdo

Impressão e acabamento
Gráfica Geográfica

DADOS INTERNACIONAIS DE CATALOGAÇÃO NA PUBLICAÇÃO (CIP)
Angélica Ilacqua CRB-8/7057

Lawrence, Patrice
  Cores vivas / Patrice Lawrence ; tradução de Cecília Floresta. — Rio de Janeiro : DarkSide Books, 2019.
  304 p.

  ISBN: 978-85-9454-178-9
  Título original: Orangeboy

1. Ficção inglesa I. Título II. Floresta, Cecília

19-1450   CDD 823.6

Índices para catálogo sistemático:
  1. Ficção inglesa

[2019]
Todos os direitos desta edição reservados à
DarkSide® *Entretenimento LTDA.*
Rua Alcântara Machado, 36, sala 601, Centro
20081-010 — Rio de Janeiro — RJ — Brasil
www.darksidebooks.com

PATRICE LAWRENCE

CORES VIVAS

**TRADUÇÃO
CECÍLIA FLORESTA**

DARKSIDE

Para Josephine, pelo amor, pela fita adesiva e pela extensa seleção de chás. À família, da Inglaterra, de Trinidad e da Jamaica, que me encheu de ideias.

CORES VIVAS
PATRICE LAWRENCE

1

Cara, eu não conseguia parar de olhar pra ela. Quando fechava os olhos, eu ainda a via. Seu cabelo era espesso e loiro, com um cacho que se enrolava na orelha e caía até o ombro. Ela usava rímel preto e delineador verde, e seus lábios estavam brilhantes e úmidos.

Sonya Wilson estava bem ali do meu lado e fazia minha cabeça pirar.

Em volta, rolavam as coisas de sempre no parque. Cada família de Hackney tinha saído pra passear hoje, e todas as crianças de oito anos de idade do mundo gritavam umas com as outras. A fila de carrinhos bate-bate ia além das barreiras até a grama. Pernas se penduravam do topo da Tower of Power enquanto a coisa disparava até metade da Austrália pra despencar depois. O Octopus jogava gente aos berros pra cima e pra baixo.

Todo esse barulho brigava com a música e a música lutava contra ela mesma. Era aquele velho e maldito *mashup*, os Beatles com Frank Sinatra misturados com Michael Jackson. Mas tinha o som de um baixo abafado: tum, tum, tum, como o meu coração.

E se eu me esticasse e tocasse o peito da Sonya pra ver se o coração dela também batia desse jeito? Nossa, ela me daria um tapa que me faria voar de Hackney até o Havaí! Eu ri.

"Qual é a graça?", ela perguntou, olhando em volta.

"Nada, não."

Ela sorriu.

"Só você mesmo."

Sonya pagou pelos cachorros-quentes e me ofereceu um. Passou mostarda *e* ketchup, um "S" no meu e duas linhas retas no dela. Eu deveria ter avisado que odeio mostarda, mas era um "S" de Sonya, como se ela estivesse se entregando pra mim. Minhas células cerebrais brilhavam, cheias de bolhas de serotonina. É isso o que o ecstasy faz com você; faz cócegas dentro do cérebro. Sorri, pro vendedor de cachorros-quentes, um funcionário, qualquer pessoa.

"Experimenta", disse Sonya.

Mordi um pedaço do cachorro-quente e o pão grudou no céu da minha boca.

"Gostou?"

"Hmmm..."

Me forcei a engolir. Uma boa quantidade de mostarda bateu no fundo do meu estômago, o pão e a salsicha rosada se misturando com o molho. Minha barriga se revirou, pronta pra rejeitar aquilo. Sonya estava olhando pra mim, então dei outra mordida e ela aprovou, balançando a cabeça. Meus circuitos cerebrais piscavam que nem as luzes da montanha-russa.

"É melhor colocar isso pra dentro agora. Quando a bala bater de verdade, você não vai querer comer nada. A não ser eu mesma, quem sabe."

Senti minhas bochechas esquentando. Sonya não pode ter dito uma coisa *dessas*. Essas garotas do sul de Londres devem usar as palavras de uma forma diferente. Ela pegou minha mão e eu estava sorrindo outra vez. Devia estar parecendo o PacMan. Enrosquei os meus dedos nos dela, mas não apertei muito porque senão ela sentiria que estavam suados. Devia ser a droga de novo...

Ou só a sensação de tocar a pele dela.

Ficamos um do lado do outro observando o parque. Será que ela via a mesma coisa que eu? O mundo meio dourado e brilhante?

"Acho que agora bateu", eu disse.

"Você só tomou um quartinho, Marlon. Mas é sua primeira vez, e a primeira vez é sempre melhor", ela respondeu, encolhendo os ombros.

Rá.

Talvez eu devesse ter ficado quieto. Eu poderia ter dado uma de Yasir ou um desses bocas-abertas. Se o que diziam era verdade, os caras deviam ter fumado o próprio peso em maconha quando tinham seis anos de idade.

Passei a língua pelo céu da boca.

"Será que eu pego mais uma bebida?"

Ela revirou os olhos.

"Você tá legal. Um quartinho não é nada."

Parecia que eu estava começando a ser meio ridículo, então soltei um suspiro profundo bem baixinho e coloquei o braço em volta dos ombros dela, sem pesar muito, de boa. Ela não se mexeu, mas o braço *dela* continuou onde estava.

"Você tava certa", eu disse. "É muito melhor que estudar."

"É mesmo."

"Minha mãe vai pirar."

Sonya fez uma cara triste.

"Você vai contar pra ela?"

"Claro que não!"

"Então qual é o problema?"

Minha mãe é uma espécie de deusa desconhecida que tudo vê.

"Nenhum. Olha!" Era uma daquelas barracas onde você pode escolher um monte de doces. Eu ainda tinha uma nota de vinte no bolso. "Tá a fim?"

"Não. Vamos dar uma volta antes que a coisa pegue mesmo. Você não vai curtir ter um monte de gente perto quando a bala te deixar maluco."

Eu pisquei. O mundo havia ficado cinza outra vez.

"O lance não faz isso, né?"

Ela suspirou.

"Tô zoando! Já tomei várias vezes e tô ótima."

Sim, ela estava. Mais do que ótima, mas seria muito estranho se eu comentasse isso assim, então desviei do assunto.

"Cê vai querer fazer o que depois daqui?"

"Sei lá. Ainda tem uns lances por aqui."

Ela pareceu meio entediada. Eu tinha que parar de ser tão paranoico. Garotas que nem a Sonya percebem esse tipo de coisa na hora.

"Beleza, cê que manda", respondi, sorrindo.

Mas Sonya deve ter percebido alguma coisa na minha voz. Ela escapou do meu braço e virou, ficando de frente pra mim. O rosto dela era diferente desse ângulo, e, quando ela sorriu, as bochechas ficaram maiores e arredondadas, que nem as de uma criança. Ela segurou minha mão e apertou meus dedos. Ah, sim! Agora minha cabeça parecia uma lâmpada gigante. Talvez desse pra ver da lua; não, mais longe, até. Um astrônomo alfa-centauriano, a trinta trilhões de quilômetros, estaria pensando nesse novo ponto brilhante que surgiu na Via Láctea.

O dedinho dela veio limpar o canto da minha boca. A trinta trilhões de quilômetros, uma lente rachou por causa do calor.

"Ketchup", disse ela. "Na boa, isso não é *nada* legal."

Ela tirou a outra mão da minha, pegou um lenço da bolsa e limpou a minha boca. Mesmo depois que ela parou, eu ainda sentia seu dedo ali.

"Por que você pensa no depois se estamos aqui agora?", ela perguntou. "E mesmo que a gente não faça nada mais tarde, amanhã é certeza. Hoje é como se fosse, sei lá, a entrada. E, amanhã, o prato principal."

Nossos dedos estavam enroscados de novo, numa mistura de preto e branco. Minha mãe não gostaria de saber que eu saí com uma menina branca, mas talvez a família da Sonya não tivesse nenhum problema comigo. Eu precisava dar um jeito de perguntar isso pra ela. Não agora. Na próxima vez ou depois.

E Tish? O que ela vai dizer quando descobrir? Ela deveria ficar feliz por mim. Seríamos iguais.

Sondei a multidão. Fiquei imaginando se o boca-aberta do Yasir ou o besta do Ronnie estivessem aqui. Ou o Amir ou o Saul, ou qualquer um desses idiotas. Fui repassando a cena na minha cabeça. Eles estariam dando um rolê e daí veriam Sonya e eu. Iam ficar de cara. Eu ia soltar a mão da Sonya e colocar o braço em volta da cintura dela, tudo em câmera lenta. Então a gente continuaria andando, deixando os caras em choque.

Eu sei que é bobo. E, sim, todo mundo olhava pra ela, mas tinha algo a mais. Eu tinha vontade de fazer Sonya rir. Queria tocar o braço dela. Queria que ela soubesse como eu perdia a respiração quando ela olhava pra mim.

"Olha! O Dizzy Drum!", ela disse, me puxando.

"Mas a gente acabou de comer cachorro-quente!"

"E daí? Vamos!"

Dizer "não"? Sem chance. Eu só tinha que parar de pensar no caos que seria se eu vomitasse lá.

Entreguei as fichas amarelas pra um cara do parque e entramos. Sonya se espremeu contra a parede e eu fiquei do lado dela. As pontas dos nossos dedos se tocaram quando a coisa começou a girar.

"Vamos lá!", ela gritou.

Fui jogado contra o metal como uma mosca morta; meu cachorro-quente já tinha virado uma maçaroca. O chão fugiu da gente e Sonya se transformou num borrão de gritos e blusa rosa. Nossos dedos se separaram e agora eu não conseguia virar a cabeça e olhar pra ela. Era Sonya quem estava gritando ou a garota na minha frente? Ou eu? O sangue pulsava na minha cabeça, achei que ia explodir igual a mostarda. Eu engoli, engoli, engoli.

A coisa foi diminuindo de velocidade e parou. Sonya agarrou a manga da minha camiseta, rindo.

"Tá tudo bem, Marlon?"

"Arrã, tudo certo."

Ficamos ali parados, nos olhando por um tempo. Nossas mãos se uniram de novo e a gente saiu cambaleando junto, o ombro dela encostado no meu e seu cabelo batendo no meu rosto.

Se tivéssemos filhos juntos, como eles seriam?

Filhos? Mas a gente nem se beijou ainda!

Se eu beijasse Sonya agora, ela teria gosto de cachorro-quente e curtição. Tudo que eu tinha que fazer era trazer Sonya pra perto de mim, colocar a outra mão nas costas dela e me inclinar um pouco.

Ela estava olhando pra mim.

"No que você tá pensando, Marlon?"

"Naves espaciais."

Mas que merda eu tinha na cabeça?

De qualquer forma, ela não saiu correndo.

"Por quê?", ela perguntou, rindo.

Eu tinha que responder alguma coisa, mas minha boca se transformou numa forma de vida independente.

"O parque. Todo esse barulho me lembra a partida de uma nave espacial. As luzes acendem quando o motor liga e a gravidade vai diminuindo e..."

Tão rápido quanto ganhou vida, minha boca morreu.

"Hmm... certo." Sonya ficou parada e soltou minha mão, mas tudo bem. Ela estava fazendo carinho nas minhas costas agora. Na coluna. Bem no meio. "Os caras devem ter colocado uma coisa muito boa nessas balas."

Meu estômago roncou, mas continuei de boa.

"Tipo o quê?"

"Um pó mágico", ela respondeu, sorrindo de novo.

Fiquei esperando Sonya sair andando direto pro telefone para contar pras amigas sobre o idiota que ela dispensou no parque. Mas isso não aconteceu. A mão dela abriu caminho pelas minhas costas e ela começou a brincar com os cabelos da minha nuca. Meus folículos formigaram e minha pele buscou seus dedos como um gatinho feliz.

"Vai, Marlon. Me conta mais sobre a nave", ela pediu.

Foi como se minha boca tivesse ganhado vida com um beijo.

"Eu sei que é meio esquisito, mas meu pai foi um nerdão. Ele não gostava só de *Star Trek* original, mas de tudo, tipo *A Nova Geração*, *A Ira de Khan*, tudo. E de *Star Wars* e *Blade Runner* também. Até coisas mais antigas, que nem *Espaço: 1999*.

Ela enfiou os dedos no meu boné e torceu uma das minhas tranças.

"Talvez todo mundo aqui seja alienígena, e só a gente seja humano."

"Algumas pessoas pensam assim de verdade", respondi.

Ela arregalou os olhos.

"Sério?" Seu dedo desceu até a minha nuca e sua rota foi interrompida pela minha camiseta. "Continua falando!"

Sonya desenhava formas no tecido, fazendo círculos em volta daquela saliência no fim da coluna. *Fala, Marlon!*

"Vai! Me conta alguma coisa sobre abdução e tal", pediu ela.

"Na real, não é abdução. Algumas pessoas têm uma coisa esquisita no cérebro, elas não conseguem se lembrar do rosto dos outros. O nome é prosopagnosia."

Por sorte, eu não a acertei com o balde de cuspe que soltei dizendo isso.

"Então elas não reconhecem ninguém?", ela perguntou, erguendo as sobrancelhas como se estivesse impressionada.

"Tipo isso. É mais como se elas não lembrassem o que é um rosto. Pensam que poderia ser um guarda-chuva, um chapéu ou, sei lá, uma banana. Daí podem achar que a mãe delas é um alienígena ou qualquer coisa assim."

Sonya suspirou fundo.

"Arrã, acho que entendi. Às vezes eu penso que minha mãe veio de outro planeta. Como você sabe de tudo isso?"

"Tá ligada o meu irmão?"

Ela concordou com a cabeça.

"Quando ele tava no hospital, os médicos deram pra mim e pra minha mãe um monte de textos sobre neurociência. E aí, sei lá, eu comecei a ler."

"Legal. Talvez você possa ser neurocirurgião."

"Quantos neurocirurgiões de Hackney você conhece?", falei, rindo.

Ela cutucou minhas costas.

"Deve ter alguns. Ou você poderia ser o primeiro. Você pode, Marlon, na real."

Era isso. Agora. Com o rosto dela inclinado, olhando pra mim com aquele sorriso. Ela tinha covinhas! Como eu não notei antes? Talvez ela não tivesse sorrido assim ainda. Minha garganta arranhava e minha boca tinha gosto de metal, mas eu consegui encostar meus lábios nos dela. Um começo.

Passei os braços ao redor dela, que se aproximou como se conhecesse o procedimento. Ela não me deixaria fazer aquilo se não estivesse gostando, mas estava, porque seus dedos estavam de novo no meu pescoço. Ela olhava diretamente pra mim. Ao meu redor. Atrás de mim.

Sonya deu um passo para trás, tirando a mão. Minha pele parecia querer alcançar aquela menina. Eu precisava que ela me tocasse de novo.

"Desculpa", eu disse. "Eu achei que você..."

"Agora não." Foi como se ela tivesse criado um campo de força ao redor dela.

"O que foi?", perguntei, tocando no braço de Sonya.

Ela balançou a cabeça, se separou de mim e saiu procurando alguma coisa pelo parque. Fiquei ali parado olhando pra grama amassada cheia de lixo. Será que isso era uma brincadeira pra ela? Um amigo estava filmando tudo isso pra colocar no YouTube? Não. Eu estava ficando paranoico de novo.

"Sonya!", chamei. "Espera!"

O brilho da sua blusa rosa desapareceu entre a multidão. Apertei os olhos. Ela não estava sozinha. Tinha três caras em volta dela, bem perto. Um deles era um garoto negro com tranças rasteiras. Ele e um garoto branco magrelo com uma bicicleta estavam ao lado da Sonya. Vi que tinham a mesma idade que eu, mas não reconheci nenhum deles. O terceiro estava de boné e capuz, então não consegui ver o rosto dele direito. Era mais alto que os outros dois, talvez um pouco mais velho. Então o menino negro virou e me deu uma encarada bem feia.

Mas que merda...?

É o namorado dela. O cara veio buscar a Sonya.

Baixei os olhos, depois olhei de novo. Ele estava indo embora, os outros dois logo atrás. Senti uma coceira em algum lugar no fundo do cérebro. Quem era ele?

"Sonya!"

Saí correndo atrás dela. Todos os pais com crianças olhavam pra mim, depois pra ela e então pra mim de novo. Ninguém saía do caminho. Ela estava bem ali na frente, ao lado do trem fantasma, com a mão no rosto. Os olhos estavam fechados. Parei na frente dela, fiz que ia tocar o seu ombro, mas abaixei a mão.

"Por que você saiu correndo daquele jeito?"

Ela abriu os olhos e me encarou.

"Pensei que ia vomitar", respondeu ela, finalmente. "Mas tô melhor agora. Acho que foi aquele brinquedo."

"Aqueles meninos tavam incomodando você?"

"Eu conheço os caras."

"Arrã, o negro. Acho que também conheço de algum lugar."

"Pode ser. Não sei nada da sua vida", ela disse, encolhendo os ombros.

Sonya?

"Eu... Eu pensei que um daqueles caras era seu namorado ou coisa assim."

"O quê? Você acha que eu fico pulando de um cara pro outro? Você acha isso mesmo?"

Não! Eu escolhi as palavras erradas!

"Fala sério, Marlon! Se é assim que você pensa, então pode se mandar agora. Na real, de repente é melhor se você fizer isso."

Ela estava pálida e com os olhos apertados, como se houvesse muita luz em volta.

Fiquei quieto por um tempo, tipo quando o Andre ficou puto da vida comigo daquela vez, e maneirei no tom de voz. Teste o terreno: "Você não acha que a bala está deixando a gente meio esquisito?".

"Não, Marlon! Eu não acho!"

"Tem certeza?"

"Cai fora e me deixa em paz!"

Ela falou tão alto que as pessoas da fila se viraram pra ver o que estava acontecendo.

"Tá certo", eu disse baixinho. "Eu vou."

Mas nenhum de nós se mexeu. Então Sonya cobriu os olhos com as mãos fechadas e curvou o corpo. Quando ela tirou as mãos, tinham umas manchas verdes de delineador nas bochechas dela.

"Foi mal, de verdade." Ela colocou as mãos nos meus ombros e encostou a cabeça no meu peito. "Eu não quis ser babaca. Minha cabeça tá doendo como se eu tivesse levado um tiro bem no meio da testa."

"A gente pode ir pra um lugar mais de boa se você quiser."

"Não, vou ficar bem. Parece uma enxaqueca, vem e vai muito rápido."

Não respira muito alto. Não balança a cabeça dela. Não provoca a Sonya de novo. Só...

Então eu a abracei, respirando bem devagar, como se estivesse tentando atraí-la pra dentro de mim. Fechei os olhos e deixei que meu queixo encostasse no topo da cabeça dela. Um bando de crianças passou por nós, pulando e cantando o refrão de "Thriller". Mas beleza, porque eu consegui segurar Sonya bem firme.

"Valeu, Marlon. Tô me sentindo um pouco melhor."

"Legal."

"Eu pareço estar bem?"

"Arrã, muito bem."

Perfeita.

"Você não ia dizer nada se eu estivesse horrível, né?", ela riu.

Pensei que seria melhor se eu tivesse repassado essas coisas com Tish primeiro. Ela teria me contado qual seria a resposta certa pra esse tipo de pergunta.

Sonya estava mexendo na bolsa, provavelmente procurando seu lenço de novo. Ela deu uma olhada ao redor e colocou um lance na palma da minha mão. Daí fechou meus dedos em volta de um saquinho plástico.

"O que você tá fazendo?", perguntei, olhando pra minha mão.

"É um presente", ela respondeu. "A gente pode dividir."

"O que é?"

Ela revirou os olhos.

"Você sabe o que é. Aí tem seis."

Eu estava segurando seis comprimidos de ecstasy.

"Não posso ficar com isso."

"Por que não?", ela perguntou, fechando a cara.

Porque minha mãe acha que eu tô em casa com o nariz enfiado num livro e ela teria um ataque se descobrisse o que eu tenho na mão.

Porque garotos como eu não andam por Hackney com o bolso cheio de drogas.

Porque...

"Não posso, só isso."

Ela encolheu os ombros e cobriu minha mão fechada com a dela.

"Cê não tá gostando disso, Marlon? Você e eu juntos?"

"Sim..."

"A gente pode fazer um piquenique amanhã se o tempo estiver bom. Daí a gente toma mais meio cada um, deita lá e fica curtindo o lance. Mas tudo bem", ela disse, animada. "Eu sei que você deveria estar estudando. Não quero criar problema."

"Desculpa. Eu não posso mesmo."

Ela piscou bem rápido duas, três vezes e sorriu. Uma mão dela estava cobrindo o meu punho e a outra se movia pelas minhas costas, os dedos pressionando minha camiseta contra a pele.

"Não é justo eu me arriscar sozinha", ela disse. "Se eu for um pouco malvada, você tem que ser malvado também. Podemos ser malvados juntos."

Amanhã, deitados lado a lado num cobertor, olhando as nuvens, seu cabelo loiro como o sol. Eu me inclino por cima dela, ela fecha os olhos, se levanta um pouco e me puxa pra perto. Ela estava me olhando de novo. Seus lábios ainda brilhavam. Se eu os beijasse, minha boca brilharia também?

"E aí?", ela perguntou.

Enfiei o saquinho bem fundo no bolso do meu jeans. Fiz menção de colocar o braço em volta dela, mas ela escapou.

"Ei!", ela disse. "Vamos andar nisso aqui!"

"O trem fantasma? Essas coisas são sempre uma merda!"

Ela fez carinho com o polegar na parte de trás dos meus dedos. Foi como acionar uma alavanca; uma represa se abriu e todas as minhas endorfinas foram liberadas. Ela mexeu os lábios bem perto da minha orelha.

"Lá dentro é escuro. Dá um jeito nisso, você consegue."

"O quê?"

"As balas. Sabe? Guarda na cueca. Daí elas ficam seguras."

Como ela sabia disso? Eu só sabia porque era um truque dos amigos do Andre. Às vezes eles até usavam duas calças pra ter certeza de que os bagulhos ficariam bem muquiados.

"Ah, beleza", eu disse.

Entreguei mais algumas fichas amarelas pra um cara de jaqueta vermelha. Ele pareceu reconhecer Sonya. Como resposta, eu só sorri.

O carrinho era bem apertado, e olha que a gente nem estava acima do peso. A barra de segurança apertou minhas coxas. Meu jeans roçava na Sonya e o quadril dela esmagava o saquinho no meu bolso. Eu nunca ia conseguir tirar esse negócio do bolso e colocar dentro da cueca se ela não me ajudasse.

Credo, Marlon. Mais respeito! Meu irmão já devia ter tomado a iniciativa com uma ou duas meninas quando tinha a minha idade. Mas eu não queria *qualquer uma*. Eu queria uma menina, esta aqui, sentada do meu lado. Depois de sair, eu iria ao banheiro químico pra esconder as balas.

Apoiei meu braço no assento, as pontas dos meus dedos nos cabelos da Sonya. Alguns milímetros mais pra baixo estava a cabeça dela, cheia de coisas. Queria poder enxergar esses pensamentos.

O carrinho, batendo contra a porta, entrou na escuridão total e o ar pareceu oscilar com o barulho.

"Minha mãe e meu pai levavam a gente pra Littlehampton", contei. "Eu tinha só quatro anos, mas mesmo assim sabia que o trem fantasma era um lance muito ruim."

Ela não respondeu, mas talvez nem tenha escutado. Era difícil ouvir qualquer coisa com aquela loucura, rangidos e gritos, correntes arrastando e portas batendo com uma intensidade que deveria servir pra que a gente parasse de pensar na tristeza de tudo. Olhei pra dentro daquela escuridão. As luzes acenderam, revelando bruxas cinzentas com enormes narizes e ossos de plástico com cor de manteiga velha. Um ogro berrou num canto e uma criança gritou mais longe. Não pareciam sinceros.

Mas a luz era estranha, como se um buraco tivesse engolido todos os tons mais claros. Olhei pras minhas mãos; estavam cinzentas. Os dedos da Sonya apertaram a barra de segurança e daí ela relaxou de novo. Cobri a mão dela com a minha, como ela tinha feito comigo.

Um zumbi espichou a cabeça de um buraco e gritou pra gente. Eu ri.

"Olha isso! Dá pra ver as cordas segurando o boneco."

Sonya não respondeu, nem mesmo olhou pra mim. Talvez, e meu peito dói quando penso nisso, talvez ela não quisesse realmente estar comigo.

A gente parou. Recolhi o braço e, por um momento, meus dedos ficaram presos no cabelo dela. Ainda nenhuma reação. Daí eu me virei, mas Sonya ficou olhando direto pra frente. Um cara que trabalhava no parque soltou as barras do carrinho da frente. Ele estava balançando uma cabeça decepada, fazendo as crianças pequenas gritarem. Era uma coisa de plástico e borracha com olhos que rolavam pra cima e pra baixo.

"Sonya?"

A cabeça decepada estava vindo na nossa direção. O que ela faria se eu jogasse as balas no colo dela e saísse correndo?

"Sonya?"

O cara do parque estava parado na nossa frente, com a cabeça balançando na mão. Seus lábios se mexiam, como se ele estivesse cantando uma música pra ela.

"Sonya!" Cutuquei o seu ombro. Ela abaixou a cabeça e suas mãos ainda estavam segurando a barra. Uma mancha brilhante de mostarda reluziu na manga da roupa dela.

Deus...

Seu pescoço estava todo curvado de um jeito bem estranho. Se eu me virasse, se piscasse bem forte e devagar, ela levantaria a cabeça e riria de mim. Devia ser zoeira. Não podia ser real.

A barra foi levantada e o cara tirou Sonya do carrinho enquanto eu saí tropeçando atrás deles. Alguns estranhos deitaram Sonya no chão, mãos pressionando o peito e fazendo o corpo dela sacudir. Um homem forçando o ar através dos lábios — *brilhantes* — dela. O silêncio quando o socorrista se levantou.

E aquele cara com as tranças estava bem ali, atrás da barreira.

Não, tudo aquilo devia ser uma falha cerebral, o ecstasy batendo muito forte.

O grito se formando no fundo da minha garganta — isso era bem real.

CORES VIVAS
PATRICE LAWRENCE

2

Um cara de jaqueta sinalizadora, com o braço em volta dos meus ombros, me arrastava. Eu não conseguia andar; minhas pernas cediam.

"Calma", ele disse. "Eu estou aqui."

Fiz um esforço pra olhar pra trás, além do amontoado de gente, em direção àquela forma deitada no chão. Tinham estendido um casaco sobre o peito da Sonya. Um homem ajoelhado do lado dela cobria o rosto com as mãos. A mulher que estava de pé atrás dele balançava a cabeça. E o cara de tranças não estava em lugar nenhum.

"Pra onde a gente tá indo?" Minhas palavras se perderam no ruído das sirenes que vinham na minha direção. Uma ambulância estacionou perto do brinquedo, seguida por carros e vans da polícia.

"Você precisa sentar."

Nem notei quando o cara foi embora. Eu tinha sido passado pros guardas. Uma policial colocou o braço em volta dos meus ombros, bem de leve, como eu tinha feito com Sonya. O outro guarda tinha cara de quem deveria remar num barco viking. Ele me olhou de cima a baixo.

"O que aconteceu?" As palavras soaram meio estranhas, mas eles devem ter entendido.

A policial se manifestou.

"Precisamos da sua ajuda pra descobrir."

Eles me levaram até uma dessas barracas em que a gente lança argolas pra ganhar um prêmio. O Viking arrastou três cadeiras vermelhas de plástico. Eu precisava muito me sentar.

"Eu sou a oficial Bashir. Qual é o seu nome?", a mulher perguntou.

"Marlon. Marlon Sunday."

Ela apontou com a cabeça pro Viking.

"Este é o oficial Sanderson. Marlon, precisamos fazer algumas perguntas. Antes de começar, você gostaria de beber alguma coisa? Água? Chá?"

"Eu..."

Por um momento, a visão que eu tinha da policial ficou embaçada. Todas aquelas luzes que atravessavam meu cérebro tinham se apagado de repente e eu me afundei na mais completa escuridão. Agarrei as beiradas da cadeira pra não cair pra frente. Enquanto me mexia, acabei apertando o saquinho de balas, um cutucão do tipo "ei, olha eu aqui". Se os policiais não ouviram aquilo, só poderiam ser surdos.

"Marlon? Você está bem?", Bashir perguntou, parecendo preocupada.

O Viking não parecia dar a mínima. Se eu caísse ali no chão, é provável que ele reclamaria por ter que passar por cima de mim.

Mas que piada horrorosa. Você aqui sentado, vivo, e Sonya...

Alguma coisa pesada e azeda subia pela minha garganta. Me esforcei para engolir em seco.

"Eu poderia, por favor, beber um chocolate quente?"

O Viking me lançou um olhar irritado, mas Bashir sorriu.

"Tenho certeza de que podemos arranjar um pra você."

Ela chamou um daqueles guardas de jaqueta amarela. Olhei pro outro lado do parque. A polícia tinha chegado depressa; eles já deveriam estar por aqui, dando uma olhada nas pessoas. Eu acho que isso vem acontecendo desde que aquele cara foi pego num tiroteio em London Fields. Agora eles andam ocupados. Um guarda estava falando com o funcionário da cabeça decepada; eles deram uma olhada rápida pra mim e o guarda fez algumas anotações. Um bando de policiais isolava o trem fantasma, levando pro outro lado as pessoas que ainda estavam por ali. As crianças devem ter pensado que aquilo fazia parte da atração.

Todos os outros brinquedos foram desligados e as pessoas tiveram que sair de onde estavam; aquelas músicas horríveis foram sendo interrompidas uma a uma até que as únicas vozes que a gente podia ouvir explodissem de megafones, junto com novas sirenes. Alguns imbecis erguiam os celulares pra deixar aquele momento gravado pra sempre.

Este tinha sido o meu plano pra mais tarde: uma foto minha e da Sonya, a primeira coisa que eu veria quando acordasse.

Ela estava bem do meu lado quando...

Eu deveria ter alisado os dedos dela pra guardar o último restinho de calor. Deveria ter acariciado os fios de cabelo que caíam em seus ombros. Porque a vida não pode simplesmente deixar alguém assim tão rápido, pode? Do contrário, a gente não seria capaz de alcançar a vida. Nos hospitais, as pessoas são trazidas de volta o tempo todo.

Meus dedos, dos pés e das mãos, estavam congelados agora, como se de repente fosse janeiro de novo. Mas o céu estava bem azul, com nuvens muito finas, e eu podia ver a pontinha da lua.

"Isto aqui é pra você?", perguntou um funcionário do parque que estava parado na minha frente, segurando um copo de plástico.

"Valeu."

Era uma água marrom-escura fervendo com gosto de creme dental sabor chocolate. Provavelmente tinha saído de um sachê. Mas o calor e o açúcar ajudaram meu cérebro a se concentrar um pouco.

"Só um segundo, Marlon."

Bashir e o Viking foram chamados por um outro guarda e eles se juntaram ali perto. O Viking me olhava por cima do ombro de Bashir. Meu irmão, Andre, devolveria o olhar e ficaria desapontado se o outro não o desafiasse. Mas eu *não era* o Andre. Parei de olhar pro Viking e coloquei a mão no bolso da jaqueta. Eu não estava sendo preso nem nada. Eles não poderiam me impedir de fazer uma ligação. Assim que completei 11 anos, Andre fez questão de me explicar todas as regras.

Eu tinha menos que uma libra de crédito e só um pontinho de bateria. Mãe ou melhor amiga?

Meus dedos pareciam achar que pertenciam a um mendigo bêbado.

Caixa postal não, por favor. Atende, por favor.

"Marlon?"

Valeu! Valeu! Valeu!

"Marlon? Onde você tá? Que barulho é esse?"

"Sirenes. Tish, tô aqui no parque..."

"Eu também! Mas eles tão fazendo algum lance estúpido, fechando tudo e tal. Eu tava bem entediada, de qualquer jeito. Eu ia encontrar um amigo, mas ele não atende."

"Tish?"

"Com quem você veio? Por que não me chamou?"

"Eu vim com a Sonya Wilson."

Silêncio.

"Aquela da escola? Com o cabelo loiro comprido?"

"Acho que ela tá morta, Tish."

Mais silêncio, então uma gargalhada alta.

"Hilário! Doentio, mas hilário. Teria funcionado se você tivesse escolhido outra pessoa. Melinda, quem sabe, ou Bryn. Mas Sonya Wilson? Eu teria que acreditar *nisso* primeiro."

"Ah, é? Valeu, Tish."

Eu desliguei e tentei levantar, mas minhas pernas não funcionavam.

"Ei, calma aí!"

O Viking Sanderson tinha terminado a conversa. Ele veio, encostou num balcão e ficou me observando.

Eu sentei de novo. Bashir falava com um paramédico perto da ambulância. Ela devia estar ali; eles devem ter colocado Sonya numa maca, levaram até lá e depois fecharam a porta. Enterrei a cabeça nas mãos e apertei bem os olhos, mesmo que tivesse que abrir logo depois. Todo aquele amarelo doentio rodava pela escuridão, o cabelo da Sonya, as fichas, a mancha de mostarda na manga da sua roupa. Eu conseguia sentir o cheiro também, me lembrava cachorro-quente velho. Minha testa formigava, pingando de suor. Eu sentia uma ânsia de vômito, mas nada saía de mim. O Viking só ficou ali parado, ainda me olhando.

Bashir voltou bem quando meu celular começou a vibrar no bolso.

"Não vai atender?", perguntou o Viking, levantando as sobrancelhas.

Eu balancei a cabeça.

Os guardas se instalaram e Bashir se inclinou pra mim.

"Qual é o nome da sua namorada?"

Minha namorada.

"Sonya. Sonya Wilson", respondi, tomando um grande gole do chocolate quente.

"Ela tem outro nome? O do meio você sabe?"

Eu prometi que não ia contar...

"Não sei."

"E a data de nascimento dela?"

"Não sei."

"Ela tinha a mesma idade que você, Marlon?"

"Ela tem 17."

"E você?"

"16."

Viking e Bashir se olharam.

"Você tem o endereço dela?", ele perguntou.

Balancei a cabeça.

"Só sei que ela morava em Streatham. É verdade que ela...? Ela tá...?"

"Precisamos do seu endereço, Marlon. E de um número de telefone", Bashir disse, mordendo o lábio.

Passei essas informações pra eles. O Viking até me ligou do celular dele pra ter certeza de que eu tinha passado o número certo. Ele se recostou na cadeira.

"O que você fez com a Sonya?"

"O quê? Nada!"

"Tem certeza?"

Senti uma pressão por trás dos olhos, no nariz.

Aqui, não! Eu não posso chorar aqui!

Bashir interveio.

"Deve ter sido um grande choque pra você." Ela olhou pra baixo por um momento, depois levantou a cabeça e olhou bem nos meus olhos. "Marlon, algumas pessoas disseram que Sonya estava discutindo com você perto do brinquedo. É verdade?"

Concordei com a cabeça, funguei alto uma e outra vez.

Não. Não na frente dos guardas e das pessoas. Não com esses idiotas se debruçando na barreira, doidos pra dar uma boa olhada.

Inspirei fundo e segurei o ar.

"Eu acho que deveríamos ligar pros seus pais, não?", Bashir perguntou, me oferecendo um lenço.

Limpei o nariz e apertei o lenço molhado na minha mão.

"Sua mãe, Marlon. Você pode me passar o número dela, por favor?"

Tentei gaguejar alguma coisa.

"Qual é o nome dela?"

"Jennifer. Jennifer Sunday. Hoje ela está trabalhando. Na biblioteca em Willesden."

"E seu pai?"

"Morreu."

"Ah, sinto muito."

Todo mundo sempre sentia muito. Mesmo que ninguém tenha conhecido o cara.

"Tem mais alguém?"

"Não."

"Então, Marlon", começou o Viking; ele nunca seria a pessoa que oferece lenços. "O que você disse pra deixar Sonya tão chateada?"

"Nada! Ela tava com dor de cabeça!"

"Dor de cabeça?"

"É."

"Ela bebeu alguma coisa?"

"Não!"

A caneta de Bashir estava a postos sobre o caderno dela.

"Mais alguma coisa?"

"Tipo?"

Mordi o lábio. Bashir não parava de escrever. Por que será? Eu não tinha dito quase nada.

Ela equilibrou o caderno no colo e colocou a caneta em cima.

"Você sabe se Sonya tomou alguma coisa que poderia ter feito mal?"

Pó mágico.

As balas deviam estar atraindo os guardas como o anel fazia com Frodo. O Viking estava sentado bem na beirada da cadeira.

"Um estranho tentou salvar a vida da sua namorada. Ele estava na fila com o filho quando percebeu o movimento e foi ajudar. Você o viu depois, não? Não é fácil esquecer esse tipo de coisa."

Eu sabia disso.

Bashir continuou.

"Se Sonya tomou alguma coisa que pode ter feito mal, você também deve ter tomado. E precisa de cuidados médicos."

O Viking balançava a cabeça.

"Pensa no sr. Ibrahim, Marlon. Quando chegar em casa, ele vai ter que contar pra esposa que uma garota morreu na frente dele. Ele vai dizer que tentou de tudo pra salvar a vida dela. Talvez ele passe a vida inteira pensando se não poderia ter feito mais."

"Precisamos saber o que você sabe, Marlon."

Os olhos dos guardas não desgrudavam da minha cara. Meu coração fazia um esforço tão grande que meu corpo inteiro parecia pulsar.

"Não foi nada!" As palavras irromperam de mim.

"O que não foi nada, Marlon?", Bashir perguntou suavemente.

"Ela... Nós... A gente tomou ecstasy."

Agora meu quadril também pulsava — seis batidas num saquinho plástico. Meus dedos roçaram o bolso da calça e tirei a mão dali.

"Quanto?", perguntou o Viking, estreitando os olhos.

Eu não conseguia olhar pra ele. Podia olhar pra qualquer coisa, menos pra ele. Meus melhores Pumas, os sapatos confortáveis de Bashir, os rastros de lama no chão deixados pelas rodas que iam até o trem fantasma, e a ambulância onde Sonya estava.

"Um comprimido? Cinco comprimidos? Dez?" O Viking estava quase gritando. "Quantos, Marlon?"

"Não muito! Só um quarto!"

"Só um quarto?"

"É."

"E você ficou com o resto?"

"O que você quer dizer?"

"Marlon!"

Os guardas olharam na direção da voz. Eu levantei e o Viking também, quase tão rápido quanto eu. Tish estava furando o cordão policial e tentava passar pelos guardas que queriam detê-la. Correndo até mim, ela me abraçou. Meus olhos ardiam e tive que engolir em seco e continuar engolindo pra me sentir capaz de falar alguma coisa.

"Caramba, Marlon! O que tá acontecendo?"

Tentei dizer o nome dela, mas vi, por cima do ombro dela, dois guardas bem altos se aproximando.

"Nós temos que revistar você, Marlon", Bashir disse.

"Do que você tá falando?", Tish perguntou, encarando a policial.

"Tish." Minha língua grudava com a saliva seca.

"Marlon?", Tish virou pra mim. "O que tá rolando?"

"A gente tomou ecstasy."

"Quem? Você? Cê tá zoando, né?"

Não, eu não estava. Ela podia ver muito bem que não. Meu corpo, minhas mãos, tudo tremia. Os guardas pediram que eu me virasse, então estiquei os braços e afastei as pernas. Fechei os olhos, mas isso só fez com que eu sentisse mais fortemente aquelas mãos dando tapinhas em mim, de cima a baixo, como se estivessem tentando tirar pó de alguma coisa. O saquinho se comprimiu contra o meu quadril. As batidinhas pararam, depois já havia dedos no meu bolso, arrancando a coisa dali. Meus braços foram puxados pra trás e as algemas se fecharam com força.

CORES VIVAS
PATRICE LAWRENCE

3

Era uma cela sobre rodas — barras, grades, metal — parada no trânsito. Tish já tinha ido, mas chegou bem perto de ser jogada aqui dentro também, presa.

Preso!

Eles pensavam que a culpa era minha. Sonya Wilson *me* chamou pra sair. Foi a melhor coisa que já me aconteceu. Eu estava bem animado com o nosso piquenique amanhã, queria ver um filme com ela semana que vem. E eles achavam que eu a tinha matado.

A van parou de repente e eu deslizei pelo banco.

Assim que eu chegasse à delegacia, teria que enfrentar minha mãe. Depois de tudo que passamos, prometi que jamais faria com que ela tivesse que ir até uma delegacia por minha causa. Promessa descumprida. Em grande estilo.

Mas a primeira coisa que fiz de manhã, quando minha mãe saiu pra trabalhar e a porta fechou, foi me obrigar a tirar da cabeça qualquer promessa que já tinha feito pra ela. Tomei um banho demorado e vesti meu jeans, aqueles que eu tinha comprado ano passado na American Apparel. Mas hoje era um dia especial. Tirei o jeans e vesti meu Nudie. Estava guardando essa roupa pra uma ocasião do tipo. Será que eu precisava me barbear? Deixar a barba por fazer ou arriscar umas giletadas? Minha mãe não tinha reclamado ainda, então dispensei o barbeador. Experimentei três camisetas, colocando cada uma delas contra a luz pra ter certeza de que não tinha nenhuma mancha esquecida. Andre tinha derrubado suco na camiseta verde, mas não consegui ver nenhum respingo. De qualquer jeito, não importava. A cinza tinha ficado melhor. Eu precisava cortar o cabelo, mas teria que ficar sentado no barbeiro até a meia-noite, ouvindo os caras falando um monte de bobagens sobre as namoradas. Usei um pouco de pomada pra ajeitar minhas tranças, passei creme no rosto e estava pronto pra ir.

A não ser pelo fato de que eu estava três horas adiantado.

Algumas das promessas que eu tinha feito pra minha mãe estavam rastejando de volta pra minha cabeça. Peguei meus livros pra estudar. Coloquei um som do Stevie, uns do Donny Hathaway e da Chaka. Mas Chaka era a favorita da Tish, então não dava. Não precisava dela na minha cabeça. Eu não tinha contado nada sobre Sonya pra Tish e ela ficaria chateada quando descobrisse que escondi isso. Roberta Flack? Não. Ela faz você se sentir como se estivesse dançando uma música lenta com você mesmo no seu quarto. Vamos ao de sempre, o velho vinil do meu pai: *Faces*, do Earth, Wind & Fire. A garota loira no canto superior esquerdo da capa — se o cabelo dela fosse mais comprido, poderia ser a Sonya. E eu? Quem sabe o cara de barba e *black power*, no canto inferior direito, lá atrás. Mas sem a barba e sem o *black*.

Todo esse tempo em que fiquei no meu quarto, desejando que os minutos corressem mais rápido, poderia ter sido um ano atrás.

A van da polícia parou e continuou parada. As portas traseiras se abriram. Um guarda baixinho e magrelo, que parecia um sique,[1] me olhou como se estivesse esperando uma desculpa. É provável que eles tenham feito uma busca, encontraram o nome do Andre e esfregaram as mãos quando descobriram que o irmão mais novo estava chegando. Andre já tinha deixado as ruas, mas ele carimbou bem forte o seu nome na área.

Eles me levaram até a delegacia. Devia ser aquela de tijolos vermelhos perto de casa. Já passei tantas vezes na frente desse lugar, mas nunca entrei, ao contrário da minha mãe, que devia ter uma cadeira com o nome dela ali. A legista me examinou e fez algumas perguntas. Ela disse que a droga já devia ter sido processada pelo meu corpo, como eu tinha tomado só um quarto e nada mais. Eu não deveria tomar água demais nem podia beber nenhum tipo de bebida alcoólica e deveria avisar alguém se começasse a passar mal.

Então eles disseram que minha mãe estava lá. Se eu quisesse, ela poderia esperar numa salinha enquanto eu era revistado. Revistado

---

1 Adepto do siquismo, comunidade religiosa indiana fundada no século xv no Punjab. [Nota da Tradutora, daqui em diante NT]

de verdade. Sim, minha mãe poderia ver enquanto eu tirava as calças e a cueca. Não, eu não queria. Como é que a gente se olharia de novo? Queria conseguir fingir que eu era uma outra pessoa, num tempo e espaço diferentes. E o tempo todo eles ficavam chamando meu nome de uma forma educada, como se estivessem registrando minha entrada numa suíte VIP.

A não ser pelo fato de que a próxima parada era a cela. O fedor me atingiu assim que entrei no corredor. Era uma mistura de vômito alcoólico e esgoto, como se os restos de alguma coisa bem nojenta tirada das sarjetas de Hackney tivessem sido passados nas paredes. Esse cheiro podre grudou na minha boca.

"Você não deve ficar aqui muito tempo", o guarda disse, encolhendo os ombros.

A porta fechou com um barulho. Sentei num colchão fino de plástico, deitei e me encolhi. O suor de centenas de pessoas deve ter passado por aqui, e a saliva também, se fossem babonas. E o ar-condicionado soltava um vento tão forte que poderia arrancar minha pele. Cobri o rosto com o cobertor.

Esse último guarda devia estar de brincadeira. Eles poderiam me manter aqui por um dia, até dois. Ou talvez demorasse mais. Eu tentava respirar, mas o ar era muito pesado. Cobri o nariz com a mão. Depois de mais ou menos quatro minutos sem oxigênio, as células cerebrais são destruídas pra sempre. Talvez eu conseguisse segurar a respiração por cinco minutos.

Não! Eu tinha que parar com isso. Todos os dias, no mundo inteiro, em Londres, em Hackney, as pessoas fazem coisas piores. Seis comprimidos. Era tudo que eu tinha comigo. Mas a quantidade poderia não importar, certo? Os caras que morreram no País de Gales provavelmente só tomaram um daqueles comprimidos vagabundos, que espalhou um monte de porcaria pelo organismo deles. O traficante seria preso quer tivesse vendido um ou vinte comprimidos.

O que eu ia dizer pra polícia?

"Nada." Era a primeira regra de prisão do Andre. "Não diz nada, daí os homens não podem usar nada contra você. Não diz que sim nem que não, fica de boca fechada, que nem o FBI..."

Deixe os guardas fazerem todo o trabalho. Faça com que eles provem que você é culpado. Tinha seis comprimidos no meu bolso. Eu ia negar isso.

E uma menina morta do seu lado. Vai negar?

Eu precisava me acalmar e colocar os pensamentos em ordem ou, quando eles me colocassem na sala de interrogatório, minha boca ficaria descontrolada. Abaixei o cobertor e o ar gelado bateu no meu rosto. Isso ajudou. Agora, organizar pensamentos tranquilos e razoáveis em colunas. Uma lista. Partes do cérebro? Não, essa não, agora não. A tabela periódica, aquela que deixei aberta em cima da cama. Não, assim só consigo pensar em uma página com quadrados vazios.

Música, então.

Faces. Eu tinha olhado bem pra capa — isso poderia ter acontecido meses atrás, anos. Era o décimo disco do Earth, Wind & Fire. Meu pai tinha todos, em vinil, organizados pelo ano de lançamento. Ele pegou o primeiro, *Earth, Wind & Fire*, especialmente enviado dos Estados Unidos, e colocou pra tocar, minha mãe disse, até gastar o disco. Primeira faixa, lado A: "Help Somebody". Nomear todas as faixas, todos os discos, na ordem certa. E se eu acabasse com o EWF, quem vinha depois? James Brown? Talvez. Era um homem que conhecia o interior de uma cela.

A sala de interrogatório era pequena e quente, e o fedor da cela tinha soprado lá pra dentro. Não importa o quanto eu me lavasse e esfregasse, jamais teria cheiro de limpo de novo. O guarda me disse que o defensor público estava a caminho e fechou a porta.

Ela estava lá. Minha mãe. Ela levantou tão rápido que a cadeira na qual estava sentada caiu, as mãos dela levantadas. E ela deve ter sentido uma grande vontade de me mandar pro espaço.

"Ah, Marlon!"

A gente ficou ali se olhando. Daí ela se aproximou, me abraçou bem forte, e uma parte estúpida de mim quase sorriu quando o cheiro da sua manteiga de cacau apagou a podridão da cela.

"Eles trataram você bem?", ela perguntou.

"Sim."

"A revista. Você não queria que eu estivesse lá?"

Balancei a cabeça. Ela levantou meu queixo pra que eu a olhasse. Parecia bem mais velha do que hoje de manhã, como se tivesse aberto um pote de alguma coisa e esfregado dez anos de idade na pele.

"Desculpa, mãe." Ela enxugou os olhos.

"O Jonathan disse que eu podia chamar os advogados dele de novo, mas..."

Você tá esperando que essa confusão termine logo.

"Eu não machuquei a Sonya, mãe. Não sei o que aconteceu, mas não fui eu."

Ela concordou com a cabeça.

"Eu quero acreditar em você, Marlon. Assim como acreditei que você estava no seu quarto com seus livros de química. Porque..." Minha mãe suspirou. "Você entende, né?"

"Sim."

"Você sabe o que vai acontecer?"

"O advogado vai chegar e me entrevistar."

Ela sentou em uma daquelas cadeiras duras de madeira e estava toda concentrada agora.

"Sim", ela disse. "Faz parte do processo. Mas você sabe que eles vão fazer alguns exames na..."

"Sonya."

"Eles vão ver o que tem no sangue dela e comparar com o seu. Tem alguma coisa de que eu precise saber?" Ela segurou minhas mãos. "É difícil, Marlon. Mas se eu tivesse feito essas perguntas pro seu irmão na primeira vez que estive sentada aqui com ele, talvez as coisas tivessem acontecido de outra forma."

Ela estava tentando penetrar meus pensamentos. Relaxei as mãos, mas ela segurou firme.

"Então, o que você me diz? Fala comigo, Marlon."

Olhei além dela, direto pra parede.

"A gente tomou ecstasy."

"Eu sei. Mais alguma coisa?"

"Não."

"Olha pra mim, Marlon."

"Não, só ecstasy. Foi só um pouquinho, um quartinho cada, e ela me deu uns comprimidos..."

Ela soltou minhas mãos, que caíram ao lado do meu corpo.

"Assim ela não seria presa se vocês tivessem sido parados."

"Não! Não foi nada disso!"

"E onde é que você está agora?" Minha mãe se recostou com força na cadeira, olhando ao redor da sala de interrogatório. "Você está na delegacia, Marlon! Você foi detido! E tem que dizer pra eles que os comprimidos não eram seus, tá me ouvindo? Jesus! Por que você concordou com isso?"

Porque amanhã Sonya e eu deitaríamos na grama, juntos, e os meus dois braços estariam em volta dela.

A porta se abriu. Era um cara branco e jovem, com aquele tipo de roupa que eles aparecem usando nas revistas de variedades da minha mãe. Ele se apresentou — Damian, Daniel ou algo do tipo. Forcei meu cérebro a se concentrar, mas ele continuou viajando, voltando pra imagem da Sonya e sua blusa rosa enquanto a gente rodava naquele brinquedo, seus dedos misturados com os meus.

O advogado estendeu a mão pra gente e sentou do outro lado da mesa.

"Certo", ele disse, abrindo uma grande bolsa de couro e jogando alguns papéis na mesa. "Intenção de tráfico." Ele leu algumas linhas e soltou o ar bem devagar. "E uma morte." Falava baixo. "É bom você me contar o que aconteceu."

Quando o advogado e eu encerramos o assunto, os guardas entraram. O sargento era enorme — muito policial pra caber no uniforme médio que ele usava. Seu assistente parecia o Gil Gunderson dos *Simpsons*. Eles iniciaram a gravação, fizeram os procedimentos de introdução e me pediram pra tomar cuidado com o que ia dizer. Se a minha boca soltasse as coisas erradas, eu poderia ir pra cadeia.

O advogado tinha sido claro — os policiais não dariam mole. Era a minha primeira ocorrência e por porte sem intenção de venda — segundo Damian ou Daniel ou poderia até ser Darren —, então eu deveria sair daqui com uma advertência. Eu não tinha nenhum antecedente, e não importa o quanto eles tentassem me ligar ao meu irmão, falhariam. Nem Andre queria que eu me envolvesse no tipo de vida que ele vivia. Se eles quisessem forçar a barra pra construir o caso, poderiam insistir na intenção de tráfico, mas daí teriam de provar que as drogas eram minhas e que eu tinha fornecido pra Sonya.

Talvez — e o advogado pareceu meio envergonhado quando disse isso — Sonya pudesse ter ficha na polícia. Ele percebeu meu olhar e olhou pra minha mãe. Quando ela concordou com o que ele disse, tive vontade de gritar com ela. *A Sonya tá morta! Ela nem pode se defender!*

Mas, por um momento, consegui entender o que minha mãe estava pensando. Uma menina linda e loira morreu. E eu... Eu era um garoto de Hackney com um irmão gângster. Os jornais descobririam isso muito rápido e talvez já estivessem procurando uma foto no Facebook. *Traficante gângster mata garota inocente*, com fotos de nós dois embaixo pra comparação e contraste. As coisas não foram tão ruins no caso do Andre, mas ele chegou bem perto disso. Uma vez ele foi citado e incriminado num jornal local e minha mãe só queria morrer.

Eu me virei e olhei pra ela. Ela estava sentada, dura e ereta, como se estivesse prestes a atacar. O advogado estava do meu lado, pronto pra intervir caso eu quisesse parar a entrevista ou pedir algum conselho.

Você quer me dar um conselho? Me diz como trazer a Sonya de volta.

Eles começaram com o básico — que horas eu tinha chegado ao parque, o que Sonya e eu fizemos lá, em que circunstâncias fomos parar no trem fantasma. Eles concordaram como se tivessem acreditado em mim quando contei sobre a dor de cabeça.

O sargento sentou atrás da mesa.

"Você usa drogas regularmente, Marlon?"

Filho da mãe!

Minha mãe se mexeu na cadeira e senti sua mão firme no meu ombro.

"Não", respondi. "Eu nunca tinha usado drogas antes."

O assistente concordou discretamente com um sorrisinho.

"Nada? Achei que todo mundo hoje em dia fumava maconha. Não é como um rito de passagem? Em vez de um cigarro atrás da garagem, todo mundo fuma um baseado, não é?"

Minha mãe se inclinou pra frente.

"Meu filho não usa drogas."

O sargento se inclinou também.

"A menos que a senhora fique o tempo todo perto do seu filho, sra. Sunday, como pode ter certeza? A namorada dele morreu logo depois de ter tomado ecstasy com ele. A senhora não estava lá quando isso aconteceu."

Minha mãe mexeu a cadeira, daí eu fiquei esmagado entre ela e o advogado. Ela encarou o guarda.

"Eu sei porque me dou ao trabalho de conversar com o meu filho pra saber o que anda acontecendo na vida dele."

O assistente levantou as sobrancelhas.

"Ah, você contou pra sua mãe sobre o ecstasy?", perguntou.

Senti minhas bochechas esquentando. Por sorte, as peles negras são boas pra esconder isso.

"Quer dizer que foi sua primeira experiência com ecstasy?", o sargento perguntou.

"Foi minha primeira experiência com qualquer coisa."

As palavras bateram na mesa, fortes, exatamente da maneira como eu precisava. O olhar da minha mãe queimava a lateral do meu rosto. Ela se recostou e o sargento fez o mesmo, como se estivessem jogando "seu mestre mandou".

"E a Sonya?", ele perguntou. "Foi a primeira vez dela também?"

"Como eu saberia?"

"Isso não ajuda muito." O sargento franziu as sobrancelhas.

"Não mesmo, Marlon", minha mãe concordou, me olhando de cara feia. "Conta pra eles o que você sabe, tá bem?"

Ela abriu sua bolsinha de couro e tirou o saquinho com as balas. Comprei uma Coca pra tirar aquele gosto e ofereci pra ela antes porque eu queria beber depois, sabendo que a boca dela tinha tocado a lata. Você quer saber dessas coisas, mãe?

"Foi a primeira vez que a gente... que a gente saiu", eu disse. "Eu não conhecia a Sonya tão bem assim."

O assistente concordou, como se estivesse tentando ser meu amigo.

"A Sonya Wilson era uma garota bonita. Tenho certeza de que você ficou feliz por ter um encontro com ela."

Pelo canto do olho, vi o pé da minha mãe subindo e descendo. Ela só fazia isso quando estava tentando não ficar tão nervosa por causa do Andre. Ignorei o assistente.

"Você arranjou as drogas pra impressionar a garota."

"Eu não arranjei droga nenhuma."

No canto do meu campo de visão, aqueles movimentos insistentes — o pé da minha mãe estava mexendo mais rápido.

"Uma garota bonita daquelas..."

Como é que o assistente sabia como a Sonya era? Ele tinha levantado o cobertor pra dar uma olhada? Esse pensamento me fez tremer.

"Então quais eram os planos, Marlon? Curtir um pouco no parque e depois? Mais comprimidos? Talvez você pudesse ajudar alguns amigos dela também."

"O que você está querendo dizer com isso?" Minha mãe parecia pronta pra ser presa também.

O guarda nem se mexeu.

"Você é mãe do Andre Sunday. Já deveria saber."

"É sério?" Ela balançou a cabeça. "Faz mais de três anos. Vocês não perdoam nada mesmo?"

O assistente abriu a boca, mas seu chefe interveio.

"Ficamos muito atarefados por aqui nos fins de semana, sra. Sunday. Nos anos oitenta, era a heroína, por toda parte. Agora tem umas boates novas. Na Kingsland Road, aparece um lugar novo toda semana. E, com isso, um monte de crianças que se acham corajosas por ter dado uns passos além dos limites de Islington. Elas procuram alguma coisa pra animar a noite. O que você acha, Marlon?"

"Sei lá."

O sargento brincava com seu anel de casamento, como se fosse tirar, mas a coisa ficava presa naqueles dedos grossos.

"Eu soube que os caras do E15 estão trabalhando em Dalston agora."

"Não sei de nada."

"Eles não eram amigos do seu irmão mais velho, Marlon? Devem ser como se fossem da sua família."

O assistente fingiu pensar no assunto.

"Quais eram os nomes deles? Dibz? Watchman? Por acaso algum deles é familiar?"

"Eu sou a família do meu filho", minha mãe disse, quase num sussurro. "Ele não faz parte de nenhuma gangue nem nada do tipo. E esses encrenqueiros não eram amigos do Andre."

"Claro que não. Desculpa", o assistente disse, tentando fazer uma cara triste.

Minha mãe afastou a cadeira dela, respirando alto. O sargento inflou as bochechas.

"Marlon, tudo que você tem a dizer é que tomou um pouco de ecstasy?", ele disse.

Olhei pro Damian e ele concordou discretamente.

"E o resto era só pra vocês dois", complementou o assistente, parecendo bastante cansado.

"Sim."

"Você e Sonya dormiram juntos?", o sargento perguntou.

Oi?

Eles não tinham entendido nada! Ela era Sonya Wilson! Eu era Marlon Sunday! Ela nem deixou que eu a beijasse.

A cadeira arranhava minhas costas, e minha mãe não disse nada. Os guardas estavam ali sentados, observando, como se as respostas estivessem rabiscadas no meu rosto.

"Por que isso importa?", perguntei.

"O patologista vai examinar a garota, Marlon."

Eles iam cutucar e furar, tirando coisas de dentro dela pra examinar. Talvez cortar Sonya inteira e costurar de volta depois. Ai, meu Deus. Engoli metade do meu copo d'água.

"Você quer fazer uma pausa?", Damian perguntou, alerta.

"Não, tudo bem."

O sargento continuou.

"Vocês dormiram juntos?"

"Não."

"Mas ela era sua namorada?"

"Sim. Não... Mais ou menos."

Os guardas se olharam.

"Não é uma pergunta difícil, Marlon. Ela era ou não sua namorada?", perguntou o sargento.

"Ele já disse. A resposta é não", minha mãe falou, unindo as mãos como se estivesse rezando.

"Então ela não era sua namorada. Certo?", o assistente perguntou.

Concordei com a cabeça.

"Como você conheceu a menina?", o sargento quis saber, girando seu anel mais uma vez.

Não tirei os olhos daquele dedo gordo dele.

"Na escola."

"E vocês eram amigos?"

Balancei a cabeça, negando.

"Você só ficava admirando a garota de longe?"

Idiota! Mas respirei bem devagar. Não daria pra ele o prazer de me ver nervoso.

"Ela tava alguns anos na minha frente. E estudava lá fazia só uns meses."

"Grupos de idades diferentes não se misturam, certo?", o assistente perguntou.

Grupos de idades diferentes? Eu não conseguia me misturar com as pessoas do meu próprio ano, imagina com os outros. Os caras negros mais populares andavam juntos, com alguns moleques brancos no meio. Os turcos eram outra turma. Os alunos que estivessem de olho em uma vaga na universidade viviam em um universo paralelo onde os professores sorriam e pareciam felizes quando os viam.

E onde eu me encaixava? Eu não era nem popular, nem muito inteligente, nem maneiro o bastante pra que alguém me notasse. Eu lia livros sobre o cérebro e ouvia funks antigos. As pessoas olhavam e não me viam. Mas na quinta-feira passada as coisas tinham mudado de repente.

"E então?", minha mãe disse em voz baixa. "Como você e a Sonya se conheceram, afinal?"

"Ela foi em casa."

"O quê?"

E eu me senti como se estivesse viajando pelo espaço quando vi a Sonya lá.

"Mas o que ela foi fazer na nossa casa?"

Por que minha mãe não mudava de lado na mesa pra se juntar com os guardas?

"Ela disse que conhecia o Andre", respondi, olhando pra ela.

"E você convidou a menina pra entrar?"

O assistente parecia estar segurando uma risadinha.

"Então tem uma loira que você conhece da escola parada na sua porta. Você convida a menina pra entrar. E aí?"

"A gente conversou."

"Conversaram." Minha mãe cuspiu essa palavra como se fosse um palavrão.

"É. Conversamos. Ela disse que conhecia o Andre por um amigo, mas que tinha acabado de descobrir o que rolou. Daí ela achou que devia passar em casa pra ver como as coisas andavam."

"Três anos depois. Que gentileza da parte dela."

"É, mãe. Foi uma gentileza."

"Conversaram." A palavra ainda pesava na boca dela.

"Sim."

A não ser pelo fato de que eu apenas respondia e Sonya fazia perguntas, me ouvindo como se estivesse interessada de verdade. Ela nem pareceu sem graça quando eu disse que meu pai tinha morrido ou quando falei sobre o acidente do Andre. Ela disse que tinha coisas estranhas na família dela também. E me contou qual era o seu outro nome, pelo qual só a mãe dela a chamava.

A gente combinou de se encontrar de novo no parque, sábado.

O sargento enxugou o rosto com a mão, fazendo a pele esticar, e consegui ver aquela parte rosa por trás da sua pálpebra inferior.

"Quem deu as drogas pra você, Marlon?"

Andre sempre dizia que a gente nunca deveria caguetar. Nunca. Mordi o lábio.

"Os amigos do seu irmão?"

Meus dentes logo abririam caminho na pele. Senti gosto de sangue.

"Quem deu as drogas pra você, Marlon?"

"Marlon." A mão da minha mãe estava nas minhas costas de novo, como se ela quisesse comprimir a resposta até que ela saísse de mim. "Conta a verdade pra eles."

Caguetar a garota morta? Colocar toda a culpa numa pessoa que nem tá aqui pra se defender?

Minha mãe aumentou a pressão nas minhas costas, bem perto do ponto em que os dedos da Sonya estiveram.

"Diz pra eles o que você me contou, Marlon. Fala de onde as drogas vieram. Por favor."

"Por favor." Essas palavras pareceram sair do fundo da sua alma.

Concordei com a cabeça e a pressão nas minhas costas diminuiu. Me forcei a olhar o sargento nos olhos.

"Os comprimidos não eram meus. Eram da Sonya."

Os guardas se olharam.

"Você vai culpar a garota morta, Marlon? Pensa em como os pais dela vão se sentir", disse o assistente.

Minha mãe não conseguiu se conter.

"Você quer que meu filho minta pra tornar as coisas mais fáceis pros pais da menina?"

"Eu diria que é uma situação muito complicada, sra. Sunday. Uma jovem morreu na companhia do seu filho e ele estava portando um pacote de drogas classe A. Nós precisamos ter certeza da verdade", disse o sargento.

Estiquei o braço e segurei a mão da minha mãe. Pesava tanto quanto uma folha de papel.

"Tô falando a verdade", eu falei. "Não sou traficante. Nunca comprei nem vendi drogas. Nem um pouquinho de maconha, tipo *um rito de passagem*. A Sonya levou os comprimidos. Ela perguntou se eu queria usar um pouco. E vocês querem saber de uma coisa? Eu usei. Usei mesmo."

CORES VIVAS
PATRICE LAWRENCE

4

Sonya. Com "y". Era o seu nome do meio, mas a maioria das pessoas a chamava assim. Seu primeiro nome mesmo, ela achava, tinha sido inventado pela mãe dela: Siouxza. Ela o escreveu pra mim quando a gente estava na sala trocando ideia. Porque, sim, foi só isso que a gente fez. Conversamos. Ela disse que só algumas pessoas conheciam seu nome verdadeiro, então eu não deveria contar pra mais ninguém. Ela até me fez olhar nos olhos dela pra prometer que ficaria de boca fechada.

E eu cumpri a promessa, mesmo quando os guardas estavam me interrogando. Siouxza era só minha.

Na volta pra casa, minha mãe pediu um táxi. A gente sentou ali, cada um de um lado do banco de trás, sem dizer nada. Não faria sentido falar alguma coisa; nossas palavras só arrumariam briga. Assim que chegamos em casa, subi as escadas.

Embaixo do meu quarto, minha mãe se mantinha em movimento. Portas se abriam e fechavam, seus passos indo da sala até a cozinha, a chaleira sendo colocada no lugar. Eu ouvia esses sons todas as noites, mas hoje eles estavam mais bruscos, como se o assoalho do meu quarto fosse um holograma e não existisse nada entre mim e o andar de baixo. Se eu cutucasse o chão, minha mãe veria meu dedo atravessando o teto.

Siouxza. Quando ela foi embora, peguei o pedaço de papel e estudei sua letra. Seu "x" parecia uma junção de duas letras "c", uma de costas pra outra. Então troquei o nome dela nos meus contatos, de "Sonya" pra "Siouxza".

Meu celular tocou. O quê? *Siouxza?* Rolei da cama até o chão e tirei o aparelho do carregador pra ver o nome. Meu coração voltou a bater normalmente.

"Milo?"

Só uma pessoa me chamava assim. Deitei no chão.

"Tish. Eu ia ligar pra você."

"Tudo bem. Imaginei que cê estivesse com outras coisas na cabeça."

"É, podemos dizer que sim."

"Sua mãe tá bem ruim, não tá? Ela andou chorando e tudo mais."

"Chorando?"

"É, foi o que minha mãe disse. Ela tá bem chateada, Milo, por ver a amiga tão mal. É melhor você ficar longe dela, cara."

Da tia Mandisa e do resto do mundo. Levantei a cabeça e deixei cair de novo no carpete. Meus pensamentos pareciam mais pesados.

"A polícia tentou me fazer parecer um traficante, Tish. Quase como se eu fizesse parte da galera com quem o Andre andava", eu disse.

"Que merda. Então sua mãe vai colocar você de castigo?"

"Pode ser."

"Que grande merda. O que você tá ouvindo?"

"Donald Byrd."

"É o cara do trompete, certo? Vê se não começa com aquelas músicas deprê, por favor."

"Eu não ouço esse tipo de música."

"Você esqueceu daquela sobre os cafetões e viciados no Harlem? Essa era uma bem deprê."

Eu ri e um pouquinho do peso foi embora. Tish era boa nisso.

"Certo. Nada de Bobby Womack."

"Você ainda tá tremendo?"

"Um pouco."

"Aposto que os guardas mandaram ver."

"Sim. Tipo, uma garota morreu do meu lado e eu tava cheio de drogas."

"Credo, Marlon. É muito estranho ouvir você dizendo essas coisas. Rolou fiança, né?"

"Foi."

"Eles vão precisar fazer uns exames."

"Foi o que o advogado disse.

"Poderia ser tráfico ou posse." Eu quase podia ouvir o cérebro dela funcionando. "Quantas balas você tinha?"

"Seis." Pulsando no saquinho dentro do meu bolso.

"Mas você rodaria de qualquer jeito, ainda mais com o histórico do Andre. O fato é: eu acho que Sonya sabia o que tava fazendo. Ela já tinha sacado os guardas e queria tirar o dela da reta. Foi por isso que entregou as balas pra você. Pensa nisso, Milo."

"Tish! Agora não!"

"Sim! Agora!" Eu quase podia ver o rosto dela, carrancudo e triste. "Se o caso for pra julgamento, é quase certo que eles vão jogar um monte de coisa pra cima de você. E se eles acharem drogas nela? E se eles disserem que cê deu as drogas pra ela e matou a menina? Cê tem que organizar sua história direitinho, Marlon. A polícia vai estar preparada. Você também precisa estar."

Pressionei um ponto entre as minhas sobrancelhas. Parecia que meus olhos estavam afundando no crânio.

"Marlon? Cê tá aí?"

"Tish, a Sonya tá morta. Eu tava bem ali, sentado do lado dela, quando ela morreu. Num minuto ela tava viva e no outro..."

Aquela dor de garganta de novo, a pressão por trás do nariz e dos olhos.

"Não tinha como você saber, Marlon", Tish disse, suspirando.

"Eu sei. Mas a polícia perguntou todas aquelas coisas e eu não consegui responder nada. Eu nem sabia se ela tinha irmãos ou irmãs, nada."

Uma tosse e um murmúrio no fundo.

"Tish? Onde cê tá?"

"Dei uma saída. Preciso ir."

"É o...?"

"Shaun, sim. Tamos fazendo uns lances."

"E aquela garota que disse que tava grávida?"

"Olha, Milo, passa em casa amanhã. Daí conversamos, tá?"

Ela desligou. Mas daí minha mãe bateu na porta. Eu me forcei a sentar.

"Entra."

Ela abriu a porta, carregando duas canecas. Ofereceu uma pra mim.

"Chocolate quente. Tem certeza de que não quer comer nada?"

"Não, valeu."

Ela colocou minha caneca na mesinha de cabeceira.

"Preciso admitir que também estou sem apetite", ela disse. "Mas, se quiser alguma coisa mais tarde, tem um pouco de comida indiana na geladeira. Se você esquentar um pouco no micro-ondas, deve ficar bom."

Aquela comida quente e amarela. Meu estômago embrulhou.

"Tudo bem se eu ficar?", ela perguntou.

"Sim. Claro."

Mas, por favor, não começa.

Ela sentou na minha cama, curvada sobre sua bebida. Eu a observei enquanto ela separava a nata do leite com as pontas dos dedos. Daí ela colocou a caneca do lado da minha sem beber nada.

"Eu confiei em você, Marlon."

"E ainda pode confiar."

"Você mentiu pra mim. É a parte mais difícil." Ela suspirou. "Eu quero tentar entender o que passou pela sua cabeça."

Sonya segurou minha mão e tocou o meu rosto. Ela era linda e queria estar comigo. Era nisso que eu tava pensando.

"Sonya era especial", falei.

Minha mãe não pareceu ter me ouvido.

"Eu estou sempre dizendo no trabalho que você é um bom garoto."

"Talvez a gente não devesse se preocupar sempre com o que os outros pensam."

"Não?" Ela pegou a caneca dela e deu um gole. "Toda vez que eu recebia outra ligação sobre seu irmão, eu dizia isso pra mim mesma: 'Não importa o que as pessoas pensam, ele continua sendo meu filho'. Agora eu vejo algumas crianças em Brent, aquelas que andam por aqui, de bicicleta e com os capuzes levantados. Mesmo que não estejam fazendo nada, elas tentam fazer parecer que estão. Um garoto foi esfaqueado até a morte na Victoria Station, Marlon. Em plena luz do dia."

"Eu não..."

"Dizem que arranjar uma arma é tão fácil quanto comprar um litro de leite."

Ou um livro, ou uma HQ.

"Eu tô fora disso, mãe. Cê sabe."

"Eu pensei que soubesse." Ela se inclinou pra tocar o meu ombro. "O Andre também estava fora, pelo menos no começo, não é? Quando ele tinha cinco anos, nove ou dez. E daí o que aconteceu?" Ela balançou a cabeça. "Desculpa, Marlon. Eu não estou ajudando, né? Talvez você precise falar com outra pessoa. Outro homem."

"Eu não..."

...preciso de nenhum estranho me olhando nos olhos e querendo saber dos meus problemas.

"Eu não estou falando do Jonathan."

Que bom. Como ele poderia entender?

Alcancei meu chocolate quente. Só molhei a língua, na verdade, porque qualquer coisa a mais esbarraria naquele nó no meu estômago e voltaria logo em seguida.

"Só pensa nisso, Marlon. Ok? Temos alguns projetos por aí. Eu sei porque pendurei uns cartazes na biblioteca." Ela levantou. "Talvez eu acorde antes que você. Prometi ajudar Jonathan com uns documentos de manhã." Seu riso pareceu cansado. "Ele não entendeu nada do sistema que organizei. Ligo pra você por volta das 10h pra ver se vai estar acordado e daí vamos visitar o Andre. Ele já ligou duas vezes perguntando se vou aparecer por lá."

"Beleza. Valeu pelo chocolate."

"Sem problema. Dorme bem."

"Vou tentar."

Meia-noite. Deitei e desliguei a luz. Três horas no FRANK[1] e nesses outros sites sobre drogas — nenhum me convenceu que um quarto de bala pode matar. Mas os jornais não vão falar disso. Eles não vão ter muito espaço depois que acabarem com a minha família. O passado misturado ao que está acontecendo agora, especialmente preparado pra minha mãe ler no café da manhã.

O dia passou como um flash pela minha cabeça. Era como se meus pensamentos estivessem presos naquele brinquedo. Quando a coisa parou, dois rostos ficaram nítidos. Um deles era da Sonya, o movimento suave do seu cabelo loiro roçando no ombro. E o outro era o do garoto das tranças.

A árvore em frente ao poste de luz criava sombras nas paredes. Quando fechei os olhos, as batidas nos canos do aquecedor ficaram

---

[1] Site de apoio para jovens e adolescentes, que traz informações sobre drogas e assuntos relacionados: www.talktofrank.com. [NT]

mais fortes, como se punhos bem ossudos estivessem esmurrando a minha cabeça. Eu me virei de lado e tive que me mexer de novo quando meu braço dormiu. Daí fiquei de costas. Era como se minha cama estivesse tentando se livrar de mim. E, na minha cabeça, se eu pudesse acender uma luz no cérebro, seria possível ver os neurônios irritados e bocejando.

Se agora estava ruim, na segunda eu teria que lidar com os idiotas da escola.

Tirei o edredom, saí da cama e coloquei a flauta da Bobbi Humphrey na agulha. Tish achava esse tipo de som bem estranho. Afastando um pouco a cortina, olhei pro outro lado da rua, pra depois do ponto de ônibus iluminado na frente da casa da Tish. A janela do quarto dela estava escura, e as cortinas, fechadas.

Eu me ajoelhei do lado da cama, olhei embaixo e vi o moletom e o jeans que deixei amassados ali. Abri o moletom e segurei perto do rosto. Cheiro de cela. Mas, no ombro, tão próximo do rosto que parecia grosso que nem uma corda, tinha um fio de cabelo loiro. Desliguei a Bobbi e voltei pra cama, segurando o moletom bem perto de mim.

Acordei morto de cansaço e meio tonto. Meus sonhos foram bem agitados; senti o amargo da bala na língua, o gole gelado da Coca e vi dedos brancos e magros entre os meus. Os dedos foram ficando escuros e se esticavam na minha direção, indo parar embaixo da minha manga. Mas não era minha manga. Enquanto a pele escura abria caminho até o rosto, eu percebia que não eram meu queixo nem meu nariz nem minha testa. O rosto se retorceu e me encarou feio; tinha uns espaços sombrios onde os olhos deveriam estar.

Sentei. O moletom ainda estava dobrado embaixo de mim. Levantei e puxei um canto da cortina, forçando os olhos contra a luz. Do outro lado da rua, a vizinha velha da Tish estava sendo colocada dentro de um micro-ônibus da galera da igreja. O vizinho do outro lado estava dando um jeito no jardim. Mais pra baixo, uma van da Tesco estacionou e um cara magricelo começou a descarregar umas caixas.

Todo mundo tinha planos pro domingo. Os pais da Sonya talvez tivessem planejado alguma coisa pra hoje, um lance pra fazer com a filha. Talvez eles fossem o tipo de família que se reúne pra jantar. Ou o tipo que faz caminhadas no parque. Ou talvez os pais dela só ficassem na frente da TV assistindo à reprise de *EastEnders* enquanto

Sonya fazia suas coisas no quarto. Mas eles teriam sabido que ela estava lá. E agora ela não estaria nunca mais.

Lá embaixo, minha mãe tinha deixado um bilhete preso no armário de cereais pra me lembrar de que ela estava na casa do Jonathan. Ela assinou com um grande beijo, duas linhas diagonais sobrepostas.[2] Não duas letras "c" viradas de costas uma pra outra.

Voltei pro meu quarto, peguei as roupas que tinha usado ontem e joguei na máquina de lavar. Mas primeiro dei uma olhada no moletom. O fio de cabelo loiro não estava mais lá.

O barulho do motor da máquina de lavar num domingo — um lance normal. Eu precisava de mais um pouco disso. Coisas normais. Liguei o rádio e fiquei mexendo no botão. Hinos, falação, Rihanna. Então o noticiário, guerras, mortes, esportes. O tempo — mais quente. Daí as notícias locais. Não me mexi, ouvindo com atenção. Um caso de agressão a facadas em Catford. Dois caras de Hillingdon foram presos no aeroporto de Heathrow. E, sim, ali estava, logo depois. Menina de 17 anos morre em um parque na região leste de Londres. Polícia investiga as circunstâncias. A garota não foi identificada.

Foi, sim. Ela se chamava Siouxza.

Eu esperei, mas eles mudaram de assunto. Também não fui identificado. Desliguei o rádio. Meu celular estava tocando no andar de cima. Tish ou minha mãe. O aparelho parou de tocar enquanto eu subia. Daí começou de novo. Pelo amor de Deus! Eu estava no topo das escadas agora... e o telefone parou. Silêncio.

Mas quem tá insistindo desse jeito? Talvez o Yasir ou algum outro idiota da escola. Eles ficariam tentando até conseguir. Ou poderiam ser os pais da Sonya, porque agora... Jesus! Alguém estava esmurrando a porta como se quisesse atravessar a madeira. Quem poderia estar batendo daquele jeito? A polícia? Jornalistas? Tinha um bando enorme de guardas na delegacia, veteranos que ainda tinham problemas com o meu irmão. Os olhos deles devem ter brilhado quando ouviram meu nome. O sique parecia ter alguma coisa pra contar. É provável que ele já tivesse arranjado um contato no *The Sun*.

Desci as escadas com cuidado até o corredor. Olhei pelo olho mágico — nada, só a rua. A portinha da caixa de correio abriu e um dedo cutucou meu joelho. Eu quase caí pra trás.

---

2   No inglês, a letra "x" é utilizada para simbolizar um beijo em mensagens escritas. [NT]

Uma boca apareceu ali.

"Vamos, Milo. Eu não tenho o dia todo, cê sabe."

Soltei o ar bem devagar e abri a porta.

"Mas o que você..."

Tish agarrou meu braço e me puxou pra fora. A porta fechou atrás de mim.

"Tish, cara! Eu tô sem chave!"

"Minha mãe tem uma cópia. Cê tá ligado."

"Pra onde a gente tá indo?"

"Ali do outro lado da rua."

A luz do sol atingiu o meu rosto. Hoje faria mais calor que ontem; nenhuma nuvem. Teria sido um dia perfeito pra um piquenique.

"O que tem do outro lado da rua?", perguntei.

"Eu. Do que mais cê precisa?"

Tish ergueu as sobrancelhas. Ela deixava as sobrancelhas grossas, sem tirar um único fio até que ficasse uma linha reta como as outras meninas da escola.

"De nada", Tish disse.

"Pelo quê?"

"Por eu ceder meu tempo precioso pra você."

Ela virou a chave e empurrou a porta com o ombro, e eu entrei logo atrás. A casa dela desafiava as leis da física. A luz atravessava as janelas, refletindo-se em tons variados, mas a mãe da Tish dizia que o esquema de cores era porque ela só tinha dinheiro suficiente pra comprar sobras de tinta. O corredor roxo levava até as escadas que terminavam numa cozinha pintada de cinza e coberta de fotografias. A geladeira enorme era vermelha, mas era impossível ver sua cor original com todos aqueles canhotos de ingressos e rostos recortados de jornais. Minha mãe não era tão entusiasmada com a decoração. Ela dizia que precisava de óculos de sol pra entrar ali e de um analgésico quando ia embora, e isso não tinha nada a ver com o vinho que ela sempre acabava tomando quando vinha pra cá.

"Cadê sua mãe?", perguntei.

"Foi pro mercado das flores. Ela ficou de encontrar uns amigos da escola em que ela estudava."

"Aquele onde você estudou antes?"

"Isso."

Tish pegou copos em uma estante verde brilhante; eu servi o suco.

"Você se vira com as pizzas", Tish disse. "Vou pegar meu computador."

"Pizza? No café da manhã?"
"Não existe nenhuma lei contra isso."
"Tish..."
"Pizzas, Marlon. Eu tô morrendo de fome. Shaun me levou pra um restaurante horroroso ontem à noite e tentou me fazer comer medula."

Abri o freezer, procurando entre os potes de sorvete e sacos de comida congelada. Dei um jeito de tirar as pizzas sem causar uma avalanche. Fechei a porta e o ar gelado soprou no meu rosto.

Corpos mortos em gavetas frias, um estalo, a gaveta aberta...
Encostei minha testa quente na porta da geladeira.
"Cê tá bem, Milo?"
"Tô. Não dormi direito."
"Nenhuma novidade. Tentei ligar pra você hoje de manhã. Cê viu?"
"Nem olhei meu telefone ainda."

Quando saí de perto da geladeira, um canhoto ficou preso no meu olho. Um musical no Hackney Empire de três anos atrás; eu, minha mãe, Tish e a mãe dela fomos juntos. Ao lado tinha uma foto recortada de um jornal. Uns dias antes do acidente do Andre um jornalista do *Gazette* foi até a nossa casa e me fez um monte de perguntas até que minha mãe veio berrando pelo corredor e me arrastou dali. Deus sabe como eles conseguiram aquela imagem, uma foto antiga da escola, quando eu tinha um penteado diferentão. Tish disse que guardaria pro caso de eu ficar famoso e daí ela poderia me chantagear.

Peguei o canhoto verde ao lado.
"Isso aqui é do show de talentos do sexto ano?"
"Hmm", Tish resmungou, olhando por cima do computador.
"Nem acredito que você guardou."
"O que você tá querendo insinuar?", ela disse, sorrindo.
"As Arethas acabaram com você."
Tish balançou a cabeça devagar.
"Fiquei bem chateada. Levei três meses pra aprender aqueles truques e gastei uma fortuna na Hamleys. Mas você viu com quem eu tava competindo. Quatro minas refugiadas cantando 'Say a Little Prayer' numa harmonia perfeita. Nem a Beyoncé poderia ter ganhado. É legal ficar em segundo."

Concordei com a cabeça. Ela merecia o primeiro lugar. Me virei pro micro-ondas e tirei as pizzas da embalagem.

"Enfia essas coisas aí, Milo, e vem pra cá."

Coloquei as pizzas no forno e arrastei um banquinho pra perto da Tish. Nossas orelhas estavam muito próximas, as bochechas quase coladas. *Cê tava assim tão perto da Sonya e nem percebeu que a menina morreu.* Mas Tish estava bem viva. Os olhos dela iam de um lado pro outro e os cílios tremiam. Os dedos se moviam pelas teclas e a respiração acelerava enquanto ela clicava e rolava as páginas.

"O que cê tá fazendo?", perguntei.

"Vendo as notícias. Cê sabe, sobre você e a Sonya."

"Caramba, Tish!"

"Cê não tá curioso?"

"Não!"

"Então por que fica olhando tanto?"

Tirei os olhos da tela.

"Vamos, Milo! Esse tipo de coisa não acontece com a gente todo dia!" Tish sacudiu meu braço.

"Com a gente?"

Eu me levantei tão rápido que o banquinho no qual estava sentado caiu. Tish deveria estar agindo como uma amiga, mas ela se comportava como os típicos babacas da escola, procurando pelos detalhes mais sórdidos. Não foi ela quem esteve sentada do lado de alguém que morreu. Tudo isso poderia muito bem ser uma trama de *EastEnders*.

"Não tem essa de *a gente*! Eu tava lá!"

Tish levantou, ergueu o meu banquinho e sentou de novo.

"Só tô tentando ajudar."

"Ajudar no quê?"

"Não sei, Milo! Eu já disse que esse tipo de coisa não acontece com a gente — *você* — todo dia. Eu só não quero que cê enlouqueça com tudo isso."

"Enlouquecer? Uma pessoa caiu dura do meu lado, Tish. E eu nem vi!"

"É..."

"Eu não vi. Ali, bem do meu lado!"

Ela me encarava agora porque eu estava rindo. Eu, um completo nerd, estava por aí dando um rolê com uma garota maravilhosa que morreu! Era engraçado! Hilário! E a cara da Tish, a boca aberta que nem um peixe, o nariz enrugado como se ela sentisse o cheiro de alguma coisa estragada, me fazia rir tanto que eu estava quase vomitando.

"Para com isso!", a voz da Tish me cortou.

Eu estava ofegante. Minhas bochechas e a garganta doíam. Enxuguei os olhos com a manga da roupa.

"Isso é meio assustador", Tish disse.

Sentei. Estava tudo quieto agora, a não ser pela geladeira, o micro-ondas e uma moto que passou lá fora.

"Cê vai dizer o que é tão engraçado?", Tish perguntou.

"Não sei explicar", respondi, encolhendo os ombros.

"Cê pareceu meio maluco."

Foi como eu me senti.

Ela continuou falando. "Talvez cê precise procurar um médico. Tomar alguma coisa pra ajudar."

Balancei a cabeça. Minha mãe disse que essas coisas fazem você se sentir como se fosse um saco de papel com fogos de artifício acesos dentro.

"Olha, Milo, vê se não vai ficar rindo desse jeito na escola amanhã." Tish estava digitando alguma coisa de novo. "Você lembra da *Trisha*?"

"Que é que tem?"

"Já assistiu?"

Eu ia dizer "não", mas Tish apertou os olhos.

"Algumas vezes", respondi. "Meu pai assistia no hospital. Minha mãe fingia que não gostava, mas eu sabia que ela curtia escondido."

"É, ela é meio esnobe. Minha mãe também." Tish se recostou. "Mas então, eles passaram uns programas antigos na ITV uma vez, quando eu tava com amigdalite e faltei na escola. Ela entrevistou uma mina que tinha um noivo que morreu quando tava passando as férias com os primos. Ele ficou muito bêbado e tentou mergulhar na piscina, pulando de cima da sacada. O quarto dele não era tão alto, mas ele caiu bem feio. Não chegou nem perto da água."

Um corpo esmagado no chão, ali deitado e todo quebrado. A cena surgiu na minha cabeça. *Valeu por essa, Tish.*

"Daí ela apareceu no programa com um dos primos", Tish continuou. "E disse que odiava todos eles. Cê sabe, ódio mesmo, querendo que eles morressem e tal."

"E o que aconteceu?"

"Ela parou de odiar os caras. Conversou com eles e percebeu que eles também estavam bem mal com o que rolou. Daí ela foi até o lugar onde a coisa toda aconteceu e deixou umas flores lá."

"E?"

"Sei lá, Marlon! Cê precisa fazer alguma coisa ou vai ficar rindo que nem um doido por aí!"

Tish estava certa. A coisa estava ali dentro ainda, fervendo.

"E se eu for visitar os pais dela?", perguntei.

"O quê?" Agora era Tish que parecia estar prestes a gargalhar. "Seria meio exagerado, né? Talvez a gente devesse comprar umas flores e levar pro parque."

As coisas estavam ficando mais claras agora.

"Eu fui a última pessoa que viu a Sonya viva. Eles iam querer perguntar umas coisas."

"Tipo: 'Você deu drogas pra ela?'."

"Daí eu teria que contar a verdade." Alguma coisa acendeu dentro de mim. "É... Vou visitar os pais dela. Eles só podem ter ouvido falar de mim pela polícia. Quem sabe me conhecer de verdade ajude de algum jeito."

"Eles vão ter mesmo uma boa impressão sua. O garoto negro irmão de gângster com um saco cheio de balas que empurrou drogas pra filha deles."

"Não, Tish. Quando as pessoas conversavam com a minha mãe sobre o meu pai, isso ajudava de verdade. Ela disse que metade dos amigos a evitava, como se a morte dele fosse contagiosa."

"Desculpa, Milo. É uma ideia muito ruim. E se eles ligarem pra polícia? E se você for preso de novo?"

"Mas a ideia foi sua!"

"Não! Não foi!"

"Cê não precisa ir junto."

Ela suspirou.

"Cê sabe alguma coisa sobre eles?"

"Não."

"Então, quando for lá, cê vai só bater na porta e se apresentar?"

É. *Que nem a Sonya fez comigo.*

"Que foi?" Tish franziu as sobrancelhas.

"Nada."

"Você meio que sorriu. Achei que ia começar a rir que nem um doido de novo."

Balancei a cabeça.

"Eu não vou incentivar você a fazer isso." Ela tirou os dedos das teclas. "Tá, é o que eu tô fazendo. Mas não quer dizer que eu concorde. Então cê não sabe nada sobre os pais dela. Nomes, nada."

"Ela disse que a mãe dela é meio esquisita."

"Bom, então ela pode se juntar ao clube. Vamos ver o que a gente consegue descobrir." Os dedos dela estavam se mexendo bem rápido de novo. "Nada no Instagram. Pelo menos não no nome dela."

"Cê usaria seu nome verdadeiro?"

Ela riu.

"Não importa. Deve ter mais de uma Sonya Wilson..."

E Siouxza? Quantas, Tish?

Tish continuou falando.

"...mas eu sou a única Titian Harding-Brooks. E tem um monte de gente com quem eu não gostaria de ter contato de novo, sem chance, então não. Você não sabe se ela tinha um nome do meio ou um apelido?"

"Não. Quer dizer..."

"Ela tinha?", Tish perguntou, olhando pra cima e a postos para digitar.

"Não. Nada."

"Tá bom. Então a gente tenta o óbvio, né?"

Mais cliques. Facebook.

"Vamos torcer pra que o perfil dela não seja privado." Tish olhou pra mim. "Você ainda usa isso?"

"Você saberia se eu usasse."

"Todo mundo tem segredos, Marlon", ela disse, olhando pra tela.

"O que cê quer dizer?"

Ela me deu uma olhada rápida, parecendo meio surpresa.

"Na quinta à tarde, a Sonya Wilson foi até a sua casa, totalmente do nada. Nem vale a pena lembrar disso, né? Cê tem mais segredos pra contar?"

"Talvez não tantos quanto você."

"Muito engraçado, Milo. Olha ela aqui." Tish apontou pra tela.

Respirei bem alto porque Tish estava me encarando. Sonya estava maravilhosa naquela foto. Só aparecia a cabeça dela; estava um pouco virada, mas olhava diretamente pra câmera e sorria. Devia estar em uma festa, tinha algumas pessoas bem-vestidas se mexendo no fundo. Seu cabelo caía no ombro direito, o loiro ganhando um tom de dourado com a iluminação.

O fato era que eu tinha tentando procurar Sonya antes que ela viesse me visitar. Mas não consegui achar nada com o nome dela.

Desviei os olhos da tela e olhei pra Tish.

"É engraçado como os caras insistem em meninas loiras."

Senti um calor subindo pelo pescoço.

"É, da mesma forma que as meninas insistem nos caras imbecis."

"Valeu." Ela se virou. "Só 23 amigos. Estranho, cê não acha?"

"Talvez ela não quisesse que as pessoas soubessem quem são seus amigos. O Andre nunca ligou pra essas coisas porque não queria gente cuidando da vida dele."

"Cê acha que ela tava metida com coisas erradas?"

"Não sei. Ela deve ter conseguido as balas em algum lugar. E também tinha aqueles meninos no parque. Ela disse que conhecia os caras. Mas era como se não quisesse conhecer."

Tish me olhou, parecendo interessada.

"O que cê quer dizer?"

"Eram três caras e eles agiam meio estranho, como se estivessem procurando alguma coisa. Eles meio que cercaram Sonya e um deles me encarou. Cê sabe, uma encarada de gângster. E acho que reconheci o cara."

"Da escola?"

"Não. Sei lá. Pode ser que ele só se parecesse com alguém."

"Cê falou com ela sobre isso?"

"Falei. Mas ela não disse muita coisa."

"Cê contou pra polícia?"

"Que eu vi três malandros no parque?"

"Sim."

"Daria no mesmo eu contar que vi o Batman."

"Pode ser importante. Quem sabe eles possam encontrar algumas gravações ou algo do tipo. É só uma ideia." Ela estava estudando a página do Facebook de novo. "Mas é estranho. Alguém como a Sonya Wilson deveria ter mais que 23 amigos."

Olhei pra tela. "Olha os comentários. 'Uma garota linda e doce, jamais será esquecida.' 'Fiquei em choque quando soube. Sentiremos sua falta, querida.' Quatro pessoas curtiram esse. É tipo um memorial."

Estava tudo errado. Sonya não dividia nada da sua vida, mas esses estranhos podiam "curtir" sua morte. Eles só tinham que dar um clique. Na foto, o sorriso parecia bem verdadeiro; iluminava os olhos dela.

"Pode ser que tenha outro post", eu disse. "De antes da morte dela."

"Quem sabe? Algumas pessoas colocaram fotos. Foi bem rápido. Elas devem ter conhecido Sonya muito bem."

Tish clicou num álbum. Trinta fotos. Sonya criança com um cabelo fino, castanho-claro, e um dente faltando, fingindo que tocava uma guitarra enorme. Sonya numa bicicleta. Sonya, com 12 ou 13 anos, agachada perto de uma árvore de Natal, segurando um enfeite.

"O que cê acha?", Tish perguntou.

"Não vi os pais ainda."

De volta à página principal, com seu rosto lindo e as pessoas embaixo dizendo como estavam sentidas com sua morte.

Tish levantou pra pegar as pizzas. Cliquei na lista de amigos da Sonya. Reconheci duas pessoas da escola. Nenhum dos outros "amigos" tinha uma foto real de perfil. A "Tia Bliss" usava uma foto de papoula e o "Gambá" não ganharia muitos pontos em originalidade com aquela cauda preta e branca.

Tish colocou uma pizza em cima da outra e cortou umas fatias bem grudentas.

"Sanduíche de marguerita."

Vi um por um dos seus "amigos".

"Fico pensando quem poderia ter feito esse lance."

"Encontra o primeiro comentário e vê o que diz."

"É de uma tal de Bitter Rose: 'Sinto muito, de verdade. Gostaria de poder mudar o que aconteceu. Queria ser capaz de atrasar o relógio, mas já é tarde demais. Cante uma música pra mim aí do céu. M. Beijos'."

Tish deu uma mordida na fatia de pizza dupla.

"Ai! Quente!" Ela abanou a boca. "Aqui, pega uma."

Vermelho e amarelo. Ketchup e mostarda.

"Depois, valeu."

"Se você quiser carne, pode colocar bacon ou alguma coisa em cima."

"Não, tô bem. Valeu."

"Beleza. O que cê tá fazendo?"

"Dando uma olhada em Bitter Rose."

"Por quê?"

"M. pode ser a mãe dela."

"Ou poderia ser Michael. Ou Maria. Quem sabe?"

"É. Por isso vou dar uma olhada."

O Google mostrou romances adolescentes e jogos de vampiros.

"Vou tentar o Yasni." Tish assumiu o controle, passando pelos resultados e rolando as páginas bem rápido.

"Você daria uma boa hacker", eu disse.

"Eu invadiria os registros da escola e bagunçaria tudo. Transformaria o sr. Ocean em um ator pornô. Ei! Isso aqui parece interessante."

Era um pequeno recorte de jornal digitalizado. "Bitter Rose, pétalas murchas."

Tish deu zoom na imagem granulada e nos dizeres embaixo.

"Era uma banda do sul de Londres. Bem ruim, a menos que você considere 'garotas loucas gritando' um elogio. A foto foi tirada nos fundos de um pub em Highbury. 1989. Passo pra próxima?"

Eu me inclinei. Quatro garotas, duas de cabelo raspado, uma com um moicano de *dreads* e a outra com um chapéu bem grande, meio escondida atrás de uma bateria. Uma baixista, duas guitarristas e a baterista. Olhei bem praqueles rostos. Nem sinal da Sonya.

E por que deveria haver? Elas poderiam ser quaisquer pessoas.

"Que foi?" Tish perguntou.

"É... Então, tem aquela foto da Sonya com uma guitarra e esse grupo é do sul de Londres. Achei que poderia ter uma ligação."

"Não cria muita esperança, Milo. Pode ser uma coincidência, mas de longe foi o melhor que a gente conseguiu encontrar. Espera um pouco." Tish voltou pra foto do Facebook que mostrava a pequena Sonya, um braço tentando alcançar o traste, a outra mão segurando as cordas. Tish olhou bem pra tela, deu zoom e apontou.

"Olha." Me aproximei dela, orelha com orelha. "Aqui", ela disse. "Olha na guitarra."

Eu vi. Rabiscado no corpo da guitarra com marcador preto — *Bitter Rose*.

"Então deve ser a mãe dela", eu disse. "No Facebook."

"Não dá pra ter certeza." Tish clicou no artigo de jornal. "Essa foto é muito ruim. Mesmo que uma delas seja a mãe da Sonya, não dá pra ver direito. Mas olha aqui. Parece que elas tinham pelo menos um fã."

"'Onde elas estão?'", eu li.

"É. Algumas pessoas têm tempo de sobra. Onde elas estão, afinal?"

Comecei com a figura de chapéu meio escondida.

"Reeta Peter na bateria."

"Bom, deve ser o nome verdadeiro, certo?", Tish deu uma boa mordida na fatia de pizza dela. "O que aconteceu com ela?"

"Virou assistente social e se mudou pra Nova Zelândia."

"Próxima."

"Gloria Skank no vocal."

"Ai, meu Deus!"

"Casou com um executivo de gravadora e criou uma revista de música. Pelo que diz aqui, ela agora gerencia uma rede de spas."

"Tipo umas casas de massagem?"

Eu ri, tentando mostrar que estava de boa.

"Pode ser! Aqui não diz nada. Daí tem a Melody Harmony, guitarra solo."

"Esse nome é uma piada, óbvio. Ela virou bailarina ou algo do tipo?"

"Não." Fiquei longe da tela. Tish assumiu o comando, seus dedos engordurados enrolados uns nos outros.

"Viciada em drogas", ela disse. "Entrando e saindo da prisão."

"Certo..."

"E a última. O que diz aí, Marlon?"

"Ruby Stunt. Ela é parteira agora."

A sala inteira estava cheirando a queijo derretido. Como é que a Tish podia querer colocar aquilo na boca?

Ela limpou os dedos num papel toalha.

"Então temos uma parteira, a moça do spa, uma assistente social e uma viciada. Qualquer uma pode ser a mãe da Sonya. Ou nenhuma."

"A assistente social mora na Nova Zelândia."

"Beleza. Podemos desencanar dessa, então."

"E ninguém que tenha um monte de spas mandaria os filhos pra nossa escola."

Tish encolheu os ombros. "Nunca se sabe. O filho de um político estudou no meu ano por um tempo. Mas mesmo assim faltam duas.

E tem um monte de coisa pra olhar ainda. Espera um pouco, vou lavar as mãos e a gente pode fazer mais buscas."

"É ela." Dei um zoom pra conseguir ver melhor, mas isso só piorou a foto. Diminuí um pouco e ali estava ela, com a cabeça raspada, olhando pro fotógrafo, meio escondida atrás de um amplificador."

"Melody. 'M'. pode ser isso, não precisa ser 'mãe'. Tem que ser, Tish. Sonya me contou que mudou muito de escola e falou que a família dela era meio esquisita. E quem ia ficar com vergonha de ter uma mãe parteira?"

"É, mas isso se ela não tiver envenenado um monte de bebês."

"É sério, Tish!"

Ela enxaguou as mãos e secou nas calças jeans.

"Um pouco exagerado, eu sei. Mas cê viu as notícias. E a outra?"

"A assistente social na Nova Zelândia?"

"Justo. Então a mãe da Sonya é drogada."

"Tish!"

"Ué, não é nisso que cê quer acreditar?"

"Cara!" Eu me levantei. "Qual é o seu problema?"

"Qual é o seu, Marlon?" Ela estava de pé também, apontando pra mim. "É como se você quisesse criar toda essa história sobre a coitadinha da Sonya com a mãe drogada e... e é uma merda que ela tenha morrido, mas ela fez você ficar com aquelas balas e isso te meteu numa treta. Cê não quer ver as coisas como elas são. Volta pro mundo real!"

"O mundo real." As palavras saíram sem que eu deixasse. "Um mundo onde cê faz chantagem com os caras e sai correndo quando a coisa esquenta."

Tish abriu a boca e fechou em seguida. Ela foi pra cozinha, eu logo atrás. O corredor roxo não tinha mais graça; era como estar dentro de uma enorme veia carnuda. Ela pegou uma chave de um gancho embaixo do aquecedor e colocou na minha mão.

"Lembra de devolver", ela disse, dando umas passadas grandes na direção da cozinha.

Atravessei a rua até minha casa, coloquei a chave na fechadura e me virei. Uma cortina se mexeu na janela da Tish. Fiquei ali parado, encostado na porta. O que tinha acontecido? Era por isso que quase todas as outras meninas não gostavam da Tish; ela era muito bocuda. Muito Tish. Ela não só passava do limite, ela mandava à merda e cuspia em cima.

E agora ela... Eu abri a porta e subi as escadas. Ela... Eu despenquei na cama. Ela... fez o quê? O problema é o que ela não fez: ficar de boca fechada. Era tipo aquelas pessoas que tiveram pedaços obstruídos do intestino pra fazer com que a comida passe mais rápido pelo organismo. Tish tinha um desvio de tato. As palavras saíam da cabeça dela e iam direto pra boca. Geralmente eu lidava com isso numa boa, mas hoje não. M. Melody. Mãe. Eu tinha que estar certo.

Meu celular estava tocando. *É, Tish, vou aceitar suas desculpas.* Atendi e a linha caiu.

Olhei pra tela. Eu tinha 32 ligações perdidas.

32.

Dei uma olhada nos registros de ligações. Tinha o número da Tish, duas vezes. Daí, às 8h20, número privado. 8h21, privado. 8h22, duas ligações. Privado. Privado, privado, privado. Trinta ligações, todas de um número privado. Caixa postal? Duas mensagens. Tish às 0h47, sonolenta, tinha acabado de chegar em casa e estava se oferecendo pra conversar. Segunda mensagem de voz: 8h53. Eu ouvi, e de novo, apertando o celular contra a orelha.

"Diz pro sr. Orange que eu tô chegando." Número desconhecido.

Mas o que significava isso? Liguei o viva-voz e ouvi de novo. Sotaque das ruas, lento e decidido pra ter certeza de que eu entenderia tudo, com uma risada cortada no final. Poderia ter sido engano. Junto com outros 29 enganos.

O celular começou a tocar na minha mão. Jesus! *Diz pro sr. Orange...* Chequei o número e aceitei a ligação.

"Marlon? Você tá acordado?" Minha mãe pareceu surpresa.

"Tô." Respiração longa, inspirando e expirando.

"Abri sua porta pra dar uma olhada em você por volta das oito e você estava dormindo. Tentei o fixo mais cedo, mas ninguém atendeu."

"Foi mal. Eu tava na Tish."

"Tudo bem. Você topa visitar o Andre? Vou entender se você quiser..."

Ficar aqui sentado encarando o celular?

"Topo, de boa."

"Chego em casa em mais ou menos meia hora."

Minha mãe desligou. Procurei o número da Tish. Trinta ligações privadas. Ela iria querer saber disso. Quase certeza que ela gritaria de tanta animação. E saberia exatamente como eu deveria lidar com o assunto, tirando do nada um plano do fundo da cabeça. Mas não desta vez. Larguei o celular na cama. Tish estava em seu mundo real e eu estava no meu.

Jonathan foi pontual. Sempre era. Ele buzinou de leve e se esticou pra abrir a porta de trás do passageiro. O cara tinha um sorriso estático que fazia sua cabeça parecer uma daquelas bolas de praia com uma carinha feliz desenhada. Mas parecia que só eu via isso. Tish achava que Jonathan tinha uma boa aparência. Ela usou alguma palavra estúpida tipo "elegante".

Deixei meu celular em cima da cama. Se eu o trouxesse comigo, ia ficar olhando a cada dois segundos e minha mãe ficaria mais nervosa do que já estava. Tranquei a porta e fui até o carro.

"Bom dia, Marlon." Jonathan conseguia falar sem tirar aquele sorriso.

"Bom dia."

Deslizei no banco de trás, mas devo ter batido a porta do carro muito forte porque o Jonathan ficou meio tenso por um momento. Então ele soltou um "rá" e disse: "Não esquece o cinto".

Saquei a expressão brava da minha mãe no retrovisor e meus lábios continuaram fechados. Engraçado como ela nunca conseguia impedir que ele dissesse essas coisas.

O leste de Londres aparecia pra gente, nosso próprio cenário especial. Salões e barbearias, anúncios de desconto de cheques e chips desbloqueados, iluminados por luzes vermelhas e douradas que não se apagavam, mesmo de dia. Os semáforos iam do vermelho pro verde enquanto os carros competiam com os ciclistas pra passar no farol amarelo.

Jonathan não tirava os olhos da rua, e minha mãe também, como se ela estivesse dirigindo o carro com a força da mente. Nenhum de nós falou muito. Jonathan devia estar de sobreaviso, tendo que ficar calado até segunda ordem. Ele colocou um CD, aquele com quatro caras barbudos e um banjo no campo.

Conhecendo Jonathan, ele devia ter escolhido especialmente a música pra hoje; uma coisa pra acalmar a cabeça da minha mãe depois da voltinha na delegacia.

Quando estávamos alcançando a Tower Bridge, minha mãe virou pra trás e tocou o meu joelho.

"Você está bem, Marlon?"

"Tô. Valeu."

"Não sei se devemos contar pro seu irmão o que aconteceu. O que você acha?"

Eu acho que cê tem medo de que isso acenda aquela parte do cérebro dele com a qual, pra sua alegria, ele perdeu contato.

"Não", eu disse. "Cê tá certa."

"Obrigada."

Enquanto minha mãe virava pra frente, o CD terminou e ela ligou o rádio. Um pastor estava contando como sua vida mudou depois que a filha dele explodiu num avião. A gente ouviu por um tempo até que minha mãe desligou.

"Agora não", ela disse baixinho.

Jonathan colocou outro CD e botou a mão no joelho da minha mãe. Eu olhei pela janela bem rápido.

Pra variar, tinha umas vagas bem do outro lado da rua. E os vasos com aquelas flores de cores vivas e árvores retorcidas do lado de fora ainda não tinham sido roubados. Eles teriam sumido rapidinho se estivessem na entrada da minha casa, e iriam junto com o piso de pedra onde estavam. As câmeras em cima da porta deviam manter os ladrões longe.

Minha mãe tocou a campainha, e rolou um barulho lá dentro. Fiquei como sempre perto dela, mas, quando o trinco se mexeu, a tensão voltou, como se cada nervo do meu corpo estivesse tentando me lançar na direção oposta. A porta foi atendida por uma mulher alta com o cabelo curto e grisalho. Eu nunca tinha visto aquela mulher, mas as pessoas chegavam e iam embora muito rápido. Os funcionários, quero dizer. Não os residentes.

"Posso ajudar?", ela perguntou, sorrindo.

Minha mãe sorriu de volta.

"Jennifer Sunday, mãe do Andre."

A mulher estendeu a mão.

"Deidre Arnold, a nova assistente social. Prazer em conhecê-la. Entre."

Segurei a porta aberta pra minha mãe e pro Jonathan; minha vontade era fechar e ficar pra fora, mas me forcei a entrar. Estava quente lá dentro, como se o aquecedor pensasse que ainda era dezembro. A escola era tipo assim: a temperatura errada na hora errada. Alguém deve ter feito um estudo, mantendo as pessoas em lugares onde elas não queriam estar, e descobriu que, se elas não conseguissem entender se estavam com calor ou com frio, ficariam muito confusas pra fazer qualquer outra coisa. Minha mãe estava perguntando se uma outra funcionária já tinha tido bebê, daí a conversa caiu pra planejamento de parto, parto na água, babás, como se minha mãe também estivesse querendo atrasar a coisa. Uma hora a conversa sobre crianças acabou.

"Vou chamar o Andre", Deidre disse.

"É uma pena estar aqui dentro num dia tão lindo", minha mãe comentou, suspirando.

Deidre concordou.

"Pois é. Temos sorte por ter um pouco de verde. Alguns dos rapazes fizeram um jardinzinho. Estão cultivando verduras e talvez plantem algumas flores. Mas Andre não quis participar."

"Bom, é normal. Ele nunca tocou numa pá", minha mãe disse, rindo.

E ele também tinha um monte de nomes pras pessoas que acabam nuns lugares quem nem esse.

Olhei em volta. O quadro de avisos em cima do aquecedor estava cheio de folhetos que pareciam não ser trocados nunca; algo sobre segurança pessoal, uma aula de culinária, um clube do livro, um número pro qual se podia ligar e conseguir dicas sobre sexo seguro. Clube do livro? Engraçado que Andre era conhecido nas ruas como Booka. Não porque ele lia. O pai de alguém achava que o Andre lembrava aquele músico, o Booker T. Jones.

Andre não se parecia nem um pouco com esse cara agora. Ele vinha atrás da Deidre Arnold, ainda com as calças de pijama manchadas, talvez de feijão cozido, e uma camiseta. Meu irmão. Um gângster. Malandro. Sobrevivente de uma batida de carro. Ele devia estar usando seus óculos escuros enormes pra assistir à televisão. Pijamas, feijão cozido, óculos. Sinal de que a gente teria um dia de merda pela frente. Mas ele devia ter ido ao barbeiro porque sua barba estava aparada, e o cabelo, cortado. Até a cicatriz parecia mais ajeitada na pele, menos enrugada e irregular. De qualquer jeito, embaixo das lentes escuras, os olhos do Andre ainda deviam estar bem caídos.

"Chegaram cedo", ele disse.

"Onze e meia, querido", minha mãe respondeu com suavidade. "Como combinamos."

Andre franziu as sobrancelhas.

"Tá na hora já? As pessoas aqui devem mudar os relógios." Ele olhou pro Jonathan com algum interesse. "Cê voltou, então?"

"Voltei", Jonathan respondeu. "Se você não se importar."

"Claro que não, cara." Andre estendeu a mão pro Jonathan e o puxou pra um abraço. "Pode ficar de boa." Ele soltou Jonathan e me encarou.

Fala, irmão.

"Sharkie?" Andre fez uma careta.

"Não, sou eu. Marlon."

Andre balançou a cabeça bem forte, como se quisesse me deslocar do seu cérebro.

"Ah, é. Marlon. Beleza. Tá certo."

Mas não tinha nada certo, nem agora nem em qualquer das outras vezes. Depois de todos esses anos em que fiquei atrás dele que nem uma sombra — nem todas as lembranças que ele tinha de mim deviam ter virado papa. Era como dizer que os primeiros doze anos de vida que a gente passou junto não aconteceram de verdade.

Andre se virou de repente e saiu mancando pelo corredor.

"Andre! Você precisa subir e trocar de roupa!", chamou minha mãe.

Ele olhou pra camiseta e pras calças de pijama.

"Pra quê?"

"Vamos sair, lembra? Eu te mandei uma mensagem mais cedo."

Andre fez uma cara brava.

"Aquela merda tá sem bateria!"

"Você lembrou de carregar?", minha mãe disse num tom tranquilo.

Tentei chamar a atenção dela pra mostrar que eu queria ajudar, mas ela estava mais ligada no Jonathan. Ele ficou mais perto dela.

"Eu não sou idiota!" Andre estava gritando agora.

Uma garota, talvez só um pouco mais velha que eu, saiu do ginásio.

"Cara, vê se cala a boca."

Deidre se adiantou. "Saleema, isso não ajuda em nada."

Saleema mostrou o dedo do meio pra Deidre e depois pro Andre, antes de voltar pro lugar de onde tinha saído. Minha mãe foi até Andre com os braços abertos.

Meu irmão nem ligou e sorriu.

"Foi mal aí."

Ele sempre foi alto, mas de uns tempos pra cá estava ficando mais largo e quase engoliu minha mãe quando a abraçou. Ela se esticou e beijou a testa dele.

"Então você vai se trocar?"

"Vou."

Ele largou minha mãe e saiu arrastando os pés até o elevador. Assim que a porta fechou, ela cruzou os braços e voltou pra perto da Deidre Arnold.

"Parece que a perna dele piorou. Ele está fazendo físio?"

"Físio, sim. Mas não está se exercitando tanto quanto deveria."

"E os antidepressivos?"

Deidre balançou a cabeça.

"Nem todo dia. Ele diz que os remédios fazem o cérebro dele parecer encharcado."

Minha mãe mordia bem forte o lábio, como se precisasse disso pra evitar fazer uma careta.

"Deve ter alguma coisa que a gente possa fazer."

"Tem dias bons e dias ruins", Deidre disse. "Penso que deve ser assim pra maioria de nós."

Minha mãe deu uma olhada daquelas na mulher.

"Pessoalmente, prefiro ter mais dias bons que ruins. Você não?"

É. Algumas horas com um estranho revoltado metido no que sobrou da carcaça do meu irmão. Um celular cheio de ligações anônimas. Algum pirralho brincando de gângster, enfiando um monte de coisa na minha caixa postal. E Sonya. Seus dedos na minha nuca, o rosto perto do meu. A ambulância estacionada perto do trem fantasma.

Ninguém achava que hoje era um "dia bom".

Andre teve uma daquelas mudanças rápidas de humor e voltou do seu quarto parecendo alegre.

"Na frente ou atrás hoje?", minha mãe perguntou.

"Frente."

É, ele estava mesmo se sentindo melhor. Nos dias ruins, ele sentava no banco de trás e ficava lá de cara feia. Jonathan tinha um carro bom e grande, o que ajudava. Andre passou o cinto na boa e conseguiu travar sem muitos problemas.

"Tudo pronto?", Jonathan perguntou.

"Tudo, cara. De boa."

Andre cochilou o caminho todo até Richmond e minha mãe parecia estar fazendo o mesmo do meu lado. Ela também não tinha dormido bem à noite. Tentei fechar os olhos, mas o cheiro do carro ou o balanço do banco de trás me deixaram enjoado. Abri um pouco a janela, o suficiente pra que o vento não incomodasse minha mãe. Me recostei e a brisa soprou no meu rosto.

Apesar de tudo, o dia foi bom. Andre ficou feliz com o rio, jogando conversa fora com o Jonathan e às vezes até falando comigo. Ele nem surtou quando sua perna teve aquele espasmo. Só esperou que a coisa terminasse e continuou comendo suas batatinhas. Ele voltaria feliz pra casa. O pior momento era quando Andre começava a gritar que a gente o tinha largado com estranhos. Isso acontecia o tempo todo no começo, quando ele se mudou pra lá.

Na volta pra casa, música clássica e a rotina de sempre. Minha mãe pegou um lenço da bolsa e secou os olhos. Então ficou encarando os joelhos até que a gente cruzou a Tower Bridge. Assim que chegamos oficialmente ao lado norte do Tâmisa, ela puxou o ar e soltou como se a atmosfera familiar tivesse renovado suas energias. Até Jonathan sabia que era melhor não falar com ela até que estivesse pronta.

Enquanto estacionava do lado de fora da nossa casa, ele perguntou rapidamente: "Você está bem, Marlon?".

Antes que eu tivesse chance de responder, minha mãe me tirou do carro e voltou com um olhar duro na cara.

Eu poderia ter beijado Jonathan por ter enrolado. Subi correndo as escadas e peguei meu celular embaixo da cama, apertei o botão e fiquei vendo a tela acender. Não tinha nenhuma ligação. Nem mensagens de voz. Nada. Chacoalhei o aparelho. Um lance bem estúpido, eu sei, mas parecia que alguma coisa estava presa ali e precisava de ajuda pra sair. É claro que nada aconteceu. Só as mesmas trinta ligações perdidas e a mensagem de voz. *Diz pro sr. Orange que eu tô chegando.*

Lá fora, minha mãe e Jonathan estavam discutindo feio. Ela escancarou a porta do carro, saiu e bateu com força. Jonathan ficou mais magoado com essa batida do que se estivesse com os dedos na porta.

"Marlon?" Minha mãe já tinha entrado e estava pendurando o casaco. "Está com fome?"

"Não muito", eu disse lá de cima.

"Nem eu. Esqueci de colocar o frango pra descongelar de manhã. Ainda bem. Jonathan nem vai entrar no fim das contas."

Minha mãe saiu pisando duro pela cozinha e a porta da geladeira abriu com um barulho. Fiquei parado na minha porta, segurando o celular bem colado na orelha pra ouvir a mensagem de novo. *Sr. Orange*. Não podia ser Amir; a voz dele era mais aguda. Taneer? Não. Ele falava que nem um comediante metido, meio fingido. Fechei os olhos e me concentrei. Aquele cara no parque, o Tranças, os lábios dele acompanhavam as palavras. Abri os olhos. Aquela voz podia ser de qualquer um. Era muito fácil fechar os olhos e ver o cara.

O alarme da geladeira disparou. A porta tinha sido largada aberta. Minha mãe sempre brigava comigo quando eu fazia isso.

Pi, pi, pi.

Ela devia estar jogando fora as coisas estragadas.

Pi, pi, pi.

Uma tonelada de coisas estragadas. Nossa geladeira nem era tão grande assim.

Pi, pi, pi.

Desci as escadas correndo.

"Mãe?"

Ela estava parada do lado da porta aberta, silêncio total, mas não consegui deixar de notar os ombros dela subindo e descendo. Fechei a geladeira e me aproximei, mas ela fez um movimento com o braço como se quisesse me afastar. Fiquei olhando pra minha mãe, o coração aos pulos.

"Desculpa", eu disse.

Arranquei um pedaço de papel toalha e estiquei pra minha mãe. Ela limpou o rosto.

"Desculpa. Meu Deus. Não é só você, Marlon. Tem você, Andre e o resto, tudo martelando na minha cabeça." Ela suspirou. "E agora eu joguei tudo em cima do coitado do Jonathan. Falei pra ele não dizer nada sobre ontem à noite porque ele já tinha me ajudado bastante. Ele não é seu pai e eu não quero que ele assuma essa responsabilidade. Mas..." Ela ligou a torneira e jogou água fria no rosto. "Mas às vezes é um pouco demais." Ela me deu um sorriso cheio de lágrimas. "Prometa, Marlon. Chega de surpresas ruins. Chega de idas à delegacia. E, por favor... chega de drogas."

Concordei, como se minha cabeça estivesse sendo puxada por uma corda.

Ela se inclinou e beijou minha testa, como fez com Andre.

"Obrigada, querido. Obrigada."

CORES VIVAS
PATRICE LAWRENCE

5

"Circle Line suspensa por usuário na linha."

Quer dizer que mais alguém odiava as segundas-feiras. Dei uma porrada no botão de soneca, mas minha vontade era ter jogado aquele relógio idiota na parede. Tive outra noite de sonhos horríveis e amarelos. Não o amarelo da luz do sol ou dos narcisos. Nem dos patos de borracha estúpidos. Era aquela mostarda inchando e se dissolvendo em fumaça.

Silêncio em casa. Minha mãe já devia ter saído pro trabalho. Eu poderia deitar, não levantar nunca mais, deixar de me importar com as consequências. Tinha gente que conseguia fazer isso sem o menor problema.

Pensei na minha mãe na cozinha enxugando o rosto com o papel toalha. Se eu não fosse à escola e ela descobrisse, tudo que a gente tinha construído explodiria.

Uma camisa limpa e uma calça estavam penduradas na porta. Minha gravata pendia pra fora de uma gaveta aberta. Uma bolinha de meias limpas perto da gravata; minha blusa estava no armário e eu sabia que tinha um paletó jogado no corrimão. Minha mãe me encheu a semana de folga inteira pra que eu guardasse tudo. Agora eu só precisava vesti-las.

Minha mãe tinha passado um bilhete por baixo da porta. Levantei da cama e fui pegar. Ela estava numa conferência em Birmingham e não voltaria tão cedo.

> Ligaram da escola pra saber se você está bem. Disse que eles deveriam ser cuidadosos! Boa sorte! Fique tranquilo! Coma alguma coisa! E me ligue se tiver qualquer problema.
>
> Beijos, mãe.

Consegui engolir dois punhados de cereal antes que o resto fosse parar em cima da torrada da minha mãe que estava no lixo. A gente poderia muito bem jogar nossa comida direto na compostagem até ficar com fome de novo.

Minha mãe me fez pregar um plano de estudos no meu guarda-roupa e hoje de manhã o papel me avisou que eu tinha revisão de matemática avançada no primeiro horário. Seriam algumas horas em silêncio encarando umas questões de provas antigas com o Wisbeck, que tudo vê, passando pelas carteiras. Semana passada, essa tinha sido a minha visão do inferno. Mas hoje me garantiria duas horas sem ninguém me enchendo o saco.

Tirei meus livros da pilha embaixo da mesinha de centro e enfiei na mochila. Depois guardei o celular. Não recebi mais ligações. Nada.

Talvez tenha sido isso mesmo, uma pegadinha estúpida de algum pirralho estúpido que queria dar umas risadas.

Abri a porta da frente e saí. Quase a fechei e voltei pra dentro porque agora era diferente. Eu não teria só que atravessar a rua pra ir à casa da Tish ou entrar no carro do Jonathan. Eu teria que passar por casas e lojas. Carros e ônibus passavam por mim. Alguém por aí devia ter visitado o parque no sábado e, conhecendo este lugar, ninguém ficaria de boca fechada.

De cabeça baixa, subi a rua bem rápido. O sol do fim de semana tinha ido embora, mas o ar estava quente, pesado e carregado de fumaça dos carros. O tempo tinha voado e eu já estava atrasado, esperando por uma detenção.

"Sinto muito pelo sábado."

Eu devo ter pulado mais alto que o Superman.

"Quê?"

"Sinto muito. Pela Sonya Wilson."

Melinda apareceu do nada e estava com uma cara de convencida, achando que era a primeira pessoa a falar comigo.

"Melhor você vazar, então, pro caso de ser contagioso."

Não foram minhas essas palavras, mas queria que tivessem sido. O *timing* da Tish foi perfeito. Ela passou por mim e ficou ali parada com as mãos nos quadris. Melinda fez uma cara feia e caiu fora.

"Nem vi você", eu disse. "Achei que já tinha ido."

"Isso porque cê nem olhou. Que bom que eu tava de olho, hein, Milo? Foi difícil alcançar você, cara." Ela me deu uma olhada curiosa. "Ainda chateado com o que aconteceu ontem?"

"É. Foi mal..."

"Desculpas aceitas. Circunstâncias especiais." Tish apontou pra escola. Seu esmalte verde valeria uma detenção, mesmo que a gente conseguisse atravessar os portões no horário. "Tá preparado?"

"Não muito."

Andamos lado a lado em silêncio, o paletó da Tish roçando no meu braço. Ela sempre andou tão perto de mim? Com todo aquele tecido sintético, a gente poderia começar um incêndio. Olhei de lado pra ela. Várias argolas douradas na orelha esquerda e um buraquinho no nariz. Ela se virou de repente e percebeu que eu estava olhando pra ela.

"Que foi?"

"Nada."

"Tá vendo cera no meu ouvido ou alguma coisa assim? Diz aí, Marlon. Não posso passar o dia andando pra cima e pra baixo cheia de meleca."

"Eu só... Su só tava pensando no que aconteceu com o seu piercing do nariz."

"Ah!" Ela sorriu. "Nem me liguei que você ia perceber. Shaun me pediu pra tirar pra gente ir naquele restaurante chique. Daí a merda do buraco fechou de novo."

"Shaun?"

"É." Ela me deu uma olhada daquelas. "Shaun."

Continuamos andando, mas tão longe agora que um ônibus poderia passar entre a gente. Enquanto esperávamos o farol abrir perto do restaurante chinês, Tish perguntou: "Então você não vai vir com aquelas coisas?".

"Com o quê?"

"Com as suas sábias opiniões sobre Shaun."

"Cê quer que eu faça isso?"

"Claro que não. Mas, até aí, cê também não ligou pro Jaheem."

"Tish..."

"Nem pro Salvi."

"Eu não quis dizer..."

Atravessamos a rua, Tish um pouco mais pra frente.

"Cê pode sair com quem quiser", eu disse.

"Eu sei."

Silêncio de novo, até que a gente chegou ao caminho pro parque.

"Talvez não seja tão ruim", Tish comentou, me cutucando.

"O quê?"

"A escola hoje."

"Cê que pensa."

"Acontece um monte de coisa por aqui. Talvez ninguém ligue."

"É? Se você soubesse que Billie, Leda ou sei lá quem foi pro parque com um cara que morreu bem do lado delas, cê ia querer saber mais."

Tish colocou a bolsa no ombro.

"Eu nem sabia que cê conhecia a Sonya Wilson. Tipo, conhecer tanto que ela foi bater na sua porta..."

Eu ia dar uma encarada nela, mas ela olhou pra trás.

"O que cê tá tentando dizer?", perguntei.

"Cê não faz o tipo dela, Marlon."

"Como assim?"

"Achei que a gente tinha concordado. As meninas continuam preferindo os idiotas, certo?"

Percebi um lance intenso na voz da Tish.

"Nem todas", respondi.

"É", ela disse. "Nem todas."

Passamos pelo parque, daí por baixo da ponte e chegamos lá. Agora a detenção era certa, não tinha sentido sair correndo, então a gente parou pra ver dois caras gordos jogando a bola um pro outro na quadra de tênis. Eles estavam mais em forma do que pareciam. Mais em forma que eu.

"Por que *você* acha que ela bateu na minha porta?", perguntei.

"Sei lá. Ela disse que conhecia o Andre, né?"

"Ela veio três anos depois."

O cara mais gordo errou o saque e correu pra pegar a bola.

"Andre tinha a vida dele. Eles podem ter sido amigos", disse Tish, encolhendo os ombros.

"Mas?"

"Eu não disse 'mas'."

"Nem precisava, Tish."

"Tá. *Mas* ela devia ter uns 14 anos quando o Andre sofreu o acidente, mais nova ainda quando ele tava pelas ruas. Você acha que seu irmão saía com menina de 12 anos?"

"Não!"

"E tem as balas e tal. Tipo, pensa em como ela disse pra você carregar esses lances por aí. Ela sabia o que tava fazendo, Marlon! É bem provável que aqueles caras no parque conhecessem a Sonya. Talvez eles também estivessem carregando umas coisas, ou dando uma olhada nela, ou sei lá o quê."

"Taí a análise oficial da Tish. A Sonya Wilson tava usando o Marlon Sunday e não gostava nem um pouco dele."

Tish sorriu.

"É claro que ela gostava de você, Milo. É difícil não gostar."

Sério, Tish? Até agora, todas as minas do universo discordam de você.

O portão principal estava fechado e tivemos que esperar um dos inspetores vir até a gente.

"Meu Deus", Tish resmungou. "Espero que não seja a Celia Mae."

"Quem?"

"Sabe *Monstros S.A.*? Ela era a namorada do Mike, aquela com a cabeça cheia de cobras."

"Credo, Tish! Você tá falando da srta. Hedder? Isso é racismo!"

"É, pode ser interpretado assim." Tish olhou pro céu, fingindo estar pensativa. "Por um idiota. Mas não deveria. Digo isso no sentido de que um olhar dela pode transformar você em pedra. Não tô falando do tamanho dos *dreads* dela. E", ela sorriu pra mim, "fiquei ofendida com a acusação!"

Eu ri.

"Valeu, Tish."

"Pelo quê?"

"Sei lá. Cê tá ajudando."

Um sorriso de lado.

"Alguém tem que cuidar de você."

Quem veio pegar a gente não foi a srta. Hedder, mas um cara novo, careca, que eu nunca tinha visto. Ele parecia já ter desistido da vida. O cara deu aquele típico sermão "fora da classe, sem aprender" como se estivesse lendo as palavras numa lousa atrás de nós, e daí levou a gente até a recepção e ficou esperando enquanto assinávamos nossos nomes. Tish e eu, separados, seguimos pras nossas salas de aula.

"Boa sorte", Tish disse.

"Valeu."

Subi as escadas e parei no terceiro andar pra olhar pela janela, pro parque. Os caras gordos tinham terminado a partida e estavam conversando e rindo, guardando as raquetes. Eles deviam jogar toda semana, uma coisa comum que gostavam de fazer. Engraçado como eu não tinha notado antes. Acho que eu estava quase sempre no horário.

No corredor, passei a sala do sr. King e da sra. Reznic, até o sr. Habato, meu professor. Pelo vidro, vi Simeon mandando ver no seu DS por baixo da mesa e Alexandra e Mattie fazendo a lição de casa atrasada. Yasir estava ali sentado com um olhar estúpido, como sempre. Habato estava à sua mesa lendo *The Economist*. Nada de novo.

Quando abri a porta, a cabeça do Habato se levantou. Ele franziu as sobrancelhas e balançou a cabeça.

"Pode sentar, Marlon, por favor."

Não ia ter o segundo capítulo do sermão "fora da classe, sem aprender"? Ele devia saber. É, o cara estava me espiando por cima da revista. Quando viu que eu percebi, ele baixou os olhos. Chutei minha mochila pra baixo da mesa e levantei a cabeça; Alicia, Beau, Yasir, todo mundo me olhando.

Alicia deve ter ganhado no palitinho pra ir primeiro.

"Acordou atrasado?"

Yasir deu um sorrisinho.

"O cara tava morto pro mundo."

Nada mal pro grande intelecto do Yasir.

Alicia ficou impressionada. Ela socou o braço do Yasir.

"Você é doente, cara."

E ela estava sorrindo, pronta pra repetir a piada depois. Então era assim que ia ser.

"Ela era maravilhosa!", Beau disse. "Como você conheceu a mina, Marlon?"

"Por que você tá perguntando isso pra ele?" A cara estúpida do Yasir se iluminou de alegria. "Você quer dar uns amassos numa morta?"

Alicia deu uma risada sem graça.

"Yasir!"

Fechei bem os punhos. Coloquei as mãos entre a mesa e meus joelhos. Os olhos deles estavam em cima de mim, Yasir e Alicia esperando alguma reação. E todos os outros, conversando ou rabiscando a lição de casa atrasada, também esperavam. Até Habato, com a cara enfiada na *Economist*, mexendo as orelhas.

Tocou o sinal pras primeiras aulas e os quatro ali à minha mesa se levantaram.

"Você tava no desespero, cara. Teve que chapar a menina pra ela deixar você pegar nos peitos dela", Yasir disse, balançando a cabeça.

Alicia arregalou os olhos.

"Yasir! Chega!"

Meu coração martelava agora, talvez mil vezes mais forte do que o dos gordos na quadra de tênis.

Yasir se inclinou pra Alicia.

"Você sabe como ela morreu de verdade?"

Risadinha.

"Não."

"Nosso meninão aqui é tão chato que ela se matou!" Dedos em forma de arma apontando praquela cabeça idiota. "Puf! Autodestruição!"

Dei um soco nele. Minha mochila caiu no chão e meu punho atingiu o nariz dele microssegundos antes que minha cabeça começasse a funcionar. E, quando funcionou, meu cérebro gritou: "Faz de novo, cara, mais forte!".

"Merda!" Yasir caiu na mesa.

Minha mão se fechou, meu braço recuou e bati nele outra vez, meu punho acertando de raspão a lateral da cabeça dele enquanto o verme tentava escapar. O ar zunia nas minhas orelhas e as palavras, minhas próprias palavras, berravam naquela cara feia e cretina. Todos os outros riam, incentivando a gente, e em algum lugar naquela bagunça Habato estava gritando.

Yasir agarrou o meu braço e tentou se apoiar nele pra levantar. Ele tentava me bater com o outro braço, mas errava sempre. Todas as coisas guardadas bem fundo dentro de mim saíam. E, meu Deus, como era bom!

"Parem com isso agora!"

Tentei outro soco antes que Habato me arrancasse dali, me empurrando pro canto. Minha garganta doía, era difícil respirar. Yasir rolava na mesa que nem uma tartaruga ao contrário, o sangue espalhado pelo rosto e na camisa. Eu estava sujo de sangue também, embaixo das unhas e entre as linhas das mãos.

"Todo mundo! Vão pras suas salas de aula agora!" A voz de Habato estava tremendo um pouco.

Minha plateia dispersou, cochichando e olhando pra trás. A coisa se espalharia pela escola no primeiro intervalo. Habato deu um monte de papel pro Yasir limpar o sangue do nariz e não parava de olhar pra mim. O que ele achava que eu ia fazer? Cair em cima dos dois? Bom, eu me sentia como se pudesse fazer isso.

Yashir estava resmungando alguma coisa em árabe, talvez esperando que eu terminasse que nem a Sonya. Mas nem liguei. Pela primeira vez desde sábado, sentia que estava pensando com clareza.

"O que aconteceu?" Habato cruzou os braços, olhando de um pro outro.

O cara estava aqui. Ele não tinha visto?

"Então?"

Fiquei ali parado. Yasir apertou o papel contra o nariz e olhou pro chão.

"Os dois ficaram mudos?" Habato balançou a cabeça. "Justo. Yasir, você está sentindo tontura? Consegue andar? Vá pra enfermaria."

Yasir saiu de cabeça baixa, batendo a porta atrás dele. O professor encostou na porta fechada.

"Você está com algum problema, Marlon?"

"O que cê quer dizer?"

Habato mexeu a cabeça de um lado pro outro.

"Sua mãe e eu tivemos uma conversa hoje de manhã. Ela disse que você preferia ficar na sua. Mas estou aqui se quiser falar."

Com o meu professor? Ele assistiu muito *Glee*.

"Vão aparecer muitos outros Yasirs", ele disse.

Habato estava usando seu tom gentil, aquela voz de mesmo-que-eu-seja-professor-eu-entendo. Quando meu pai morreu e Andre estava em coma e ninguém fazia ideia do que poderia acontecer... Eu conhecia aquele tom muito bem. Ele invadia a gente.

A próxima turma estava lá fora, se acabando na porta, apertando o rosto no vidro atrás da cabeça do Habato. Eu não ia perder a linha. Eu, entre todas as pessoas, tinha dado umas porradas naquele idiota do Yasir, que contava que seu tio era um cara que andava armado por aí e que liderava os Hackney Turks! Metade da escola pagaria pra alguém dar uma surra no Yasir, incluindo um monte de professores. Habato deveria estar me parabenizando, não tentando acabar comigo na frente do sétimo ano.

"Você quer falar sobre isso, Marlon?", Habato perguntou.

"Não, senhor. Não quero."

Não com ele. Não agora. Não aqui. Empurrei Habato, abri a porta e, passando pelos alunos que estavam ali esperando, saí correndo pelo corredor. Alguém gritava atrás de mim. Poderia ser algum daqueles bocas-abertas ou o Habato. Quem ligava?

Desci as escadas correndo e passei pela recepção. A recepcionista levantou a mão, mas passei correndo por ela. Um segundo depois, eu estava no parque, jogado num banco. E agora?

O céu estava bem cinza, uma tempestade pronta pra cair. O trem passou pela ponte fazendo barulho e eu contei quatro, cinco, seis vagões indo pra algum lugar que não era aqui. Por um segundo, eu quis ser um deles, mas daí lembrei do momento em que meu punho fez contato com o queixo do Yasir — foi tão bom. E os momentos depois disso também. Enterrei os nós dos dedos da mão direita na outra palma. Eu devia ter passado o sangue do Yasir na minha pele como minha mãe faz com a manteiga de cacau dela. Enxuguei as mãos na calça.

Alguém estava chegando. Levantei.

"Mas o que você é?", perguntei. "Minha consciência?"

"Tipo isso", Tish disse. "Vou sentar no seu ombro e ficar cutucando você com um tridente."

"O que cê tá fazendo aqui?"

"Vi você sair correndo da escola que nem o Usain Bolt.[1] Achei que devia ir atrás."

"Cê vai se dar mal."

"Sério?" Ela esticou as mãos. "Unhas verdes. Meias erradas. Atrasada. Está faltando espaço no bilhete de detenção. Acho que podem colocar 'deixar a escola sem permissão' no outro lado, numa letrinha bem pequena." Ela pegou minha mochila e entregou pra mim. "Vamos vazar daqui."

Saímos andando pelo parque.

"Habato tentou aconselhar você?", Tish perguntou.

"Tipo isso."

"Na boa, Marlon, tô bem mal por você. Acho que não disse isso direito, mas é verdade."

As primeiras gotas de chuva batiam nos galhos. Duas pessoas fazendo cooper passaram correndo pela gente, tentando escapar da chuva. Elas ficariam frustradas.

"Tô mal também, Tish." A chuva escorria pela gola do meu paletó. "Uma menina morre bem do meu lado e eu nem posso fazer nada...

---

1 Ex-velocista jamaicano. [NT]

sei lá, pra melhorar as coisas. Minha mãe ficou com meu pai até o fim. Ela me disse que fechou os olhos dele. Ela tava se preparando psicologicamente pra fazer o mesmo com o Andre. E eu? O que eu tava fazendo quando a Sonya... quando *ela* morreu? Rindo de um zumbi estúpido."

"Não foi culpa sua, Marlon."

"Mas eu não conhecia ela, Tish. Eles fizeram um monte de perguntas sobre ela e eu nem sabia de nada. Ela podia ter sido qualquer pessoa."

O céu se abriu e a chuva bateu bem forte na gente. Tish agarrou meu braço e me puxou pro ponto de ônibus.

"É claro que você não conhecia a Sonya. Vocês só saíram uma vez."

Senti uma pontada de raiva.

"Não importa! Ela me ouviu, Tish! Ela ficou ali sentada na minha casa e me deixou falar sobre o meu pai, o Andre e tudo mais! Foi muito especial."

Tish me olhou feio.

"Tá. Então não é especial quando eu ouço você!"

"Não quis dizer isso."

"É bom mesmo. Mas e aí?"

"Vou ver os pais dela e falar com eles."

"É sério que cê ainda acha isso uma boa ideia?"

"É."

Mais ou menos.

"Acho que tanto faz. Quando você saiu fora ontem, continuei pesquisando. Sonya não morava com os pais. Ela morava com a vó materna dela. Violet Steedman."

Mamãe e papai preocupados com a filha... A polícia jogou toda essa merda em cima de mim pra eu ficar com isso na cabeça, mesmo que eles já soubessem da verdade.

"Tish, cê sabe onde essa Violet Steedman mora?"

"Sei. Li um monte de documentos e liguei pro 192 pra achar a mulher. Muito fácil."

"Vamos", eu disse, indo pra baixo da chuva.

Ela ficou meio em dúvida e depois respondeu: "Tem sangue na sua gola. Vamos ver isso antes".

Depois de tudo, consegui meu passeio de trem até o outro lado do rio. Quando a gente saiu da Streatham Station, Tish apertou o nariz.

"Ar do sul de Londres! Não. Consigo. Respirar. Muito. Bem."

"Pelo menos não tá chovendo", eu disse.

"A chuva deve ter medo de vir até aqui." Tish pegou o celular e deu uma olhada no mapa. "Acho que é por esse lado."

Viramos pra esquerda e descemos a rua do lado da estação. Logo a rua ficou cheia de casas, ímpares deste lado, pares do outro. As casas eram todas pequenas e geminadas com uns janelões na frente e uma área de concreto pras lixeiras.

"Temos que ir até metade da rua. A gente precisa se ligar numa rua à direita", Tish disse.

Olhei pra frente. Ela encostou em mim.

"Por que cê fez aquilo?"

"O quê? Dar um rolê com uma pessoa morta?"

Tish parou de andar. Eu continuei. Pensei que tinha visto uma curva mais pra frente.

"É aqui!"

Ela nem se mexeu.

"Você não foi nem um pouco engraçado, Marlon."

"Não tava tentando ser."

"Tava, sim. É ridículo."

Talvez eu devesse ter dito outras coisas nada engraçadas pra ela. Como acordar com o cheiro do parque de diversão enchendo sua cabeça, imaginando que seus dedos estavam alisando uma pele cinza. Sem graça nenhuma.

"A bala, Marlon", ela disse. "Foi o que eu quis dizer. Por que cê fez isso?"

Comecei a andar mais rápido, assim ela só podia ver a parte de trás da minha cabeça.

"Ela era a Sonya", respondi. "E eu sou eu. Eu sei a ordem de todos os álbuns do Earth, Wind & Fire. Você acha estranho que ninguém senta perto de mim nas aulas de humanas?"

"Eu sentaria."

"Você sabe do que eu tô falando."

Ela olhava pra mim como se tivesse mais alguma coisa. Mas o que mais eu poderia dizer? Sonya Wilson, loira e linda, bateu na minha porta. Por que eu diria "não"?

"Vamos. Vamos logo antes que eu fique maluco", eu disse, puxando o braço da Tish.

"Como você se sentiu?", ela perguntou. "Foi bom?"

Antes que a barra apertasse nossos joelhos, antes que o corpo da Sonya caísse pra frente.

"Pode ser. Sei lá. É que, sabe, eu não esperava estar ali, no parque, com a Sonya. Nada parecia real."

Os olhos da Tish brilharam.

"Sempre pensei em como seria. Se pudesse, experimentaria."

"Cê é besta?"

"Não, Marlon. Não sou."

Umas portas de segurança bloquearam nosso caminho, mas alguém nem ligou ou pensou que eu estava ali pra entregar uma pizza e liberou a gente. Fomos subindo as escadas.

"Só um pouquinho é de boa", Tish insistiu. "Pesquisei um monte. Morre mais gente por causa do álcool do que por ter tomado ecstasy."

"De boa? Como você chegou nisso, Tish? Cê pulou a parte em que a pessoa pode sufocar no próprio sangue? Ou quando os rins pifam? Ou o coração para? As pessoas morrem disso, Tish."

"E as pessoas ficam bêbadas e vomitam dormindo." Tish parecia sem ar. "Tem um cara novo no meu ano chamado Scott Lester. Ouvi dizer que ele pode arranjar um pouco."

"Não."

"Você não manda em mim!" Ela tentou passar correndo por mim pelas escadas, mas estiquei os braços e meus dedos tocaram as paredes dos dois lados.

"Cê é tipo minha irmã", eu disse. "Por isso eu me preocupo com você."

"Sua irmã?" Ela me deu uma olhada bem brava. "Valeu, Milo."

De repente ela sorriu e seus dedos começaram a fazer cócegas embaixo do meu braço. Droga! Como ela sabia disso? Ela devia ter guardado informações sobre mim em algum lugar secreto e indestrutível do cérebro.

"Não esquece! Eu conheço todos os seus pontos fracos... irmãozinho!"

É. Um lugar secreto e indestrutível do cérebro.

O apartamento da sra. Steedman ficava bem perto das escadas, do lado da lixeira. A janela do lado esquerdo da porta era de um vidro fosco. Devia ser o banheiro. As cortinas estavam bem fechadas do outro lado. Em todos os outros apartamentos dava pra ver sinal de gente, janelas abertas, galochas velhas e patinetes jogados do lado de fora. Mas este só tinha um capacho com um cardápio de comida indiana em cima.

Tish mexeu no folheto com o dedão do pé.

"Talvez fosse melhor não ter vindo."

E talvez ela estivesse certa, mas eu disse: "Bom, a gente já tá aqui agora, não é?".

Bati duas vezes na porta e dei um passo pra trás.

"Ela não tá", Tish cochichou.

"Ela nem teve tempo pra chegar até a porta."

E ela poderia demorar o quanto quisesse. O dia todo, o ano inteiro. Seria bom se ela atendesse perto do meu aniversário de 30 anos. Mas que merda eu estava pensando? Eu, tipo, apareço do nada, digo quem eu sou e daí tudo ficaria bem? Ela podia até pensar que matei a neta dela.

"Dá uma olhada pela caixa de correio. Só pra garantir", Tish disse.

"Daí tem alguém olhando pela sua caixa de correio. Você abriria a porta, né?"

"Arrã. E jogaria pimenta na cara da pessoa."

Nós rimos juntos, um pouco alto demais.

A porta do apartamento vizinho se abriu. Uma mulher africana saiu com duas sacolas xadrezes enormes, fazendo tanto barulho que parecia estar carregando seu próprio restaurante. Ela colocou as sacolas no chão pra fechar a porta.

"Com licença", Tish disse. "Você sabe se..."

A mulher mediu a gente. Não de um jeito amigável.

"Espero que vocês tenham vindo prestar condolências", ela disse.

Nunca saquei essa frase, mesmo tendo ouvido tantas vezes por causa do meu pai. O que é uma condolência? É se doer pela morte dele? Por que ninguém foi ver o cara antes que ele morresse?

Tish me cutucou.

"Isso", resmunguei. "Viemos prestar condolências."

Isso não pareceu convencer a mulher.

"Vocês eram amigos?"

"Ela estudava na minha escola." Eu não conseguia olhar a mulher nos olhos, mas ainda sentia que ela estava me sacando.

A mulher fez uma careta.

"Muitos encrenqueiros vieram aqui. A coitada da Violet está acabada. Deus vai olhar pela menina agora e também estamos rezando por Violet na minha igreja."

Ela olhou pro alto, por cima da sacada, como se Deus estivesse levando seu cachorro pra passear na Streatham High Road. Abaixei a cabeça e Tish fez a mesma coisa. A mulher mexeu a cabeça, como se estivesse aprovando nossa atitude.

"É. Dá pra ver que vocês são bem-educados. Não são como aqueles bandidos que apareceram por aqui."

Bandidos?

A mulher balançou a cabeça.

"Talvez Violet possa ficar em paz agora."

"Você acha que a sra. Steedman tá em casa?", perguntei.

"A polícia ligou no sábado pra dizer que a neta dela tinha morrido. Daí eles levaram a coitada pra reconhecer a menina. Ela voltou pra casa e se trancou."

"E a mãe da Sonya?", Tish perguntou. "Ela tá aqui?"

A mulher torceu o nariz de desgosto.

"Até Deus perderia a paciência com essa aí. Mas eu acho que vocês dois estão aqui com boas intenções." Ela bateu na porta. "Violet? Abra, querida!"

O barulho devia ter tirado todo mundo de dentro dos apartamentos, mas pelo jeito era o tipo de lugar em que as pessoas estavam acostumadas com esse tipo de coisa. Tish parecia mais desconfiada agora.

Bang! Bang!

"Violet! Sou eu, Agnes!"

A cortina mexeu na janela e o trinco estalou.

"Violet, querida. Esses jovenzinhos vieram ver você. São bons meninos", disse Agnes.

Pulei pra trás, bem onde Tish estava. Não consegui evitar. Mas Tish continuou no lugar. Agora a porta estava se abrindo e ela não me deixaria sair dali.

A vó da Sonya parecia uma boneca de cera viva. Os olhos dela foram de mim pra Tish bem devagar.

Agnes pegou suas sacolas barulhentas.

"Trago sua comida mais tarde, Violet."

Tish cruzou as mãos na frente do corpo com muito cuidado e ficou esperando. A sra. Steedman encarou a gente.

"Desculpa incomodar", eu disse. "Viemos da escola. Éramos amigos da Sonya."

A sra. Steedman apertou os olhos. "Que amigos? Ela não ficou tanto tempo em nenhuma escola pra ter amigos."

Queria dar mais um passo pra trás, e outro, pular da sacada e sair voando desse lugar. Pode parecer ridículo e egoísta, eu sei, mas vi minha mãe com aquele mesmo olhar durante anos depois da morte do meu pai. Ver isso de novo bateu fundo em mim.

Tish me deu uma cotovelada. A sra. Steedman estava fechando a porta.

"Não. Por favor." Dei um passo pra frente. "Eu vim ver a senhora porque... porque fui eu." Tentei manter os olhos naquela cara de cera. "Eu tava sentado do lado da Sonya no parque. No brinquedo."

A sra. Steedman levantou o queixo. Tish me cutucou mais forte.

"Você." Um sussurro com bafo adormecido de cigarro. Ela estava olhando bem pra mim agora. "Por que você estava com ela?"

"A gente só saiu junto. Foi a primeira vez."

A sra. Steedman enxugou os olhos.

"Você estava com ela quando... quando aconteceu."

"Isso."

A palavra ficou ali suspensa por um tempo, então a sra. Steedman deu um suspiro e a porta abriu de vez.

"Obrigado." Minha voz não pareceu tão segura.

O calor ali dentro quase me jogou pra fora. Tinha incenso queimando e todas as janelas estavam fechadas, todas as cortinas abaixadas. De tão pesado, eu poderia sentir que estava atravessando o ar a nado. Parado no corredor, vi uma sala de estar no fundo. A TV estava ligada; pelo som, devia ser um talk show americano.

"Esse era o quarto dela", a sra. Steedman disse, abrindo uma porta do lado esquerdo.

O espaço particular da Sonya. Paredes claras, cor-de-rosa. Carpete rosa-escuro. A última vez que esteve aqui, ela estava se arrumando pra me ver. Eu queria ficar olhando praquelas coisas, tocar nelas, mas não achei que fosse certo fazer isso com a vó da Sonya ali.

"Engraçado", ela disse. "Porque ela nunca me deixava entrar, nem pra limpar. Eu dizia que ia passar o aspirador de pó, mas ela não queria. Agora eu posso entrar quando quiser. A gente discute por coisas muito estúpidas."

"É."

Que nem o Andre e eu, gritando um com o outro pra decidir quem seria o Michael quando a gente imitou os Jackson 5 pro meu pai.

Brigando porque eu olhei dentro da caixa no guarda-roupa dele.

"Vou colocar a chaleira pra esquentar", a sra. Steedman disse e saiu, deixando a gente ali.

"Ela fala que nem um robô", Tish cochichou.

"Devem ter dado um monte de remédios pra ela ficar calma. Foi o que rolou com a minha mãe depois do acidente do Andre. Deve ter sido a mesma coisa depois que meu pai morreu, mas não sei. Ela tava meio que esperando por isso."

Tish mordeu o lábio, como se estivesse tentando segurar alguma coisa. Mas daí ela olhou em volta.

"Esse quarto é tipo... Não é a cara dela."

Entendi o que ela quis dizer. A sra. Steedman deve ter tentado de verdade melhorar as coisas pra Sonya. As cortinas floridas tinham cores vivas e combinavam com a colcha, que estava jogada como se Sonya tivesse acabado de sair dali. Tinha uma mesinha de cabeceira cheia de coisas. Ela devia estar colecionando uns enfeites de vidro, coisas do mar, tipo sereias e golfinhos. Também tinha potes de creme pro rosto e pro corpo. Esmalte de unhas. Spray de cabelo. Uma chapinha estava jogada num canto, ainda na tomada, mas desligada.

"Contos de fadas", Tish disse, apontando pra estante de livros do lado da cama da Sonya.

"Sei lá, vai ver alguém deu pra ela."

Eu ainda não tinha passado da porta. O cheiro de incenso veio pelo corredor e grudou na minha garganta. Por baixo, aquele cheiro de fumaça de cigarro.

Tish se endireitou.

"E agora?"

Só Deus sabe.

"Achei que vocês gostariam de ver isto aqui." A sra. Steedman abriu a porta com os braços cheios de álbuns de fotografia. "Se tiverem tempo."

"Obrigado."

Estiquei os braços pra pegar os álbuns, mas a sra. Steedman os equilibrou na dobra do braço e abriu o que estava em cima. Olhei pra Tish e ela mexeu a cabeça, querendo dizer algo como: "Não era isso o que você queria?". Fomos pros nossos lugares, um de cada lado.

"Essas são da Sonya quando ela era bebê."

"Oooh", Tish murmurou. "Que linda."

"Ela tinha um mês mais ou menos. Acho que esta aqui é de duas semanas depois."

Eram centenas de fotos em capas de plástico. Era difícil ver a diferença entre algumas delas, mas a sra. Steedman sabia quando e onde cada uma tinha sido tirada. Ela mostrou pra gente a Sonya no seu batizado, numa túnica longa e folgada. E Sonya na primeira comunhão, com um vestido cheio de babados e sapatos prateados.

"Esta aqui é ela." A sra. Steedman apontou. "Vestida de Veruca Salt."

Conforme a gente virava as páginas, Sonya ia ficando mais alta e loira, e a sra. Steedman, mais magra e grisalha. Não vi sinal da mãe nem do pai da Sonya, mas às vezes aparecia um cara velho com uma cara triste que devia ter sido o avô.

Tish estava se saindo muito bem, sorrindo e dizendo as coisas certas.

"Lembro do meu aniversário de seis anos", ela disse, apontando pra uma foto cheia de crianças em volta de uma mesa. Sonya soprava as velas, mas estava olhando pra câmera. "O primeiro que você foi, Milo."

Eu lembrava bem disso. Foi alguns meses antes do meu pai morrer, mas eu ainda achava que ele estava melhorando. De alguma forma, ganhei todas as brincadeiras da festa.

A sra. Steedman virou a página. Sonya devia ter 12 ou 13 anos nessa foto. Ela estava com uma mulher mais velha e as duas usavam jaquetas vermelhas idênticas, os braços em volta uma da outra.

"É a mãe da Sonya?" Tentei parecer tranquilo. A mulher sorria pra Sonya, o cabelo castanho-claro caindo nos ombros. Olhei bem. Era a Melody Harmony? Poderia ser.

"É." A voz da sra. Steedman estava desanimada. "Hayley. Ela deu algum nome bobo pra Sonya do qual ninguém nunca ouviu falar. Mas ela sempre foi Sonya pra gente." Outra página. "Natal. Primeiro ano, acho. Sonya foi uma pastora, mesmo que eu tenha dito pra professora que ela devia ter sido Maria. Esta aqui foi num piquenique que fizemos logo depois que a Hayley foi embora de novo. A gente achou melhor distrair Sonya um pouco."

"Pra onde ela foi?" Tish perguntou.

A sra. Steedman virou a página.

"Cadeia."

"Oh." Como se Tish não pudesse adivinhar.

A srta. Steedman ignorou.

Fotos da escola. Mais festas de aniversário. Viagens pra Southend. Meus olhos vagaram pelo quarto de novo. A sra. Steedman *tentou* deixar o lugar bonito, mas o quarto não parecia combinar com Sonya. Talvez Sonya fizesse esse tipo quando era criança, daí ela cresceu e não cabia mais ali. Agora a cama estava toda bagunçada e seus chinelos estavam cada um de um lado do quarto, como se ela tivesse saído pela porta dando piruetas. Tinha uma camiseta e uma legging jogadas no encosto de uma cadeira. Ela deve ter feito que nem eu, colocando e tirando as roupas antes de sair. De repente senti uma dor no peito e ficou difícil respirar.

A sra. Steedman apontava outra foto. Sonya estava com outra garota loira, as duas de biquíni numa praia.

"Ela foi pra Ibiza", a sra. Steedman disse. "Achei que era muito nova pra ir, mas a mãe dela achou que tudo bem e deixou."

As fotos e o quarto e o incenso. As paredes se fechavam mais e mais.

"Sra. Steedman?"

Ela olhou pra mim.

"Eles sabem o que aconteceu com a Sonya?"

Tish respirou fundo, mas a sra. Steedman só balançou a cabeça.

"Estão fazendo os exames hoje, mas deve demorar algumas semanas pros resultados saírem." Outra página virada, daí o álbum fechou. "Talvez você devesse me contar o que aconteceu", ela disse. "Você estava lá."

A sra. Steedman estava bem perto de mim. Era a maquiagem que a fazia parecer uma boneca velha de plástico, uma camada grossa de pó.

"Não sei muita coisa", respondi. "Não mesmo. A gente... É..."

"Drogas." Uma lucidez nos olhos da sra. Steedman que não estava ali antes. "Eu sei. Eram suas?"

Balancei a cabeça.

"A polícia contou que você disse isso."

"É verdade." Tentei manter a voz calma. "Não eram."

"Eu acredito em você."

"Mesmo?"

Depois do discurso dos guardas dizendo que eu magoaria a família da Sonya e que eles não gostariam de ouvir coisas ruins sobre a filha?

Depois que eles praticamente me acusaram de traficar e de ter matado alguém na frente da minha mãe?

"Não foi a primeira vez."

Tish cutucou a minha perna. Eu ignorei.

"Ela podia deixar a porta trancada", a sra. Steedman continuou. "Mas isso não significa que eu sou idiota. No fim, não me saí bem com Sonya assim como não me saí bem com a mãe dela. Os problemas sempre achavam a Hayley."

"Que problemas?" As palavras saíram de mim e da Tish ao mesmo tempo.

A sra. Steedman virou uma página, mas nem olhou pro álbum.

"Os de sempre."

"E o que eram?"

"Drogas, cadeia, drogas, cadeia. Dava até pra acertar o relógio com o ritmo."

"A senhora acha que ela envolveu a Sonya?", perguntei.

A sra. Steedman franziu as sobrancelhas. A neta nem tinha sido enterrada ainda e eu estava ali, na casa dela, acusando sua filha das mesmas coisas que a polícia tentou jogar pra cima de mim. Abri a boca pra me desculpar, mas ela já estava falando.

"A gente se envolvia na vida da Hayley querendo ou não. Mesmo quando ela não estava aqui, o serviço social trouxe os bebês pra gente. O padrasto dela não queria as crianças em casa. Sonya só conseguiu ficar porque ele estava doente demais pra discordar." Ela voltou pra foto da Sonya na praia. "Foi sua primeira viagem pra Ibiza. A mãe dela que arranjou. Hayley deveria ir, mas não deu. Eles a prenderam no presídio de Styal, em Cheshire, muito longe pra gente visitar." Ela olhou pra mim e depois pra Tish. "E depois Sonya começou a trancar a porta do quarto." Ela enfiou os álbuns embaixo do braço e colocou a outra mão no meu ombro, tão de leve que nem senti direito. "Mas a última pessoa com quem ela esteve foi você."

"Foi."

"Obrigada. Estou feliz por saber disso agora." Ela soltou meu ombro e abriu a porta do quarto.

Tish foi bem rápido até a porta da frente.

"Foi muito gentil da sua parte convidar a gente pra entrar." Os olhos dela estavam me dizendo pra andar logo e cair fora.

Não me mexi. Tive a impressão de que a rajada de ar que entrou pela porta da frente poderia desmanchar a sra. Steedman em pedacinhos. Respirei fundo, tentando achar as palavras, e toquei o braço da sra. Steedman.

"Sonya era linda", eu disse. "Tipo, não só o rosto. Mas o jeito dela comigo. Ela me tratou como se eu fosse importante."

"É mesmo? É... Minha menininha..." A voz da sra. Steedman virou um sussurro como se ela tivesse perdido toda a energia pra falar. "No fundo ela ainda era a mesma." Os braços dela despencaram e os álbuns caíram no chão. "Desculpa." Ela se abaixou, tentando juntar as fotos espalhadas.

"Não se preocupa." Tish pegou o braço dela e a levantou. Ela me deu uma olhada. "A gente arruma."

Tish levou a sra. Steedman pelo corredor até a sala. Arrumei os álbuns numa pilha — sete, oito deles, todos carregando o peso da vida de Sonya.

"Marlon?" Era a voz da Tish.

Deixei os álbuns no quarto e fui até ela.

A sala de estar era grande e escura. Uma lareira elétrica estava acesa, com velas queimando nuns pires em volta dela, cigarros apagados do lado. As varetas dos incensos estavam espetadas em um vaso de planta perto da TV. A moldura da lareira estava coberta de fotos da Sonya.

A sra. Steedman estava deitada no sofá.

"Tem certeza de que não quer que a gente ligue pra alguém?", Tish perguntou.

"Não, só vou ficar deitada aqui um pouco. Mas não acharia ruim uma xícara de chá. A cozinha fica na frente do quarto da Sonya."

"Claro." Tish saiu e fechou a porta.

"Desculpa", eu disse. "Não quis vir até aqui pra piorar as coisas."

"Não tem como piorar." Ela fechou os olhos. "Mas estou feliz que você veio. Não paro de imaginar o que eu poderia ter feito. Proibir Sonya de sair? Ligar pro serviço social? Tudo que eles diziam é que, na idade dela, não dava pra fazer nada, a menos que quisesse prender a menina também."

Pensei no Andre e nas incontáveis vezes que minha mãe tentou falar com ele.

"Acho que a senhora não poderia ter feito nada."

"Obrigada." A sra. Steedman se endireitou no sofá. "Você já perdeu alguém próximo?"

"Meu pai."

E meu irmão.

"Achei que sim. Só alguém que entende poderia ser tão corajoso pra bater na minha porta."

"Também fiquei pensando numa coisa." Tentei não fazer essa pergunta, mas ela saiu mesmo assim. "Por que eu?"

A sra. Steedman esfregou as palmas das mãos nos olhos.

"O que você quer dizer?"

"Foi como se ela tivesse me escolhido. Foi tipo... Não sei. Garotas como ela não falam comigo, mas ela foi até a minha casa."

Olhei pra porta. Se Tish entrasse, ela taparia a minha boca e me arrastaria pra fora dali.

"Por favor, sra. Steedman, se a senhora souber por que ela me escolheu, me conta."

"Desculpa. Eu não sei."

Rezei pra que não tivesse leite nem chá, ou que a Tish tivesse que lavar umas canecas. Qualquer coisa pra impedir que ela entrasse agora.

"Por mais que todas essas coisas tenham acontecido comigo, eu ainda acho que a Sonya era uma pessoa legal. Não sei nada sobre ela. Só queria entender", eu disse.

A sra. Steedman estava olhando pra lareira cheia de retratos. Algumas eram fotos da escola e outras foram tiradas em parques de diversão, quando a câmera pega você gritando com as mãos levantadas.

"Não tem como entender", ela disse. "As pessoas fazem o que fazem. A polícia deu uma chance, mas ela não aproveitou."

Olhei pra porta de novo.

"Às vezes as pessoas fazem o que fazem por algum motivo e, se você descobre, tudo fica... Sei lá, isso ajuda."

Ela ficou ali sentada, ainda encarando as fotos. Quem sabe pudesse enxergar um mundo onde Sonya ainda estivesse viva.

"Meu irmão tava dirigindo um carro que bateu num muro e matou o melhor amigo dele. Todo mundo tentava dizer que meu irmão tava bêbado ou drogado, mas ele tava sendo perseguido."

Ela estava me olhando agora. Eu continuei.

"Eles prenderam o cara que tava atrás deles. Daí acharam todas as coisas do cara na casa dele — armas, drogas, um monte de coisa. Meu irmão fez uns lances ruins, mas não daquela vez. Ele e o amigo, Sharkie, estavam voltando da farmácia com um remédio pro bebê do Sharkie. Só isso. Acho que minha mãe só conseguiu passar por isso porque ela sabia que o cara foi preso e que dessa vez meu irmão não tinha feito nada errado."

A sra. Steedman balançou a cabeça.

"O que você quer?"

"Quero entender a Sonya um pouco melhor. Ela tava com aqueles comprimidos, mas, quanto mais eu penso nisso, mais parece que ela tava fazendo as coisas só porque tinha que fazer, como se não quisesse ser a pessoa que ela era. Eu sei que ela tinha qualidades."

Os olhos dela estavam lúcidos de novo.

"Você viu qualidades nela?"

Olhei bem pra ela.

"Vi. E, sra. Steedman... Eu tenho que saber... Tinha uns meninos no parque. Só vi os caras por uns segundos, mas parecia que a Sonya sabia quem eles eram e não queria que estivessem ali. E agora mesmo sua vizinha disse alguma coisa sobre uns bandidos vindo até aqui."

"Tem sempre uns bandidos." A sra. Steedman deu um sorriso azedo. "Às vezes eles estão deste lado da porta, às vezes no outro."

"Quem sabe eu possa ajudar se descobrir quem eles são."

"Você viu qualidades nela?"

"Vi, sra. Steedman."

Ela se esforçou pra levantar, se arrastou até a lareira e passou a mão por trás da fileira de fotos.

"Achei isto aqui no quarto da Sonya." Ela estava segurando um Blackberry, um dos mais baratos, simples, sem capinha. "Depois que a polícia veio, eu só... Eu tinha que entrar no quarto dela e mexer em tudo. Era como uma parte dela que ainda estava aqui e eu tinha que agarrar antes que fosse embora também." Ela piscou com força, apoiando a mão na moldura da lareira. "Achei isto em cima de um dos livros de contos de fadas dela. Nunca tinha visto. Eu ajudava a pagar o outro telefone da Sonya todo mês pra que ela pudesse me ligar e dizer que estava bem."

Ela colocou o celular na minha mão e meus dedos se fecharam ao redor do aparelho.

"A senhora sabe o que tem aqui?", perguntei.

"Só uma lista de nomes bobos."

Ficamos ali nos olhando.

"Milo! Você pode abrir a porta pra mim?"

Coloquei o celular no bolso do meu paletó e deixei a Tish entrar. A sra. Steedman afundou no sofá e fechou os olhos.

Tish entrou carregando uma bandeja.

"Não sabia se a senhora toma com açúcar, então eu trouxe o pote."

Ela trouxe o bule também, uma caneca, um copo de leite e até achou alguns biscoitos.

"Obrigada", respondeu a sra. Steedman. "Você é muito gentil."

Depois que a Tish serviu o chá, a gente foi embora. Ficamos um pouco ali na sacada respirando o ar poluído de Londres, que cheirava a lixo e a coisas que as pessoas estavam cozinhando, mas era melhor que incenso.

"Tinha esquecido que era de dia", Tish disse.

"É, tô ligado no que você quer dizer."

A gente desceu as escadas em silêncio. Tish abriu a porta.

"Conseguiu o que queria?"

"Mais ou menos."

Não olhei pra cara dela.

CORES VIVAS
PATRICE LAWRENCE

6

O Blackberry ficou pesando no meu paletó e, quando o trem balançou, ele se jogou de um lado pro outro no meu bolso. A qualquer momento, ia passar pela costura, caindo pelo forro e indo parar no pé da Tish.

Olhei pra ela; Tish estava perdida nos próprios pensamentos.

"Você descobriu alguma coisa sobre o funeral?", ela perguntou.

"Não, e eu nem ia perguntar isso pra ela. Acho que eles têm que esperar até que o legista fique satisfeito."

"É, pode ser. E se ela quiser que você vá? Você iria?"

"Pode ser."

"Legal. Mas não vou com você. Eu nem conhecia a menina direito e pode ser que tenha um monte de gente da escola lá, competindo pra ver quem chora mais. Aposto que a Melinda tá agora mesmo na Boots procurando um rímel à prova d'água."

Eu devo ter feito cara de chocado porque Tish deu um suspiro.

"Cê conhece essas minas, Milo. Fúteis."

Tomei meu rumo primeiro. É, eu deveria ter convidado Tish pra entrar e ela ficaria um pouco antes de cair fora, mas o Blackberry ia me deixar maluco se eu não fizesse alguma coisa. Enquanto eu girava a chave, minha outra mão já estava no bolso puxando o celular.

Fiquei ali parado no corredor girando e girando o aparelho nas mãos, então liguei. Nada. Aquela porcaria estava totalmente sem bateria.

O telefone fixo estava tocando na sala. Coloquei o Blackberry no bolso outra vez e fui atender.

"Marlon?" Era minha mãe. "Por que você não atende o celular?"

"Foi mal, ele ficou lá em cima e eu tava fazendo..."

"Fazendo o quê? Estou ligando pra esse número faz séculos. Como você acha que eu fiquei quando a escola me procurou? E depois não consegui mais falar com você!"

Senti uma pontada de culpa, mas pelo menos ela estava ligando de Birmingham. Melhor do que se estivesse aqui parada na minha frente.

"O lance da escola", eu disse. "Eu não queria... Eu não..."

"Ouvi a versão da escola, Marlon. E mesmo assim fiquei do seu lado. Mas você está me matando de preocupação. Onde você estava? Por favor, Marlon, salve meu dia e diga que estava estudando."

Segurei o telefone longe da orelha. Como se isso fosse melhorar as mentiras.

"Eu tava com a Tish."

"Inferno." Minha mãe devia estar revirando os olhos. "É sério, Mandisa não precisa de mais reclamações da escola sobre a frequência da Tish. Mas fico feliz que você esteja bem."

"Valeu."

Era só isso?

"Aconteceu mais uma coisa, Marlon."

Minha mão estava no bolso, segurando o Blackberry.

"O quê?"

"O Andre fugiu de novo."

Agora eu estava prestando atenção na minha mãe.

"Quando?"

"Mais ou menos três horas atrás. Deidre Arnold ligou. Parece que o Andre e aquela tal de Saleema brigaram e daí ele fugiu. Ela disse que isso já aconteceu antes e que eles não estão muito preocupados. Mas ela achou que deveria me ligar, pro caso do Andre entrar em contato."

"E ele entrou?"

"Não", minha mãe suspirou. "Tentei ligar pro celular dele, mas tenho certeza de que está sem bateria. Você pode dar uma olhada, Marlon? No lugar de sempre."

"Claro."

E ficaria devendo um favor enorme pro meu irmão quando encontrasse o cara. Se ele não tivesse desviado a atenção de mim, minha mãe teria me feito em pedacinhos, tendão por tendão.

Corri pra cima, joguei o Blackberry na minha cama e saí depressa. Peguei o ônibus bem na hora em que estava saindo do ponto, subi os degraus bufando e despenquei num banco bem na frente. Era o lugar que eu mais gostava quando criança. Andre ia pro fundo, capuz levantado, iPod ligado, fingindo que minha mãe e eu nem existíamos. Ele nunca queria jogar jogos de palavras com a gente nem inventar histórias sobre os passageiros. Ele queria ganhar dinheiro e dar uns rolês com os caras que minha mãe detestava.

Aqui em cima, no último andar, eu estava mais alto que os semáforos. Estava acima da lei. Andre teria gostado disso.

Desci pro parquinho. O conselho municipal construiu o lugar alguns anos atrás, mas ainda estava legal. Virei e entrei no conjunto. O conselho ergueu isso aqui também, mas não passava de três prédios ao redor de um quadrado asfaltado. Nas férias, as crianças ficavam por aí andando de bicicleta e de skate, brincando daquele lance de quem desviar primeiro perde com os entregadores de pizza em suas mobiletes. Hoje só tinha uma mulher lavando o carro, a mangueira saindo pela janela de um apartamento no térreo. A música vinha de um rádio que estava numa cadeira — The Temptations.

Eu poderia parar e perguntar pra ela. Andre não era alguém difícil de notar, mesmo num lugar como este, que juntava todo tipo de gente. Talvez ela estivesse aqui um ano atrás, quando aquela merda começou, tenha visto o que aconteceu com ele e só ignorado. Todos aqueles "amigos" que nunca visitaram meu irmão no hospital, mas que voltaram rastejando pra sua vida quando ele saiu pela primeira vez. O apartamento do Andre era o lugar mais tranquilo, bom pra esconder coisas — drogas, viciados, dinheiro, sei lá mais o quê. O lugar ficou tão cheio que nem tinha mais espaço pro Andre. Bem ali em cima, o apartamento do canto, terceiro andar, com as cortinas vermelhas na janela da cozinha.

"Ball of Confusion" terminou e logo depois começou a próxima música.

Aquelas primeiras notas. The Jackson 5, "I Want You Back". Foi como se elas tivessem acionado uma polia na minha cabeça que puxava coisas escondidas pra fora. Precisei ficar ali parado, só escutando.

Andre tinha visto um lance no *The Cosby Show*, quando a família Huxtable fez uma representação da música do Ray Charles no aniversário dos avós. Ele achou que a gente poderia fazer isso pra animar meu pai. Foi um pouco depois de começar a quimio e o tratamento estava acabando com ele.

Andre achou que a gente devia usar uma música dos Jackson 5 porque tinha cinco caras na banda e nós éramos cinco, pelo menos se a gente contasse Sunflower, a gata. Mas meu pai era a plateia, daí ele não podia participar. Minha mãe disse que ajudaria com as roupas, mas que não estava a fim de dançar. E Sunflower mordia o Andre sempre que ele chegava perto dela. Daí, no fim, a gente usou meus bonecos — Buzz Lightyear como Jackie e Lando Calrissian como Tito. Jermaine foi interpretado pelo Sr. Cabeça de Batata. Eu até fiz umas guitarras de papelão pra eles. Então sobraram Marlon Jackson e meu herói, Michael. Eu tinha que ser o Marlon Jackson, o Andre disse, por causa do meu nome. Sério? Eu sabia que tinham escolhido meu nome por causa do pai do Superman naquele filme.[1]

Dois dias depois a gente ainda estava discutindo o assunto. *Eu* era o mais novo, eu deveria ser o Michael. Tinha sido ideia do Andre, então deveria ser *ele*. Andre não estava acostumado comigo brigando com ele, mas meu irmão estava pronto pra lutar. E eu também. Ele tinha 11 anos. Eu tinha 6. Ele teria ganhado. No fim, minha mãe ameaçou acabar com tudo se a gente não se resolvesse, então dividimos Michael em dois.

Andre começou o trabalho. Assim que eu chegava da escola, ele me fazia ensaiar. Se a gente ia cantar junto com os Jacksons, a coisa deveria sair perfeita. Eu tinha que saber cada palavra. Ele arrastou minha mãe até Dalston pra comprar perucas afro, fez umas golas bem grandes de papel e prendeu na camiseta dos nossos uniformes da escola pra gente ficar igual. Até Lando, Buzz e o Sr. Cabeça de Batata ganharam miniversões.

A gente tinha que esperar meu pai ter um daqueles dias bons, quando ele conseguia comer alguma coisa. Minha mãe o ajudou a descer as escadas até uma cadeira na sala. Até a Sunflower veio e se enrolou no colo dele.

Minha mãe baixou a agulha no disco e, assim que a introdução tocou, meu pai estava sorrindo. Nossa coreografia saiu certinha. Perna pra frente, dobrada, perna pra trás, abaixar o queixo, enrolar os braços. Aquela minha vozinha aguda, a do Andre quase começando a engrossar, daí minha mãe e meu pai, todo mundo cantando junto.

Foi como se a gente pudesse ver a cor do meu pai voltando. E como ele estava feliz, minha mãe também ficava. Ela tirou uma foto, Andre e eu, meu pai e Sunflower. Era a última imagem do álbum de fotos do meu pai.

---

1 Marlon Brando interpretou Jor-El, pai biológico do Clark Kent, em *Superman: O Filme* (1978). [NT]

Empurrei a porta que dava pra escada. A fechadura continuava quebrada e eu passei direto. Andre estava sentado nos últimos dois degraus, os braços em volta dos joelhos e a cabeça enterrada entre as pernas. Aquele era o meu irmão mais velho agora, o malandro, jogado num chão que cheirava a banheiro público.

Por um momento, fiquei ali parado olhando pra ele. Toda aquela raiva, que não foi embora nem quando o meu pai estava no hospital. Todos os gritos e discussões que só pararam quando minha mãe expulsou o Andre de casa. Ele arrumou esse apartamento como se fosse sua própria fortaleza, e minha mãe e eu só fomos visitar o lugar depois do acidente.

"Andre?"

Meu irmão olhou pra cima. Os óculos dele estavam tortos e eu não conseguia parar de encarar a cicatriz que quase dividia a cara dele em dois.

Segurei a porta aberta.

"Cê ouviu isso?"

"Não ouvi nada."

A voz do Michael implorando pra ser perdoado...

"Jackson 5. 'I Want You Back'. Lembra? Fizemos aquele lance pro pai."

"Não me lembro de nada." Ele ajeitou os óculos e baixou a aba do boné. "E não lembro de já ter gostado do Michael Jackson." Ele riu sozinho. "Arrã. Eu e o Michael Jackson. Que zoado."

A polia na minha cabeça travou e girou pra trás: meu pai, Sunflower, minha mãe; todo mundo feliz, todos desaparecendo.

Andre levantou os óculos e deixou cair.

"Qual é o seu nome mesmo?"

"Marlon. Seu irmão."

"Isso, isso. Você parece meu amigo."

"Eu sei. Você sempre diz isso." Estiquei a mão pra ele e o ajudei a levantar. "Tava preocupado com você."

Andre segurou o meu ombro como se quisesse me abraçar.

"Eu tento me lembrar de você, mas você some e vejo o Sharkie. Sei lá."

Também não entendo. Você se lembra da mãe e até de Jonathan, mas fica me deixando cair no esquecimento.

"O que aconteceu com o Sharkie? Ele nunca vem me visitar."

"A gente pode falar disso depois." Eu estava fugindo do assunto, mas não conseguia lidar com tudo isso agora.

"Cê já me contou", ele disse. "Né?"
Eu confirmei com a cabeça.
"Tinha uns caras atrás da gente, né?"
"É."
"Filhos da mãe!" Ele empurrou a porta com tudo.
Segui Andre até o pátio.
"Vou levar você pra casa."
"Minha casa é aqui! Não naquele lugar! Eu disse praquelas pessoas. Aquela indiana magrela, cara! Mano, é bom ela não brincar comigo. Eu disse pra ela que tenho amigos!" Ele estava gritando agora. A mulher do carro olhou pra gente, daí ligou o rádio, o baixo bem alto no meio dos chiados. Ela deve ter mudado de estação. "Ali!" Andre apontou pra cima. "Aquele é meu apartamento! Mas aquela desgraçada não me deixa entrar."

"Andre, você não mora mais lá."

"Cê acha que eu sou idiota?" Ele endureceu o corpo e fechou a mão. "Cê acha que a minha cabeça tá toda zoada e que eu não sei de merda nenhuma?"

Saí de perto dele. O Andre triste, o Andre mau, o Andre nervoso, todos ali em conflito. A parte da frente do cérebro dele foi esmagada contra o crânio. Todo aquele incômodo e aquela raiva que restaram ali ficaram maiores e mais intensos.

Minha mãe sempre mantinha a calma; eu tinha que fazer a mesma coisa.

"Cê não mora mais aqui, Andre. Lembra do que aconteceu quando cê saiu do hospital? Todas aquelas pessoas passando por aqui e trancando você pra fora da sua própria casa? A polícia pegou você e levou pra casa da mãe."

Andre me encarava como se eu fosse o inimigo.

"Cê chamou os guardas pra me pegar?"

"Não. Eles acharam você perto da Hackney Central. Cê ficou sentado ali na plataforma por horas."

Andre deu um tapinha na cabeça, seu corpo relaxou; mudança de humor instantânea.

"O computador ainda não tá funcionando direito. Uma daquelas pessoas disse que foi tipo um problema no disco rígido. As atualizações não entram."

A não ser pelo fato de que você pode reiniciar os computadores com as informações que quiser. Pode consertar e repor as peças quebradas. Jogar fora e arranjar um novo.

"Vou ligar pra mãe", eu disse. "E avisar que eu achei você. Daí vou levar você de volta. Tenta não deixar a Saleema encher o seu saco."

"Quem?"

"A menina com quem você brigou."

Andre enrugou a testa e sorriu.

"Ah, cê tá falando da indiana. Ela é de boa, cara."

Deidre Arnold estava por perto, em alguma reunião, e topou buscar o Andre. Ela estacionou uma van cheia de ferramentas de jardinagem.

"Então era aqui que você morava", ela disse.

"Uma merda de lugar", Andre resmungou.

"Parece bom", Deidre comentou, levantando as sobrancelhas.

Andre abriu a porta traseira e entrou no carro.

"Você pode sentar na frente se quiser", Deidre disse, com cara de surpresa.

Andre soltou um grunhido e começou a mexer no cinto, tentando travar o fecho. Ele tinha mania de se gabar por ser o cara em Hackney que bolava o baseado mais perfeito em menos tempo. Ele até mostrou pra mim, os dedos rápidos enrolando e fechando o baseado, tipo, como se ele estivesse fazendo uma Tower Bridge de seda. Agora o fecho ficava batendo nas laterais do encaixe e não entrava. Ele estava resmungando umas palavras que minha mãe baniu de casa, falando mais alto enquanto o fecho desviava cada vez mais do alvo. Deidre Arnold me olhou meio em dúvida. Era óbvio que ela não tinha lido a ficha do Andre com muita atenção.

Passei a mão por cima do Andre, esperei que ele relaxasse e daí coloquei o fecho no lugar. A coisa travou.

"É, valeu, mano."

Andre fechou a porta do carro e olhou pra frente. Deidre Arnold ligou o motor, me deu um tchauzinho pela janela da van e pegou a estrada.

Fui pra casa também. Vinte minutos, se o trânsito estivesse bom, e eu estaria de volta ao meu quarto com o Blackberry. Tinha que achar um carregador velho em algum lugar. Minha mãe tinha uma caixa cheia deles.

A rua estava travada. Pela janela do ônibus, vi um cara falando ao telefone numa agência imobiliária. Em milhares de anos, todos nós poderíamos desenvolver supercérebros. Trocaríamos memórias ou consertaríamos danos cerebrais automaticamente, como fazemos com a nossa pele. Ou seríamos telecinéticos. Eu forçaria algumas células cerebrais e o Blackberry levantaria da minha cama, sairia pela caixa de correio e voaria pelas ruas até mim. É, num período de milhares de anos, a gente seria capaz de fazer tudo isso, mas se bobear continuaria preso no trânsito.

O motorista avisou que dois ônibus bateram na Mare Street e abriu a porta traseira antes que os passageiros quebrassem o sinal. Eu saí antes que as portas estivessem totalmente abertas, fui correndo pelo pátio da igreja e passei na frente da delegacia. Quem estaria trancado naquela cela fedida e fria agora?

Corri pela rua, quase derrapando pra conseguir parar na frente da minha casa e enfiei a chave na fechadura.

"Ei!" Tish estava inclinada pra fora da janela do quarto dela. "Peraí!"

Ela desapareceu. Eu poderia fazer tudo muito rápido, abrir a porta, correr pra dentro e fechar. Eu poderia... Isso se Tish não fosse ficar batendo e chutando minha porta até a polícia chegar pra fazer alguma coisa.

Ela veio correndo da casa dela.

"Vamos ver como é que é!"

"Oi?"

"Cê tá de brincadeira, né?" Ela estava fazendo uma careta. "Não vai mesmo me contar? Que saco, Milo!"

"Não sei do que cê tá falando."

"O celular, Marlon! Aquele que a vó da Sonya deu pra você!"

"Cê tá me espionando, Tish?"

"Se liga." Tish me empurrou e passou por mim. "Cê sabe o que dizem sobre as chaleiras. Eu é que não ia ficar ali esperando a coisa ferver, né? Fui pro corredor e peguei a conversa pela metade."

"Xereta!" Mas eu estava sorrindo. Tish, a espiã, encostada na parede, a mão na orelha — era engraçado.

"E ainda bem que eu fiz isso", ela disse. "Cê tem noção de como foi difícil ficar calada no trem? Pensei que eu deveria dar um tempo e deixar você me contar do seu jeito. Mas você, seu sacana, cê tava planejando ficar de boca fechada, né? Então, o que tem nele?"

"Não sei. Tá sem bateria."

"Vamos ver."

Subi as escadas correndo e peguei o celular. Ela deu uma olhada na entrada do carregador.

"Tenho um que serve. Espera aí."

Ela saiu pela porta e voltou logo depois. Ligamos o celular na tomada da sala e esperamos que a bateria ganhasse vida.

"Acho que era o celular que ela usava pras drogas", Tish disse.

"Como você chegou a essa conclusão?"

"Como você não chegou a essa conclusão?" Tish pareceu empolgada. "Cê não ouviu o que a vó dela disse? A mãe da Sonya era drogada. Ela deu um jeito da Sonya ir pra Ibiza. Ela devia estar levando ou trazendo bagulho. Na real, poderia ser as duas coisas."

Sonya, uma traficante fodona? Não. Ela sentou bem onde Tish estava agora, inclinada na minha direção, ouvindo. Siouxza.

"Boa", eu disse. "Titian Harding-Brooks. CSI Hackney."

"Oi?" Tish ficou nervosa de verdade. "Cê acha que aquele cabelo loiro adorável e o sorrisinho fofo significam que ela não poderia passar pela alfândega carregando um monte de drogas pra vender?"

"Eu não disse isso."

Ela pegou o Blackberry e segurou como se quisesse jogar o celular em mim.

"Mas é o que cê quer pensar."

"Para com isso, Tish! Não acho certo ficar falando dela desse jeito."

"Cê queria saber porque ela escolheu você."

"A gente concordou que foi porque eu não sou idiota. Lembra?"

Tish não riu.

"Bom, vamos ver se eu tô certa?"

A tela acendeu.

"Sem senha." Tish balançou a cabeça. "Nem um pouco profissional, né?"

"Vai ver ela ficou de saco cheio e parou de ligar."

"É", Tish disse. "Pode ser. Certo." Ela deu uma olhada nas mensagens. "Nada. Nem fotos. Tá vendo?" A cara da Tish estava me desafiando a discutir. "Um típico celular de traficante. Não tem nada que possa dar problema. Vamos ver os contatos. Arrã. Diamond." Ela chegou mais perto de mim. "Tá vendo, Marlon?", eu estava vendo.

Hess, Orangeboy. Orangeboy? *Diz pro sr. Orange...* Tish continuou passando pela lista. Rizz, Rodge. Stunna, Westboy.

"Que nomes idiotas", ela estava dizendo. "Fico pensando quem pode ter inventado. Talvez Stunna seja tipo muito feio. Ou o Westboy mora em Essex. Vou dar uma olhada nos números. Pode ser que alguém tenha sido muito estúpido e passado um número fixo... um cartão-postal bem legal pra polícia dizendo 'Vem me pegar!'. Nunca se sabe."

Fiquei olhando. O número do Diamond era um celular. E também o do Hess. E Orangeboy...

"Para aí, Tish."

"Que foi?"

"Orangeboy. Olha."

Ela olhou pra mim e daí voltou pro telefone.

"Caramba, Marlon! Orangeboy. É o seu número, né?"

Eu confirmei com a cabeça.

"O que seu número tá fazendo no celular de traficante dela?"

"Como eu vou saber? Você é a entendida nessas coisas!"

Ela cutucou a tela.

"Orangeboy."

"Já saquei, tá?"

Tish se encostou.

"Qual é? Conheço você faz muito tempo e sei quando cê tá escondendo alguma coisa. Fala comigo."

Ela cruzou os braços e ficou ali sentada como um Buda. Olhei pro celular. Nenhuma resposta estava piscando naquela tela quebrada, mas uma voz ficava cada vez mais alta na minha cabeça, a voz de um mano com aquela mensagem. *Diz pro sr. Orange que eu tô chegando.*

Tish cutucou o meu braço.

"Parece que você tá pensando em alguma coisa, dá pra ver pela sua cara. E cê tá tremendo, irmãozinho."

Tentei não prestar atenção na Tish. Eu tinha que entender isso primeiro. Sonya bateu na minha porta. Veio até a minha casa e me fez sentir importante, e fez isso muito bem. Mesmo agora, pensar nisso mexia com o meu coração. A gente foi pro parque e ela pediu pra eu carregar as balas dela. E daí... O que aconteceu depois não foi planejado. Agora eu estava com o Blackberry dela e um monte de ligações perdidas de algum malandro que passou trotes pro meu celular. sr. Orange. Orangeboy. Não podia ser coincidência, certo?

Será que ele estava vindo atrás de mim? E, se fosse isso, será que eu queria segurar essa barra sozinho?

Os dedos da Tish agarraram minha nuca.

"Fusão mental vulcana[2] chegando!"

Tirei a mão dela dali.

"Vamos falar sério, tá?"

Pareceu que ela ia dizer alguma coisa, mas mudou de ideia.

"É isso", eu disse. Saquei meu celular e coloquei a mensagem pra tocar no viva-voz.

"Uau!" Ela balançou a cabeça. "Que louco!" Ela ouviu de novo com o celular encostado na orelha. "Não reconheci a voz."

"Nem eu."

"Orangeboy. Sr. Orange." Ela colocou meu celular ao lado do Blackberry. "No que foi que você se meteu?"

"Não sei. Não me ligaram mais depois disso."

"Mas agora cê tem o celular da Sonya. Fico pensando por que a vó dela deu esse lance pra você."

"Pensei que cê tinha ouvido a conversa toda."

A Tish franziu as sobrancelhas.

"Não, tipo, tô pensando se ela sabia o que era. A polícia também deve ter perguntado um monte de coisas. Por que ela não deu o celular pros guardas? Cê já tinha visto esse aparelho antes?"

"Sei lá. E não."

O celular da Sonya era pequeno e rosa. Eu vi quando ela colocou meu número. M-A-R-L-O-N. Não o idiota do Orangeboy. Nem Stunna. Nem Westboy. Nem nada daquela porcaria.

"Orangeboy. É um nome estranho", Tish disse.

"É, percebi."

"*Orange*... O que é laranja?" Tish pareceu pensativa. "Olha, tem uma menina na minha série, a Lila. Ela usa um balde daqueles lances de bronzeamento artificial."

"Pelo amor de Deus, Tish."

"Desculpa, só tô pensando alto."

"Agente laranja", eu disse. "Foi um veneno usado na Guerra do Vietnã."

---

2   Referência a uma técnica de fusão mental fictícia, originária da saga *Star Trek* que consiste em misturar sua mente com a de outra pessoa. [NT]

"Cê não é tão tóxico assim, senhor... Ah." Ela fechou a cara.
"Que foi?"
"Não sei quem é Orangeboy, mas tem um sr. Orange famoso."
"Quem?"
"Já assistiu a *Cães de Aluguel*?"
Balancei a cabeça.
"Caramba, Milo. Cê podia ver menos ficção científica e mais ação! Todos os gângsteres tinham codinomes de cores — sr. Pink, sr. White, sr. Blonde e por aí vai."
"E sr. Orange."
"Isso. Era o policial infiltrado."
"Um cagueta?"
"É."
Será que eles pensavam que eu era cagueta? Contei pra polícia que as balas eram da Sonya, mas ela já tinha me registrado como Orangeboy no outro celular dela antes disso, quando eu não sabia de nada. Eu não poderia ter caguetado nada.
Agarrei o Blackberry.
"O que cê tá fazendo?" Tish fez cara de assustada.
"Tá tudo errado. Quanto mais eu penso nisso, mais perguntas eu tenho. Alguém deve ter umas respostas."
O primeiro da lista era o Diamond. Apertei o botão de chamada. Silêncio. Discagem de número. Conexão. Mais silêncio.
Esperei um pouco.
"Alô?"
A linha caiu. Tentei o número de novo, mas só dava caixa postal.
"E aí?" Tish estava quase arrancando o telefone da minha mão.
"O Diamond não tá a fim de falar."
"Tenta outro!"
"Pelo amor de Deus, o que cê acha que eu vou fazer?"
O próximo era Stunna; direto na caixa postal. Westboy, número inexistente. Diamond de novo: chamando, chamando, chamando — conexão! Prendi o fôlego. Agora seria um bom momento pra ter aqueles poderes telecinéticos. Eu faria o telefone do Diamond grudar na orelha dele até o cara falar comigo.
Uma voz gritou: "Eu disse pra você não ligar de novo!".
Olhei pra Tish.

"Caramba, Milo! Vai logo! Coloca no viva-voz!"

"Alô?" Usei o tom que minha mãe gostava, formal. "Oi! Espera, não..." A linha caiu.

Tentei de novo. Caixa postal.

Troquei o Blackberry pelo meu celular e escrevi uma mensagem curta: SONYA MORREU. POR FAVOR ME LIGA.

Meu telefone tocou quase em seguida. Tish pegou o aparelho e colocou no volume máximo.

"Quem é você?" A voz tremeu um pouco.

"Meu nome é Marlon. Eu tava com ela quando ela morreu."

"Isso foi uma ameaça?" A voz saiu quase num sussurro. Tish estava me cutucando, tentando aproximar a orelha da parte de trás do celular.

"Não! A gente tava no parque. Fomos naquele brinquedo e..."

"Caramba! Foi você? E ela? Eu ouvi falar sobre. O que aconteceu?"

"Não sei. Ela tava viva e daí não tava mais."

Uma pausa.

"Só isso?"

"O que cê quer dizer?"

"Sonya tava carregando alguma coisa?"

Tish me deu aquela olhada superior.

"Conta pra ele", ela cochichou. "Senão ele não vai falar nada."

"O que cê acha que ela tava carregando?", perguntei.

Silêncio. Tish me cutucou tão forte que eu quase caí pro lado.

"É", eu disse. "Umas balas."

Mais silêncio. Tish dobrava os dedos como se estivesse lutando contra ela mesma pra não arrancar o Blackberry da minha mão.

Ouvi um som abafado, tipo uma risada.

"Ela pediu pra você guardar as coisas, né?"

"É". As palavras saíram num murmúrio. "Cê sabe por que ela tava com as balas? Quem deu aquilo pra ela? Ela fez a mesma coisa com..."

Diamond finalizou a ligação.

Diamond. Diamond. Diamond. Liguei pra ele do meu celular e nem ocultei o número. Mas o Diamond não estava a fim de brilhar.

Tentei Rodge. Número inexistente.

"E agora?", Tish perguntou.

"Vou continuar tentando."

Lá pelas 20h, ouvi minha mãe entrar pela porta da frente. Desci as escadas e fui pra cozinha enquanto ela colocava sua sacola da Tesco na mesa.

"Hoje só aguento comida pronta." Ela fez uma careta pra estante de livros. "Vou ter que virar o Jamie Oliver pra parede. Não aguento esse olhar acusador." Ela enfiou a mão na sacola. "Espaguete e almôndegas ou curry verde tailandês?"

"Almôndegas, por favor."

"Certo. Você coloca no micro-ondas e eu arrumo os pratos."

Tirei a comida da embalagem de papelão e fiz uns furos no plástico. Minha mãe abriu uma garrafa de vinho e serviu uma taça. Ela percebeu meu olhar.

"A regra de nunca-beber-na-segunda taí pra ser quebrada, ainda mais depois dos últimos dias. Consegui escapar do último seminário pra ter uma longa conversa com Deidre Arnold." Minha mãe deu uma golada no vinho. "Ela disse que tem um lance de amor e ódio entre o Andre e aquela tal de Saleema. Comecei a me perguntar se é com a parte do amor que eu deveria me preocupar. A única coisa que ele nunca fez foi trazer um bebê pra eu cuidar. E", ela riu, "não estou esperando que você compense essa falta, Marlon."

Até parece! E ela sabia. Era por isso que podia rir.

O micro-ondas apitou. Dei uma mexida no espaguete. Minha mãe apoiou a taça, veio até mim e me deu um beijo na bochecha.

"Obrigada por cuidar do Andre", ela disse.

"Ele é meu irmão."

"Mesmo que às vezes não consiga lembrar disso."

Fechei a porta do micro-ondas e zerei o timer. Minha mãe estava me olhando por cima da taça de vinho.

"Contei pra Deidre a história toda sobre o Sharkie e o acidente de carro", comentou.

"A história toda?"

"É. Acho que ela ficou meio impressionada com a coisa do cinto."

"É, pareceu."

"Ela também quis saber se o Andre teve algum contato com a família do Sharkie."

"Por quê?" Minha mãe deve ter ficado tão brava quanto eu com esse papo. "Você contou pra ela que a mãe do Sharkie cuspiu em você na igreja? Ela queria que o Andre morresse, pelo amor de Deus!"

"Não." A voz da minha mãe estava firme. "Não contei isso pra ela, porque, se fosse o contrário, eu teria feito exatamente a mesma coisa. Sabe, quando o seu pai morreu, às vezes eu ficava olhando pra alguns estranhos na rua. Eu pensava: 'Por que você não morre pra que o Jes possa voltar?'. Esse tipo de luto tira tudo que há de bom na gente." Minha mãe estava parada bem na minha frente. "Eu sei que minha vontade é proteger o Andre, mas pode ser que ter perdido o contato com todos os amigos não ajude. Nem todos tinham mau caráter, certo?"

Nem todos, mas *quase* todos.

Foi uma noite estranha. Foi como se minha mãe tivesse decidido não falar sobre a minha briga com o Yasir, mas ela me deu umas olhadas disfarçadas quando achava que eu não estava prestando atenção. Fiquei lá embaixo com ela e deixei os dois celulares no meu quarto. Assistimos a um programa de tecnologia, reclamando do tamanho do prêmio da competição, mas mesmo assim comentamos todas as coisas que a gente não ligaria de ter. Aquelas botas saltitantes estavam no topo da lista da minha mãe. Daí o Andre ligou, pedindo desculpas por ter assustado minha mãe mais cedo. Ele se acertou com a Saleema e os dois prometeram parar de gritar um com o outro. Minha mãe deu um sorrisinho e fingiu que estava balançando um bebê nos braços.

Desligamos as luzes do andar de baixo por volta das 23h.

Lá em cima, no meu quarto, peguei os dois celulares e liguei de novo pra todos os contatos da Sonya. Ninguém atendeu.

Devo ter cochilado porque de repente já faltavam doze minutos pras 4h e o meu celular estava tocando aquela música estúpida da Beyoncé que Tish baixou. Peguei o aparelho e dei uma olhada na tela, que dizia "desconhecido". Soltei o ar devagar, me forçando a segurar bem o celular enquanto meu cérebro dizia pra eu largar e desligar.

O brilho da tela apagou. Depois de um tempo, acendeu de novo. Segurei o telefone na orelha.

"Quem é?"

Uma risada.

"Que merda, né?"

"Quem é?"

"É uma merda mesmo quando um número desconhecido liga e você não tem ideia do que a pessoa vai dizer."

Saí de baixo do edredom, fui até a janela e olhei pra fora. A rua estava vazia. O que eu estava esperando ver, pelo amor de Deus? Um cara de tranças me encarando?

Aquela voz. Certinha, um tom meio irregular, eu já tinha ouvido antes.

"Diamond?", perguntei.

"Não sei do que você está falando."

Claro. O cara não fazia ideia de que ele era o Diamond pra Sonya, tipo Marlon, também conhecido como Orangeboy.

"Não quis assustar você", eu disse.

"Não assustou."

Meu coração poderia abastecer a energia da Enterprise.[3] Aposto que o dele também.

"Olha", continuei. "Só tô tentando descobrir o que aconteceu com a Sonya."

"É verdade? Ela morreu mesmo?"

"É. Foi mal."

"Caramba." A respiração dele e daí silêncio. "Então, como você conseguiu este número?"

"A vó da Sonya me deu o telefone dela..."

"A vó dela?"

"É. A Sonya morava com ela. Eu fui até a casa dela."

"Então era verdade. Com a Sonya, nunca se sabe. Ela era boa em dizer o que você queria ouvir."

A luz da rua desligou lá fora. O Diamond devia estar sentado nas sombras em alguma outra parte de Londres. Pode ser que estivesse deitado, sem dormir, pensando na história toda, torcendo pra que eu estivesse falando besteira e que a Sonya ainda estivesse viva.

"A vó dela deu o telefone pra você", ele disse.

"Isso."

"Por quê?"

"Não sei. Ela só deu."

"Ela disse mais alguma coisa sobre isso? Tipo, sabe, por que a Sonya tinha esse celular?"

---

3   Nave espacial ficcional da saga *Star Trek*. [NT]

"Não. Só que ela nunca tinha visto o aparelho antes. Olha, cê disse alguma coisa sobre as balas. Sabe onde ela conseguiu?"

"Não quero falar pelo telefone. A gente pode se encontrar?"

Senti um frio na barriga.

"Cê quer me encontrar?"

"Quero. Tem umas coisas sobre a Sonya, mas não quero contar pelo telefone."

Achei um lápis e a parte de trás de um livro da escola.

"Onde?"

"Conhece o Brockwell Park? Você vai até Brixton e pega um ônibus ou..."

A luz da rua acendeu de novo. Isso deve ter iluminado o meu cérebro.

"Não, cara. Eu não vou pro sul."

"Se você quiser saber..."

"Não."

Silêncio. *Diamond*. Ele devia ser o tipo de cara que a mãe mandou pra uma escola a uns oitenta quilômetros de distância pra ele não ter que conviver com os malandros de Londres. Mas encontrar o cara em algum parque desconhecido em Brixton com o celular da Sonya no bolso? Nem pensar.

"Mando uma mensagem pra você com o lugar e a hora", eu disse.

"Você tem que levar o celular", ele respondeu.

"Por quê?"

"Você disse que meu número está nele. Deve ter outras coisas, uma foto, um endereço, sei lá."

"Não tem."

"Espera que eu acredite em você?"

Meus olhos doíam e meu cérebro estava começando a desligar. Ele estava certo. Não tinha por que acreditar em mim.

"Tá. Eu levo o celular."

CORES VIVAS
PATRICE LAWRENCE

7

A treta pesada que eu esperava encontrar na escola ainda não tinha começado. Quem sabe o sétimo ano tivesse aumentado minhas habilidades ninja, ou, mais provável, os professores tivessem dito pro pessoal me deixar em paz. Seja qual for o motivo, se passaram três dias e Yasir e os outros idiotas continuavam fora do meu caminho.

Minha mãe estava me ligando todo dia à tarde pra ver como eu andava. Hoje não foi diferente. Finalizei a ligação, guardei o celular e fiquei olhando a escada rolante subindo pra algum lugar ao norte do paraíso, também conhecido pelos milhares de compradores felizes como o último andar do shopping de Westfield, Stratford.

"Cê falou pra ela onde a gente tá?", Tish perguntou.

"Falei."

"Cê disse que tava comigo?"

"Disse."

"E aí ela ficou mais tranquila?"

"Não."

"Gente! Sua mãe não dá mole mesmo!"

Mas Tish estava rindo. Ela sabia que minha mãe a adorava.

"E aí? Qual é o plano?", ela perguntou.

"Olha, ele concordou em vir até aqui."

"Tô chocada com isso."

"Eu também. Mas parece que ele ficou meio puto."

Tish fez aquela cara de "não dou a mínima".

"O cara liga pra você de madrugada e *ele* tá puto? Mano, ele e eu não vamos fazer amizade, é sério."

Fomos até a escada rolante. A música era uma tortura pros ouvidos, todos os hits de *Now That's What I Call Rubbish* e daí algumas do

Billy Paul. Tipo um parque de diversões. Um velho com uma mochila enorme empurrou Tish, batendo no queixo dela com a bolsa.

"Ei!", Tish gritou.

Ele olhou pra ela e continuou subindo, dois degraus por vez.

"Cê tá bem?", perguntei.

"Acho que tô."

Cutuquei o queixo dela com o dedão.

"Dói?"

"Não, dr. Marlon, não dói. Mas, se falar pra alguém do meu pelo secreto no queixo, é você quem vai sair machucado."

"Vou guardar o segredo da sua barba."

Sorri pra ela. Tish sorriu de volta. Fiquei imaginando se ela não estaria pensando a mesma coisa. E se o cara da mochila estivesse de olho na gente?

Não, Marlon, amigão. Tish não está se imaginando num filme do Jason Bourne.

Saímos da escada rolante.

"A gente vai direto pro último andar?", Tish perguntou.

"Vamos. Achei que seria melhor olhar as pessoas de cima."

"Tipo a Enterprise sobrevoando um novo planeta."

"Se você diz..."

"Só tô tentando entrar na sua cabeça, Marlon. Cê acha que ele vem sozinho?"

Tomara.

"Não sei."

Atravessamos a passagem pra próxima escada. Tinha um monte de gente ali. Eu queria um lugar público, mas ali estava quase lotado.

"O que todas essas pessoas querem aqui?", perguntei.

Tish encolheu os ombros.

"Dois andares da Primark. Leggings baratas, Marlon. Vale a pena. Se bem que metade das minas aqui não precisavam ficar se exibindo numa roupa de lycra. Olha pra ela! A mulher é mais velha que a minha mãe."

Eu estava olhando, mas não pro lugar pra onde a Tish apontava. Aqueles caras ali, parados do lado de fora da Boss. Ou os dois perto do salão de beleza. Ou aquele outro gritando no celular do lado da banquinha de pretzel. Um deles poderia ser o Diamond. Ou alguém que veio com ele. O estudante que foi esfaqueado na Victoria Station e o cara na frente da loja de tênis na Oxford Street... As ruas estavam lotadas quando essas coisas aconteceram e os dois caras acabaram mortos. Mas ainda era melhor aqui do que em algum canto escuro num parque do sul de Londres.

"Tô pensando se ele não tá ali em cima olhando", Tish disse.

"Ele não sabe como a gente é." *Bom, eu acho que não.* "Tem, tipo, milhares de pessoas aqui. Um monte delas poderia ser a gente."

"E um monte delas poderia ser ele também. Ele falava que nem branco ou parecia negro?"

"Não sei!"

"Acho que a gente podia limitar a coisa um pouco. Talvez ele seja bengalês."

"Não acho."

"Podia ser. Abre a cabeça, Milo."

Subindo e subindo. A gente só conseguiria ir mais alto se grudasse no teto de vidro.

"Aquela ali", eu disse.

Era a lanchonete do lado da pista de boliche, com os bancos vermelhos de couro no corredor do lado de fora e as cadeiras e mesas de madeira lá dentro. A garçonete levou a gente até o fundo da lanchonete, passando pelas mesas com famílias carregadas de sacolas de compras.

"Por que aqui?", Tish perguntou.

"Pra eu poder ver quem tá entrando."

"Mas a gente não pode sair."

"A gente pode contornar as mesas ou ir pro banheiro. Esses lugares quase sempre têm seguranças também."

"Tem certeza?"

Eu não disse nada.

Tish deixou cair umas moedas na mesa.

"Batatas e um milk-shake. Só."

"Deixa comigo."

A garçonete tinha voltado.

"Marlon Asimov?"

"Foi esse o nome que cê deu pra ele?", Tish perguntou, dando uma risadinha.

"Foi."

A garçonete se virou pra alguém atrás dela.

"Esses são seus amigos, querido?"

Se aquele era o Diamond, a sacada do apelido tinha sido perfeita. O cara tinha cabelo claro, sobrancelhas claras, e a pele era meio brilhante e tão branca que quase dava pra ver através dela. A gente devia ter a mesma idade, mas ele não tinha se desenvolvido muito bem. Ele estava me olhando também. Daí ele viu Tish, baixou os olhos e ficou ali parado.

"Não quer sentar?", ela perguntou.

Ele sentou do mesmo lado que a Tish, os cotovelos bem junto do corpo.

"Já volto", a garçonete disse.

Diamond e eu ficamos nos encarando, nossos olhos fazendo a mesma pergunta. *Mas por que é que a Sonya teria alguma coisa a ver com você?*

O fato é que, apesar de todas as coisas que sua mãe fala pra você sobre bondade, senso de humor e paciência, sempre tem um grupo. Sonya fazia parte do grupo mais importante, e essa galera andava junto. Às vezes alguém mais abaixo era promovido ou alguém que estava no topo fazia uma coisa tão estúpida que era expulso. Caras como o Diamond e eu nem sequer conseguíamos limpar os sapatos da galera popular. E Tish? Ela era de vários grupos diferentes ao mesmo tempo, tipo aquela pessoa que joga rúgbi ou queimada ou, bem a cara da Tish, alguma mistura dos dois.

"Valeu por ter vindo", eu disse.

Diamond fez um sinal positivo com a cabeça.

"Qual é o seu nome?"

"Alex."

"Marlon", eu disse.

"Eu sei."

"Esta aqui é minha amiga, Tish."

Ele ainda não estava olhando pra ela.

"Posso ver o celular?"

Tish deu uma olhada daquelas nele.

"Que pressa..."

Alex se virou pra mim e ficou de costas pra ela. Ele obviamente tinha lido um manual de como provocar a Tish.

"Você disse que ia trazer. Não vou dizer nada antes de saber que você está falando a verdade."

Tish abriu a boca. Olhei feio e ela ficou quieta.

Tirei o Blackberry do bolso e coloquei na mesa. Alex pegou o celular, ligou e foi passando pelos contatos. Ele parou quando viu "Diamond", olhou pra mim e voltou a olhar pro celular. Se ele não pensasse demais no assunto, o apelido poderia não parecer tão ruim.

"Qual é você?", ele perguntou.

"Orangeboy."

Ele me olhou meio desconfiado.

"Por quê?"

Um bronzeado. Um veneno. Um cagueta.

"Sei lá. Você conhece alguém?"

"Não."

"Tentei todo mundo, mas só consegui falar com você."

Ele continuou examinando o Blackberry.

"Cê podia ter trocado de chip", eu disse. "Arranjado um número novo."

"É." Ele abaixou a cabeça.

Ali nas costas dele, Tish parecia pronta pra explodir.

A garçonete voltou. Pedimos batatas, milk-shakes, um hambúrguer e só uma Coca pro Alex. Ele obviamente não queria ficar muito tempo. O casaco dele estava fechado até o pescoço e tinha um cachecol enfiado ali também.

"Cê ficou esperando a Sonya ligar de novo?", perguntei.

"Talvez. Mas a gente nem sempre podia acreditar no que ela dizia", ele respondeu, franzindo a testa.

Encostei na cadeira.

"A polícia achou que eu era o traficante dela."

"A polícia?" Ele arregalou os olhos.

"Eles achariam o mesmo de qualquer um dessa lista", continuei.

"Você vai levar o celular pra polícia?", ele perguntou bem baixinho.

"Não", respondi. "Não quero."

"Você não pode fazer isso! Não pode!", ele disse quase num sussurro.

O cara estava de um jeito que dava pena. Pelo menos eu tinha Tish pra me apoiar; ele parecia não ter ninguém pra ajudar.

"Prometi pra vó dela que ia tentar descobrir o que tava acontecendo com a Sonya antes de ela morrer. Quero manter essa promessa", contei.

Um aceno discreto com a cabeça.

"Como você e a Sonya se conheceram?", Tish perguntou, se aproximando dele.

Alex estava ligadão numa marca de copo na mesa. Eu tive que ir mais pra frente pra conseguir ouvir o cara.

"Meu meio-irmão estudava um ano na frente dela. Eles saíram por um tempo e ela ia em casa. Ela sempre falava comigo. Nenhuma das outras namoradas dele dava a mínima, mas ela sim, mesmo depois que eles terminaram. Ela me mandava mensagem às vezes ou a gente se falava um pouco."

As bebidas e as batatas chegaram. O hambúrguer estava a caminho.

Alex deu um gole na Coca. Experimentei o milk-shake, uma golada grande e gelada que fez minha cara doer.

"E aí?", perguntei.

Beyoncé. "Single Ladies". Procurei meu celular.

"Não", Tish disse. "É o meu." Ela checou o número. "Foi mal. Preciso atender essa."

"Vocês dois têm o mesmo toque?", Alex perguntou.

"É zoeira dela." Tomei outra golada do milk-shake.

"Se você diz... Mas conta, então: como *você* conheceu a Sonya?"

"Ela foi em casa e me chamou pra sair."

"Sério?" Alex baixou a voz. "Ela tava com as balas?"

"Tava. No parque."

"Você tomou?"

"Só um quartinho. Ela também."

"Ela não tomou."

"O que cê tá dizendo?"

Alex balançou a cabeça.

"Era parte do rolê. Sonya fazia você pensar que tinha tomado só pra você tomar. Cê nunca tinha usado antes?"

"Não."

"Nenhuma droga? Nem eu."

O hambúrguer chegou. Dei uma mordida.

"Não pensei que um dia fosse querer", Alex continuou dizendo, "mas sabe como é... estar com a Sonya."

Eu sabia. Eu vi Sonya andando pelo parque com o cabelo loiro balançando como um lance saído de um comercial de TV, as olhadas dos caras, até daqueles que estavam com as namoradas. Até aqueles com filhos.

Mas era mais que isso. Era a maneira como ela conseguia sintonizar com você.

"Quantas vezes cê saiu com ela?", perguntei.

"Duas. Na primeira vez a gente só ficou sentado no parque e tomou a bala. Quer dizer, eu tomei e ela fingiu."

"E a segunda vez?"

"Era pra gente ir ao cinema, mas ela me ligou e disse que tinha que me confessar uma coisa." Ele deu outro gole na Coca. "Pensei que ela ia dizer que andava saindo com outro cara. Daí ela contou que não tinha tomado a bala comigo no parque, mas disse que queria muito."

"E o que aconteceu depois?"

Ele olhou pra porta e baixou ainda mais a voz.

"A gente se encontrou no dia seguinte e ela levou um saco com vinte balas."

"Vinte?"

"Ela me pediu pra comprar as drogas dela. Disse que tinha um cara atrás dela e que precisava de dinheiro logo."

"Ela disse quem era o cara?"

Alex estava olhando pra dentro do shopping.

"Alex! Ela disse quem era o cara?"

Ele balançou a cabeça, ainda olhando pra direção que Tish tinha tomado.

"Tá tudo bem", eu disse. "Tish não sabe ter uma conversa curta."

E ela deve estar deixando o Shaun babar em cima dela.

"Não, ela não disse", Alex respondeu.

"E aí?"

"Eu liguei pra ela umas vezes, mas ela não ligava de volta. Então acabei jogando tudo na privada. Daí uns caras ficaram me ligando pra tentar me empurrar mais. Eles disseram que eu podia ganhar um monte de dinheiro se vendesse as balas."

"Você acha que eram os mesmos caras que tavam atrás da Sonya?"

Ele encolheu os ombros.

"É ele?" Peguei meu celular e toquei a mensagem. *Sr. Orange...*

Alex balançava a cabeça como se tivesse alguma coisa presa na orelha, negando.

"É só isso, certo? Preciso ir."

"Por favor", pedi. "Ela morreu bem do meu lado. Preciso saber o que rolou."

Ele me encarou e deu uma olhada lá pra fora de novo.

"Só mais um pouco", eu disse. "Até a Tish voltar."

Ele sentou, levantou o copo e colocou de volta na mesa.

"Você continuou com o seu número antigo. Cê pensou que ela ia ligar de novo?", perguntei.

"Ela ligou."

"E o que aconteceu?"

"Ela queria me encontrar em Brixton."

"Por quê?"

"Sonya disse que tinha acontecido alguma coisa com a mãe dela e que ela tava meio mal."

"Você foi?"

"Não. Pensei que ela só queria me vender mais balas."

"Então era isso?", perguntei. "Ela saía com a gente, a gente comprava as balas dela e daí a ideia era a gente vender depois. Não faz sentido. Você e eu, a gente nem tinha tomado aquelas coisas ainda e eu não conheço ninguém que goste disso. O que a gente devia fazer com tudo aquilo? Por que a gente iria querer mais?"

Alex passou a mão na mesa molhada.

"Meu meio-irmão tava metido com essas coisas. Ela pegava com ele sempre. Quando eles terminaram, acho que ela tava esperando que ele ainda estivesse nessa, mas ele vazou pra faculdade e nem ligou. Quem sabe ela achasse que você podia conhecer alguém que estivesse a fim."

Ecstasy? Nunca foi a praia do Andre.

"Então todos esses nomes..." Fui passando pelos contatos do Blackberry. "Cê acha que eram pessoas pra quem ela tava tentando vender as balas."

"Deve ser."

Olhei bem pra lista de contatos.

"Stunna. Acho que cê nem tem ideia de quem é."

"Não."

Sete ou oito caras como nós, dois ou três encontros cada. Não admira que ela conhecesse o procedimento — o que dizer, onde me tocar, quando sorrir. Olhei pro meu hambúrguer. A maionese tinha escorregado pela alface e o pão estava todo melecado. Tish poderia comer se não ligasse de morder ao redor das marcas dos meus dentes.

"Papa Don't Preach".

Alex deu um sorrisinho.

"Agora deve ser você."

Deixei o celular tocando no meu bolso.

"Ela não podia estar ganhando tanto dinheiro assim", comentei, meio que pra mim mesmo. "O quarto dela não era cheio de coisas nem nada."

"Ela disse que dava o dinheiro pra mãe. A mãe dela devia uma grana e a Sonya estava ajudando."

Caramba! Coitada da Sonya. Por quanto tempo ela teve que lidar com essas coisas? A vó dela disse que ela foi pega uma vez, mas ainda ficava se arriscando. Numa das poucas vezes que Andre falou comigo sobre a vida dele nas ruas, ele disse que quanto mais tempo você continua nessa, mais perigoso fica. Se os seus inimigos não conseguissem pegar você, eles iam atrás da sua irmã, da sua mãe, do seu primo. E você acabava preso. Ou morto.

"Tinha uns caras no parque. Parecia que eles tavam atrás dela. Também podiam estar na cola da mãe dela", eu disse.

O rosto do Alex mudou, como se ele estivesse vendo Sonya vir na direção dele.

"Não sei de nada disso."

"Alex?"

Ele levantou. Tish estava vindo atrás da gente.

Saquei a cara da Tish; minhas palavras saíram automaticamente. "Não esquenta com ela."

Eu estava blefando. Ele precisava esquentar, sim. Quando Tish achava que alguém estava zoando os amigos dela, ela virava o Godzilla, e hoje esse alguém era o Alex. Ele deu um passo pra trás.

Tish veio batendo o pé bem na direção dele.

"Filho da mãe!" Ela pegou a bebida dela e jogou nele.

O leite rosa pingou do rosto do Alex, pedaços de sorvete escorregando pelo ombro dele. Alguém gritou "urrú". E, cacete, tinha uma risada insana quicando no fundo do meu estômago, tentando subir pela garganta.

"Tish?" O nome dela saiu que nem um soluço.

Tish parecia pronta pra completar o milk-shake com um dos espetinhos da outra mesa. A garçonete veio correndo, falando, mas Tish gritava por cima da voz dela, palavrões novos e pesados que deixariam até o Andre com vergonha. Algumas pessoas ali, mastigando sem parar, já estavam com os celulares levantados. A gente era tipo a atração do dia, Tish xingando um cara que parecia um sundae derretido e eu ali parado olhando pra eles.

"Tish?", chamei, agarrando o braço dela. Dois caras com camisetas de uniforme vinham correndo na nossa direção. "Mas que é que você tá fazendo?"

Ela olhou pra mim.

"O filho da mãe armou pra gente."

"Sério?"

"Sério. Ele. Os caras que deixaram aquela mensagem fofa pra você tão vindo pra cá."

"Como cê sabe?"

Tish deu um tapinha no celular dela.

"Conto depois. Vamos vazar daqui." Ela deu uma olhada daquelas no Alex. "A conta é sua. E todas as doenças mais feias e nojentas também."

Peguei o Blackberry da Sonya e segui a Tish, desviando das mesas, até que chegamos ao corredor. Vi os caras bem ali. Eram três, descendo a escada rolante. Um magrelo loiro, o cara da bicicleta. Um alto, com o capuz levantado. E o último, o Tranças. Nossos olhares se encontraram. Ele sorriu e deu uma cutucada no cara de capuz.

"Continua andando." Tish me deu o braço. "Os seguranças devem pegar esses caras só pelo capuz."

A gente tinha que fazer mais do que andar. Segurança. Câmeras. Essas coisas só fariam os caras crescerem pra cima da gente e ficarem mais corajosos. Milhares de olhos cheios de medo assistindo ao espetáculo de coragem deles. Aqueles caras iam querer isso.

"O celular", eu disse. "É isso que eles querem." Olhei em volta. Os caras não estavam muito atrás da gente agora, andando numa boa, como se fosse a situação mais normal do mundo. "Alex deve ter avisado que o lance tava com a gente."

"Cê quer devolver?"

"Não."

"Beleza!" Tish enroscou os dedos dela nos meus. "Esta é a minha área. Vamos."

Corredores e lojas se estendiam à frente. E mais escadas rolantes. Começamos a ir mais rápido, andando lado a lado, quase correndo. De repente, Tish estava na escada, descendo os degraus bem rápido e desviando das sacolas cheias. Fiquei bem atrás dela. Meu coração estava disparado, assim como a música — sério? — de Jackie Wilson, "Sweetest Feeling"! Meu pai me mostrou o clipe — Jackie Wilson cantando numa televisão velha e um casal dançando, daí uns sapatos começavam a dançar sozinhos e umas tulipas faziam o backing vocal e...

Eu estava pensando nisso agora? AGORA?

É. Ou meus pés iam parar de se mexer completamente, e eles tinham que continuar se mexendo porque aqueles caras estavam na escada também, forçando a passagem. E se eles tivessem um maluco esperando em todos os andares? Em *qual* andar a gente estava?

Chegamos em terra firme e disparamos pelo corredor.

"Tish!", gritei. "A gente precisa se esconder!" Puxei Tish pra uma loja. "Aqui!"

Ela fez uma careta.

"Dorothy Perkins? Tá maluco?"

"Pelo a..."

Ela saiu correndo.

Eu poderia só dar o celular pra eles. Todas aquelas pessoas já deviam ter mudado de número, era inútil pra qualquer um, mas a vó da Sonya confiou em mim. Ela não me deu o lance pra eu simplesmente entregar pros malandros que estavam atrás da neta dela.

Um olhar rápido pra trás. Os caras estavam chegando, três ou quatro pessoas entre eles e a gente. Agora, todos tinham levantado o capuz.

"Aqui!", Tish me puxou tão forte que quase deslocou meu braço.

Ela desviou pra uma outra loja de roupas e agora estava correndo, correndo de verdade, desviando das araras de vestidos e calças e leggings. E eu estava ali com ela, batendo os pés depressa, um, dois, derrubando as roupas no chão, os cabides balançando. Uma mulher tentou sair do caminho, mas senti o tranco quando bati nela. Não podia olhar pra trás nem pedir desculpas. Tinha que seguir em frente, passando por aquele monte de gente com crianças e carrinhos de bebê. A gente desceu as escadas da loja correndo. Eu tropecei e me equilibrei, quase caindo em cima da Tish.

Devia ser o térreo agora — tinha que ser! A não ser que o Westfield tivesse virado um arranha-céu. A gente saiu correndo entre roupas de criança, biquínis de bolinha, tiaras — e uma enorme porta que dava pro pátio. O segurança na porta deu um passo pra frente.

Presta atenção! Ninguém tocou o alarme, cara! Não para a gente!

Ele esticou o braço, os dedos tentando agarrar a manga da minha camiseta, mas o cara foi muito lerdo. Uma olhada pra trás. Rostos voltados pra gente, rostos irritados e curiosos, mas nenhum deles encapuzado. Ainda não. Mas já deviam estar na escada. E o segurança falava no walkie-talkie.

"Milo!"

Tish estava correndo pra estação. Eu ia bem atrás dela, passando a Greggs, a Marks & Spencer, o Starbucks. Até que enfim! A gente já estava do lado de fora do shopping.

Bati meu bilhete com tudo no leitor.

Bourne teria pulado a catraca.

Continuei pelo túnel, subi as escadas e cheguei à plataforma, bem do lado da Tish. Meu coração poderia começar um terremoto. Minha respiração cortava que nem navalha. Os olhos da Tish estavam molhados e ela estava curvada, segurando a barriga como se um alienígena estivesse pronto pra sair dali.

"Ainda não!", gritei. "A gente não pode parar ainda."

Por cima do sangue latejando, ouvi o aviso. Esse trem. Agora. Vamos! Eles estavam bem ali! Capuz, rosto, peito, acelerando os passos, vindo pra cima da gente.

Tish viu os caras ao mesmo tempo, e foi como se a gente tivesse se puxado, um quase *levantando* o outro, pra fora da plataforma e pra dentro do trem quando a porta se fechou atrás de nós.

O trem saiu da estação. Olhei pra trás. Os caras tinham ido embora.

CORES VIVAS
PATRICE LAWRENCE

8

Nove dias de olho nos telefones e em qualquer um que chegasse perto de mim. Uma vez, quando minha mãe tinha enchido a cara de vinho, ela me contou que continuou vendo meu pai na rua meses depois que ele morreu. Ela disse que podia ser a nuca de alguém, ou o formato de um queixo, ou às vezes um jeito de andar, passos largos e rápidos em tênis vermelho-vivos que meu pai poderia ter usado. Agora eu estava passando por um lance desses. Quase qualquer cara que eu via tinha tranças ou cabelo castanho bagunçado, e todos estavam de capuz levantado.

Minha mãe deve ter notado que eu andava meio nervoso porque começou a fazer insinuações cada vez mais claras de que eu deveria procurar algum tipo de orientação. Eu disse que ia pensar no assunto.

Sempre que tinha um tempo livre, eu voltava pro celular. Nem o gatinho mais doente poderia ter conseguido mais atenção do que aquele Blackberry. Fiquei tentando todos os números. O Alex deve ter trocado de chip, desta vez pra sempre, agora que ele sabia que a Sonya não ligaria mais. Aqueles caras deviam saber o número dele e talvez até seu endereço. Da mesma forma que a Sonya bateu na minha porta, eles poderiam ter batido na dele. "Liga pra ele. Dá um jeito de fazer o cara levar o celular." Eles não aceitariam um não como resposta e Alex não parecia o tipo de cara que tinha alguém mal-encarado pra ligar e pedir ajuda.

Mas Tish foi dura com ele. De acordo com ela, as pessoas nunca deveriam caguetar, por nenhum motivo. Não importava que o cara nem me conhecesse. Segundo Tish, ele e eu estávamos no mesmo barco e Alex não devia ter falado praqueles caras onde me encontrar. *É, Tish. Lembra que eu falei das balas da Sonya pros guardas?* Tish estava fazendo parecer que o lance no Westfield tinha sido só uma brincadeira, mas ficava de olho em tudo no caminho pra escola. Desde aquele dia, a gente começou a ir junto pra escola todo dia.

Acordei bem cedo no sábado de manhã. Não tive sonhos ou, se tive, não me lembrava de nenhum. Mas eu estava sentindo como se meu cérebro se contorcesse e as ondas estivessem passando pela coluna até o sistema nervoso. Eu me senti desse mesmo jeito quando o Andre estava em coma e eu ficava sentado do lado da cama dele pensando que o cara nunca mais acordaria.

Quando saí do meu quarto, minha mãe estava subindo as escadas correndo.

"Meu aquecimento", ela disse. "Minha primeira aula de condicionamento físico em meses e eu não quero passar vergonha. Isto aqui chegou."

Ela me entregou um envelope branco e pequeno com MARLON SUNDAY escrito em esferográfica preta. Parecia os convites pra festa de aniversário que as crianças costumavam distribuir no primário.

Minha mãe desceu as escadas correndo e gritou lá de baixo.

"Se for da escola e for ruim, vê bem quando você vai me contar, tá?"

"Beleza."

"Certo. Vejo você mais tarde. E se a Supa-Zumba fizer tudo que promete, pode ser que você me veja numa máquina de oxigênio."

Assim que minha mãe foi embora, rasguei a parte de cima do envelope e tirei dali um papel dobrado. As palavras tinham sido rabiscadas com a mesma caneta preta. Diziam que o funeral da Sonya seria na próxima terça, às 13h, na igreja St. John and St. James em Brixton. Dei uma olhada no envelope de novo — sem selo. Tinha sido entregue diretamente.

Tirei uma foto e enviei pra Tish. Ela respondeu logo depois.

"VEM CÁ!!!!"

Na cozinha dela, a Tish virou o papel e cheirou.

"Acho que é da vó dela", ela disse.

Peguei o papel e segurei perto do nariz.

"Não. Não tem nenhum cheiro de fumaça ou incenso. E nem parece um convite de verdade."

"Sei lá..." Tish estava escolhendo as palavras com cuidado. "Não acho que as pessoas mandam convites pra funerais. Deve ser dela."

"Então ela subiu numa bicicleta em Streatham e veio até aqui pra entregar isso, é?"

Tish bufou.

"Ela pode ter pegado um táxi."

"Fala sério, Tish. Isso quer dizer que alguém pegou o meu endereço e quer que eu saiba disso."

"Cê acha que foram eles?"

Concordei com a cabeça.

"Você vai mesmo assim?"

Pensar nisso fez meu estômago embrulhar. Eu fui ao funeral do meu pai e ao do Sharkie; todas aquelas lembranças muito claras ficavam zumbindo na minha cabeça. Aquela mulher batista murmurando em línguas no funeral do Sharkie. Todas as pessoas vestidas de preto no funeral do meu pai mesmo que minha mãe tivesse pedido que elas fossem com roupas coloridas. E desta vez teria aqueles caras que pensavam que eu era um cagueta.

É, Marlon. Parece que vai ser seu funeral também.

Tish abriu a geladeira e balançou um Cornetto pra mim.

"Quer?"

"Não, valeu. Tenho que ir, Tish. Parece errado não ir. Tipo, como se eles tivessem ganhado."

"Você pode falar com a polícia de novo."

"Tá louca?"

"Não! Achei..."

"Se você estivesse lá quando os guardas ficaram me fazendo perguntas, Tish, nem se daria ao trabalho de pensar nisso."

Ela tirou o papel do sorvete e jogou no lixo.

"Eles tinham que perguntar, Marlon. Você tava com as balas e a Sonya morreu."

"Foi o jeito que eles perguntaram, como se eu fosse mais um Andre."

"Você não é. E eles sabem disso agora." Ela deu uma boa mordida no sorvete. "Se decidir ir, cê vai ter que tomar cuidado. Vai ter um ou dois guardas por lá, de olho em tudo. E acho que nem aqueles malucos teriam coragem de mexer com você na igreja."

"Tinha esquecido disso."

Outro encontro com o Viking e o sargento Dedo-Gordo. Torci pra que a igreja estivesse tão cheia que eu nem visse esses caras. Mas eu ainda queria que eles estivessem lá.

A vida começou a voltar a ser como era antes. Na escola, as pessoas passavam por mim como se eu fosse uma porta. O sr. Habato desistiu de olhar com compaixão. Não teve mais ligações perdidas, mensagens, nem respostas quando tentei ligar pros contatos do Blackberry. E Tish terminou com Shaun. De novo. O de sempre, o de sempre.

Eu nem ia contar pra minha mãe sobre o funeral, mas Tish me convenceu. Seria num dia de semana e eu já tinha criado chateação suficiente pra minha mãe quando fugi da escola depois da briga. Ela veio com todos os argumentos possíveis pra eu não ir. Eu ficaria triste. Não conheceria ninguém ali. Eu seria o vilão e as pessoas fariam fila pra me dizer alguma coisa. Ela disse que eu era muito jovem e que já tinha estado em dois funerais; não precisava de mais um. Daí ela mudou a abordagem e se ofereceu pra tirar um dia de folga do trabalho pra ir comigo. Quando eu disse que não, parece que ficou aliviada, mas mesmo assim tentou convencer a Tish a me fazer mudar de ideia. Não foi um dos melhores planos da minha mãe, porque a Tish queria saber tudo em detalhes.

Terça-feira de manhã. Dia do funeral. Eu precisava de música, mas não consegui encontrar a faixa certa. O modo aleatório me empurrou do Percy Sledge pro Richie Havens, amor terno e caloroso pra me fazer voltar às raízes, daí pro Freddie Hubbard e a música sobre girassóis. Sentei na minha cama em silêncio.

Minha mãe bateu na porta.

"Posso entrar?"

Ela estava vestida pro trabalho, o casaco jogado em cima do braço. Ela me estendeu uma caneca de café, mas os olhos dela estavam presos nas calças pretas e no suéter pendurados na porta do meu armário. Ela suspirou.

"Você vai, então?"

"Vou."

Ela esticou a calça pra checar uns amassados.

"A gente poderia ter arranjado isto aqui com uma lavagem a seco. Você tem os sapatos certos?"

"Tem o tênis preto."

"Tênis?" Ela suspirou de novo. "Você tem certeza de que quer fazer isso, Marlon? Não quero que você passe pelo que eu passei no funeral do Sharkie. Você vai estar lá na frente de todas aquelas pessoas e eu nem posso estar com você se alguma coisa acontecer. E se os pais dela forem pra cima de você? O luto faz coisas estranhas."

"Ela morava com a vó."

"Como você sabe disso?"

"Tish descobriu pra mim. E aí... a gente foi até lá. Pra prestar condolências."

Minha mãe enfiou o braço na manga do casaco.

"Quando?"

"Segunda. Depois da briga."

"É um segredo muito importante pra guardar." O segundo braço já tinha passado e ela encolheu os ombros, ajeitando o casaco. "E eu nem sei o que pensar sobre isso. Ela sabia quem você era?"

"Eu contei."

"Caramba! E aí?"

"Ela disse que ficou feliz porque era eu quem estava com a Sonya."

Minha mãe piscou e virou de costas pra mim, pegando a calça de novo. Ela tirou uns fiapos que só ela conseguia ver. Eu esperei.

"Certo", ela disse. "Vai, se você acha que deve, mas só à igreja, querido, não ao cemitério. E me liga assim que tiver acabado, está bem?"

"Ligo. Prometo."

Minha mãe deu uma olhada no cabelo na frente do espelho.

"E esquece os tênis. Coloca uns sapatos pretos e passa um ferro nesses amassados."

"Certo."

Ela me deu um beijo na testa.

"Certo."

Peguei o metrô de Highbury. Toda vez que o trem parava, eu queria descer. Em todas as plataformas tinha um cara de capuz, às vezes dois. Um cara branco alto com um moletom cinza entrou e sentou na minha frente na King's Cross. Ele abriu uma sacola de ginástica pequena no banco ao lado e começou a procurar alguma coisa lá dentro. Tive que continuar olhando, mesmo que ele notasse e me xingasse. No fim, ele tirou um Game Boy antigo, encostou no banco e começou a jogar.

Olhei pro meu reflexo na janela. Seria este o meu futuro? Uma adrenalina louca toda vez que eu via alguém encapuzado? Seria melhor que eu me trancasse num sótão e ficasse lá até fazer 70 anos.

Peguei o Blackberry e passei pelos contatos de novo. Rodge, Rich, Hess; quem eram eles? Quem sabe nem fosse tão complicado assim. Rodge era Roger; Rich, Richard. E Hess? Heston? E Orangeboy. *Eu*. Algum deles sabia que Sonya tinha morrido? E se eles estivessem no funeral? Como eu poderia saber?

Lá fora, a placa de Brixton, que era só um borrão, foi devagarzinho mostrando palavras legíveis. Eu levantei e encostei meus joelhos no cara que estava sentado na minha frente. Ele olhou pra cima, irritado, guardou o Game Boy na bolsa e foi andando pelo corredor até a porta.

St. John and St. James era uma daquelas igrejas vitorianas enormes, construída longe da via principal, no meio de um jardim que parecia meio selvagem. Uns arbustos despontavam pelas grades de ferro, indo dar na rua, e borboletas voavam pelas moitas de flores. Eu ainda podia ouvir as buzinas e os ônibus freando lá na rua, mas, se tapasse os ouvidos, era como se estivesse no campo.

Um agente funerário estava parado perto do portão, fumando um cigarro. Ele não parecia ser muito mais velho do que eu. Será que alguma vez ele pensou que acabaria fazendo isso quando saiu da escola? Um velho com um andador caminhava na outra calçada; seus tênis chamativos, azuis e verdes, faziam parecer que ele estava usando os pés de outra pessoa. Fiz um sinal com a cabeça pro agente, abri a porta da igreja e fechei com cuidado atrás de mim.

Essa igreja era mais iluminada do que a outra onde fizeram o funeral do Sharkie. A luz do sol entrava pelas janelas e não tinha estátuas de um Jesus todo cheio de sangue pregado na cruz. Passei por uma mesinha cheia de folhetos e urnas de doação e fui bem rápido até um banco nos fundos.

A igreja não estava cheia — nem meio cheia. Fileiras de bancos vazios se estendiam na minha frente porque todas as pessoas de luto estavam mais adiante. Nenhuma delas parecia ter sido amiga da Sonya na escola. Nem na nossa escola nem qualquer outra. Aquele monte de meninas chorando com a maquiagem escorrendo — Tish tinha errado desta vez. Não tinha nenhuma menina da idade da Sonya. Olhei pras paredes, pras janelas, pras velas, pras cabeças na minha frente. Tentei ficar olhando pra tudo isso, mas no fim tive que olhar pro final do corredor.

O caixão era branco e tinha um monte de rosas cor-de-rosa na tampa. Eu nem sabia que existia caixão branco. Ali dentro estava a garota que ficou mexendo nos cabelos enrolados da minha nuca. Parecia tão pequeno. Podia conter o corpo dela, mas nada mais. Não a risada dela. Nem o jeito exagerado como ela mexia as mãos. Nem tudo que se passava dentro da cabeça dela. Nada.

Eu tinha que segurar tudo isso dentro de mim, morder o lábio, respirar bem devagar, forçar o peito, a garganta e os olhos a relaxar. As pessoas estavam cantando "All Things Bright and Beautiful" e parecia que ninguém queria ouvir a própria voz. Mas acho que Sonya nem ligaria. Não imagino que ela tenha gostado de hinos um dia.

Mas de que música ela gostava, então?

Uma voz era mais forte que as outras, fazendo parecer que a Sonya realmente importava. Já tinha ouvido aquela voz. Uns sete ou oito bancos mais pra frente, vi o sr. Pitfield, nosso vice-diretor, em pé, postura firme e ereta, como uma figura dele mesmo recortada em papelão. Talvez ele nunca tenha falado nada sobre a Sonya nas reuniões da escola porque os alunos mais velhos que poderiam lembrar dela já tinham ido embora.

O hino estava terminando. Cantei a última parte só mexendo a boca, sem emitir som — "o Senhor Deus fez todas elas" —, e sentei. Atrás de mim, na minha frente, dos meus dois lados só tinha madeira. Teria sido bom se a Tish estivesse aqui agora. O padre estava falando, contando como o corpo da Sonya deveria ser homenageado e que ela levantaria de novo e precisaria dele mais uma vez. Isso faria a vó dela se sentir melhor?

Ela estava ali, no banco da frente, usando um lenço preto na cabeça. A mão dela estava na frente do rosto, como se estivesse enxugando os olhos. Do lado dela, não consegui distinguir — homem? Mulher? A forma parecia de uma mulher, mas o cabelo era curto, quase raspado. Dois caras de terno estavam sentados atrás da vó da Sonya. Se tinha guardas aqui, deviam ser aqueles dois, mas por trás eles pareciam muito baixos pra ser o sargento e seu assistente. Eles dividiam o banco com duas mulheres, uma com um aplique que ia até a cintura e outra com um boné de beisebol verde. Tinha outras pessoas espalhadas na frente do sr. Pitfield e *eles* estavam lá. Só podia ser. Senti como se tivesse uma bolha de ar presa no meu peito.

Um ao lado do outro. Um deles de cabelo castanho, mais ou menos da minha altura, só que mais magro. O outro mais alto, pela primeira vez sem capuz; o cabelo dele era loiro-claro, preso num rabo de cavalo. O cara no meio tinha tranças rasteiras cruzando a cabeça, era um penteado comum. Até eu trancei o cabelo daquele jeito no último verão. E muitos ingleses tinham cabelo castanho. Mas os três juntos, o alto, o magrelo e o das tranças. Meu Deus.

Fiz o que disse que ia fazer. Vim até aqui e prestei condolências, seja lá o que isso significa. Me forcei a olhar pro caixão, mesmo sabendo que o espírito da Sonya, onde quer que estivesse, não estava ali naquela caixa. Agora eu podia ir embora.

Quando parei de olhar pra eles, vi que a vó da Sonya tinha se virado e estava olhando pra mim. Ela balançou a cabeça como se estivesse dizendo "obrigada". Cumprimentei a senhora também. O homem ou mulher com a cabeça raspada do lado dela também se virou. Com certeza era mulher, mas eu nem conseguia saber se ela estava olhando pra mim ou além de mim porque a expressão dela não mudou. Eu já tinha visto aquele rosto numa foto. É, podia ser a mãe sorridente com o cabelo castanho-claro e os braços ao redor da filha. Mas essa mulher de rosto fino lembrava mais aquela foto ruim do jornal. Bitter Rose, pétalas murchas.

Eu estava bem no fundo. Podia sair agora. Isso, sair na miúda e deixar a vó da Sonya com a filha enigmática e aqueles malandros que provavelmente ajudaram a colocar Sonya naquela caixa. Como eu poderia olhar minha mãe nos olhos? Ela foi até o funeral do Sharkie mesmo sabendo que tinha que encarar a família dele.

Pediram pra gente se ajoelhar — todo mundo obedeceu, incluindo eu. Incluindo eles. O padre garantiu que Sonya iria pro céu. Daí outro hino, que eu nunca tinha ouvido.

Minha mãe nunca se ligou no lance de fantasmas ou de céu quando meu pai morreu. Ela nunca tentou fingir que meu pai só estava do outro lado de um espelho unidirecional, sorrindo, mesmo que ela quisesse. Eu a ouvi conversando com a mãe da Tish, dizendo que não gastaria toda a sua energia em uma coisa que não era concreta, quando seus filhos estavam bem ali e precisavam dela. Mas um dia o Andre e eu achamos uma caixa de cartas que minha mãe escreveu pro meu pai. Estavam datadas depois da morte dele e em envelopes com endereços diferentes — um cinema, um restaurante, o Homerton Hospital, onde Andre e eu nascemos. Nenhum de nós quis ler as cartas, os endereços já eram o bastante.

O padre chamou o sr. Pitfield pra falar. Achei uma escolha estranha. Até eu devia saber mais sobre a Sonya do que ele. O vice-diretor deu uns passos largos como se fosse começar uma reunião e deu uma olhada pela igreja. Ele deve ter me visto ali sentado, porque parou por um segundo, antes de tirar um papel do bolso do paletó, e desdobrar. Senti pena do homem. Ele tinha que ser muito corajoso pra subir ali e falar. Já devia ter passado pela Sonya no corredor e dito pra ela colocar o casaco da escola ou dado uma chamada nela por usar meias da cor errada, mas nunca soube o nome dela. O monte de groselha que ele estava falando — uma jovem inteligente, com um futuro pela frente, uma perda dolorosa. Por mais que ele quisesse, não poderia dizer nada de especial sobre a Sonya. *Sobre Siouxza*. Ele *não sabia* de nada especial.

Se estivesse ali em cima, será que eu faria melhor?

O sr. Pitfield terminou e voltou pro seu lugar, amassando o papel nas mãos. Bem nessa hora, o Tranças virou. Devagar, fazendo cara feia. Dando uma olhada em mim. Olhei de volta. Os outros dois ao lado dele, eu não precisava ver aquelas cabeças estúpidas e idiotas de frente. Os três estavam no parque. E no Westfield. Agora aqui. *Ele* estava aqui.

E a cara dele grudou na minha cabeça depois que ele se virou. Eu tinha que lembrar dele. Ele *queria* que eu lembrasse. Caras como ele cresciam pra cima dos outros pra mostrar que tinham poder. Isso queria dizer que os alvos deles tinham que saber de quem ter medo. Mas era mais do que isso, era como se o rosto dele estivesse jogando *snap*[1] com outro rosto na minha memória. Talvez eu já tivesse visto o cara antes. Mas e daí? A gente podia ter se visto no verão, em algum lance de férias, quando minha mãe estava trabalhando. Tem gente de todo tipo nesses lugares. Pode ser que eu já tenha passado por muitas dessas pessoas o tempo todo sem nem ter notado.

Isso porque nenhuma delas estava tentando me ferrar.

Certo. Eu tinha visto o cara. Ele tinha me visto. E aí?

Deixa quieto.

Tinha mais alguém falando; era a mulher com o aplique.

Vai. Agora. Você ainda tá com a vantagem.

---

1 Jogo no qual as cartas vão sendo viradas e os jogadores competem para gritar a palavra *snap* antes dos demais sempre que duas figuras iguais são reveladas. [NT]

Ela estava segurando o púlpito e parecia estar puxando ar pros pulmões como se estivesse pronta pra cantar. Quando ela falou, sua voz estava baixa e tremida, as histórias saindo em pequenas bolhas.

VAI!

A mulher tinha cuidado da Sonya quando ela era bebê. Sonya adorava sair puxando seu cachorro de brinquedo com rodinhas quando estava aprendendo a andar. Ela cantava "Oranges and Lemons" e construía castelos de fadas com tijolos. Eu podia ver a Sonya, uma criança feliz como aquela nas fotos, tropeçando por aí com seu brinquedo. Botei os olhos no caixão. A vó e a mãe da Sonya estavam ali na frente, uma do lado da outra; próximas, mas distantes. A mulher começou a dizer alguma coisa, mas daí parou e voltou pro seu lugar. O padre rezou mais um pouco, e então os agentes funerários foram caminhando nas laterais bem devagar até lá na frente. Eles colocaram Sonya nos ombros sem mudar as rosas de lugar e foram andando pelo corredor, bem na minha direção. A procissão iria logo atrás. Sonya, a vó dela, a mãe, o Tranças e seus parceiros, todos tão perto que eu podia tocar.

Você já devia ter vazado!

Fiquei de cabeça baixa, daí só o que eu podia ver eram os sapatos pretos brilhantes e a barra das calças dos agentes.

"Marlon?" A vó da Sonya estava balançado a cabeça pra mim. A pele dela estava toda manchada e rosa, os olhos vermelhos e cheios de dor. A filha dela me deu uma olhada e virou pra frente, olhando pro caixão. Continuaram pelo corredor, ficando bem perto da Sonya. Aqueles caras estavam bem atrás, convencidos, como se fossem da família.

Cara, escorrega pelo outro lado desse banco aí e CAI FORA!

Fiquei olhando enquanto eles vinham na minha direção, as mãos cruzadas e de cabeça baixa. Assim que eles passaram, o Tranças me fez um sinal com a cabeça.

"Orangeboy. Meus pêsames."

Qual é o seu problema? Não podia confiar na minha voz pra dizer isso porque podia ser que eu falasse alto demais.

"Marlon."

O sr. Pitfield estava ali do meu lado. Uma ponta amassada daquele estava saindo do bolso dele.

"Sim, senhor."

"Você gostaria de uma carona pro cemitério?"

"Não, obrigado. Vou pra casa."

"Certo. Vejo você na escola amanhã."

E vou esquecer que você não esteve lá hoje. Ele nem precisou falar nada. O cara praticamente disse isso por telepatia.

A mulher com o aplique veio até ele e aceitou a carona. O sr. Pitfield fez um sinal positivo com a cabeça e eles foram embora juntos. As últimas pessoas se juntaram atrás da procissão. Os caras que deviam ter "polícia" tatuado na testa, a mulher com o boné de beisebol e mais um grupinho de gente. E, pronto, mais ninguém. Só eu nessa igreja enorme com toda aquela luz entrando e o espaço vazio no altar.

Vai! Agora! Enquanto os guardas e todos os outros ainda estão por aqui.

"Você está bem?" O padre tinha voltado pra dentro.

"Tô, obrigado."

Ele sentou do meu lado.

"Sonya era sua amiga?"

"Tipo isso."

O padre concordou com a cabeça. Em tese a gente deveria se confessar com os padres, contar as coisas mais profundas e horríveis sobre a gente, pra que eles pudessem dar uma palavrinha com Deus por nós. Era tentador. Ainda mais porque esse padre parecia triste de verdade, disposto a ficar comigo até eu decidir ir embora. Mas eu não tinha muito tempo. Tinha que dar o fora.

O bolso da minha calça vibrou, a mão esquerda segurando o Blackberry da Sonya.

O padre levantou.

"Não se preocupe. Fique o tempo que precisar."

Ele saiu andando pelo corredor e desapareceu numa salinha atrás do altar.

Peguei o Blackberry. Uma ligação perdida — número privado. Olhei ao redor da igreja. O que eles estavam fazendo? Se escondendo atrás de um banco pra ver se eu atendia? Em algum lugar lá fora, o Tranças teclava os números, mostrando a que veio. *Eu sei que você tá aí. Sei que você tá com aquele celular. E a gente tá pronto pra pegar de volta.*

Olhei pra porta fechada. Lá fora, os agentes funerários estariam se preparando pra ir embora. Colocariam o caixão naquele carro fúnebre brilhante, fechariam a porta e daí levariam Sonya pra ser enterrada. Experimentei a frase na minha cabeça. "Levar Sonya pra ser enterrada." O fato é que era só uma frase — palavras e mais nada. Era mais fácil pensar que Sonya poderia estar em qualquer lugar. Num avião pro Havaí, ou presa num balão meteorológico voando acima da terra, ou numa fila comigo dizendo...

Dá um jeito nisso.

O quê?

A voz dela na minha cabeça. *Dá um jeito nisso.*

Olhei pro Blackberry e acenei com a cabeça pro altar. Dar um jeito. Valeu, Sonya!

O padre ainda estava na salinha secreta dele. Desliguei o celular e fiz o lance deslizar até o fundo da minha cueca. Precisei dar um puxão e uma torcidinha pra ele se ajustar no lugar. Dei alguns passos com cuidado. Parecia que tinha um bastão de metal batendo nas minhas bolas, então dei uma puxada no cós e arrumei a coisa. Ficou um pouco melhor. Agora tudo que eu tinha que fazer era andar de boa e manter uma expressão neutra. É, eu consegui. Abri a porta e saí.

Os carros fúnebres ainda não tinham saído. Duas guirlandas bem grandes estavam penduradas na janela traseira, "Sonya" em flores rosa e brancas, "Minha Filha" em roxo e azul. Nada de Siouxza. A sra. Steedman conversava com a moça do aplique enquanto a mãe da Sonya estava sentada no banco de trás de um carro. O motorista esperou do lado da porta aberta até que a sra. Steedman subisse, ligou o motor e saiu.

As pessoas estavam se preparando pra ir também. O sr. Pitfield me deu um tchauzinho do seu Volvo; tinha mais cinco pessoas ali com ele. Não vi o Tranças e seus capangas em lugar nenhum. Por que eles iam querer ficar enrolando por ali? Já tinham mostrado pra mim quem eram e que poderiam me encontrar. E talvez tivessem sacado a polícia e daí caíram fora.

O último carro partiu. Era isso. Pronto. Peguei meu próprio celular e liguei pra minha mãe. Ela atendeu muito rápido, feliz porque eu estava bem. A gente falaria mais à noite. Dei uma olhada nas mensagens. Só três da Tish. Ela estava indo...

O soco veio do nada. Fui jogado contra a parede da igreja, batendo a cabeça nos tijolos. Senti um estalo de dor no crânio. O celular caiu da minha mão e foi parar em algum lugar embaixo dos meus pés, mas eu não conseguia pegar porque eles estavam cada um de um lado, o magrelo, o alto, colocando todo o peso deles no meu peito, como se quisessem me esmagar até eu virar pó. Fiquei tentando soltar meus braços pra empurrar os caras, mas eles agarraram meus pulsos, um cada, torcendo. Logo eles quebrariam.

"Sai de cima de mim!" Meu cuspe foi parar no queixo do mais alto. Beleza! O cuspe tinha que ficar ali porque ele não podia me soltar.

Meu celular foi jogado na minha cara. Mais um pouco e teria entrado pelo meu nariz.

A risada insana? Jesus! Agora não! Não! NÃO!

"Cadê o celular?" O Tranças apareceu, mas não sem ter certeza de que os caras estavam me segurando bem forte. Os idiotas me torceram e me apertaram mais ainda. Eu estava sendo feito em pedacinhos, tipo um quebra-cabeça desmontado.

"Cê acha que a gente é idiota?", ele disse.

Acho!

Mãos apalpavam e entravam nos meus bolsos, por baixo da minha blusa, em cima do cós da minha calça. *Aí não! Pelo amor de Deus, aí não!* Senti um gosto grudento de café na boca; engoli bem forte pra não vomitar.

O Tranças deu um passo pra trás e acenou com a cabeça. Seus amiguinhos me fizeram levantar. Minhas costas bateram na parede. O Blackberry estava mudando de lugar, mais um empurrão e ele cairia pela perna da minha calça. Juntei bem forte as coxas. Se valia mesmo tanto a pena, eles não iam conseguir o lance agora, de jeito nenhum.

O rosto do Tranças ficou bem perto.

"Cadê o celular, cara?"

"Cê tá com ele! Na sua mão!"

O Tranças resmungou algo e jogou meu celular num arbusto.

"Cê acha que a gente tá de brincadeira?"

Ele deixou o rosto bem perto do meu. O cara tinha um bigodinho ralo. Se eu assoprasse, os pelos sairiam voando. O calor crescia dentro de mim, meu hipotálamo acelerando. Fugir. Lutar. Fugir. Lutar. O cara estava tão perto que eu podia sentir o cheiro dele, bafo, pele, cabelo. Os cílios dele eram longos como os de uma menina. Ele devia ter sido um bebê bonitinho. Aposto que a mãe dele fez o cara vestir um vestidinho branco e um gorrinho. E, *merda*, explodiu — a risada insana. A coisa saiu tão rápido e forte que eu não pude fazer nada pra segurar. Lágrimas rolavam pelo meu rosto e os músculos do meu estômago se contraíam. Perdi o fôlego. Parei.

O Tranças continuou ali, tranquilo.

"É." A voz dele estava calma. "O Orangeboy acha que a gente tá de brincadeira." Ele segurou meu queixo bem forte, como se quisesse quebrar algum osso. "O cara ficou bobão que nem o irmão zoado dele." O dedão e o indicador dele apertavam os dois lados da minha boca. "Cê nem tá ligado na parada, Orangeboy."

Não! Não tô mesmo! Eu estava enlouquecendo.

Tentei balançar a cabeça, fazer o cara me largar. Nada. Nem um pouquinho.

"Fecha os olhos, Orangeboy." O Tranças estava sorrindo, apertando, apertando, até meus dentes triturarem as bochechas.

De repente os dedos se mexeram, pegaram meu nariz e fecharam minhas narinas.

"Imagina, cara. Eu sou uma mina loira, tá?"

Minha boca abriu, tentando tomar fôlego. Aqueles idiotas estavam rindo. Será que esse maluco ia me beijar ou o quê? A boca dele estava quase tocando a minha. É, ele e eu, boca a boca no jardim da igreja. Aquela risada estava acordando de novo. Segurei o lance.

O Tranças tossiu. De repente, eu saquei. Tentei sair dali, mas aqueles idiotas estavam segurando a minha cara. A bola de cuspe voou da boca dele pra minha, indo parar na minha língua numa poça morna. Minha garganta fechou, mas meus reflexos lutavam. Engole! Engole! Engole!

Cuspi bem forte. O Tranças pulou pra trás, desviando. Passei os dentes de cima na língua e cuspi de novo e de novo. Os idiotas estavam rindo que nem hienas. É, Marlon Sunday, a piada que continuava rendendo.

Cê acha engraçado?

Consegui soltar um braço, me joguei pra frente e acertei um gancho. O Tranças deu uma cambaleada. Ouvi aplausos na minha cabeça, mas eu devia ter dado um soco na boca dele! Enfiado os dentes dele na garganta pra que ele não pudesse fazer isso com mais ninguém.

Seus amiguinhos me empurraram. Uma mão surgiu que nem um borrão no ar, o punho acertando meu olho. O mundo ficou confuso. Pisquei bem forte, tomei fôlego e dei um chute; meu pé bateu numa canela. Os sapatos certos. Minha mãe tinha razão. Eram muito melhores que tênis. O ar ficou parado. O paletó do Tranças abriu, mostrando o reflexo de alguma coisa prateada. Uma faca? Esse maluco trouxe uma faca pro funeral de uma mina?

"Você se acha tão gente boa."
O quê?
O ar zuniu. Levei um soco na barriga, na parte mole, bem embaixo das costelas. Comecei a ter uns espasmos, o ar voltou pros pulmões e ficou ali. Punhos batiam na minha bochecha, caíam em cima do meu nariz.
Chega! Chega! Mas aquilo podia continuar. Ele quis ter certeza de que eu vi a lâmina. Ele ainda podia fazer isso, me matar aqui, no jardim da igreja, enquanto Sonya e as flores e todas aquelas pessoas estavam a caminho do cemitério.
O Tranças olhou pra trás do nada. Ele se virou pra mim de novo, sorrindo.
"Diz pro sr. Orange que eu tô chegando."
Ele me soltou, ajeitando o paletó que nem um banqueiro saindo de um trem. Ele vazou, os irmãos idiotas logo atrás.
Me afundei no chão. Parecia que tinha um alarme tocando na minha cabeça, uma nota alta distorcendo a rota das mensagens que diziam onde cada parte do meu corpo deveria estar. Eu não tinha braços nem pernas nem mãos. Eu era só dor e sofrimento virando geleia.
"Vou chamar uma ambulância." O padre estava agachado do meu lado.
Aqueles caras deviam ter visto ele. Foi por isso que vazaram. Nem o Tranças queria se envolver demais com um mensageiro de Deus na terra.
Aquela lesma gorda na minha boca — era a minha língua. Eu tinha que mexer a coisa, bater nos dentes, a boca criando formas pra fazer as palavras saírem. Sem chance.
"E a polícia."
O padre tinha um celular. Onde ele guardava? A batina dele tinha bolso? Aquela risada ia crescendo e subindo. Uma onda de dor no — é, peito, a coisa que guardava meus pulmões dentro dela. E os pulmões doíam. Se eu segurasse o ar que vinha deles, poderia segurar a risada. Isso também doía.
O padre me pegou com delicadeza por baixo dos ombros.
"Consegue levantar?"
Foco total, esforço cerebral. As conexões piscavam, mas ainda estavam no ponto morto. Consegui lidar com isso, mas meu estômago se contorcia bem forte. Só tive tempo pra me inclinar pra frente, com

ânsia de vômito, minhas entranhas pulsando e pulsando, bile e vazio. Peguei uns lenços no bolso do meu paletó, aqueles que minha mãe disse que eu precisaria num funeral. Não pra isso. Limpei a boca.

O padre ficou de costas até que eu terminasse. Daí ele disse: "Vamos pra minha casa e eu preparo um chá pra você".

"Não." Só um resmungo, mas, se eu balançasse a cabeça, meus olhos sairiam voando.

"A ambulância não vai demorar muito, só alguns minutos. Venha comigo pra você se limpar e aí podemos fazer a descrição da aparência deles."

Esse homem nunca tinha sentado do lado errado de uma mesa na delegacia, nunca os guardas tinham olhado pra ele de cima, dizendo que era mentiroso. Nunca teve que enfiar o nariz na manga da roupa numa cela fedida nem teve que aguentar um sargento perguntando se ele já tinha dormido com uma garota que acabou de morrer.

"Não", eu disse. "A polícia, não."

O padre deu um passo pra trás.

"Aqueles meninos estavam no funeral, não estavam? Você os conhece?"

Minha cabeça estava balançando, quem sabe dizendo não, quem sabe só se juntando ao resto do meu corpo. Tentei fazer os pés, pernas, quadris se mexerem juntos pra poder andar. Se eu me sentasse, não levantaria nunca mais.

O padre estava do meu lado de novo.

"Posso ligar pra alguém vir buscar você?"

Os lábios formando um círculo, aquela língua gorda cutucando o céu da minha boca.

"Não."

"Certo. Mas vamos entrar pra você sentar um pouco. Devo ter um antisséptico em algum lugar e você precisa de gelo pro seu rosto."

Minha boca se mexeu e um barulho estranho saiu dela. O padre chegou mais perto e tentei reproduzir o som de novo. Ele olhou ao redor e fixei a mente num só pensamento. Continuar em pé. Ele estava espiando entre dois arbustos.

"Este aqui?", ele disse, mostrando meu celular.

Eu disse que sim com a cabeça. Enquanto eu andava, o Blackberry cutucava a minha perna, como se quisesse me lembrar que tudo tinha valido a pena.

Num dia normal a casa do padre ficaria alguns segundos mais à frente. Essa deve ter sido a viagem mais lenta que o padre já fez na vida, comigo cambaleando e parando a cada passo. Ele abriu a porta e esperou enquanto eu parava pra deixar o enjoo passar.

"Você quer se limpar primeiro?", ele perguntou.

"Quero, por favor."

O banheiro era bem perto da porta da frente. Me segurei na pia, esperando o mal-estar passar. Eu me sentia como se tivesse sido atropelado por um caminhão. Olhei pra mim mesmo no espelhinho em cima da pia. Meus olhos estavam meio inchados e tinha um arranhão sangrando na minha bochecha. Mais sangue embaixo do meu nariz. Minha mãe ficaria nervosa, mas poderia ser pior.

Abri a torneira de água quente e deixei aberta até que eu pudesse ver o vapor. Uma batida na porta.

"Tudo bem por aí?"

"Tudo, obrigado."

"Certo. Só queria ver se você não tinha desmaiado."

Coloquei a boca direto na torneira e bebi um monte de água quente, ignorando a quentura na língua e na parte de dentro das bochechas. Cuspi. Daí fiz de novo e de novo. Passei um pouco de sabão no dedo e esfreguei na língua, enxaguei e continuei enxaguando até que aquele gosto passasse. Um pouco de água fria no rosto e eu me olhei de novo.

O Tranças tinha uma faca. Se o padre não tivesse chegado, o que teria acontecido? Uma facada na minha perna ou no meu braço? Um talho atravessando o rosto, a ponta da faca enfiada no canto do meu olho, rasgando um caminho. *Sr. Orange, tô chegando.* Era a mensagem que eu supostamente tinha que passar pra frente. Então eu não era o Sr. Orange. Só o Orangeboy. Minha cabeça estava muito ferrada pra que eu conseguisse entender esse lance. Peguei o Blackberry e enfiei no bolso.

"Fiz um chá pra você!"

Eu podia sentir o padre esperando do outro lado. Abri a porta.

"Obrigado."

Bebi o chá e passei a pomada onde doía. Também fiquei feliz em engolir os comprimidos, daquele tipo que prometia acabar com a dor rapidinho. Enquanto eu me despedia, eles ainda estavam cumprindo essa promessa. Mas a névoa na minha cabeça estava diminuindo e um pensamento saía das sombras. Esse pensamento tinha a forma do Andre. Sonya tinha falado dele. O Tranças tinha falado dele. Meu irmão estava naquela vida fazia mais de seis anos antes do acidente, o suficiente pra formar um exército de inimigos. Nenhum deles tinha ido em casa. Ele mudou antes de começar a mexer com coisas mais pesadas, mas de alguma forma aquela ameaça estava sempre ali, fermentando. Minha mãe até tinha colocado cadeados nas janelas.

Mas como o Andre poderia ser o Sr. Orange? Ele sempre tinha sido claro sobre o que achava de cagueta. Qualquer coisa era resolvida nas ruas, e a polícia era o inimigo comum. Devia ser algum tipo de mal-entendido, alguma coisa estúpida que saiu do controle.

Saí da casa do padre e fui andando em direção à via principal, parando sempre que meus joelhos diziam "chega". Eu mordia a ponta da língua com os dentes da frente, apertando forte o bastante pra distrair a cabeça de qualquer outra coisa.

Brixton estava lotado, como se todo mundo que não foi pro Westfield estivesse aqui. O lugar era a versão sulista de Dalston, com o mercado e as lojas de roupas africanas e os asiáticos vendendo cartões telefônicos baratos. Um rasta vestindo um agasalho enfiou um folheto na minha mão. A peixaria Fred's, que vendia peixes congelados, já estava aberta agora. Os consumidores passavam por mim me empurrando na calçada estreita. Toda vez que eles batiam em mim era como se outra parte do meu interior fosse arrancada.

O Tranças e seus capangas poderiam estar em qualquer lugar. Podiam ter passado pelo mercado ou se escondido atrás daqueles tecidos africanos coloridos[2] ou poderiam estar espiando pela janela de uma loja de tortas. Parei no ponto de ônibus e encostei ali. Um ônibus começou a andar do outro lado da rua. Os caras estavam lá! Não, era só um menino falando no celular. Mas e se o Tranças tivesse lançado um aviso e tivesse um exército inteiro de moleques me procurando pra se mostrar pra ele? O menino no outro lado poderia ter tirado uma foto minha. A imagem já poderia estar circulando pelos contatos do cara.

O ônibus 159 parou. Subi bem rápido, fui direto pra cima e me afundei num banco do lado da janela. Só tinha eu ali e mais ninguém. Quando a porta fechou e saímos, soltei a respiração. Eu ainda estava dolorido, mas nem tanto.

---

2   No original, *kente cloth*: tecido tradicional de origem africana, dos povos Ashanti, feito com tiras de seda entrelaçadas. [NT]

O ônibus estava seguindo pela Oxford Street, mas eu não tinha planejado ir tão longe. Mais um ônibus e eu logo bati naquela porta com os vasos de árvores retorcidas, um de cada lado.

Deidre Arnold me olhou de cima a baixo.

"Você é... o irmão do Andre?"

"Isso, Marlon. O Andre tá aqui? Tentei ligar pro celular dele, mas tava desligado."

"Sim, mas e você? Parece que... O que aconteceu com o seu rosto?"

"Eu tava saindo de um funeral, voltando pra casa, e uns moleques vieram pra cima de mim pra pegar meu celular." Verdade, mas com outra embalagem.

"Ai, meu Deus! Sinto muito. Isso aconteceu com alguns dos nossos residentes. Eles são vistos como pessoas fáceis de enganar. Posso fazer alguma coisa?"

Chama uns assassinos. Coloca os caras atrás do Tranças.

"Não, tô bem."

"Você fez uma denúncia?"

"Ainda não."

"Nós sempre fazemos. Não que alguém já tenha sido capturado. O Andre está lá fora, nos fundos; vou levar você até lá." Ela ainda estava me olhando. "Tem certeza de que está tudo bem, Marlon?"

"Sim, obrigado."

Segui a mulher por uma cozinha amarela e iluminada até uma porta de correr que dava numa pequena estufa e daí pro jardim. Era maior do que se podia esperar, cercando três lados da casa, tipo um anexo, com uma fileira de árvores altas garantindo que o lugar ficasse escondido das pessoas de fora. O Andre estava sentado num cobertor perto de umas roseiras. Ele estava com um cara cabeludo de jeans apertado, o tipo de gente que meu irmão costumava xingar por lotar seus bares favoritos. Eles estavam tirando uns punhados de adubo de um saco e colocando nuns vasinhos de plástico.

"Rowan?", Deidre Arnold chamou.

O cara do jeans apertado deu um tapinha no ombro do Andre e veio até a gente. Ele sorriu meio indeciso e daí sorriu de verdade.

"Você deve ser o irmão do Andre. Dá pra ver a semelhança."

"Valeu."

"De boa. Tá a fim de fazer uns lances de jardinagem?"

Andre estava cavando e deixando a terra cair pelos dedos. Ele não pareceu notar quando tomei o lugar do Rowan. Encheu outro vasinho e assentou a terra com a mão. Sentei do lado dele.

"Oi, Andre."

Ele nem me deu bola.

"O que tá rolando?"

Andre apontou pros saquinhos de sementes que estavam espalhados na frente dele.

"Alface, tomate, abóbora. Não sabia que plantavam abóbora aqui. Pensava que era só nos Estados Unidos."

Ele abriu um buraco com o dedo num vaso cheio de terra, abriu um saquinho e jogou uma semente no vaso. Afofou a terra e passou o vaso pra mim.

"Tá bom, Sharkie?"

"Marlon."

"Quanto tempo leva pra crescer?"

Dei uma olhada no saquinho. Tinha uma foto de umas coisas pequenas, pálidas e listradas, nada daquelas abóboras enormes e cor de laranja de desenho animado.

"Diz aqui 'início de agosto'."

Andre plantou outra semente, e outra, os vasos alinhados esperando minha inspeção. Um rádio tocava dentro da casa e um monte de gaivotas grasnavam a caminho de... onde? Provavelmente Brighton ou Southend. Seria tipo um dia de férias, mas na vida de outra pessoa. Uma vida em que seu irmão ensina coisas boas pra você, na qual a única coisa que você acha embaixo da cama dele é uma pilha de coisa pornô. Onde você e sua namorada vão a um piquenique e os outros caras não querem fazer você em pedacinhos. É, essa era a vida de outra pessoa. Mas eu tinha que lidar com a minha. Isso significava fazer o Andre responder algumas perguntas. Mas com cuidado, senão ele ia explodir e surtar.

"Então você é jardineiro agora", eu disse.

Andre encolheu os ombros.

"As pessoas dizem que eu tenho que fazer isso pra ajudar a controlar minha raiva."

"E ajuda?"

A gente se olhou e riu junto, apesar de tudo. O Andre era bem raivoso antes do acidente. Minha mãe disse que ele nasceu com fúria e nunca se recuperou.

O sol esquentava minhas costas, principalmente nos pontos que bateram na parede. Tirei o paletó e coloquei no chão. Rowan veio andando com chá e biscoitos. Ele deve ter feito o chá num reator nuclear, porque estava pelando. Deixei o líquido ficar um pouco na parte da língua em que o cuspe caiu. Rowan pegou um vaso.

"Essa é a parte mais fácil. Quando as plantas crescerem, a gente vai ter que cavar um buraco e plantar direitinho." Ele levantou. "Vou deixar vocês à vontade."

Quando ele saiu andando, o Andre bufou.

"Aquele idiota pensa que eu sou estúpido! Claro que eu sei que as coisas vão crescer!"

Isso lembrou o antigo Andre, explodindo embaixo do boné e dos óculos escuros. Ele resmungou mais alguma coisa. Eu disse que não tinha ouvido. Ele puxou o boné pra trás e baixou os óculos, como se estivesse me desafiando com seu rosto todo cortado.

"Eu disse que essa gente não devia ter se preocupado. Deviam ter me largado naquele carro."

"O cara que tava atrás de você tinha uma arma! Cê queria que o maluco atirasse em você?"

Ele não reagiu. Bom sinal.

"Se ele tinha uma arma, como você e o Sharkie também não tavam armados?", perguntei.

"A gente não mexia com essas coisas."

"Mexiam, sim. Cê esqueceu da caixa no seu guarda-roupa?"

"Para de encher, cara."

"A gente foi naquela livraria. Você e o Sharkie compraram uma arma!"

"Não me lembro de nada!" A mão dele levantou e bateu nos vasos. Terra e sementes se espalharam pela grama. "Cê não me ouviu?"

"Ouvi, sim."

"Então me deixa em paz!"

Fiquei esperando alguém vir correndo pra ver que gritaria era aquela. Eles deviam estar acostumados com gritarias num lugar que nem esse; ia rolar muita frustração. Mas eu precisava de mais do que frustrações. Precisava de informações.

"Foi mal, Andre. Só tô tentando entender a vida que cê levava. Se tinha uns caras atrás de você, por que você não largou tudo?"

Andre balançou a cabeça.

"Mano, se você não sabe, não sou eu quem vai dizer." Ele cutucou o estômago. "Era aqui, bem aqui. Cê andava pela rua e todo mundo olhava como se você fosse um rei. As pessoas saíam do seu caminho e nenhum cara dizia nada pra você. E se alguém quisesse causar, a gente cuidava uns dos outros." Ele baixou o boné, os óculos bem firmes no rosto. "Cê sabe quem tá do seu lado."

A semente de abóbora virou um lance grudento nos meus dedos. Nem percebi que estava segurando a coisa. Limpei a mão na grama.

"E os caras que não tavam do seu lado?", perguntei.

Andre pegou uma daquelas plaquinhas de madeira com o nome da planta, enfiou na terra e tirou.

"E se eles fossem atrás de você? O que você faria?"

Dentro, fora, dentro, fora.

"Alguma coisa deve ter dado ruim. Cê lembra daquela livraria em Highgate? Era pra você me levar pro grupo de teatro, mas a gente acabou lá. Eu cumpri a promessa, Andre. Nunca contei pra mãe."

A terra estava cheia de buracos.

"Não consigo me lembrar de nada, cara."

"Eu achei a arma no seu guarda-roupa. Podia não ser de verdade, mas parecia. Daí você chegou e me viu segurando aquela coisa, Andre. Foi a única vez que você me bateu. Tenta lembrar."

Ele levantou a plaquinha e olhou pra mim, seus pensamentos escondidos atrás dos óculos.

"Não, mano. Livraria." Ele riu. "Eu nunca fui pra nenhuma livraria."

"Tá." Olhei em volta. Não tinha ninguém ali pra ouvir. "O que você faria se precisasse de uma arma? Pra onde cê iria?"

"Se você tiver bastante grana, rola comprar um lance da hora, não aquelas bombinhas que podem explodir em você. De repente, uma Mac-10, limpa, sem registro. Mas o Sharkie e eu nunca conseguimos essa grana. A gente não vendia arma nem passava a faca em figurão. Era só eu com meu irmão."

Sharkie. Seu irmão.

Ele ainda estava falando, esquecendo que eu estava ali.

"A gente não precisava de muita coisa, o Sharkie e eu."

"Por quê?", perguntei.

"Por quê?"

"Por que você — ou qualquer um — tinha uma arma?"

Ele estava balançando a cabeça.

"A rua é imprevisível, cara. Eu e o Sharkie, a gente não arranjava treta com ninguém. Até pedimos uma trégua praqueles caras do sul, pra eles não encherem o saco se a gente colasse lá. A mesma coisa se eles viessem pra cá."

"Ninguém tentou arrumar treta com vocês, então?"

"Não lembro."

"E quando cê saiu do hospital?"

"É!" Ele deu um tapa na minha perna; meus nervos gritaram. "Aquele merda bateu na minha porta bem quando eu voltei pro apartamento. Ele me falou uns lances sem noção, que tinha me vendido uma coisa antes e que eu ainda precisava ficar esperto. O cara deve ter olhado pra mim e pensado que tava na frente de um puta idiota."

A voz dele estava subindo de novo. Mantive a minha bem baixa.

"Andre, acho que aconteceu alguma coisa. Preciso que cê tente lembrar."

Nada.

"Tem um cara, tipo, da minha idade. Pode ser um pouco mais velho. Eu acho que saquei a cara dele, Andre. E ele me deixou uma mensagem. 'Diz pro sr. Orange que eu tô chegando.' Acho que você é o sr. Orange."

Ele deixou a plaquinha cair.

"Não me lembro de nada. Mano, cê veio aqui só pra encher meu saco."

Ele levantou de um jeito meio desajeitado, se virou e saiu mancando em direção à casa. Tentei levantar e seguir o Andre, mas meu corpo gritou, as extremidades dos nervos se cortando. Ele virou num canto e sumiu. Eu deitei e fechei os olhos.

"A devastação das sementes de abóbora."

O Rowan estava ali de pé.

"É", eu disse.

"Vocês tavam falando da Saleema?"

"Nem. Rolou outra briga?"

Rowan riu.

"Nada, eles deram um tempo naquela gritaria toda. Na real, é o contrário. A família dela vai mudar pra Humberside e ela vai com eles. O Andre ficou meio chateado."

"Não, ele não falou disso."

Rowan se ajoelhou e começou a colocar a terra de volta nos vasos, separando com cuidado as sementes de abóbora.

"Você parece meio acabado, Marlon. Quer mais chá?"
"Não, tô bem, valeu."
Fiquei olhando enquanto ele enchia os vasos de novo, arrumando as sementes numa pilha perto deles.
"O Andre está se sentindo sozinho", disse Rowan. "Sem a Saleema, todo mundo aqui é mais velho que ele. Não tem mais ninguém..."
Negro?
"Da cultura dele. Nenhum amigo dele vem visitar, se bem que, pelo que eu ouvi, isso pode ser bom. Mas acho que ele precisa se ligar de novo no mundo lá fora. Não só você e a sua mãe, mas algo mais. Ele não quer fazer parte de nenhum grupo de apoio. Com certeza você pode imaginar o tipo de coisa que ele fala sobre eles."
Ah, sim.
"Tem alguma ideia? A Deidre e eu estamos meio perdidos."
"Vou pensar."
"Valeu", Rowan disse, sorrindo.
Umas abelhas voaram pela gente e pousaram nas rosas.
"Ei!", ele disse. "Parece que a gente tá querendo um melzinho londrino."
Fiquei olhando as abelhas passando entre as pétalas.
"Se não tiver problema", comentei, "aceito aquele chá."
"Claro."
"Tudo bem se eu ficar aqui fora um pouco? Vou dar um jeito nas abóboras."
"Fica à vontade."

Quando saí de lá, o Andre estava na sala de TV bem concentrado nos *Simpsons*. Era aquele episódio com o cara cego e a maconha, um dos favoritos dele. Ele grunhiu um "tchau" pra mim, como se eu fosse alguém que ele tinha acabado de conhecer.
Minha noção de tempo estava uma merda e acabei saindo na hora do rush. Tive que ficar em pé no ônibus, me escorando no cano, esmagado com os engravatados que voltavam do escritório pra casa. A mulher do meu lado estava checando a previsão do tempo em Atenas no Blackberry dela.
Quando a Sonya checava seu Blackberry, ela não estava querendo saber se ia fazer sol ou não no seu destino de férias. Acho que devia fazer isso escondida embaixo do edredom com a porta fechada,

planejando os lances com Rizz e Stunna e Diamond, caras como eu, que tinham mais chance de beijar a princesa Leia do que chamar a atenção de uma mina que nem a Sonya. Todos nós reunidos no celular dela com um apelidinho triste que lembrava a gente. Mas o Tranças queria tanto aquele celular, uma pequena prova que ligaria o cara às drogas. Quando a polícia levasse o aparelho pro laboratório, os guardas fariam de tudo pra rastrear as chamadas e localizar os caras com quem ela tinha falado — incluindo eu. Alex e eu já tínhamos provado que não conseguíamos ficar de boca fechada. E eu também não achava que os outros fossem heróis e tal. Pelo menos o Blackberry da Sonya estava seguro agora, desde que ninguém decidisse ver por que a terra estava mexida embaixo das roseiras.

Mais dois ônibus e cem horas depois e eu estava no alto da minha rua. Desci bem devagar, tirando o máximo proveito do ar e dos pensamentos. A Tish tinha mandado um monte de mensagens pedindo detalhes do funeral. Eu tinha que decidir o que contar pra ela. Se contasse a história toda, ela começaria a gritar que eu devia procurar a polícia de novo. E tinha a minha mãe. Dei uma olhada na minha cara lá no Andre e ela estava inchando em vez de melhorar. Minha mãe ficaria bem estressada com isso.

A casa parecia vazia. Devia ter alguma sessão noturna na biblioteca hoje, um autor dando autógrafos ou coisa do tipo. Talvez se eu enfiasse a cabeça no congelador por uma meia hora, eu estaria melhor quando ela chegasse.

"Orangeboy?" Tão baixo que o avião lá em cima quase abafou a voz.

Antes que eu pudesse me virar, um braço engachou meu pescoço, apertando minha garganta. Fui puxado pra trás e me desequilibrei, indo parar no chão.

O agressor se agachou perto de mim. O capuz dele estava levantado, puxado por cima da testa, e ele tinha enrolado um cachecol em volta do rosto. Mas eu podia ver os olhos dele, com cílios longos como os de uma mina.

Ele olhou pra fora. Também ouvi o barulho, um ônibus descendo a rua. A boca dele estava grudada na minha orelha.

"Diz pro sr. Orange que a hora chegou."

CORES VIVAS
PATRICE LAWRENCE

9

Me arrastei até o banco e desabei ali, me agarrando no plástico. A adrenalina e o cortisol bateram forte no meu cérebro e fugiram. Eu não tinha mais nada que pudesse ajudar a me mexer.

As portas do ônibus abriram.

"Marlon?" Rodas e pés. "Marlon!"

Enruguei a testa, tentando abrir bem meu olho bom.

"Tish..."

"Caramba, Marlon! O que aconteceu?"

Tentei falar; minha garganta ainda não funcionava. Dei um jeito de levantar, uma mão no ombro da Tish e a outra no ponto de ônibus. Aquela mancha escura no chão era meu sangue? Toquei meu rosto. O corte parecia estar aberto.

"Cê consegue andar?", Tish perguntou.

Não! Cê não vê que tô tremendo?

"Vamos, Milo! Só uns passos, tá?"

Um pé atrás do outro, cada passo um soco na barriga. Atravessamos a rua, eu jogado nos ombros da Tish.

"Cadê suas chaves?", ela perguntou.

"Bolso."

Ela enfiou a mão no meu casaco, tirou as chaves e abriu a porta.

"Ai, Jesus", ela disse. "Meu Deus!"

Em algum lugar no fundo da minha garganta as palavras deram sinal de vida, mas ficaram presas ali. O Tranças devia ter um plano — ferrar com tudo e ferrar muito bem. Eles tinham zoado a casa que nem um exército maldito, chutando nossos sapatos, tirando nossos casacos do lugar, jogando todas as nossas fotos no chão. Olhei pra mim mesmo, uma foto do oitavo ano, o rosto pisoteado.

E minha vó, um ano antes de morrer, pedaços de vidro cortando sua bochecha.

Precisei me segurar na parede pra conseguir entrar na sala. Os caras deviam saber que esse lugar era especial, porque mandaram ver. Acharam minhas enciclopédias infantis, os atlas do meu pai, a coleção chique do Dickens que minha mãe se deu de presente no último Natal. Jogaram os livros como se fossem bolas de tênis e arrancaram as páginas. Peguei o *Oliver Twist*. A lombada estava toda solta e amassada.

Tish estava balançando a cabeça, parecendo que ia começar a chorar.

"Vou pegar esses caras", eu disse.

Ela olhou pra mim.

"A gente precisar chamar a polícia, Marlon."

"Não."

"Precisa, sim, Marlon. Você não é o Andre. Você não é gângster, lembra?", ela disse.

É, eu lembrava. Porque, se fosse, não estaria aqui parado agora. Estaria no telefone, reunindo meu próprio exército, preparando minhas armas. Tinha sido sacanagem, sacanagem de verdade. Quando um lance desses acontecia, seus camaradas colavam em você pra resolver.

Tish pegou um monte dos nossos livros estragados.

"Devem ter sido aqueles caras, Marlon. Dá o celular pra eles de uma vez, tá?"

"Não."

"As coisas tão complicando demais."

"Não tô mais com ele."

"O quê?"

"Vou dar uma olhada lá em cima."

Subi me arrastando pelo corrimão. Uns homenzinhos estavam acendendo rojões na minha cabeça; cada passo, uma explosão. Todas as portas do andar de cima estavam escancaradas. Dava pra ver dentro do quarto da minha mãe; nada parecia mudado. Mas meu quarto...

O edredom e o lençol tinham sido arrancados da cama e eles esvaziaram as gavetas num amontoado de travesseiros e cobertores. Todos os meus livros, discos, coisas da escola, tudo estava empilhado por cima, como se fossem acender uma fogueira enorme ali. Os vinis, Lonnie Liston Smith, George Benson, The Jones Girls, jogados pelo quarto. Brothers Johnson, quebrado.

"Olha onde essa menina enfiou você!" Os olhos da Tish estavam bem abertos e furiosos. "Toda essa merda rolando na casa da sua mãe, só porque você tava pensando com o pinto..."

"É, Tish, eu preciso mesmo disso agora!" O sangue seco estava fazendo meu rosto endurecer e minha cabeça latejava. "E a Sonya tá morta, não tá? Então deixa quieto!"

Tish deu um passo na minha direção, como se estivesse pronta pra dar na minha cara também.

"Cê ainda não entendeu, né? Cê ainda acha que ela veio atrás de você por causa da sua ótima personalidade? Cê acha mesmo que ela não imaginava que essa merda toda podia acontecer? A mãe dela era drogada, Marlon! Ela sabia muito bem o que vinha no pacote! Não, ela sabia exatamente *quem* vinha... Pessoas que queriam o dinheiro delas. Pessoas que nunca vão ser gente boa. Essa era a vida do Andre, não a sua. Você não é gângster."

Tish tinha razão. Ninguém poderia me chamar de gângster. Mas o fato era que aqueles imbecis tinham zoado a casa da minha mãe. Não tinha escolha. Eu precisava fazer alguma coisa.

A Tish ligou pra emergência. A polícia estava a caminho, junto com uma ambulância. Liguei pra minha mãe. Ela já estava lá em cima na rua e desceria correndo pra chegar mais rápido aqui. Ela passou pela porta, olhou pra mim e daí pro corredor. Então ela tentou me fazer pegar a ambulância pro pronto-socorro. Eu não queria ir, não queria deixar ela ali. Acabei gritando, não com ela, mas porque eu não sabia o que dizer. Ela estava com uma cara de que nunca mais ia querer morar nessa casa de novo. Eu devia ter dito pra ela que entendia. Em vez disso, gritei pra ela me deixar em paz. O guarda e o paramédico me olharam como se eu fosse a merda de cachorro mais nojenta que existe.

Tentei pedir desculpas, mas ela fingiu que eu não estava ali, mesmo quando sentei perto dela no sofá enquanto interrogavam a gente. Ela ficou olhando pra frente, as mãos grudadas no colo. Toda vez que eu me mexia, meu corpo gritava comigo. Dei uma olhada no relógio. Mais três horas até a próxima dose de Nurofen. E adivinha? Mandaram o assistente, o Gil Gunderson, daquele sábado. Ele deu uns goles no chá que minha mãe fez pra ele e colocou a caneca no chão, perto dos pés.

"É difícil pra sua mãe", ele disse.

Olhei pra minha mãe.

"Ela tá bem do meu lado. Não precisa falar como se ela não estivesse aqui."

Minha mãe suspirou.

"Agora não, Marlon."

O guarda concordou com a cabeça.

"Alguma ideia de quem possa ter acabado com a casa, Marlon?"

"Não."

"Devem ter sido os mesmos caras que foram pra cima de você no ponto de ônibus."

É.

"Quem eram eles?"

"Não sei."

E, se eu contasse, o que você faria a respeito?

"Como eles eram?"

"Não sei."

Minha mãe suspirou de novo, mas não disse nada.

"Negros? Brancos?" Esse guarda devia ser metade cobra; ele não precisava piscar.

"Não vi."

"Ah, fala sério! Você deve ser capaz de dizer se um deles era negro ou branco."

"Eu só tinha ido ver meu irmão. Tava andando pela rua e alguém me agarrou perto do ponto de ônibus. O cara tava atrás de mim, não vi nada."

"Eles levaram alguma coisa? Seu celular, talvez?"

"Não."

O guarda levantou.

"Eles acabaram direitinho com o seu quarto, mas nem tocaram na cozinha ou no quarto da sua mãe. A televisão de vocês e o computador da sua mãe ainda estão aqui."

Concordei com a cabeça.

"Um arrombamento sem roubo. Estranho."

"É."

"E você não viu nada." A mão dele estava na maçaneta. "Sabe onde me encontrar se conseguir lembrar de mais alguma coisa."

Minha mãe e o guarda trocaram umas palavras no corredor, daí a porta da frente bateu. Ouvi minha mãe fechando o trinco. Ela entrou, fechou a porta da sala e encostou nela.

"Amanhã eles vêm trocar as fechaduras. Depois vão mandar alguém pra avaliar a segurança, ainda que pareça meio tarde pra isso agora." Ela sentou perto de mim no sofá e tocou o curativo embaixo do meu olho. "Não é justo, né? O Andre voltou pra casa desse jeito mais de uma vez e eu mal levantava uma sobrancelha. As brigas de rua e toda aquela coragem eram quem ele era. Mas eu esperava que ele superasse isso e colocasse outra coisa na cabeça. Mas você, Marlon... Nunca vi você como um menino briguento."

"Não sou. É por isso que eu tô assim."

Ela tentou dar um sorrisinho.

"Mas com tudo que Andre fez a gente passar..." Ela encolheu os ombros. "As coisas nunca chegaram nesse ponto, né? Ele nunca trouxe nada pra dentro da nossa casa. Tem alguma coisa que você queira me contar, Marlon?"

"Não, tô bem."

"Mesmo? Isso vem acontecendo desde que a menina morreu." Eu devo ter me encolhido porque ela colocou a mão no meu ombro. "Não tem nada a ver com ela, que Deus a abençoe. É só que... as coisas mudaram. Muita coisa aconteceu com a gente, né? Muito mais do que com outras pessoas. Eu pensei que tudo estava tranquilo agora. Pensei que a gente tinha descido até o fundo do poço e estivesse subindo." Ela levantou. "Talvez eu devesse ter me mudado de Londres. Não sei..."

Levantei também. O topo da cabeça dela batia no meu queixo.

"Não é culpa sua, mãe."

"Tenho medo pela gente, Marlon. Não me imagino indo pra cama e tentando dormir. Acho que nem consigo fechar os olhos. Você sabe o quanto eu gosto de sentar aqui e ouvir música, mas sinto como se a gente tivesse sido invadido. Só de pensar neles mexendo nas coisas do seu pai..." Ela enxugou os olhos. "Jonathan disse que podemos ficar na casa dele. Ela já está vindo. Não é muito bom pra ir até a escola, mas a gente dá um jeito."

"Você vai. Eu fico."

Minha mãe apertou os olhos e passou as mãos no rosto.

"Não posso deixar você aqui."

"Se nós dois formos embora agora, vai parecer que a gente nunca vai voltar."

Minha mãe estava olhando pra caixa com os atlas massacrados e os livros caídos uns em cima dos outros porque muitos tinham sumido.

Minha garganta estava cheia de agulhas. Todas as desculpas que eu queria pedir estavam enroscadas nelas.

"Pode ser que você tenha razão." A voz da minha mãe estava insegura e cética. "As pessoas ficam mal o tempo todo. Só tenho que criar coragem e lidar com isso. Vou fazer um chocolate quente pra gente. Isso se eles tiverem deixado uma panela pra ferver o leite."

Deslizei pro chão. Minhas costelas berraram. Peguei o Nurofen, mas, se engolisse mais um, eu dissolveria quando entrasse em contato com a água. Alcancei a caixa com os mapas rasgados, tirei o de cima e desamassei as páginas. Daí o próximo e o próximo. Comecei a combinar os números das páginas, juntando os contornos dos países. Montanhas espanholas. Bermudas. Ilhas escocesas e as Terras Altas. Será que meu pai já esteve nesses lugares? Ou eles ficavam tão longe quanto Ganímedes ou Io?

"Pronto." Minha mãe colocou a caneca na mesa de centro. "Tá tudo bem, Marlon. Podemos arrumar isso juntos. Acho que a gente devia dar um jeito no seu quarto primeiro."

Jonathan chegou quando a gente estava de pé olhando pro caos. Ele logo assumiu o comando.

"Eu pego os CDs. Você e Jenny ficam com os sapatos e as roupas."

Eu tinha que admirar o homem; ele devia estar uma fera comigo, mas estava segurando a raiva pra não chatear minha mãe.

Fomos pra cama lá pra meia-noite. Só consegui tirar uns cochilos. Toda vez que eu me mexia sentia uma dor dos infernos e, quando finalmente dormi, sonhei que um monstro azul e peludo pulou de dentro do meu guarda-roupa e mordeu minha cara. Sentei e liguei a luminária, peguei mais dois Nurofen e engoli os comprimidos com um gole d'água.

3h47 da manhã. Olhei pela janela. Carros estacionados, postes de luz, o ponto de ônibus vazio. A janela da Tish estava escura, e as cortinas, abaixadas. Como eu já estava acordado, resolvi dar uma olhada na casa de novo. Quando estava fazendo a ronda uma hora antes, encontrei minha mãe na cozinha preparando mais chocolate quente. A gente quase morreu de susto.

Me arrastei pela escada até lá embaixo. O trinco da porta da frente estava firme, assim como o da cozinha, agora. Foi por onde eles entraram. Forçaram o portão caindo aos pedaços de algum vizinho, pularam a cerca do jardim e entraram pela porta da cozinha. Quebraram o vidro, enfiaram a mão por ali e destrancaram.

Talvez a Tish estivesse certa e eu só devesse ter entregado o Blackberry pra polícia, deixar que os guardas resolvessem tudo, mas tinha alguma coisa errada. A vó da Sonya não tinha dado o celular pra polícia. Teria sido a mesma coisa que entregar a própria Sonya. Pela segunda vez.

"Marlon?"
Minha mãe estava batendo na minha porta. Tentei abrir os olhos, mas o esquerdo parecia ter sido costurado por um cirurgião maluco que me deu uma joelhada no saco ao mesmo tempo. Ela abriu a porta.
"Não precisa ir pra escola hoje. Deixei uma mensagem e também mandei um e-mail pra eles. Você sabe como eles são. Pode ser que ainda me liguem."
"Valeu, mãe."
"Posso trazer um café?"
"Não, tô de boa. Valeu."
A porta fechou. Levantei com cuidado e olhei pela janela. Um cara de moletom vermelho estava passeando com o cachorro. Um ônibus diminuía a velocidade conforme se aproximava do ponto de ônibus. Me mexi bem devagar e sentei na beirada da cama, dando uma olhada na minha cara no espelho do guarda-roupa. Bateram nela quase como se eu fosse uma bola de futebol. Uma bola com uns pregos enfiados. Levantei. Meu corpo era uma placa de circuito cheia de agonia.
Lá embaixo, senti cheiro de café e torrada queimada. Jonathan estava jogando as partes pretas na pia.
"Acho que a torradeira de vocês está nas últimas."
"Tá assim faz séculos", respondi. "Cê tem que apertar o botão pra fazer a torrada sair antes."
Jonathan ligou a torneira, fazendo as migalhas descerem pelo ralo, ainda de costas pra mim.
"Jenny está no banho", ele disse.
Informação demais. Ele me encarou, os olhos duros, apertando a boca. Uma carinha feliz numa bola de praia? Como pude ter pensado numa coisa dessas?
"Depois que você foi pra cama, eu tive que impedir que ela pegasse um balde e lavasse a casa inteira. Ela disse que se sentia contaminada."
Quem era aquele cara, um convidado na minha cozinha, dizendo como minha mãe se sentia? Como se eu não soubesse.

"Me preocupo com a Jenny", ele disse. "Não quero que ela se sinta assim."

Concordei com a cabeça. Rolou uma pausa quando ele disse o nome da minha mãe, como se precisasse achar o fôlego certo. Jonathan teve que segurar muita coisa dentro dele. Eu nunca tinha pensado nisso antes, mas era verdade. Jonathan não gritou comigo, não xingou nem nada. Às vezes o cara devia sentir vontade de explodir.

Meu coração estava a mil; esperei que ele se acalmasse.

"Também não quero minha mãe se sentindo assim."

Ele estava me olhando.

"Então o que você sugere?"

"Quem sabe ela devesse ficar com você por um tempo."

"Ela não quer deixar você, Marlon."

"Eu sei. Mas não ligo."

"Você também é bem-vindo."

Primeiro um filho todo errado, depois o outro. A maioria dos caras teria desaparecido nos primeiros seis meses, mas o Jonathan ficou por ela. Ele me convidou como se quisesse mesmo.

"Marlon, não quero interferir na sua vida..."

Não para, Jonathan, porque eu não consigo preencher as lacunas por você.

"Se você souber o que fazer pra melhorar a situação..." Os olhos dele relaxaram. "Por favor, faça, certo? E, pelo amor de Deus, não piore as coisas."

Jonathan se virou pra pia.

Quando minha mãe veio até o meu quarto mais tarde, parecia decidida. Tinha passado maquiagem, colocado brincos e aquele colar longo e vermelho que o Jonathan deu pra ela de Natal. Ela olhou pros livros fechados na minha mesa e depois pra mim.

"Como você está se sentindo?", perguntou.

"Como se eu tivesse sido atropelado por um trator."

"Do jeito que me senti ontem, poderia ter sido no volante do trator", ela disse, sorrindo.

Abri a boca. Ela levantou a mão.

"Não peça desculpas. Senão vou começar a pensar que você é culpado. Olha, Jonathan e eu vamos até a B&Q. Fiz uma lista." Ela ergueu a folha. "Massa, molduras, ganchos, uma pá de lixo nova e um esfregão, a não ser que você tenha essas coisas aqui em algum lugar." Outro sorriso. "Se você tivesse, acho que a gente teria encontrado ontem à noite. Daí vamos procurar alguma empresa e ver se conseguimos trocar a porta dos fundos e talvez colocar uma mais segura na frente também. Você se lembra de mais alguma coisa?"

Eu ainda fecharia negócio com aquele assassino. Balancei a cabeça.

"Certo, querido. Tenta comer alguma coisa. Fecha a porta quando a gente sair e me liga se começar a se sentir mal."

"Tá, mãe."

"E vê se estuda um pouco. Falei pra você sobre a sócia da tia Cecile? Ela é do Congo e fala francês. Tenho certeza que ela pode ajudar se você precisar praticar conversação."

"Valeu, mãe."

"Bom, captei a mensagem. Vou deixar você em paz. Ainda tem vidro no tapete do corredor, então toma cuidado."

Depois que a porta da frente bateu atrás da minha mãe e do Jonathan, fechei o trinco. Limpei a mesinha de centro e espalhei meus livros. Sentado aqui, eu não ficaria tentado a olhar pela janela toda vez que ouvisse vozes na rua.

Por onde eu deveria começar? Francês. Era o mais difícil. Verbos irregulares e reflexivos ou a página do Camus que minha mãe copiou pra mim? Enquanto eu olhava e olhava pras palavras, fazendo força, uma mão fechada veio na minha direção. Meu sangue pingou no chão. Pisquei bem forte e olhei pra baixo. Papel, linhas, rabiscos e pontos.

Fechei os livros de francês. Quando aquele merda me empurrou na parede, minha cabeça bateu duas vezes, mas não teve nenhum dano permanente. Meus neurônios voltariam à vida. As áreas de Wernicke e de Broca, o giro frontal inferior, todas as engrenagens iam voltar a trabalhar juntas pra me ajudar — a ver, traduzir, entender, um funcionamento adequado do cérebro. O que aconteceu comigo não foi nada em comparação com o lance do Andre. O cérebro dele era uma massa mole dentro de uma bola oca que foi golpeada por um taco de críquete. Quando ele estava no hospital, ali deitado, parecendo morto, rodeado de tubos e fios, todas as conexões dele ficaram bagunçadas e interrompidas. O cérebro foi separado do corpo; eu, do seu melhor amigo; o novo Andre, do velho Andre.

O velho Andre, que deixou alguma coisa escondida lá atrás e que foi passada pra mim. Se ele não conseguia lembrar o que era, eu precisava falar com alguém que lembrasse. E, sim, o Rowan não disse que o Andre precisava reencontrar velhos amigos?

CORES VIVAS
PATRICE LAWRENCE

10

O conjunto habitacional Coburn foi construído por um arquiteto que odiava gente. Eram fileiras de casas geminadas com varandas idênticas e jardins sem cercas. As casas eram rodeadas por prédios de vários tamanhos, altos, modernos, baixos e um daqueles antigos de tijolos vermelhos com varandas compartilhadas. Dei uma olhada nos nomes. Gaugin Court, Da Vinci Terrace, Botticelli Tower. Nenhum desses pintores, até onde eu sei, tinha passado um tempinho em Hackney. Alguma coisa bateu no meu pé. Era uma fralda descartável enrolada. Tinha mais algumas bloqueando a sarjeta. Alguém num dos andares de cima deve ter mirado na lixeira e errado. Ou mirou em mim e quase acertou.

Continuei andando, procurando a Picasso Road nas placas da rua. Engraçado como o endereço simplesmente grudou na minha cabeça. Hogarth Road. Parecia mais um beco, na real. Gainsborough Road...

Esse lugar tinha fama por causa do seu próprio exército de malandros. Os restaurantes nunca faziam entregas aqui, e alguém fez um site cheio de fotos daquelas placas amarelas da polícia. Mas estava tudo tranquilo agora. Pode ser que os caras estivessem na cadeia ou mortos. Aqui também tinha uns lugares meio chiques, mais longe da rua, atrás de portões enormes. Eu estava na Picasso agora. 20, 18, 16, uma fileira de casas perto de outro bloco de apartamentos. Algumas pessoas tinham plantado flores no jardim da frente. Essas daí eram bem otimistas, replantando suas rosas toda vez que eram roubadas. Ou eram os malucos do conjunto, que sabiam que ninguém sairia correndo pelos gramado pra roubar vasos. Nem forçariam a porta dos fundos pra zoar as casas.

Número 2. Uma cesta de flores mortas estava pendurada na varanda. O gramado estava cheio de buracos — e, meu Deus, tinha um monte de merda de cachorro pela grama. Respirei fundo e fui andando pelo caminho que levava até a casa. A porta abriu antes que eu chegasse ao fim e uma menina me encarou. Ele devia ter uns 11 ou 12 anos e seu rosto estava um pouco mais fino, mas fora isso ela não tinha mudado quase nada em três anos. Era a Bronwyn, a irmã mais nova do Sharkie.

"O Louis tá em casa?"

"Quem é você?"

"Meu nome é Marlon, Marlon Sunday."

Ela bateu a porta na minha cara. Daí a porta abriu de novo, quase imediatamente.

"Marlon Sunday?"

Louis White estava maior do que na última vez que vi o cara. Bom, seus ombros pelo menos. Ele estava usando uma calça de moletom preta e uma camiseta cinza toda suada. A cabeça e o pescoço estavam pingando também. Ele passou uma toalha no rosto e pendurou nos ombros.

"Se não for uma boa hora..." Recuei.

Louis sorriu.

"E daí esperar mais três anos? Entra, cara! Entra aí!"

"Valeu."

Segui o Louis pela porta da frente.

"Fica de boa aqui", ele disse. "Vou pedir pra Bronwyn pegar alguma coisa pra você beber enquanto eu me limpo."

Sentei numa cadeira que parecia nova. Todo aquele ibuprofeno deve ter se acumulado no meu organismo, porque consegui dobrar as pernas sem ter a impressão de que tinha umas espadas cortando as minhas costas. Dei uma olhada na sala. Duas coisas chamavam a atenção. Uma era a TV de tela plana gigante, ligada no Sky Sports e muda. A outra era o quadro cheio de Sharkies na parede em cima da lareira. Deviam ser uns dez anos de fotos da escola misturadas com churrascos e Natais desfocados. Todos aqueles Sharkies estavam sorrindo pra câmera sem desconfiar que nunca chegariam aos vinte.

Foi a mesma coisa com a Sonya. Pode ser que, depois que você morre, sua família precise ficar olhando pra sua cara pra ter certeza de que ela não vai sumir. Minha mãe fez a mesma coisa com o meu pai.

A maior foto na parede do Louis White era uma do Sharkie segurando seu bebê, o Joseph.

"Minha mãe pediu fotos pra família toda." Louis tinha se trocado e agora vestia um jeans e um moletom com capuz. É, ele estava mais largo mesmo. "Ela fez uma pra mim, uma pro Joseph e uma pra ela."

"Como ela anda?"

Louis encolheu os ombros.

"Continua brava. E a sua mãe?"

"Mais ou menos a mesma coisa. E o Joseph?"

"Tá um meninão agora." Ele franziu a testa. "Ele e a mãe mudaram pra Manchester. O apartamento deles pegou fogo quando eles tavam fora de casa e ela não se sentiu mais segura aqui. Ela tá com outro cara agora." Ele me olhou de cima a baixo. "Eu sei que é meio clichê, cara, mas preciso dizer. Cê cresceu! Eu nunca pensei que aquele bostinha ia virar um cara alto que nem você." Ele chegou mais perto; senti cheiro de sabão e limpeza. "O que aconteceu com a sua cara? Parece recente isso aí."

"Uns caras tentaram pegar meu celular." *A versão resumida.*

"Caramba! Cê devia estar com um aparelho bem monstruoso pros caras caírem em você desse jeito! Tem ideia de quem foi?"

"Na real, não."

Os olhos do Louis ainda estavam em cima de mim.

"Falou com a polícia?"

"Não."

"Devia ter falado."

Louis White disse *o quê*?

Bem naquela hora, Bronwyn veio pela porta com dois copos d'água e empurrou um pra mim. Tinha uma marca de boca bem ali na borda. Bronwyn deu um sorrisinho e saiu de novo. Quando coloquei o meu copo no chão, Louis revirou os olhos.

"Não leva pro pessoal, Marlon. Essa menina tá a fim de brigar com o mundo inteiro esses dias. Ela foi suspensa da escola por uma semana, daí eu falei pra minha mãe mandar ela pra cá." Ele sorriu. "Da hora te ver."

"Queria ter vindo antes", eu disse. "É que... nunca pareceu certo."

"Fico feliz que pareça agora."

Silêncio. Louis coçou a orelha.

"Eu acho que ninguém teve culpa. O que aconteceu com nossos irmãos foi coisa de destino."

"E do cara armado atrás deles."

"É."

O silêncio ficou maior. A gente ficou assistindo às figuras correndo na tela gigante. Beisebol, um lance tipo *rounders*[1] com luzes brilhantes.

"Você não perguntou do Andre", eu disse.

Louis me deu uma olhada e daí voltou pra tela.

"É. Como ele anda?"

"Às vezes tá bem, às vezes nem tanto."

Louis concordou com a cabeça.

"Essas coisas são assim mesmo."

Um jogador de beisebol levantou o taco e balançou forte; a bola saiu voando pelo estádio. A câmera deu um giro pela torcida.

"O Andre tá puto também", contei. "Ele não consegue voltar a ser quem era. E eu acho que ele tá puto com a minha mãe porque ele acha que ela prefere o cara que ele é agora."

Louis se virou, prestando bastante atenção em mim.

"E ela prefere?"

"Não."

"E você, Marlon? Como são as coisas com o seu novo irmão mais velho?"

"Na maior parte do tempo ele pensa que eu sou o Sharkie."

Louis fez um *tsc*.

"Foda."

O ibuprofeno estava parando de funcionar ou a dor estava aumentando. Mudei de posição na poltrona.

"O que aconteceu com você?", Louis perguntou.

"O que cê quer dizer?"

"Sua cara."

"Já disse."

"Não, não disse."

A voz dele estava mais alta que antes, deixando claro pra mim o que ele pensava de verdade. Eu era o irmão mais novo do cara que enfiou o irmão mais novo dele numa parede.

"Cê aparece três anos depois com a cara toda estourada. Cê achou de verdade que eu não ia perguntar?"

Eu estava deixando o cara pirado.

"Aconteceu um lance."

"Tipo?"

---

1 Esporte tipicamente britânico, semelhante ao beisebol. [NT]

"Eu tava com uma mina e ela morreu."

"Sério?" Ele desligou a tv. "Ela tava doente e tal?"

"Não sei. Não descobriram ainda. A gente tava num parque e num minuto ela tava bem e daí... não tava mais."

"Cara, isso é foda. Pra todo mundo."

Concordei com a cabeça.

"Cê acha que a família dela tá atrás de você?"

"Não."

Ele encostou no sofá.

"Então quem foi?"

"Tinha uns malucos no parque de diversões. Ela disse que conhecia os caras, mas eu acho que eles tavam atrás dela."

"E foi por isso que cê veio?"

Pelo canto do olho, vi vinte Sharkies sorrirem pra mim.

"Acho que tem alguma coisa a ver com o Andre. Perguntei pra ele, mas ele disse que não conseguia lembrar."

Louis respirou fundo.

"E aí?"

"Cê sabe com quem ele andava, quem tava atrás dele."

Ele concordou.

"Cê quer descobrir por que alguém tá querendo arrumar treta com o seu irmão."

"É."

"E aí cê vai resolver as coisas."

Concordei com a cabeça.

Louis se virou por um momento. Quando olhou de novo pra mim, o cara parecia não ter expressão nenhuma.

"Um arruma treta. Aquele outro também. Marlon, se eu fosse tretar com alguém, seria com você. Meu irmão mais novo tá morto. Seu irmão tava dirigindo o carro. É uma treta louca, cara. Bem grande."

Foi como se ele tivesse enfiado uma estaca de gelo nas minhas costas. Aquele sorriso simpático era uma cilada. Ele tinha deixado esse assunto quieto fazia três anos e estava esperando desde então. Por conta própria, entrei na casa desse cara enorme e estava sentado ali, bem do lado dele. Tinha uma arma embaixo daquela almofada. Ou ele estava pensando em usar as próprias mãos. O Tranças e aqueles idiotas estavam lá fora na escada, prontos pra entrar na briga, porque Louis tinha combinado tudo. Meu irmão matou o irmão dele.

O cara tinha razão. Era uma treta daquelas e agora tinha chegado a hora da vingança.

Tentei levantar, as pernas quase funcionando.

"Marlon, senta e escuta", ele disse.

O gelo derretido descia pelas minhas vértebras. Eu não tinha escolha. Sentei. Louis bateu um dedo na palma da mão.

"Primeiro: eu não tenho nenhuma treta por aí. Não quero passar a vida toda puto e brigando com as pessoas. Isso não vai trazer o Sharkie de volta." Dois dedos, palma da mão. "Segundo: as coisas tão complicadas agora... Cê pode dizer que eu passei pro outro lado."

"O que cê quer dizer?"

"Sou um agente especial." Louis riu da minha cara confusa. "Na metropolitana. Agente policial especial. Tô fazendo tudo que seu irmão mais odiava, e de graça. Já faz dois anos agora. Depois do acidente, comecei a pensar. Gostando ou não, minha vida tinha mudado e eu queria controlar essas mudanças, cê entende?"

Não, eu não entendia. O irmão mais velho do Sharkie tinha virado guarda? Como isso aconteceu?

"Cê não é o único que ficou surpreso." De um jeito cansado, Louis parecia bem de boa. "Cê viu o gramado da frente?"

"A merda de cachorro?"

"É, algum herói da área usou o cachorro pra expressar sua opinião no meio da noite. Pode ter sido o mesmo imbecil que enfiou uns bombons de coco na caixa de correio. Marrom por fora e branco por dentro."

Ele não precisava ter explicado. Eu sabia. Louis levantou, esticando a mão.

"Marlon, cê é mais corajoso que eu, vindo até aqui e dando o primeiro passo. Gostei disso, viu? Mas tenho que tomar cuidado com tudo em que me meto. Tenho que ficar acima da lei. Muito acima da lei. Tá ligado no que eu tô dizendo?"

Ele apertou minha mão e enfiou um cartão de visitas antes de me puxar pra um abraço. Louis White, o tipo de cara que abraça — uma novidade. Ele não aprendeu isso na metropolitana.

Andando pelo conjunto, tentei lembrar das ruas por onde passei. Rothko Heights, Dali Court, Turner Tower. Essas eram diferentes. As casas geminadas terminaram e eu estava na via principal, com gramados e blocos de apartamentos dos dois lados. Então o Louis era um guarda voluntário. Era um deles. Se ele fosse adiante, acabaria sentado do outro lado da mesa, me acusando de ser traficante.

Eu precisava conseguir respostas em outro lugar. Quem sabe eu voltasse pras buscas da Tish na internet. Ou a sra. Steedman, que devia saber mais alguma coisa.

Mondrian, Blake, Hirst. Com certeza não era o caminho por onde eu tinha vindo a ponte ferroviária estava bem ali. Seguindo por ela, eu chegaria perto da estação na rua principal. *Ou, na direção contrária, algum lugar bem longe daqui.* Atravessei a rua até uma pequena fileira de lojas, se é que dá pra chamar aquilo de "fileira". Uma banca de jornal esmagada entre uma farmácia fechada com tábuas de madeira e uma casa de apostas com dois velhos fumando do lado de fora. Eles me cumprimentaram.

"Aqueles merdas são uns inúteis", um deles disse.

O outro riu.

"Isso é porque cê fica dando trela pra gente idiota, Mick."

Comprei uma Coca e uns Skittles na banca e confirmei meu caminho com a mulher atrás do balcão. Enquanto eu saía dali, vi umas pessoas de cinza e azul, nossos uniformes da escola, entre dois prédios do outro lado da rua. Fiquei perto da banca olhando pra elas. Tinha um cara e uma menina, bem juntos, e duas outras meninas mais atrás, rindo. Eles deviam ter saído pro almoço. As três meninas se viraram, atravessando a rua até uma lanchonete. O cara veio andando na minha direção, deu uma olhada em mim e entrou na banca. Nunca tinha visto aquele menino na escola antes. O cabelo dele era loiro, bem claro, o tipo de coisa que chamaria atenção numa escola como a nossa. Ele me fez pensar numa versão magrela do Roy, aquele replicante maluco de *Blade Runner*. Andre costumava rir de caras que nem ele, que andavam por aí como se fossem uns chefões da máfia, mesmo que não tivessem feito nada pra provar isso.

Mas não foi o cara loiro que fez meu coração acelerar. Foi a menina. Aquela que estava pendurada nele e que deu uma olhada rápida em mim e depois virou o rosto.

Era a Tish.

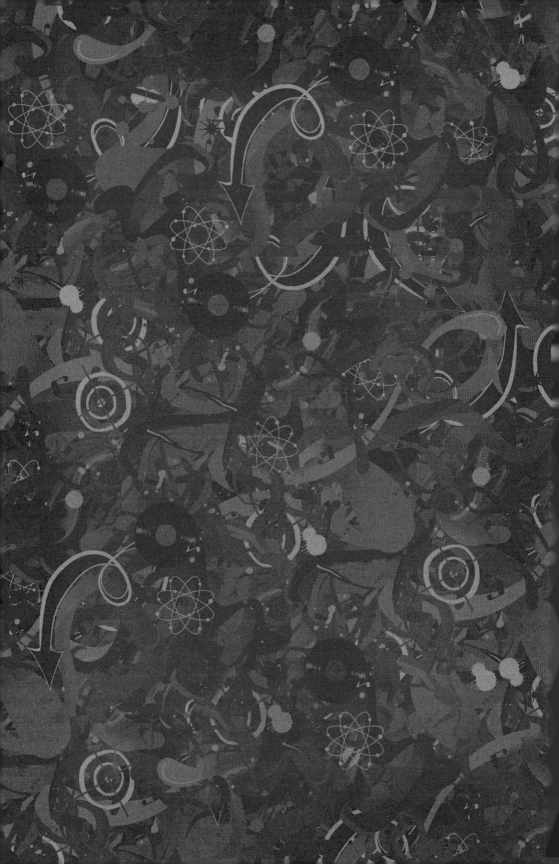

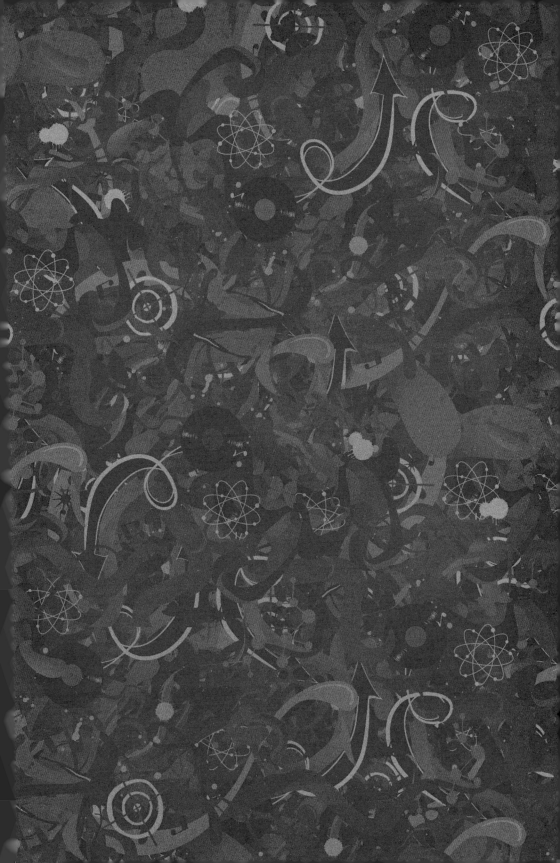

CORES VIVAS
PATRICE LAWRENCE

11

A Tish apareceu na minha porta bem cedo no outro dia de manhã. Geralmente ela disparava pra dentro, falando mais do que devia, mas desta vez a gente só ficou ali parado, olhando um pra cara do outro.

"Scott Lester", ela disse. "Ele não tem namorada, nem esposa, nem filhos. Beleza?"

Ela passou por mim, suas botas Dr. Martens batendo no chão até a cozinha. Fui atrás dela. Tish se acomodou à mesa e colocou cereais numa tigela. Quando os cereais estavam empilhados num montinho, ela colocou leite e meia tigela de açúcar. Daí ela empurrou o lance pra mim.

"Cê tá parecendo o Darth Vader sem máscara."

"Valeu."

"Mas sua casa tá melhor."

"O Jonathan conhece umas pessoas. Ele conseguiu resolver tudo rapidinho."

"Bom pra ele. Aconteceu mais alguma coisa?"

"Nada de mais."

"O que cê quer dizer com 'nada de mais'?"

"Quero dizer que não."

Ela enfiou uma colher dentro da tigela.

"Porque, se as coisas piorassem, você contaria pra polícia, certo?"

"Arrã. Tipo pro Wiggum, aquele guarda dos *Simpsons*, que anota as coisas numa máquina de escrever invisível."

"Superengraçado."

"O mais engraçado é você achar que os guardas vão me ouvir." Empurrei a tigela pra ela. "Por falar nisso, já tomei café da manhã."

"Acho que essa é minha resposta, então." Ela colocou uma colherada bem grande na boca e mastigou fazendo uma careta. Derramou mais açúcar e experimentou. "Melhor assim. Você vai hoje, então?"

"Vou. O que mais tenho pra fazer, sentado aqui?"

"Consigo pensar em várias coisas, mas você é um menino muito bem-educado pra fazer qualquer uma delas. Cadê a tia Jen?"

"Vai ter uma sessão especial pra crianças refugiadas mais tarde. Daí ela quer ter certeza de que tudo tá bem organizado e tal."

"Mas é certeza que ela tá preocupada com você."

O telefone fixo começou a tocar na sala.

"Como você faz essas coisas, Tish?", perguntei, dando risada.

"Telepatia por abdução alienígena."

Atendi. Tish estava coberta de razão. Era minha mãe e ela estava preocupada. Levei o telefone até a cozinha.

"Se aparecer algum problema,", minha mãe estava dizendo, "incluindo aqueles professores também, Marlon, me liga. Certo?"

"Vou ficar de boa, mãe."

A Tish apertou os olhos, fazendo uma cara de Yoda, e puxou as orelhas pra cima.

"Marlon. De errado acontecer pode o quê?"

A Tish não chegou a me arrastar pra escola, a gente meio que arrastou um ao outro. Nós e a escola éramos dois polos negativos; quando a gente chegava perto, a coisa nos empurrava pra longe.

Na escola, as mesmas pessoas estavam penduradas na cerca, como se tivessem esperando que seus amigos jogassem bolos recheados de coisas que as ajudariam a fugir dali. O mesmo guarda com cara de cavalo olhava os carros. Os mesmos trens iam e voltavam da Liverpool Street na ponte que passava por cima da rua. Mas aqueles dois jogadores de tênis gordos tinham faltado hoje. A gente sentou num muro perto do canteiro de flores. Duas meninas do sexto ano dividiam um fone ligado num celular e falavam umas bobagens sobre algum rapper. Um menino turco alto bateu na bunda de uma menina mulçumana e ela encheu as orelhas dele de palavrões.

"Então cadê o cara?", perguntei.

Tish suspirou.

"Cê vai se meter mesmo nisso?"

Meu rosto esquentou.

"Não. É só um lance que acontece." Tentei falar com uma voz bem-humorada. "Quando a gente estuda na mesma escola, as pessoas fazem tipo um enxerto de pele e parece que não podem mais ficar separadas."

A Tish não sorriu.

"Não é isso que rola comigo e com o Scott."

"O que é que rola?"

"É um lance casual."

"Beleza."

Mas ela estava olhando pro pátio como se estivesse de vigia. Ela deve ter percebido, porque pareceu meio envergonhada.

"Queria poder encontrar palavras pra descrever este lugar", ela disse.

"É um microuniverso."

Tish arrastou suas Dr. Martens no asfalto.

"Explica."

"Imagina que você é um cientista alienígena, cê sabe, um ET e tal, mas invisível. Você tá observando este mundo e fazendo um monte de anotações no seu notebook superavançado. Mas mesmo com toda a tecnologia extraterrestre você não consegue entender como a coisa toda funciona."

"Você é um alienígena?"

"Me sinto assim às vezes."

Tish suspirou.

"Você e metade do mundo, mas as outras pessoas são melhores em fingir que se encaixam."

O sinal tocou. Os grupos se separaram e começaram a se arrastar pras suas salas. Moses, da minha aula de química, estava com o braço em volta dos ombros do Vinnie. Eles estavam tendo uma conversa séria. O Vinnie estava concordando com a cabeça até que ele me viu. Olhou pro Moses e os dois começaram a rir. Eles passaram por mim sem dizer nada.

Tish me cutucou.

"Que foi?"

"O Vinnie ia em casa brincar comigo", eu disse. "Ele era meu melhor amigo no terceiro ano."

"Pelo menos você *tinha* amigos no terceiro ano", Tish respondeu. "Na minha escola, se você não tinha aquela boneca que chora, cê não era ninguém."

"Sua mãe não deu uma pra você?"

"É, ela deu depois de um tempo, mesmo que as bonecas fossem tipo proibidas na nossa casa. Mas eu pintei a cara da boneca de marrom e a vesti que nem a Missy Elliott. Isso não me ajudou a fazer nenhum amigo." Ela puxou o meu braço. "Vamos. A gente vai se atrasar."

As poucas pessoas na minha sala que decidiram aparecer nas aulas de revisão estavam com a cara nos livros ou pelo menos fingindo que estudavam. Algumas ali deviam estar dormindo de olhos abertos porque eu não via nenhuma delas virando a página. Mas nem sinal do Yasir. Maravilha.

O sr. Habato tocou no meu ombro. Percebi que ele estava tentando não olhar pro meu olho inchado.

"Foco, Marlon. E tudo vai ficar bem."

Tô tipo caolho, sr. Habato. Isso deixa as coisas duas vezes mais difíceis.

Na aula de química, o sr. Laing estava repassando a tabela periódica. Acabei sentando bem na frente. O Moses estava do meu lado e ficava olhando pra minha cara. Se eu conseguisse o B que previa, o coração da minha mãe cantaria de alegria. Mais que isso. Entraria em combustão de tanta alegria, queimando as outras merdas que enfiei na cabeça dela. Tudo que eu tinha que fazer era me concentrar. Foco! Todo o resto tinha que virar fumaça — Andre, o Tranças, Sonya, Diamond.

Diamante. Símbolo químico: C. Forma alotrópica do carbono. Sem elétrons livres.

Aquele cara brilhante e transparente esperando do lado do celular pro caso da Sonya ligar. Em vez disso recebeu uma ligação na qual dizem que ele tinha que fazer papel de isca.

"As propriedades do ferro?" O sr. Laing não estava perguntando pra ninguém em particular.

Símbolo químico: Fe. Número atômico: 26. O ferro reage com cloro, bromo, flúor. Reage com o oxigênio do ar e produz óxidos e hidróxidos.

Reage com o oxigênio do corpo como as hemoglobinas do sangue.

Parte da reação que acontece quando uma mão bate sua cabeça na parede de uma igreja.

O lance da química eram as fórmulas. Eu tinha que conhecer as regras e saber quando elas poderiam ser quebradas. Tinha que encher a cabeça de propriedades e saber o que se misturava com o quê. Algumas pessoas já tinham feito os experimentos e cometido erros. Elas tinham inalado um monte de gases venenosos e gerado explosões. Eu só tinha que seguir as instruções e chegar às mesmas conclusões, lembrando quais combinações eram seguras e quais elementos misturados representavam perigo.

Não vi a Tish no primeiro intervalo nem na hora do almoço. Podia ser que ela tivesse conseguido outra detenção. Ou ela poderia estar se amassando com o replicante magrelo, Scott Lester. Eu precisava de um apagão cerebral pra sumir com essa imagem. Procurei uma cadeira vazia num canto tranquilo do refeitório, joguei minha mochila nela e fui pra fila. Na minha conta tinha crédito suficiente pra um sanduíche de presunto e uma caixinha de suco. Coloquei minha bandeja na mesa e sentei. Uns alunos mais novos estavam olhando pra minha cara. Expulsei os caras dali, daí eles levantaram e saíram. Eu faria o mesmo aos 11 anos se um cara de 16 anos com a cara toda estourada chegasse perto de mim.

O prédio da escola era bem novo, com tecnologia de impressão digital pra hora do almoço, mas a acústica de sempre, com gritos e barulhos atravessando as paredes e o chão. E o sanduíche tinha gosto de cola. Tinha sido assim pro Diamond? Ou Stunna, ou Rodge, mastigando o almoço sozinhos e pensando na Sonya? Ou eu era o maior fracassado de todos?

Deixei a comida de lado. Minha cabeça doía e a pele do meu rosto parecia pronta pra rasgar. A aula de matemática não ia rolar pra mim. Depois daqui, eu ia pra casa.

Levei uma pancada nas costas quando o cara atrás de mim empurrou a cadeira pra levantar.

"Idiota!" O grito saiu quando a água espirrou no meu ombro.

Me virei. O cara loiro, Scott Lester, estava sentado atrás de mim. A bandeja dele tinha inundado e um copo estava caído do lado.

Ele balançou a cabeça pra mim. Não saquei se ele tinha me reconhecido ou não.

"Foi mal, cara", ele disse. "O imbecil atrás de você não olha por onde anda."

O cara que tinha puxado a cadeira soltou um palavrão, pegou sua bandeja e desapareceu. O Scott Lester deu uma olhada na minha mochila.

"Caiu tudo nos seus livros, cara."

"Oi?"

Minha mochila estava aberta. Não fazia sentido. Depois da aula de química, eu guardei minhas canetas e os livros e fechei direitinho. Eu não tinha nada pra roubar, mas, depois que aqueles idiotas foram na minha casa, eu precisava das minhas coisas guardadas e seguras. Mas agora minha mochila estava bem aberta com um copo d'água dentro. O Scott Lester balançou a cabeça.

"Foi mal mesmo, cara."

Trinquei os dentes.

"De boa, não esquenta."

Era mais um motivo pra voltar pra casa. Não dava pra fazer muita coisa na aula de matemática com os papéis todos grudados. Tentei alcançar a minha mochila, mas o Scott Lester tinha chegado primeiro e estava mexendo nas minhas coisas.

"Vou ajudar você a arrumar isso!"

"Não!" Empurrei a mão dele com um tapa.

Os outros alunos estavam interessados agora, inclinados em cima dos pratos de macarrão e batatas assadas pra ver melhor. Dois professores estavam de olho também.

"Qual é o seu problema?" A mão do Scott ainda estava na minha mochila. "Eu pedi desculpa."

"E eu disse que ia arrumar minhas coisas." Não consegui manter um tom tranquilo, não enquanto os dedos dele estavam segurando os meus livros.

São canetas e livros de química, provas de matemática, nada de mais. Não são os livros da minha mãe nem os mapas do meu pai. Qual é o problema?

O problema era: eu consegui sentir a coisa antes que acontecesse, como aquela dor horrível no estômago antes da gente vomitar. O Scott Lester já estava enfiando a mão na minha mochila, já estava com uma cara de surpresa, já estava segurando o saquinho de plástico transparente bem alto pra todo mundo ver.

"Mas parece que seus bagulhos tão de boa!"

Eu estava balançando a cabeça. O filho da mãe balançava o saquinho como se tivesse ganhado um prêmio.

"Você sabe que eu nunca vi isso antes!" Coloquei as mãos no ombro do Scott Lester e estava cara a cara com ele. "Cê colocou essas coisas aí! Foi você!"

E as palavras continuaram saindo, mesmo quando o diretor e o sr. Habato apareceram e me fizeram sair dali.

Eles ligaram pra minha mãe, é claro. E pra polícia. Os guardas devem ter ouvido o meu nome e sorriram um pro outro como se estivessem esperando por isso. Talvez eles tivessem feito apostas.

Minha mãe veio até a cadeira vazia na frente da sala do diretor e segurou minha mão. Se ela andou chorando ou socando a parede por minha causa, estava escondendo muito bem. Ela usava uma saia cinza com um casaco combinando e seu cabelo estava arrumado num coque. Tinha colocado aqueles brincos pequenos de prata que meu pai comprou pra ela quando eles noivaram. Estava mais elegante que a maioria dos professores da escola. Ela não estava assim quando saiu pro trabalho de manhã.

"Antes de entrarmos", ela disse. "Me diz a verdade. Era seu?"

"Não, mãe. Não era."

Ela estava me encarando agora, como se seu cérebro estivesse repassando todas as vezes que já tinha me perguntado alguma coisa.

"Eu sempre sei quando você está mentindo", ela disse. "Você sempre foi péssimo nisso. Mas depois do parque e do que aconteceu com a nossa casa, eu não tenho mais certeza. Acho que você está dizendo a verdade agora. E eu realmente quero acreditar."

Peguei a mão dela também.

"Eu nunca vi aquele saco na minha vida."

"Tudo bem, Marlon. É só o que eu preciso saber."

A última vez que estive na sala do diretor, o lugar parecia enorme. Eu tinha vindo pegar um certificado no sexto ano. Agora parecia bem menor, cheio de pessoas sentadas ali esperando a gente. Elas já tinham conversado antes que minha mãe e eu entrássemos. O diretor estava sentado numa cadeira na frente da mesa dele, como se fosse realmente igual aos outros. Também estavam o sr. Pitfield, o sr. Habato, a sra. Leisch, a coordenadora do ensino médio, o novo mentor com cara de cansado e dois guardas. Dois caras novos, negros. Esperavam que eu me abrisse com eles? Que sentisse uma culpa maior?

Estavam todos sentados em círculo e começaram a se apresentar como se fossem um grupo de alcoólatras. Minha mãe disse quem era — a sra. Sunday. O único chamado pelo primeiro nome era eu.

"Todos sabemos por que estamos aqui", o diretor disse.

"Eu não", minha mãe respondeu.

Todo mundo olhou pra ela. Ela deu um sorriso educado, como se estivesse atrás da sua mesa na biblioteca pra checar os livros deles. A cara do diretor foi ajustada pro modo "paciente".

"Peço desculpas se não fui claro ao telefone, sra. Sunday. Um saco do que parece ser uma espécie bem forte de haxixe foi encontrado na mochila do Marlon."

Minha mãe concordou com a cabeça.

"Estou a par disso, sr. Sandalwood, e me impressiona que o senhor seja capaz de reconhecer a substância. Mas o que não ficou claro é se já estão considerando meu filho como traficante."

A boca do sr. Habato mexeu. Ele olhou pro diretor e depois pro chão. Um dos guardas segurou um espirro com a mão.

"Nós temos uma política de tolerância zero em relação às drogas na minha escola", informou o diretor.

Minha mãe devolveu: "E nós temos uma política de tolerância zero em relação às drogas na minha casa".

O sr. Habato fez uma tentativa: "É claro, sra. Sunday, não estamos tentando sugerir...".

Minha mãe não deixou o cara terminar. "Três anos atrás meu filho mais velho, Andre, sofreu ferimentos graves num acidente de carro. Como vocês podem imaginar, foi um momento difícil pra gente. Primeiro o Marlon perde o pai e depois isso." Ela captou a atenção do grupo. Nem o diretor se atreveu a interromper. "Andre entrou em coma. Daí ele ficou tão confuso que tentou arrancar os tubos. Então colocaram meu filho em coma induzido. Depois de dezoito meses e muita reabilitação, nós esperávamos que ele pudesse ter uma vida independente. Tenho certeza que era isso o que ele queria. Eu não, mas não era capaz de impedir. Ele voltou pro seu antigo apartamento e alguns dos seus supostos amigos reapareceram e tomaram a casa do meu filho pra venda de drogas e prostituição. Durante essa época, Marlon foi o meu ponto de apoio. Algumas semanas atrás, ele foi testemunha de um incidente bem trágico. É minha vez de ser o ponto de apoio dele."

Os guardas se olharam. O mais velho falou com a minha mãe num tom gentil.

"Sra. Sunday, o Marlon foi encontrado com um saco de *skunk*, um tipo bem forte de cannabis, nas instalações da escola."

"Encontrado?" A voz da minha mãe ficou bem grave. Era o tom que ela usava quando eu era pequeno e ela tentava me explicar por que deveria me deixar de castigo. "Pelo jeito que o diretor me explicou — e tenho certeza que vocês vão me corrigir se eu estiver errada —, meu filho deixou a mochila num lugar pra pegar o almoço. Quando ele voltou, a mochila tinha sido aberta e um garoto, de forma bem conveniente, derramou água nela. Mesmo que o Marlon tenha tentado impedir, esse garoto enfiou a mão dentro da mochila e tirou 'por acaso' as drogas de lá. Tenho certeza de que esse menino também foi interrogado na frente destes dois policiais, não foi?"

Silêncio.

"O outro aluno envolvido fez um relato do que aconteceu", o diretor disse.

"Então é a palavra do meu filho contra a dele."

O sr. Habato balançou a cabeça discretamente. Ele não parecia muito feliz com a situação e ficou mexendo os pés quando minha mãe falou com ele.

"Sr. Habato, o Marlon já veio pra escola parecendo que tinha fumado *skunk*?"

O sr. Habato balançou a cabeça.

"Estava tudo bem até o mês passado. Nós escrevemos pra senhora sobre a briga com o outro garoto na sala de aula."

"E eu respondi como devia. Mas parecia que o Marlon andava fumando *skunk*?"

"Não."

"Sra. Leisch? O que a senhora tem a dizer sobre a frequência e o rendimento do meu filho?"

Ela deu um sorriso constrangido.

"Geralmente são bons, ainda que ele pudesse melhorar sua apresentação."

"Não foi o que eu perguntei, sra. Leisch."

Você não sabia, mãe? Ela nunca responde o que você pergunta.

Mas minha mãe não desistia.

"Sra. Leisch, as lições de casa, os trabalhos escolares do Marlon, ou qualquer outra coisa, sugerem que ele anda fumando um tipo muito forte de maconha?"

"Não que eu saiba."

"Certo." Minha mãe levantou e colocou as mãos nos quadris. "O comportamento e os resultados do meu filho são bons e ele não causou nenhuma preocupação até a tragédia de semanas atrás. Mas em vez de procurar maneiras de apoiar o meu filho, vocês o acusam de ser traficante."

Tinha uma gotinha de suor na têmpora dela. O diretor limpou a garganta.

"Não estamos acusando o Marlon de ser traficante, sra. Sunday. Nós só gostaríamos de saber como as drogas foram parar na mochila do seu filho."

"Isso é fácil", minha mãe respondeu. "Deem uma olhada nas câmeras de segurança."

O sr. Habato parecia estar tentando segurar um sorriso. Minha mãe continuou.

"Ano passado vocês fizeram a gentileza de informar aos pais que estavam gastando uma quantia enorme de dinheiro na instalação de câmeras para a proteção dos alunos e funcionários. Bom, agora usem seu investimento pra proteger o meu filho." Ela tocou o meu ombro. "Prefiro que você termine suas lições em casa, Marlon. Vamos."

Minha mãe não saiu do meu lado até que a gente deixasse a área da escola. Quando a gente estava fora da visão do segurança, ela se virou pra mim.

"Seu irmão foi meu sacrifício pro sistema. Eu acreditava em tudo que os professores deles diziam pra mim. Jurei nunca mais cometer o mesmo erro."

Me estiquei pra dar um abraço nela, mas ela deu um passo pra trás e segurou minhas mãos. Pensei que as mãos dela estariam fortes e quentes que nem antes, mas ela estava tremendo.

"Com ou sem culpa, eu ainda tenho uma hipoteca pra pagar. Vejo você depois do trabalho."

"Valeu, mãe. De verdade, obrigado."

"Você não tem que me agradecer, Marlon. Tudo que eu estou pedindo é que você não me decepcione."

Ela me deu um beijo na testa. Pelo menos uma vez, seus saltos altos fizeram com que ela não precisasse se esticar.

"Olha, tem um ônibus vindo!"

Minhas mãos despencaram ao lado do corpo quando ela soltou. O motorista esperou, daí ela deu um tchauzinho e foi embora.

Eu devia ter ido pelo parque, seguindo pela rua principal até o cruzamento e daí descer a minha rua. Devia ter aberto a porta da frente, enfiado as chaves novas na fechadura nova, subido as escadas, passado pelos buracos nas paredes onde costumavam estar as fotos, e daí espalhado meus livros. Eu devia ter apagado tudo que aconteceu e feito o que eu prometi — continuar as lições e não decepcionar a minha mãe.

Mas eu a decepcionaria ainda mais se não desse um jeito nas outras coisas. Fosse lá o que estivesse acontecendo com o Andre, o Tranças tinha levado pra minha casa e pra minha escola. Eles colocaram a minha mãe na jogada. Qual seria a pior coisa que poderia acontecer se eu não fosse pra casa? Minha mãe teria um ataque. Qual seria a pior coisa que poderia acontecer se eu não resolvesse esse lance logo? Eles me mostraram uma faca num funeral, acabaram com a minha casa, me derrubaram e me bateram. Eu era o único sobrevivente. Se eu deixasse as coisas pra trás, logo não teria mais nenhum.

Olhei pra trás, na direção da escola. Mas que merda eu esperava ver? A Tish não estaria sempre atrás de mim. Não agora. Estava muito ocupada indo atrás do Scott Lester. Mas, quando ela soubesse o que aconteceu, ia dar um pé no cara. Ela ia fazer isso de um jeito bem doido, de verdade, mas dispensaria o cara.

Olhei pra rua onde o ônibus ficou esperando minha mãe. Eu ia fazer o caminho de volta, mas não pra minha casa.

CORES VIVAS
PATRICE LAWRENCE

12

Me inclinei e deixei a testa encostar na janela do trem. A velocidade aumentou e o trem pegou um ritmo que fez a minha cara inteira doer. De um jeito doentio, a dor era boa. Me ajudava a me concentrar. Viu? Era disso que eu precisava, sr. Habato. Muito estresse e um passeio de trem.

Saí da estação e fui andando até o apartamento da vó da Sonya. A rua parecia menor que antes, talvez porque eu sabia pra onde estava indo. Uma mulher empurrando um carrinho de bebê atravessou a rua antes de passar por mim. Peguei a mulher olhando pra mim enquanto passava do outro lado da rua; ela parou de olhar bem rápido. Eu era um cara nervoso e alto com a cara toda estourada — ela podia me ver, mas não queria. Tentei parecer mais alto e mais decidido.

Enquanto eu estava ali parado, pronto pra tentar o lance da pizza de novo, a porta abriu. Reconheci a vizinha, Agnes.

"Você!", ela disse. "O que aconteceu com o seu rosto?"

"Eu..."

"Parece que alguém bateu em você." Ela balançou a cabeça. "Não venha trazer problema pra Violet, tá ouvindo?"

O problema já estava lá, bem antes de mim. Passei por ela e subi as escadas correndo.

As cortinas da sra. Steedman ainda estavam fechadas e pensei ter sentido cheiro de incenso por baixo da porta. Levantei a aba da caixa de correio e deixei cair com tudo. Nada. Deixei o lance bater de novo. Depois de uns segundos, a porta abriu. A sra. Steedman estava com um roupão aberto por cima de uma camiseta velha e calças de pijama. Os olhos dela estavam vermelhos e o cabelo oleoso grudava na cabeça.

"Senhor! Seu rosto!", ela sussurrou.

É, valeu pela lembrança.

"Eles vieram pra cima de mim no funeral."

"Sinto muito. Você foi muito corajoso por ter ido até lá."

"Alguém me mandou um convite."

Ela fechou o roupão.

"Um convite? Quem?"

"Não sei. Alguém entregou direto na minha porta. E agora um cara plantou umas drogas na minha mochila lá na escola."

"Ai, meu Deus. Na escola?"

Dei um passo pra frente, mas ela balançou a cabeça.

"Posso entrar?"

"Não, agora não. Você precisa falar com a Hayley. Ela conhece esses meninos. Ela acabou de sair. Foi pro cemitério. Você conhece o City, perto de Wanstead?"

"Conheço."

Bem demais.

"Você pode ir pra lá agora. E, Marlon? Sinto muito, de verdade."

Parei no fim da rua e olhei pro prédio. Eu não conseguia saber qual era a janela da Sonya. Mas na minha cabeça tinha uma sombra ali de olho em mim. E não era a sra. Steedman.

A primeira vez que eu vim pro City of London, pensei que o cemitério fosse tão grande quanto a própria cidade de Londres. Eu estava no carro da minha mãe, em uma grande fila que seguia o caixão do Sharkie, e minha cabeça estava toda bagunçada por causa do funeral. Vi a mãe do Sharkie tremendo e se segurando no banco da igreja e o pai dele, que parecia uma caveira com a pele esticada por cima. Minha mãe disse que ele morreu uns meses depois, quando estava visitando a irmã nos Estados Unidos. A gente sentou atrás da namorada do Sharkie, com seu casaco preto de pele, balançando o bebê no carrinho. Mesmo que eles estivessem arrasados com o luto, jogaram todo o ódio que tinham pra cima da minha mãe, como se fosse ela que estivesse dirigindo o carro que jogou o Sharkie na parede. E minha mãe engoliu tudo pra que nada chegasse no Andre.

Desta vez era só eu passando pelo arco vitoriano que me fazia lembrar um castelo desenhado por alguma criança. Tinha milhares e milhares de túmulos. Como a gente podia achar um? Devia ter alguma lógica em tudo aquilo. Pode ser que uma parte do cemitério fosse tipo muito velha, com todos os vitorianos e seus pilares e anjos, e em algum outro lugar ficassem os mais novos, todos juntos. Se eu conseguisse achar esse lugar, talvez encontrasse a Hayley.

Tinha um café bem à direita. Alguém ali devia saber como a coisa funcionava. Uma menina meio punk com um piercing no nariz limpava uma mesa e um casal de velhos estava sentado que nem duas estátuas perto da janela. Ninguém parecia querer ser incomodado.

E ali estava ela. Hayley. Ela tinha deixado a cadeira longe da mesa, as pernas estendidas embaixo. Os olhos dela estavam fechados e a cabeça levantada, como se estivesse esperando que a luz do sol batesse nela. Tinha uma lata de Sprite na frente dela, em cima da mesa.

Um ser humano mais emotivo sentiria pena dela. Não importa o que ela tenha feito, ela nunca quis que isso acontecesse. Mas ver aquela mulher ali e pensar naqueles amigos sacanas dela e nos mapas do meu pai e nos livros da minha mãe, tudo zoado, e minha mãe pronta pra abandonar a casa pela qual ela lutou tanto depois que meu pai morreu. Seu amiguinho, o Tranças, cuspindo na minha boca depois do funeral da filha dela. Alguma coisa acendeu em mim, quente e ruim. Fui até ela.

Hayley abriu os olhos e tomou um susto. Fiquei onde estava, olhando pra ela, que levantou devagar e veio na minha direção. Por cima do ombro dela, o casal de velhos ainda olhava pela janela, mas a garçonete punk estava observando a gente, interessada. Hayley chegou bem perto, tanto que eu pude ver o topo da cabeça dela. Tava cheio de cascas nos lugares onde ela tinha raspado o cabelo.

"O que você quer?", ela perguntou.

"Sua mãe disse que cê tava aqui."

"E daí?"

"Quero falar com você."

Hayley me olhou de cima a baixo, o rosto duro que nem concreto.

"Por que eu deveria falar com você?"

"Você sabe quem eu sou. Eu tava com a Sonya no parque."

Hayley bufou.

"Você quer uma medalha por isso?"

Respirei fundo. (Earth, Wind & Fire, *1971. The Need of Love, 1972. Last Days and Time, também de 1972, o primeiro álbum que saiu pela Columbia.*) Soltei o ar bem devagar, tentando relaxar.

"Você vai pro lugar onde a Sonya tá?", perguntei.

Ela concordou com a cabeça.

"Posso ir junto?"

Ela encolheu os ombros e saiu andando.

Esperei e daí segui a Hayley, alguns passos atrás. Ela nem se deu ao trabalho de olhar pra trás e ver se eu ainda estava ali. Pegamos um caminho virando à direita, passando por umas lápides velhas e quebradas cobertas de mato. E daí fileiras de túmulos mais novos com fotos e letras douradas e pretas. Alguns eram decorados com vasos de flores de plástico ou com umas pedrinhas verdes. Eu estava quase esperando ver uma foto do Sharkie sorrindo pra mim. Eles usaram seu nome de verdade, claro, Sylvester Amstell White.

Hayley tinha parado de andar. Ela estava olhando três esquilos que se perseguiam nos túmulos. Mais dois saíram dos arbustos, correndo atrás dos amigos.

"Odeio esses merdinhas", ela disse sem se virar. "Olha pra eles! Ratos com rabos fofinhos. Prestei serviço comunitário no Springfield Park uma vez. Toda vez que os jardineiros plantavam alguma coisa, esses trombadinhas vinham e arrancavam tudo. Cê já visitou a estufa de lá?"

"Não."

"Fica mais pra cima, perto da casa branca. Cê pode entrar lá e ficar vendo os peixes. Eram umas coisas grandes e gordas. Eu levava a Sonya lá quando ela era bebê, todo sábado, às 14h. Ficava ensinando pra ela o nome das coisas. Os esquilos estavam sempre esperando pela gente lá fora, tipo, sei lá, uns seguranças." Hayley limpou a garganta e riu. "Aqueles bostinhas eram corajosos também. Eu podia bater o pé pra eles, gritar e xingar e eles só continuavam ali, olhando pra mim. E seguiam a gente. Era o território deles, né? E eles queriam que eu soubesse disso, com certeza."

Um dos esquilos pulou numa lápide e ficou ali olhando pra gente, em pé nas patas traseiras e com as patas da frente juntas. Hayley riu de novo e enxugou os olhos na manga da roupa.

"Eles tão zoando com a cara desses anjos que ficam rezando." Ela abaixou os ombros. "Eu gostava dela. De verdade."

"Eu nunca disse que não."

Ela saiu andando, bem rápido desta vez. Fiquei perto, cruzando uma faixa de grama entre as fileiras de túmulos mais novos. O mundo inteiro tinha vindo parar em Wanstead. Nomes chineses, nigerianos, poloneses, ingleses. Marcus Reynolds, nascimento: St. Kitts, 3 de março de 1929. Mary-Ann Grey, 8 anos, com um túmulo cheio de estrelas prateadas. Eu era um intruso aqui. Como eu me sentiria se algum estranho saísse pisando pelo túmulo do meu pai sem o menor cuidado? Talvez tenha sido por isso que meu pai fez minha mãe prometer uma cremação.

A Hayley parou no fim da fileira. Gerald Michael Steedman, nascimento: 22 de novembro de 1945; morte: 1º de dezembro de 1999. As palavras estavam gravadas num pergaminho de mármore. Umas rosas cor-de-rosa estavam enfiadas num vaso de vidro ali na frente. Sem foto.

"Ela tá aqui", Hayley disse. "Com o vô dela."

Ela se virou e olhou pra mim. Segurei a respiração. Era como se o pouco caso dela estivesse rabiscado a lápis num papel vegetal e sua expressão de verdade estivesse embaixo, toda torta. Ela se inclinou pra frente como se não pudesse respirar.

"Sonya, desculpa!"

De repente eu não estava mais ali. Eu estava do lado de fora do quarto da minha mãe, ouvindo o choro dela até que o Andre me arrastou e me colocou de volta embaixo do meu edredom. Ele sentou na minha cama e colocou Michael Jackson pra tocar, mas toda vez que começava "I Want You Back", ele pulava a faixa. Ele disse que minha mãe chorava mais ainda quando ouvia aquela música.

Me forcei a dar um passo pra frente e coloquei a mão nas costas da Hayley.

"Por favor..."

Por favor o quê? Para de chorar pela sua filha morta? Para de me fazer sentir pena de você?

Quando ela se endireitou, tirei a mão.

"Cê acha que eu sou uma merda", ela disse. "Uma merda de mãe que não dá a mínima."

Era difícil ficar olhando pra ela. A cara dela estava tensa e brava, mas algumas coisas da Sonya, os cílios, os lábios, os cabelos longos e o sorriso brilhante da antiga Hayley, eu podia ver tudo isso escondido ali.

"Eu não disse isso." Eu tinha que continuar olhando pra mostrar que estava falando sério. "Mas, desde que eu conheci a Sonya, as coisas ficaram muito loucas. Aqueles caras que foram pro funeral dela, eles ficaram me esperando sair. Daí eles foram até a minha casa e quebraram tudo."

A Hayley tirou duas rosas meio caídas do vaso. Ela arrancou as pétalas marrons e devolveu as flores pro lugar.

"Quer saber? A últimas semanas foram uma merda pra mim também." O pouco caso estava de volta, muito bem desenhado. "Minha mãe acha que você é um coitadinho por ter estado ali nos últimos momentos da minha filha, mas você disse pros guardas que a Sonya era traficante."

Senti um calor subindo pelo pescoço.

"As balas eram *dela*."

"Você caguetou uma menina morta! Mas que puta amigo você é!" Ela abaixou, pegou uma pedra e apertou bem forte na mão. "Ela gostava de mim, não importava o que acontecesse."

"E se ela só quisesse ser normal?"

"Você não sabe de merda nenhuma, Marlon. Nem sobre a Sonya nem sobre mim, não sabe nada. Absolutamente nada sobre a nossa família!" Ela apontou pro túmulo. "Tá vendo esse cara? Era a mesma coisa. Todo mundo achava que ele era maravilhoso, mas que cara frio e nojento ele era comigo, mesmo que eu não estivesse presa, não teria ido pro enterro dele. Porque senão eu ia acabar dançando cancã quando o caixão desse cara fosse pra baixo da terra."

"Mas a Sonya tá aqui."

"Esse era o túmulo da minha mãe, pra quando ela precisasse, mesmo que eu não saiba porque ela ia querer ficar presa com esse merda. A gente não esperava... Meu Deus, eu espero que Sonya esteja assombrando o cara!"

Ela jogou a pedra; o lance girou no ar e bateu numa lápide. Aquilo era da mulher ou do pai de alguém, pelo amor de Deus!

Mantive a voz calma.

"Por que aquele cara com as tranças tá atrás de mim?"

Ela encolheu os ombros.

"Quem sabe?"

"Tem a ver com o meu irmão?"

Ela deu um bocejo enorme e dramático.

"Já disse. Não sei."

"Quem são eles?"

"Somos dois aqui. E só um de nós gosta de abrir a boca."

Head to the Sky, *1973.* Open Our Eyes, *1974. Os caras do Earth, Wind & Fire eram muito ocupados — pelo menos um álbum por ano.*

"E se eu entregar o celular pra eles?", perguntei.

Ela balançou a cabeça e pareceu retomar o controle.

"Você tem um celular. E daí? O lance é: ele sabe onde sua mãe trabalha. Ele sabe onde seu irmão mora. O cara foi na sua casa."

Ela se agachou, colocando as palmas das mãos na grama nova.

"Não, Orangeboy, o celular não é grande coisa. O que o cara mais quer é você."

O trem pra casa estava mais cheio, mas eu poderia estender um tapete de notas de dez e ainda assim ninguém sentaria perto de mim. Nem fiquei surpreso. Vi meu reflexo na janela. Eu parecia o irmão mais feio do ET.

"O que o cara mais quer é você."

Na Liverpool Street, fiquei séculos esperando um ônibus, daí desci rapidinho a minha rua e atravessei bem antes do ponto de ônibus. Parei. Tinha alguém na frente da minha casa.

"Tô esperando faz anos", Tish disse. "Onde cê tava?"

"Cemitério." As palavras saíram agressivas. "Cê sabe, depois que o seu namorado armou pra mim na escola."

"Fiquei sabendo. E ele não é meu namorado. Eu já disse, é um lance casual.

"É". Não *"era".* O cara ainda estava presente.

Agora tinha três fechaduras pra abrir, as chaves novas misturadas com a velha. Se o Tranças e seus amiguinhos estivessem esperando, poderiam chegar e me bater até não sobrar nada enquanto eu tentava abrir a porta.

"Por que você foi pro cemitério?"

"Pelo mesmo motivo que as pessoas vão pros cemitérios, Tish. Pensa."

Abri a porta e empurrei.

"Eu posso atravessar a rua de novo sem contar pra você por que eu vim, e é o que eu vou fazer se você continuar sendo babaca", disse Tish.

Pelo corredor até a cozinha, com Tish logo atrás. Abri a geladeira e peguei um suco. Tish tirou dois copos da secadora e bateu com tudo.

"Eu ia te encontrar no almoço", ela disse. "Mas eu tava na detenção."

"Parabéns."

"Valeu, Marlon." Ela levantou o copo pra que eu enchesse. "Cê quer saber o que rolou com o Scott Lester?"

"O que cê quer dizer?"

"Eu sei por que ele colocou a maconha na sua mochila."

"Por quê?"

"Quer que eu fale? Então desce desse pedestal aí e para de me encher dizendo que eu tô confraternizando com o inimigo."

"Cara, do que você tá falando?"

"Sua babaquice. Por causa de mim e do Scott Lester."

"Não tô sendo babaca."

"Superbabaca com uma dose extra de babaquice. Promete que cê vai parar e daí eu abro o bico."

Meu rosto estava doendo e sorrir era bem difícil, como se fazer isso fisgasse alguma coisa dentro de mim. Levantei a mão, fazendo uma saudação de escoteiro.

"E assim prometo que eu, Marlon Isaac Asimov Sunday, farei o melhor possível pra não fazer comentários babacas sobre seu lance casual com o Scott 'Maconha-Na-Mochila' Lester."

"Valeu aí, Milo. Mas vou contar pra você mesmo assim. Ele fez aquilo porque o irmão dele pagou vinte libras."

Uma pontada de decepção.

"Só isso?"

Tish me deu uma olhada.

"Claro que não. A família do Scott morava lá em Brixton e o irmão dele, Wayne, ainda dá uns rolês com uma das gangues de lá. Também por isso a mãe deles quis mudar pro norte. Como se isso fizesse alguma diferença."

"Qual gangue?"

"Riotboyz ou alguma coisa assim."

"Parece um lance de história em quadrinhos."

"É. Wayne também. Ele é meio tonto, meio estúpido e faz o que as pessoas mandam. Mas as coisas que ele faz não são engraçadas."

"Tipo?"

"Bom..." Ela mordeu o lábio. "O lance na igreja..."

"O irmão do Scott tava lá?"

"Tava."

"Alto? Loiro?"

Ela encolheu os ombros.

"Ainda não tive o prazer de conhecer."

Ele e aquele outro idiota me jogando na parede e me segurando pro psicopata do amigo deles cuspir na minha língua.

"Faz quanto tempo que cê sabe disso?", perguntei.

"Acabei de saber. Cê não percebeu? Eu tava esperando na sua porta pra contar."

"É. Foi mal."

"Valeu. Posso continuar?"

"Pode."

Ela suspirou.

"O cara negro com as tranças — ele é o D-Ice."

"E o nome dele de verdade?"

"Sei lá. Não quis perguntar muito. O D-Ice pegou o nome do GTA. Ele é chefe de uma gangue que anda por aí de capuz ou alguma coisa assim. O Scott disse..."

"Ele fala muito, né?"

"Alerta de comentário babaca! Cê quer saber ou não?"

"Quero. Continua."

"O D-Ice e o Wayne se conheceram há um tempo, lá no sul. Daí o D-Ice ficou trancado por um tempinho."

"Cadeia?"

"Reformatório. Agora que ele tá solto, tá tentando refazer a reputação."

"Como?"

"Quebrando as coisas das pessoas. Quebrando as pessoas. E cê sabe o que ele faz quando quer zoar com a cabeça das pessoas de verdade?"

"Sei." Engoli em seco quando o caroço subiu pela minha garganta.

"Ele cospe... Caramba, Milo! Não!"

Sim.

Tish estava olhando a minha cara. Ela mordeu o lábio, mas não parou de olhar.

"Foi mal", ela disse. "Cê não tinha me contado essa parte. É uma merda, tudo isso."

"Mas cê ainda tá saindo com o Scott Lester."

Agora ela olhou pro outro lado.

"Tô ligado", comentei. "É só um lance casual."

"É. Mas o Scott não tá metido com nada disso."

"Disso?"

"É. 'Disso'. E com o resto também não, se é o que você tá pensando."

Sério?

Mas ela continuou.

"Ele acha o irmão dele meio besta por fazer toda essa merda com o D-Ice, ainda mais agora que as gangues começaram a traficar, coisa pesada mesmo. Foi o Scott que me disse que eles tavam indo atrás de você no Westfield."

"Oi? Ele disse pra você me avisar?"

"Não foi bem assim. Tipo, ele nem sabia onde eu tava. Ele só disse que o irmão dele tava indo pra Stratford e que eles iam pegar um cara da escola. Aquele que tava com a menina que morreu."

Ela olhou pra mim como se estivesse esperando agradecimentos.

"A Hayley disse uma coisa no cemitério. O celular não importa mais. Ela disse que o cara tá atrás de mim", eu disse.

Tish estava mordendo o lábio de novo.

"É. Tô ligada."

"Você tá ligada? Mas o que mais você sabe, Tish?"

"É... Bom, é o irmão do D-Ice."

"O que tem ele?"

"Milo, o irmão dele é o Tayz. Ele tava..."

"Dirigindo o carro que tava atrás do Andre e do Sharkie."

Então era isso. O Tayz estava preso e o D-Ice continuaria o que o irmão começou. Mas eu ainda não sabia por que aqueles caras estavam atrás do Andre.

Minha mãe chegou em casa perto das 20h com uma sacola cheia de comida. Ela disse que era o mínimo que poderia fazer depois de ter me abandonado na escola. Me abandonado. Foi só o que ela disse. Nada sobre o *skunk*, o diretor e a polícia. Eu também não ia tocar no assunto enquanto ela não parecesse mais relaxada. Queria que ela ficasse de boa porque daí seria mais fácil fazer umas perguntas. Foi ela quem teve que lidar com a polícia, quem passou mais tempo do lado da cama do Andre. Ela fez o que podia pra me proteger, mantendo todas aquelas coisas horríveis longe de mim. Agora que eu estava mais velho, talvez ela me contasse um pouco mais.

Ela colocou as sacolas no balcão.

"Vietnamita, tudo bem?"

"Tá ótimo."

A gente não podia comer vietnamita quando o Andre estava por aqui; ele gostava de comida mais simples.

"Peguei uns rolinhos pra gente dividir porque a sopa já enche bastante", minha mãe disse.

Tirei o papel-filme das embalagens de plástico e peguei as tigelas e os pratinhos. Coloquei tudo na mesa da cozinha enquanto minha mãe jogava o molho de pimenta num potinho de vidro.

"Quando você era mais novo", ela disse, "eu era bem durona com essa coisa de comer na mesa. Nada daquele papo de comer com o prato no colo."

Puxei a cadeira pra ela sentar.

"Não só quando eu era mais novo, mãe."

Ela riu.

"Seu pai e eu criamos algumas regras pra quando a gente tivesse filhos. Nada de ficar falando errado, nada de bater, nada de comer na frente da TV."

"E vocês conseguiram manter?"

"Você deveria saber, Marlon!"

"Não lembro de vocês falando errado comigo. Mas lembro do pai tentando me ensinar klingon!"

Daí ela riu de verdade, com o rosto e o corpo inteiro.

"É, ele pediu pra casar comigo em klingon. Eu pensei que ele estava engasgando com o salmão!"

Molhei o rolinho no molho de pimenta e percebi a expressão da minha mãe mudando. Era tristeza, não decepção. Com isso eu conseguia lidar.

Pergunta pra ela agora! Sobre o Andre e o Tayz. O que o Andre fez?

"Mas a verdade é que", minha mãe estava dizendo, "a gente ficou pensando se tinha criado as regras certas, ainda mais quando o Andre começou a aprontar. Pensamos em mudar, ir embora de Londres. Mas daí decidimos que isso não mudaria o Andre. Provavelmente só o isolaria ainda mais. E, assim que ele tivesse idade suficiente, ele simplesmente pegaria um trem e voltaria pra cá."

O Andre quebrou outras regras, mãe? Algum acordo especial entre ele e o Tayz? As perguntas estavam explodindo na minha cabeça, mas eu não conseguia abrir a boca pra perguntar. Eu via muita tristeza na minha mãe, como se ela estivesse falando do Andre, mas pensando no meu pai.

Os rolinhos tinham acabado e minha mãe estava derramando o caldo no macarrão. Coloquei frango, broto de bambu e temperos.

"Seu pai também não gostava de pimenta", ela disse, sorrindo.

A sopa estava quente e tinha um gosto muito bom, mas o frango estava um pouco seco. Baixei a colher. Minha mãe estava tirando as sementes da pimenta com a ponta da faca.

"Cê sente falta do pai?", perguntei.

Não sei se ela me ouviu. Cortou a pimenta em fatias bem pequenas e espalhou na sopa. Daí experimentou.

"Ahhh, perfeito!" Ela parecia pensativa. "Sinto falta de como a gente era. Só Deus sabe como seríamos agora. A gente nunca sabe."

Tentei captar as imagens que passavam na cabeça da minha mãe, dela mesma e do meu pai, e daí retroceder dez anos. Na minha cabeça, não mudou muita coisa.

"É estranho pensar que você não o conheceu direito", ela disse. "Mas tem muito dele em você. Vejo isso todo dia."

"Você vê o pai no Andre?"

Minha mãe suspirou e limpou o rosto com um pedaço de papel-toalha.

"Uma mulher de 51 anos não deveria comer pimenta. O Andre tem a teimosia do seu pai, e, depois de tudo o seu irmão passou, tenho muito orgulho disso!" Ela deu uma risadinha. "Ele também é a prova da obsessão do seu pai por ficção científica. Aposto que nenhuma criança que tenha ingressado naquele ano na Rushmore tinha Han e Luke como nomes do meio."

Ela foi até a geladeira pra pegar uma garrafa de água com gás e encheu um copo pra cada.

"Mas você escapou com o mínimo de danos. E isso se deve a mim. Se Jes tivesse dado a você o nome que queria, você teria sido..."

"Calrissian Wookie?"

"Talvez. Ou algum personagem desconhecido de *Blake's 7*. Mas daí eu tive que fazer aquela grande promessa, não é?"

"Mãe, por favor, não me lembra disso!"

Ela deu um golão na água e quase cuspiu, rindo.

"Queria ter conseguido capturar a cara da sacerdotisa... 'Eu te batizo, Marlon Isaac Asimov — tirando o fato de que ela pronunciou 'Arse-imov' — Sunday. E, claro, eu não consegui segurar a risada. E a tia Cecile também começou a rir. Mas seu pai... ficou bem chateado. Como aquela mulher não conseguia reconhecer seu sincero tributo ao maior escritor de ficção científica do mundo?"

Minha mãe ali sentada, o rosto todo contorcido e rindo de um jeito como eu não a via fazer há muito tempo. Devíamos ser quatro pessoas ali, sentadas à mesa e contando piadas, mas uma estava morta e o outro tinha mudado muito. Só tínhamos sobrado minha mãe e eu. E, a alguns quilômetros, do outro lado do rio, algum maluco desocupado estava planejando acabar com a vida da minha mãe de novo.

Talvez minha mãe não soubesse porque o Tayz estava atrás do Andre, mas agora ela sorria. Imaginei meu pai na cabeça dela, nervoso e sério, enquanto os convidados do batismo tentavam não morrer de rir.

Pergunto pra ela agora?

"Podia ter sido pior", ela estava dizendo. "Seu pai poderia ter preferido o Philip K. Dick!"

Não. Agora não.

"Quem sabe eu devesse ter mais orgulho do meu nome", comentei.

"Ah, Marlon! Nunca pensei que você não tivesse orgulho. Seu pai considerava o Asimov um grande homem e nós dois tínhamos certeza de que você estaria à altura dele."

Depois da janta nós vimos *Matrix*, o filme que minha mãe jurou que meu pai teria adorado. Ele morreu um ano antes do lançamento, o que tornou as coisas mais fáceis, segundo ela. Ela podia pensar nele sem pensar em ver o filme com ele.

Demos boa-noite ainda rindo, sem aquele aperto da última semana ou mais. Enquanto subia as escadas, pensei em despejar toda aquela bagunça que estava na minha cabeça. Mas daí vi o sorriso da minha mãe desaparecendo, seus olhos piscando bem forte daquele jeito que ela faz quando está tentando segurar a raiva e as lágrimas. Eu perguntaria pra ela amanhã. Com certeza, amanhã.

Na cama, desliguei a luz e fechei os olhos, Ramsey Lewis tocando baixinho. A música era uma droga, ou pelo menos era o que um daqueles livros dizia. Estimulava a amígdala e dava uma sacudida no humor. A gente colocou pra tocar as músicas favoritas do Andre quando ele estava em coma, mas isso só serviu pra deixar minha mãe nervosa com aqueles rappers cuspindo letras cheias de palavras que ela detestava. Ela desligava toda vez que uma enfermeira entrava.

Ramsey Lewis tocava seu piano. Música instrumental é boa pra quando estamos de cabeça cheia. A gente não precisa ouvir a fala de mais ninguém.

Uns ônibus passaram e um helicóptero estava voando baixo fazia séculos. O que eles estavam procurando? Uma formiga embaixo de um arbusto? Um carro estacionou, o baixo explodindo se juntando àquela barulheira. Dei uma olhada pra fora por entre as cortinas. Tish estava inclinada, conversando com alguém no banco da frente. Não consegui ver quem era. Nem precisava. Ela bateu a porta e entrou em casa.

CORES VIVAS
PATRICE LAWRENCE

13

Minha mãe deixou o jornal no balcão da cozinha. Pro caso de eu deixar passar, ela desenhou um grande círculo vermelho em volta das palavras e escreveu um bilhete. *Agora a gente segue com a vida.*

> Garota de 17 anos encontrada sem vida em parque de diversões mês passado morreu de problema cardíaco não diagnosticado.

Li duas vezes. Nada sobre o ecstasy. Nada sobre mim. Minha mãe não teria que ficar encarando as notícias da tv com as imagens do filho entrando no tribunal com um cobertor na cabeça.

Jonathan conversou com um dos seus advogados caros na semana depois que a Sonya morreu pra tentar garantir à minha mãe de que a polícia não poderia me incriminar com nada que tivesse a ver com a morte dela. Minha mãe e eu não ficamos convencidos. E ainda tinha o lance das drogas — os comprimidos tinham sido mandados pra teste. Mas quem sabe eles nem ligassem de levar isso adiante agora. Aposto que o Jonathan já tinha ligado pro advogado pedindo pra "arquivar o processo".

Era estranho ficar sabendo dessas coisas por um jornal. Normalmente, a Tish estava muito à frente das notícias. Séculos antes de qualquer outra pessoa, ela viria bater na minha porta ou ficaria me enchendo de mensagens, mas não tinha feito nada disso desde a semana passada, quando ela veio com aqueles lances sobre o D-Ice e o Tayz.

Recortei a notícia e guardei no bolso. O brilho dentro de mim ainda ardia. Se a Sonya estivesse viva, as coisas teriam sido diferentes. Mas não num bom sentido. E se a gente tivesse feito nosso piquenique no parque? Mais balas? Mais promessas? Eu seria tipo o Alex, comprando os lances dela só pra ter uma chance de ver a Sonya? Não. Ela bateu na *minha* porta, *me* procurando. Eu ainda não consegui sacar isso. O D-Ice sabia onde eu morava. Ele não precisava de uma armadilha pra me pegar. Eu não estaria esperando por ele. O cara podia vir atrás de mim a qualquer momento. Então por que ele mandou a Sonya?

Desde que a Tish contou pra mim sobre o Tayz, eu me enfiei nas minhas próprias pesquisas. Foi estranho fazer isso depois de tanto tempo. Logo depois do acidente do Andre, minha mãe disse que me contaria tudo por cima desde que eu prometesse que não iria atrás de saber mais. Minha mãe sabia como as coisas funcionavam, ela disse — quanto mais coisas eu descobrisse, mais eu procuraria vingança. A coisa ficaria indo e vindo, treta atrás de treta, até que todo mundo estivesse morto ou preso. Eu nunca deveria entrar pra esse mundo. Não era muito difícil abrir a porta.

Foi mal, mãe. Quando a Sonya bateu, a porta desmoronou.

Tinha um artigo enorme no *South London Recorder*: *Al Capones do século* XXI. Era bem ruim e eu acho que o jornalista deve ter inventado metade dos relatos. Mas tinha uma foto, uma cara grande e desfocada em tons de cinza. Era o Tayz, o cara que zoou com a cabeça do Andre e matou o melhor amigo dele.

Tayz era um dos Riotboyz, uma "Cara" — um daqueles malandros com carros e roupas que saem por aí mostrando pros outros caras do que eles são capazes. Ele e seus comparsas mandavam num conjunto residencial em Brixton Hill. Num relato, uma assistente social dizia que não podia visitar as famílias de alguns dos blocos se não estivesse acompanhada de um policial. Se você não era conhecido, era barrado.

A gangue fazia o de sempre — assaltos, drogas, surras em traficantes e brigas com os Brixton Spikes no conjunto em frente. Parece que mandaram médicos do hospital local pro Afeganistão porque eles se especializaram em tratar ferimentos a bala.

O pessoal do Tayz era muito bom em fazer filmagens deles mesmos. Na maioria dos vídeos, eles apareciam gritando músicas sobre todas as merdas que fizeram. Um vídeo era só um monte de fotos com armas e facas, uma metralhadora, uma pistola, facões e tal, com um *grime*[1]

---

[1] Estilo musical típico da periferia de Londres que mistura uma série de influências, incluindo o rap e o hip-hop. [NT]

bem alto e sirenes no fundo. No fim, a música parava de repente e aparecia um par de tênis. Tudo parecia coberto de sangue.

Os tênis ensanguentados apareceram em um blog chamado *Crack Attack*, criado por um justiceiro, ou coisa assim, do sul de Londres chamado Lambo. Ele sabia que seu conjunto estava cheio de armas, que iam de umas armas de festim vagabundas adaptadas pra comportar balas de verdade até MP5s e submetralhadoras militares de verdade. De acordo com o Lambo, até tentaram arranjar um lançador de foguetes. O blog dele não era atualizado fazia mais de um ano. Imaginei por que ele deve ter parado.

Cliquei em outra foto e apertei bem os olhos, até lacrimejar, pra ver a tela. Tayz aparecia de perfil e não estava sozinho. Os olhos do outro cara estavam bem virados pra câmera, tipo como se até em 2D ele pudesse acabar com você. Eu conhecia aquele rosto. Tranças. Dei uma olhada no artigo. O rosto tinha um nome. Peter Juan Diego Marrliack, mais conhecido como D-Ice. Peter. Isso não ajudava. Quanto mais eu tentava me lembrar dele, mais ele escapava. Devia ser tipo isso o que acontecia com o Andre toda vez que ele olhava pra mim.

Mas eu também não podia esquecer o cara. Oito horas atrás, à luz do dia, era como se a cara do D-Ice estivesse tatuada embaixo das minhas pálpebras. Mas eu ia tentar cumprir pelo menos uma promessa que fiz pra minha mãe. Eu estudaria, mesmo que tivesse que olhar pros meus livros através da cara do D-Ice. Eu seguiria o conselho do sr. Habato e me concentraria.

Separei os meus livros, espalhei os lápis, marca-texto, papel de rascunho, cronômetro. Tirei uma prova antiga da minha pasta e dei uma olhada nas questões, peguei um lápis e comecei a escrever.

Lá pelas 15h, minha cabeça estava pesada demais pra balançar ao som dos funks que coloquei pra manter o humor de boa. Mais chá e a coisa sairia pelos meus poros. Resolvi quatro questões, quatro a mais do que esperava resolver, e minhas anotações estavam quase legíveis.

Levantei e bocejei. Precisava sair e dar uma arejada na cabeça.

Ou voltar pra internet. Acessar mais uns links.

Não. Eu tinha que sair.

Chequei as janelas e fechei a porta dos fundos, daí as fechaduras da porta de entrada e puxei todas pra ter certeza de que estavam trancadas. Subi até a rua principal, atravessando o cruzamento perto da agência imobiliária. A represa escolar tinha acabado de arrebentar, fluindo pelas ruas dali. Eu teria feito parte daquela enxurrada de uniformes cinza e azuis. Agora eu estava sozinho entre um carro e um poste de luz, nem mesmo molhando os pés. Tipo mil estudantes, bons, maus e feios, novatos tentando manter a pose e aqueles rostos mais antigos, familiares e estúpidos. Yasir e Melinda estavam lá, se xingando. Louise, o gênio da matemática do ensino médio, passou bem perto de mim, olhando direto pra frente, mastigando com a boca vazia.

E ali, bem ali, Scott Lester com um grupo de puxa-sacos cretinos. O cara estava tentando se mostrar como se fosse o King do Clapton. Ele precisava se olhar num espelho pra ver que era só um loiro magrelo com uma boca grande. Se ele não via isso, Tish *deveria* ver. Ela sabia das coisas. Ou talvez não. Ela estava ali, se deixando levar pela maré. Levantei o braço, mas ela não viu.

"Scott! Espera!"

Se eu ficasse parado na frente dela, ela me atravessaria que nem um fantasma. Tish estava bem na dele.

E se você parar um pouquinho pra prestar atenção?

Ela tinha parado no meio da rua, um monte de gente passando na frente dela, e daí ela foi desaparecendo. Mas o Scott estava bem à vista. A boca dele estava aberta num grande bocejo. Um dos amigos dele latiu e todo mundo deu risada. Um cara com o rosto cheio de acne *latiu? Pra Tish?* Se a Tish tivesse ouvido, ele não nunca mais daria um piu.

Ela apareceu de novo na ponta do grupinho do Scott e parou ali com as mãos nos quadris. *Cê tá vendo alguma coisa engraçada?* Nem precisei ver os lábios da Tish pra saber as palavras que ela disse. Scott dava umas respostas, um sorriso nos lábios pro prazer dos amiguinhos. Ele pensava mesmo que podia responder pra Tish. Idiota!

Mas daí teve uma mudança no grupo, seis caras de um lado e a Tish do outro. Cheguei perto, mas nem tanto pra que ela não me visse. Scott estava indo na direção dela, a boca aberta como se fosse soltar alguma. Tish deu um passo pra frente e empurrou o cara. Só um empurrãozinho. Scott ficou ali parado, seus amigos fizeram o mesmo.

Isso é muito Tish! Ele não vai entender! Eu tinha que chegar nela. Aquele nanico do Lester estava só esperando uma chance de crescer na frente dos amiguinhos imbecis e Tish fazia um convite pra ele. Comecei a andar, ainda vendo o Scott e a Tish se encarando. Yasir gritou alguma coisa irritante e um semicírculo se formou em volta deles. O ar estava tomado pelo barulho das pessoas esperando ação.

Abri caminho, atravessando um grupo do sexto ano. Parecia que eu tinha voltado pro parque de diversões, todo mundo ali nos seus grupinhos, ninguém saindo da frente. Você tá a fim de trocar uns palavrões? É isso aí! Tô nessa!

Parei, ainda um pouco mais pra trás da Tish. A mão do Scott estava no ombro dela. Ela estava deixando o cara ficar com a mão ali! Ele estava dizendo alguma coisa na orelha da Tish e agora aquela mão leve descia pelas costas dela.

Muito baixo. Baixo demais!

Daí eles saíram andando, o braço da Tish em volta dos ombros do Scott Lester. Alguma coisa deve ter acontecido, um curto-circuito no cérebro dela. Ela deveria ter *visto* o que Scott era! O cara estava ali, bem na frente dela! Aquele maluco quase me fez ser chutado pra fora da escola!

Mas ela ainda estava com ele e saiu andando.

Voltei praquele borrão de gente que saía da escola. Logo eu estaria perto das imobiliárias, daí viraria na rua principal e seguiria pela minha rua. *Mas que merda tava acontecendo com a Tish?* Ela sempre fez as coisas do jeito dela. Eu precisaria de um computador da NASA pra contar a quantidade de vezes que ela me pediu um conselho e ignorou.

Mas o Scott Lester?

É. O Scott Lester. Supera.

Quando eu estava chegando perto da minha casa, minha mão caiu dentro do bolso. As chaves pesaram de um jeito bom. Agora era automático dar uma olhada no ponto de ônibus. Tinha gente lá. Um cara de casaco preto, pele negra, tranças. Um cara branco e magrelo com uma bicicleta encostado no ponto.

A gente nunca desliga nossos mecanismos de luta ou fuga, mas eu nem queria fazer isso mesmo. Só sentia raiva.

Tinha que respirar, manter o rosto firme, lidar com isso. O cara era irmão do Tayz. Eu era irmão do Andre. Isso nos tornava iguais. Hoje só tinha dois deles. Nem tão iguais assim, mas era melhor que antes.

Tirei a mão do bolso e fui na direção deles.

"O que vocês querem?"

D-Ice sorriu.

"O 242 pra Tottenham Court Road."

O Magrelo deu um sorrisinho. Dei uma olhada nele — nada parecido com o Lester. O irmão do Scott devia mesmo ser aquele outro mais alto. Ele passou a mão naquele cabelo ensebado.

"Você tá olhando demais, querida. Tá gostando?"

Copiei o sorrisinho do Magrelo.

"Não, cara. Você é feio demais pra mim." De volta pro D-Ice. Desfiz o sorriso e endireitei bem os ombros. "Vou perguntar de novo. O que vocês querem?"

Consegui o tom certo. O sorriso do D-Ice se transformou numa cara feia enquanto ele se levantava. O cara era mais baixo que eu; não me impressionava que tivesse precisado de dois ajudantes.

Ele apontou a rua com a cabeça.

"Vamos nessa."

Dei um passo pra trás.

"Minha casa? Cê só pode tá viajando!"

"Cê não tem nada que eu já não tenha visto antes."

Ele veio pra cima de mim e levantou a barra do moletom. A faca dele estava enfiada na calça.

Olhei em volta e a rua estava vazia. Se ele me esfaqueasse aqui, ninguém viria socorrer. Mas mesmo que o lugar estivesse cheio de gente, mesmo que fosse o shopping mais lotado de Londres, a estação de metrô mais cheia no horário mais movimentado, quem *poderia* vir socorrer? No fim, não importava se a gente estava na rua ou na minha casa, era ele quem fazia as regras e quem ia vencer. Por enquanto.

"Vamos nessa, então?", o D-Ice disse.

Nós três atravessamos a rua parecendo velhos amigos pra qualquer um que estivesse com o nariz pra fora da janela. Fomos indo pela entrada de casa e aqueles filhos da mãe estavam rindo enquanto eu tentava lidar com minhas três chaves.

"Tudo isso por nossa causa?", o D-Ice perguntou.

O Magrelo achou isso muito engraçado, se comportando como um bom ajudante.

Fechei a porta e levei os caras até a cozinha. O Magrelo se esparramou na cadeira. D-Ice sentou ereto, as pernas bem abertas como se suas bolas fossem maiores que a terra. Fiquei em pé, encostado na geladeira.

Olhei o D-Ice nos olhos. Direto, sem vacilar.

"Isso aqui tem a ver com os nossos irmãos, Peter?"

D-Ice estava com uma cara de nada.

"Seu irmão vai sair em o quê? Dois, três anos?", perguntei. "O Andre vai ficar pra sempre como ele tá agora. O Sharkie vai continuar morto. Sei lá por que cê fica vindo até aqui, não consigo sacar."

"Cê acha que eu tô vindo? Eu já tô aqui." Ele cuspiu no chão, uma gota de saliva no piso da minha mãe. Me forcei a olhar pro outro lado. "Tá vendo? Marcando meu território."

Ele se inclinou pra frente bem rápido. Meu cérebro estava no modo alerta vermelho. Eu recuei. O D-Ice encostou na cadeira de novo, sorrindo.

"Cê vai trampar pra mim, mano."

"Não, cara. Cê tá louco!", respondi, rindo.

O Magrelo me imitou com uma vozinha aguda e estúpida: "Não, cara. Cê tá louco!".

Apertei minhas costas contra a geladeira, forçando as unhas bem forte na superfície lisa até que doessem. Quase valeria a pena avançar e soltar um soco bem louco, mas os caras viriam pra cima de mim muito rápido, rindo enquanto a lâmina entrava e meu sangue pingava pela cozinha da minha mãe. Ou a faca poderia ser só uma parte da coisa. Um baixinho bocudo como ele seria o primeiro da fila pra conseguir uma arma.

O Magrelo levantou, derrubando a cadeira.

"Preciso mijar."

Ele saiu andando da cozinha como se o lugar fosse dele, os passos fazendo barulho nos degraus.

"É melhor ele não zoar a casa", eu disse.

D-Ice se esticou. Fiquei ali olhando pra ele. Esse cara não era alto nem deveria fazer cabeças rolarem nas ruas. As roupas dele, todas de marca — tinham que ser, — mas estavam folgadas como se alguém maior tivesse experimentado antes. Mas ele fez aqueles cretinos me segurarem. Ele fez a Sonya vender as drogas dele. Os jornalistas soltaram centenas de palavras sobre caras do tipo, como se fossem uma mistura de sobrinhos do diabo com o Jay Z. Era isso que fortalecia o D-Ice e gente como ele. Esses caras entravam num ônibus e ninguém olhava nos olhos deles. Eles se aproveitavam disso.

Ele fez a maior cerimônia olhando ao redor e aprovando com a cabeça.

"Massa esse lugar. Sua mãe tem estilo. Ela também faz um rango da hora? Se bobear, a gente pode jantar junto depois que as tretas acabarem."

Se eu esticasse o braço, poderia sentir o liquidificador em cima da geladeira, que estava só a um golpe de distância da cabeça do D-Ice. Um bom liquidificador, minha mãe disse, porque era bem pesado, de metal e vidro. O momento do contato seria bem bagunçado e feliz.

"Vi você no parque", eu disse. "Quando eu tava com a Sonya. O que vocês tavam fazendo?"

D-Ice sorriu.

"Procurando um brinquedo, mano."

Sangue, vidro e ossos espalhados pelo chão da cozinha. Eu ainda estaria sorrindo quando os guardas viessem me buscar. Ele mudou de posição, se inclinando pra mim.

"Cê vai trampar pra mim."

"Não, cara. Não vou."

Mesmo enquanto eu dizia isso, as palavras pareceram meio soltas, batendo dentro da minha cabeça sem fazer muito sentido. Lá em cima estavam meus livros, provas, revisões e anotações. Depois disso? Vestibular. Mais livros e provas, mais revisões e anotações. Mais um tempo ouvindo gente falando merda e professores que não queriam estar ali. Depois disso? Talvez eu conseguisse por pouco uma vaga na universidade e acabasse todo endividado. E depois? Minha mãe sempre dizia que não tinha pressão, pra eu ir com calma, descobrir quais eram meus sonhos e daí ir atrás, mas eu não queria ir pra onde os sonhos que eu estava tendo agora me levavam.

Foi mal, Sonya, eu nunca vou ser neurocirurgião.

D-Ice estava sorrindo, como se pudesse ler meus pensamentos. Balancei a cabeça e cuspi um palavrão que fazia os caras bonzões que nem o D-Ice se sentirem menos que homens. Ele deu um pulo e o Magrelo apareceu do nada do lado dele. Deve ter sido a mijada mais rápida da história. Eles me jogaram bem forte contra a geladeira, aquele ímã estúpido de abacaxi da minha mãe furando minhas costas. Só ficaram me segurando ali, não me bateram nem nada. Mas de qualquer jeito meu cérebro estúpido soltou suas substâncias do medo. D-Ice deve ter sentido o cheiro.

"Cê tem que sacar." A boca do D-Ice estava bem perto da minha orelha pra ter certeza de que as palavras não iam escapar. "Não tem negociação. Cê tem que dar um jeito no que o sr. Orange começou." Ele deu um passo pra trás. "Sua entrevista de emprego foi um sucesso, sr. Sunday. Cê vai ter notícia da gente logo."

Eles foram saindo da cozinha e a porta da frente bateu. Desencostei da geladeira — escolha ruim. Fui me jogando pra cima de uma cadeira e caí nela. Eles cresceram pra cima de mim na *minha* casa, dedos imundos nas *minhas* paredes. Os caras deviam achar que tinham entrada livre. O Magrelo ficou desfilando por aqui como se o nome dele estivesse na escritura. Me esforcei pra levantar. *Desfilando por aqui...* Onde eu não podia ver.

Entrei na sala cambaleando. Todos os livros sobreviventes ainda ali nas prateleiras e meu computador no sofá. Subi as escadas correndo pro meu quarto. Capas de vinis velhos estavam espalhadas na minha cama, exatamente como eu tinha deixado. Os livros num monte no chão — eu também tinha deixado ali. Quarto da minha mãe. As cortinas bem abertas e as pantufas cinza do lado da cama dela, como em todas as manhãs.

A cama dela — Jesus. Não. Um cheiro denso e forte. Isso, não! O filho da mãe devia ter... O quê? Ajoelhado na cama da minha mãe? Ou parou ali do lado e mirou?

É xixi. Poderia ter sido pior.

Sério? Eu tô feliz porque o cara não agachou pra dar uma cagada no travesseiro da minha mãe?

Tirei a coberta de cima. O xixi tinha ido longe, passando pelo edredom. O cara devia ter uma bexiga de cavalo. O lençol estava encharcado, o colchão também. Minha mãe ia me matar. Ou pior, ela ia chorar sem parar porque sua decepção continuava a crescer. Respirei fundo, apertando a garganta. Nenhuma molécula nojenta daqueles rins podres do Magrelo entraria no meu corpo.

Joguei tudo no chão, mantendo os dedos longe do molhado. E agora?
Lava, seu idiota.

Como? Precisaria de uma máquina de lavar industrial pra comportar tudo aquilo e um monte de aquecedores ligados pra secar. Abri bem a janela e fiz o ar fresco entrar. Próxima parada, o banheiro. Enchi a banheira com água quente e misturei espuma pra banho, sabão em pó, xampu, tudo. Quando as bolhas começaram a aparecer, desliguei as torneiras e joguei a roupa de cama.

De volta pro quarto da minha mãe, com luvas de borracha e desinfetante. Espirrei no colchão, esfregando com uma esponja de aço, cheirei — cheiro artificial de limão, nada mais. Agora o secador de cabelo da minha mãe, no máximo. O colchão parecia seco, mas nem ferrando eu ia tocar naquela mancha nojenta pra descobrir. Minha mãe notaria. Virei o colchão.

Endireitando as costas, soltei o ar. Parecia que era a primeira vez que eu respirava de verdade desde que entrei no quarto. Eu me estiquei, a pele dolorida se repuxando por cima dos ossos, e respirei fundo de novo. Era isso. As coisas tinham subido de nível. Não importava o que a Tish dizia, eu tinha que subir o nível também.

Desci as escadas bem devagar. Mas o que significava subir de nível?
É óbvio. Você precisa de proteção.

E onde isso ia acabar?
Atrás de um monte de cercas de arame e barras de ferro, num lugar cheio de D-Ices refazendo suas reputações.

Era disso que minha mãe queria tanto me proteger, mais ainda depois que ela perdeu o Andre. Mas eu não escolhi esse mundo. Um portal tinha sido aberto e fui sugado pra dentro dele. Se eu não fizesse alguma coisa, esse portal me engoliria. Junto com a minha mãe.

Na cozinha, abri a gaveta e procurei pela faca grande que ficava bem no fundo. Passei os dedos pela lâmina fina. Estava completamente cega, mas não importava. Era assim que eu ia lidar com a coisa. Tudo de que precisava era um de um bom brilho, que nem o D-Ice.

Mas era suficiente? E se os caras viessem pra cima de mim? E se fosse eu ou eles? E se eu tivesse que usar a faca? Precisava de mais do que aparência. Aquela faca ali, no meio de duas colheres de madeira, cabo de metal, lâmina de metal, peça única. Segurei a coisa. Gelava a palma da mão e quase não encaixava. Não tinha sido projetada pra isso — tinha sido feita pra ser usada. Devolvi a faca pro lugar e fechei a gaveta.

Minha mãe ligou lá pelas 18h. Ela ia sair pra comer alguma coisa com o Jonathan e estava pensando em passar a noite na casa dele. Se eu não quisesse ficar sozinho em casa, ela voltaria sem problemas. Se minha mãe percebeu o alívio na minha voz, ela não disse nada. A história que inventei pro colchão dela fez *Inception* parecer simples. *Eu fui pro seu quarto, mãe, porque é o mais tranquilo. Pensei que pudesse estudar melhor. Daí eu fiz café e derrubei...* Como se ela fosse engolir isso.

Ainda tinha um cheiro forte de alguma coisa ali, mas tranquei as janelas, a porta da frente e a dos fundos.

Eu estava meio que assistindo a um programa sobre fraudes imobiliárias quando alguém bateu na porta. Olhei pelo olho mágico e abri. A Tish passou por mim. A Tish, que deixou a mão do Scott Lester descer pelas costas dela.

"Cê tá bem?" Ela estava com uma cara séria.

"Ué, por que cê não tá mais toda enrolada no Scott Lester?" Uma piada que não soou como piada.

"Eu tô." Ela me olhou feio. "O cara é invisível. Fiquei sabendo que você recebeu uma visita hoje."

"Cadê o irmão do seu namoradinho? Tá de guarda lá fora?"

Ela fez uma careta.

"O Wayne passou o dia todo na delegacia. Ele tava andando de bicicleta na calçada e deu um soco num coitado que disse pra ele sair do caminho."

"Cê parece saber bastante sobre o irmão do Scott Lester."

Ela revirou os olhos.

"Cê quer discutir ou quer me contar o que aconteceu?"

"Parece que cê já sabe."

"Não." A voz dela estava firme. "Me conta."

Foi o que eu fiz, vendo a boca dela se retorcer de nojo.

"Os caras vieram até aqui e fizeram isso? Que horror! O que cê vai fazer agora?"

Respirei fundo.

"Mostrar pra eles que da próxima vez a coisa não vai ser tão fácil."

"O que cê quer dizer?"

"Proteção."

"O Jonathan instalou alarmes?"

"Não, Tish. É outra coisa. Pra mim."

"Você o quê? Cê quer dizer... uma faca? Sério?" Ela balançou a cabeça. "Por algum milagre, você escapou do lance das balas. Se eles pegam você com uma faca, Marlon, daí já é outra história."

"Pensei que cê gostasse de cara fodão, Tish."

Ela não sorriu.

"Não gosto de cara morto. Nem de cara preso. Nem de cara estúpido.

"Foi só uma ideia", respondi, parecendo um menino de 10 anos emburrado. "O cara tá atrás de mim por causa de alguma coisa que o Andre fez e ele não vai parar."

"O que o Andre fez?"

"Foi tipo o que cê disse. O sr. Orange, no filme, era o cagueta, certo?"

"E aquele lance todo de honra nas ruas? E o que o Andre caguetou no fim das contas?"

"Não tenho a menor ideia. Tentei perguntar, mas ele disse que não consegue lembrar de nada. Se eu faço muitas perguntas, o cara surta."

"O que o D-Ice quer?"

"Ele disse que eu tenho que trabalhar pra ele."

"Oi? Você?"

Valeu, Tish.

Ela estava balançando a cabeça.

"É. Acho que saquei. Você seria o cachorrinho dele, Marlon. Teria que ficar atrás dele por aí e deixar o cara cuspir na sua boca sempre que ele mandasse." Ela me deu um meio-sorriso. "Traduzindo pro seu mundo, ele é o Jabba, o Hutt, e você é a princesa Leia."

"É, Tish. Vou colocar um biquíni dourado e estrangular o cara."

O sorriso dela deu uma vacilada.

"Marlon, em primeiro lugar eu não quero você sendo capturado pelo Jabba."

Silêncio. Do tipo que precisa de palavras.

"O que você fez com as coisas da cama da tia Jenny?", ela perguntou.

"Tão de molho na banheira."

"Cê não vai lavar nem nada?"

"Achei que iam ferrar com a máquina. Minha mãe colocou as capas do sofá na máquina velha e acabou com ela."

A Tish fez um bico.

"Incrível. Pra um cara. A maioria teria enfiado tudo dentro da máquina e ficaria vendo TV enquanto a coisa explodia. Leva tudo lá pra casa. A gente tem uma máquina enorme que minha mãe comprou quando ela tava naquela fase de tingir roupas. Cê pode enfiar o sofá inteiro lá dentro. E seca também."

"Mesmo? Valeu!" Aquela era a Tish, a Tish amiga de verdade. "Quanto tempo cê acha que leva? Duas ou três horas?"

"Tipo isso. De manhã já tá tudo pronto. A tia Jenny nunca vai sacar a diferença."

"Valeu, Tish. Te devo um curry."

"Com sobremesa."

"A gente pode comer hoje à noite se você quiser."

Ela fez uma careta.

"Foi mal, Milo. Tenho outros planos."

Com... Eu concordei com a cabeça.

"Beleza!" Ela ficou toda animada. "Pega umas malas, as maiores que você conseguir encontrar, pra gente colocar dentro. Minha mãe tá com o grupo de leitura dela hoje, daí ela vai ficar de olho."

"Não vai perguntar nada?"

"Todo mundo do grupo leva uma garrafa de vinho. Ela vai estar bem distraída."

A gente arrastou as roupas de cama encharcadas e jogou tudo na máquina. A Tish tinha razão, tia Mandisa estava muito ocupada organizando pratos de salgadinhos e taças pra duvidar da minha história do café derramado.

A Tish nem me viu sair. Ela estava se arrumando pro seu grande encontro.

Agora éramos a TV e eu de novo, brincando com o controle remoto como se fosse uma máquina de *pinball*. Um *cupcake* com cobertura? Outro documentário sobre o Hitler? Um cozinheiro cortando um pedaço de carne salgada e um cara gordo comendo um sanduíche gigante com a boca suja de molho *barbecue*. E... Apertei o "mudo". Ouvi alguma coisa. Parecia um sussurro prateado e uma batida. É, na minha cabeça, a faca estava me chamando.

Aumentei o som da TV e continuei a passar pelos canais. Programa de natureza, programa de natureza, história de alguma coisa que não me interessava. Seria melhor se eu fizesse alguma coisa útil. Os mapas do meu pai ficavam embaixo da escada agora, sua nova casa depois da invasão. Esvaziei a caixa no chão da sala e abri o atlas com as enormes figuras dos dois hemisférios. Meu pai colecionava mapas desde que eu me entendia por gente e passava os fins de semana garimpando em feiras de antiguidades espalhadas pelo país. Nem eu nem o Andre entendíamos por que ele fazia isso, já que o grande amor do meu pai era a ficção científica. O outro lado do mundo versus o outro lado do universo. Passei o dedo pelos litorais. Mar da Tasmânia. Oceano Pacífico. Ilhas Pitt. Ilhas Cook. Como seria a vida lá? Todo mundo devia saber das suas coisas, do dia em que você nasceu e até antes. Se alguém estivesse atrás de você, não teria pra onde correr, nenhum lugar pra se esconder.

Não era muito melhor em Londres.

O telefone fixo tocou. Eram quase 23h. Droga! Minha mãe devia estar voltando pra casa. Ela ficaria bem brava por encontrar o colchão descoberto. Peguei o fone.

"Alô?"

"Tá me ouvindo?" A voz sumiu no meio da agitação do trânsito. Um trânsito bem pesado.

"Andre?" *Meu Deus! É ele!* "Mas onde você se meteu?"

"Saí com uns parceiros."

Meu coração deu um pulo.

"Que parceiros?"

"Uns parceiros, cara!"

"Que parceiros? Eles tão com você?"

Um palavrão e a linha caiu. Fiquei ali sentado por um tempo. Andre sempre foi independente, andando com seus próprios amigos e mantendo poucas relações. *Parceiros?* Saleema? Outro cara da reabilitação que nem conseguia cuidar dele mesmo?

E a outra alternativa era... Dei um pulo, agarrei meu celular e saí correndo pelo corredor. Eu estava colocando meus tênis e fazendo a ligação ao mesmo tempo.

"Andre?"

Ele atendeu na hora. Mas onde será que ele tinha se enfiado? No meio da M4?

"É. Quem fala?"

"Marlon. Seu irmão."

"Meu celular não reconhece você."

"Isso é porque você nunca salva meu número."
"Marlon?"
"É, Andre! Onde cê tá?"
"Sei lá, cara."
"Seus amigos tão onde?"
"Não sei. Só me deram esse número e me disseram pra ligar."
Jesus!
"Tá certo, tô indo. Mas preciso saber onde você tá."
"Já disse. Não sei."
Andre parecia calmo, quase feliz.
"Andre, esses amigos..."
"Meus parceiros."
"Cê já conhecia os caras?"
"Cê continua me fazendo essas perguntas. Não é da sua conta se eu conhecia os manos antes. Eles chegaram e me tiraram de lá, cara. Tiraram mesmo. Cê tá vindo?"
"Tô! Mas preciso... Cê consegue ver algum ponto de ônibus?"
"Tô vendo, bem do lado."
"Tá. O que diz aí?"
"Não consigo ver direito. Espera."
Um suspiro e o som de freios, vozes.
"O motorista disse que aqui é em Tesco, Old Kent Road."
"Beleza, Andre. Fica aí. Chego logo."
Como? De jatinho? Câmara de teletransporte? Eu não ia conseguir pegar o metrô numa hora dessas e o ônibus levaria a noite toda. Enfiei a mão no bolso. Eu nem tinha dinheiro suficiente pra pegar um táxi até o começo da rua, muito menos um pro sul de Londres. Tinha que ligar pra minha mãe e explicar.

Meus dedos tocaram alguma outra coisa no bolso; puxei. Era o cartão de visitas do Louis White.

As ruas estavam lotadas, mesmo a essa hora da noite. Continuei ligando pra ter certeza de que o Andre continuava lá. Louis White não pediu explicações, pelo menos não de cara. Isso só aconteceu depois que a gente cruzou Blackfriars e ele me deu uma olhada.

"Você vai me contar mais?"

Escolhas. Mentir pra esse cara que eu tirei da cama pra me ajudar. Contar a verdade pra esse cara que era tipo um policial.

"O que cê quer dizer?"
Cara fechada.
"Quero saber quem abandonou seu irmão na Old Kent Road."
"Ele tava meio confuso. E disse que saiu com uns amigos."
"Os amigos dele largaram o cara na rua?"
"Não sei."
"Mesmo?"
"Ele não disse."
"Talvez eu mesmo possa perguntar pra ele", Louis disse baixinho. "Parece que é ele ali."

É, era ele, esperando ali sentado, os braços estendidos pelo encosto como se ele fosse dono do banco. Quando a gente desceu, Louis pediu: "Não diz quem eu sou".

"Oi?"

"Se ele não me reconhecer, não diz quem eu sou. Não parece ser a hora certa pra isso."

"Beleza." Abri a porta do carro. "Obrigado."

Andre não pareceu me notar até eu ficar de pé perto dele. Ele não estava usando óculos escuros e na sombra seu rosto parecia tranquilo e relaxado.

"Andre? Marlon."

"Oi?"

"Seu irmão."

Andre levantou, apertando os olhos pra me ver.

"Beleza, beleza." Ele esticou a mão pra apertar a minha. "Pensei que cê fosse um fantasma, cara. Meus parças disseram que cê vinha." Ele apontou pro carro do Louis. "Aquele é o táxi?"

"Isso, o táxi."

O hálito do Andre fedia a álcool e as roupas tinham cheiro de fumaça. Quando ele se acomodou de um jeito bem estranho no banco de trás, o cheiro tomou conta do carro. Os olhos do Louis estavam fixos no retrovisor.

"Tudo bem, Andre?", perguntei.

"Não! Cadê?"

"Perto da sua mão. Aí."

Andre cutucou o banco, encontrou o cinto e travou.

"Prontos pra ir?", Louis perguntou.

Andre fechou os olhos.

"É, vamos nessa."

Foi uma viagem bem rápida até a casa do Andre. Louis tocou a campainha enquanto eu acordava meu irmão. Mesmo que eu tenha tentado ir na boa, o Andre acordou nervoso e se debatendo, se contorcendo e gritando com os tubos como se ainda estivesse no hospital.

"Chegamos", eu disse.

Andre colocou o rosto dele perto do meu. Engoli aquele cheiro de bebida e fumaça.

"Quem é você?", ele rosnou.

"Marlon. Seu irmão."

Andre saiu tropeçando e ficou ali apoiado na porta.

"Marlon?"

"Isso."

Ele pareceu pensativo.

"Marlon." Andre sorriu, enfiando a mão no bolso de trás do jeans e tirando um pedaço de papel. "Marlon. Meus parças mandaram um lance pra você."

Ele empurrou o papel pra mim e saiu cambaleando, passando por Louis e pelo cara do turno da noite, que falou alguma coisa na porta e entrou na casa.

Louis voltou pro carro. Guardei o papel no bolso.

"O pessoal não ficou nada feliz", Louis disse. "O Andre prometeu que voltaria à meia-noite."

"Achei estranho que eles não ligaram pra minha mãe."

Louis levantou as sobrancelhas.

"É assim que funciona? Se o cara não se comporta, ligam pra sua mãe?"

Passei o cinto.

"É assim que minha mãe quer que funcione. Quando ele veio morar aqui, ela ligava tanto que eles prometeram ligar pra ela se alguma coisa errada acontecesse."

Louis dirigia pela noite.

"Então a vida mudou bastante pro Andre?"

"É."

Pra todo mundo.

Eu me virei, encostando o nariz na janela. Louis deve ter sacado a mensagem; não perguntou mais nada, nem quando a gente parou do lado de fora da minha casa. Dei uma olhada no ponto de ônibus e na porta da frente, que estava escura, enquanto descia do carro. Nada.

"Valeu."

"Beleza."

O carro do Louis não se mexeu até que eu abrisse a porta, como se eu fosse uma mina que ele tivesse acabado de deixar em casa. Enquanto eu fechava a porta, ouvi o carro saindo rápido pela rua. No corredor, tirei o pedaço de papel do bolso, desamassei e comecei a estudar a coisa.

Era um desenho, e bem ruim. Pro caso de alguém não conseguir entender as figuras, tinha palavras pra ajudar. Três caixões, um do lado do outro, *Bandidão* embaixo de um, daí *Mamãe*, daí — eles não escreveram Sonya. Só ler a palavra que eles usaram já me deixou enjoado. Embaixo, em letras maiúsculas bem grandes: *RIP*.

Apertei o papel na palma da mão, esperando que o sangue quente e o suor destruíssem tudo. Fechei e tranquei a porta, daí fui pra cozinha. Abri a gaveta, tirei a faca e coloquei no cós da calça. Não era bom, mas era certo.

CORES VIVAS
PATRICE LAWRENCE

14

O relógio marcava 8h13. Minhas calças estavam no chão, perto da cama. Aquele pedaço de papel ainda no bolso do meu jeans. A faca ainda embaixo do colchão.

Lá embaixo, na cozinha, enchi uma tigela de cereal, comi duas colheradas e abaixei a colher. A adrenalina estava bem alta de novo — eu ia sair dessa logo. Mas não ainda. Eu precisava muito disso. Noite passada, tomei uma decisão. Eu não ia mais encher a minha mãe nem o Andre. Só o D-Ice sabia o que se passava na cabeça dele. Em vez de esperar o cara vir falar comigo, eu iria direto até ele fazer as perguntas.

De saída, com a faca prontinha ali — devia ser fácil. Era o que o resto do mundo achava, uma coisa que você carrega no bolso do mesmo jeito que fecha a braguilha. Mas, cara, na vida real... Primeiro, por que escondi a faca? Se eu enfiasse a faca no bolso de trás, eu cortaria fora minhas próprias bolas se sentasse muito rápido? Ou algum guarda bem olhudo perceberia o cabo saindo da calça? Coloquei a faca no bolso da frente do jeans. É. Melhor. Fácil de pegar. Abri a porta da frente e fui andando na direção da rua. Não. A faca estava subindo e descendo pela minha perna, como se estivesse rindo de mim.

Voltei logo pra dentro, arranquei o lance dali e joguei na cama. Uma faca de cozinha prateada e cara num edredom preto, como numa foto de revista. *Grande sacada de gângster, cara.*

Abri a porta do armário e peguei os dois pedaços de papel. A reportagem sobre a menina de 17 anos que morreu, a menina perto de quem eu sentei e com quem dei umas risadas. Siouxza. E aquela droga de desenho. Andre, a minha mãe e Sonya nos caixões. Me virei pro espelho e dei uma olhada em mim mesmo, apertando os olhos até que minha cara virasse um borrão. Eu era o Andre, não, eu era o D-Ice, ali em pé, se olhando. Relaxei os ombros e encolhi a barriga até que ficasse dura. Fechei o zíper e levantei o capuz. A blusa tinha um bolso interno. A faca coube direitinho. Andando pra frente e pra trás, pra frente e pra trás, eu quase nem conseguia ver a faca se mexendo, só se ficasse olhando. Tinha que olhar bem na cara das pessoas pra que elas não ficassem me encarando. Cara feia — é, eu conseguia fazer isso tão bem quanto o D-Ice.

Passei a mão pela blusa. O metal estava bem do outro lado, um cabo numa lâmina afiada. Deixei o dedo ficar um pouco ali na ponta.

Streatham costumava parecer um outro país, mas agora eu tinha meus pontos de referência. Passei pela casa com a árvore morta no meio do jardim, o poste de luz com o cartaz plastificado de um gato perdido, o arbusto pontudo na esquina. Coloquei a mão aberta no bolso de fora. A faca me fazia andar diferente, rápido, mas mais pesado, com um balanço. A coisa só sairia do meu bolso se eu tivesse que usar.

Se eu tivesse que usar?

Em legítima defesa. Se os caras viessem pra cima de mim primeiro. Ou se eu pensasse que eles fossem fazer isso.

Era isso?

É. Eu não ia começar uma luta de facas que eu não pudesse ganhar. Mas aquele peso no meu bolso, o lance afiado roçando de leve a minha jaqueta — isso era bom.

Nada de me preocupar com a segurança numa hora dessas, porque a fechadura tinha sido arrombada. Subi os degraus, dois de cada vez, até o quarto andar, meu coração parecendo uma furadeira. Do lado de fora do apartamento, endireitei as costas o máximo possível e bati.

Hayley tinha que estar ali. Eu sentia isso. Ela não ia ficar fugindo de perguntas desta vez. Ela ia me dizer onde encontrar o D-Ice. Levantei a portinha da caixa de correio e deixei cair. Isso! Um movimento na janela da cozinha. Coloquei a mão no bolso e bati a tampa da caixa, a faca balançando com cada batida.

"Agora você é um dos problemas."

Agnes estava parada na porta dela com um homem alto e forte do lado. Nenhum deles estava sorrindo.

"Você e todos os outros meninos", ela disse. "Entrando e saindo, entrando e saindo. Dando dor de cabeça pra todo mundo."

O cara saiu logo depois pra me mostrar que conhecia muito bem a academia. Aquelas mãos enormes podiam se fechar e fazer um estrago. Agnes balançou a cabeça devagar.

"Pensei que você não fosse que nem os outros."

"São tudo da mesma laia." O amigo enorme da Agnes chegou mais perto. "Melhor você ir pra casa, moleque."

Esse cara, ele chegava a bloquear a luz de tão grande. E poderia esmagar minha garganta com uma só mão. Mas eu tinha uma coisa que ele não esperava encontrar, aquele sussurro prateado no meu bolso, me chamando um pouco mais alto agora. É, cara. Fica aí me encarando. Minha unha tocou o cabo da faca.

Agnes entrou na frente do Homem Músculo e pegou no meu ombro.

"Fica longe de problema. Vai pra casa."

Pá, pá. Unha no metal. Olhei pra janela; a borda de uma cortina se mexeu.

"Por favor", Agnes disse. "Pela Violet. Pela neta dela. Vai embora."

Me virei e desci as escadas correndo.

O ônibus pra casa que saía da Ponte de Londres estava vazio e eu era o único no andar de cima. Deixei minha jaqueta com muito cuidado no banco do lado. Eu me sentia mais de boa, mais leve. Toquei o bolso com a faca, sentindo a lâmina embaixo do tecido.

Meu celular vibrou. Mensagem da minha mãe. Era mais uma redação, na real; ela mandou ver na pontuação e não usou abreviações. Ela e o Jonathan queriam aproveitar o tempo bom pra dar uma volta em Kew Gardens e eu podia ir junto, se quisesse. Atravessar Londres pra ver grama e flores? Além do Jonathan e da minha mãe andando de mãos dadas. Depois de todos esses anos, isso ainda parecia meio estranho.

As palavras continuaram chegando. Desta vez, outra redação sobre estudos. Ela deve ter usado toda a cota de mensagens do mês em alguns minutos.

Quando o ônibus virou a esquina da estação, o motorista disse que o lugar fecharia mais cedo. Eu podia fazer o resto do caminho a pé, no máximo quinze minutos. Vesti a jaqueta, sentindo o peso do metal, e fui na direção das escadas. Lá fora, na rua, dei uma olhada rápida em volta pra ver quem estava de olho em mim. Ninguém. Engraçado como meu corpo respondeu tão rápido — os passos certos, o movimento dos braços certo, a expressão certa, vazia, os olhos na rua em frente.

A rua principal estava lotada como sempre, com ônibus e bicicletas brigando com os carros. Em algum lugar do outro lado de Londres, minha mãe estava de mãos dadas com o Jonathan em alguma estufa cheia de palmeiras. Perto de casa, a Tish provavelmente estava dando um rolê com o Scott Lester. E em algum outro lugar, o D-Ice estava esfregando as mãos e rindo, na certeza de que tudo estava indo como ele queria. É, ele podia pensar desse jeito por enquanto.

Cortei pelo beco perto da loja de conveniência e atravessei a faixa de pedestres. Quando eu estava saindo da faixa, um carro diminuiu a velocidade e o motorista enfiou a mão na buzina. Qual era o problema desse idiota? Não. Eu não podia olhar. Chamar a atenção da pessoa errada quando a gente está armado pode criar problema. Eu tinha que continuar andando. O carro virou a esquina atrás de mim e parou. Meu estômago deu um sinal. D-Ice e o Magrelo tinham um carro agora?

A janela abriu. Só o suficiente pra caber o cano da arma. E eu fiquei ali parado, como se tivesse um alvo no peito. Ia acontecer agora, bem à luz do dia. Minha cabeça entendia tudo, mas meus pés não se mexiam.

A janela continuou aberta. Um uniforme? Um guarda! Filhos da mãe! Em um carro normal e tudo. Era pra rir. Andre sempre disse que os federais eram gângsteres que estavam dentro da lei. Enfiei bem as mãos nos bolsos.

Cê vai acabar enfiando essa faca no seu rim, cara!

O suor estava brotando da minha testa, mas eu podia dar um jeito nisso, no estilo do Andre. *Respira devagar. Solta ainda mais os ombros.*

O guarda começou a rir.

"Cê não reconheceu o carro de dia?" A porta do carro abriu; Louis White estava sorrindo, que nem o irmão mais novo dele. "Ou foi o uniforme?"

Não consegui responder. Era como se eu tivesse sido desconectado.

A porta do carro ainda estava aberta, mas o sorriso tinha desaparecido.

"Eu não estaria fazendo nenhum favor pro seu irmão se deixasse voçê andando por aí com essa faca."

Sério? Eles andavam equipando os guardas com lentes de contato de raio x agora? Ou talvez o cara só estivesse blefando.

O cabo da faca gelava os meus dedos.

"Ninguém pediu sua ajuda."

"Pediu, sim. Noite passada."
Encolhi os ombros.
"Não vai acontecer de novo."
Me virei e comecei a andar.
"Aonde você tá indo?", Louis gritou.
Parei.
"Pra casa."
"Com uma faca no bolso e mal-encarado assim?"
Eu não devia ter ido bater na porta dele. Eu devia ter saído correndo quando ele me disse que era policial.
"Entra no carro, Marlon."
"Cê vai me levar pra delegacia, agente *especial*?"
"Não me provoca. Agora entra no carro."
"E se eu não entrar?"
Louis abriu a porta, chegou perto e ficou parado bem na minha frente.
"Sigo você até a sua casa e fico sentado na porta."
Fui eu quem parou de olhar primeiro. Não passei tanto tempo praticando cara feia quanto o meu irmão. Demorei um bom tempo pra entrar no carro e fechei a porta.
"Terminou?", Louis perguntou.
"O que cê quer dizer?"
"Com esse lance de malandro." Louis enfiou a chave na ignição e se virou pra mim. "Vi isso várias vezes e foi muito mais convincente. Meu irmão mais novo era especialista."
Boa, Louis. Não existia resposta pra isso.
Um ônibus estava vindo logo atrás — e outro, os dois que paravam perto da minha casa. Se eu tivesse esperado, poderia estar em um deles, descendo a minha rua.
"Cê não vai se atrasar pro trabalho?", perguntei.
"Já terminei. Pensei em vir e dar uma olhada em você."
"Cê tava indo pra minha casa? Vestido assim e tal?"
"Tá preocupado com o que os vizinhos vão pensar?" Louis riu. "Poderia ser pior. Poderia ser um dos meus colegas indo contar pra sua mãe que você foi esfaqueado."
Abri a porta do carro.
"Vou andando."
"Vê se cresce, Marlon." Louis virou a chave e soltou o freio. "Andar por aí com uma faca? Você vai acabar com uma enfiada em você."

O cara falava como se estivesse num comercial de TV. Quase nem tive tempo de fechar a porta antes que o carro disparasse no trânsito. *Vê se cresce? Beleza!* Eu estava me ajeitando no banco. Endireitei as costas e fiquei bem quieto. Eu ainda não estava ocupando tanto espaço quanto o Louis, mas era questão de tempo.

"Como você sacou a faca?", perguntei.

"O sol queimando e você de jaqueta. As mãos nos bolsos. E seus olhos, Marlon, e o jeito de andar. Todo mundo que quer dar uma de malandro em Londres faz esse tipo."

Então eu estava fazendo certo.

"Não fica tão orgulhoso", Louis disse. "Você quer mesmo parecer um cara de 13 anos tentando ser bandido? Esses caras são malucos, Marlon. Prontos pra meter bala nos amigos e nos inimigos."

Forcei uma risada.

"Eu não sou do interior! Não preciso ficar ouvindo historinha de terror!"

"Historinha de terror?" Louis me deu uma olhada. "Terror mesmo são as coisas de que você não fica sabendo. Na maioria das vezes, é um carinha nervoso se pegando de porrada com outro num buraco pra lá de Edmonton. Quem liga?"

Louis passou num sinal amarelo e virou numa rua.

"Por que *você* tá andando com uma faca, Marlon?"

"Cê parece saber de muita coisa. Diz aí."

"Maneira um pouco, por favor. Se não eu não consigo ajudar você."

"Ajudar?" Agora, uma risada de verdade. "Lembra da igreja? Não vi você ajudando muito. Sua mãe foi direto pra cima da minha. Direto!"

Louis parou numa vaga do lado de fora de um restaurante.

"Sinto muito por isso. Mas a gente tava de luto. Não tem nada a ver com o que tá acontecendo agora."

"A gente tava de luto também. Primeiro meu pai morreu. Daí o lance do Andre. Cê nem foi ver o cara no hospital."

Louis ficou olhando pra frente. Ele ainda estava segurando o volante.

"Era complicado."

Os caras no Lickin' Chicken estavam se preparando pra noite, limpando o balcão e as mesas, rindo e fazendo piadas. Talvez fosse esse o caminho pra uma vida simples. Abrir um restaurante que vende frango.

"Foi mal pelo lance da igreja", Louis disse baixinho. "Me preocupo desde que você contou. Mas não significa que eu vou parar de perguntar. Por que cê tá andando com uma faca?"

"O Andre disse que guarda nunca tira folga."

A mandíbula dele mexeu como se ele estivesse apertando os dentes. Ele se virou e olhou pra mim.

"Mas eu ser guarda não tem nada a ver! Não vejo você faz três anos, Marlon. Daí você aparece na minha porta com a cara toda ferrada e uns caras pegam seu irmão. A gente não precisa ser da federal pra fazer perguntas."

Uma moto passou pela gente bem acima da velocidade. Louis continuou olhando pra mim.

"Tá vendo? Tô de folga. Então, Marlon. Por que você..."

"Me conta uma coisa antes. Sobre o Tayz e o irmão dele."

"Tayz?"

"Diz aí."

"Então é por isso que cê tá circulando por Hackney com cara de quem tá pronto pra furar um cara."

"Só me conta."

Ele soltou o cinto e encostou no banco.

"Tayz tá na prisão e tem que cumprir mais três anos. E parece que ele não vai sair mais cedo."

"Li que ele tá comandando as coisas de lá."

Louis balançou a cabeça.

"Esses jornalistas andam lendo muito *O Poderoso Chefão*. Tayz não tá comandando nada. Ele é só um peixe pequeno numa piscina bem grande cheia de tubarões, um peixe pequeno e burro. Se você balançar uma gilete na água, o cara vai pensar que é uma minhoca e vai engolir."

Um dos caras do restaurante tinha saído e estava lavando a janela da frente. Ele estava mandando ver, como se não se importasse que a sujeira da rua e o trânsito fossem sujar tudo de novo daqui a pouco.

Louis ligou o carro outra vez. Ficamos um pouco em silêncio. Era um território familiar — os prédios novos, os velhos e rachados, a mesquita, o açougue *halal* e um lugar qualquer que vendia frutas e verduras orgânicas. Mais duas viradas e já estaríamos na minha rua. Louis desacelerou quando o trânsito ficou parado.

"O fato do cara ser burro não quer dizer que ele é mais perigoso?", perguntei.

"Perigoso ou morto. As duas coisas são possíveis."
Avançamos devagar.
"O lance, Marlon, é que, depois da morte do meu irmão, eu não queria mais pensar nessas merdas de novo. Mas eu estava me enganando. Você já viu aquele filme, *Os Vingadores*?"
Fiz que sim com a cabeça.
"Tem uma parte em que eles dizem pro Bruce Banner ficar puto e se transformar no Hulk. No resto do tempo, todo mundo fica dizendo pra ele manter o Hulk de boa. Lembra?"
"Lembro."
"Daí você fica pensando se o cara pode virar o Hulk quando quiser e ficar, tipo, bem nervoso. Mas ele diz que tem um segredo."
"É."
"Lembra o que é?"
"Lembro. Ele tá sempre nervoso."
"Isso." Louis deu uma batidinha na cabeça. "Tipo eu. E o Tayz. E o irmão dele. E quem sabe você também. Sempre, sempre com raiva."
Avançamos de novo, quase tocando o para-choque da frente. Um ciclista passou tão perto da minha janela que a bochecha dele quase encostou no vidro.
Louis olhou pra mim.
"Tem gente que segura a raiva. E tem gente que explode nos lugares errados. Daí é como se a gente quisesse destruir Nova York inteira."
O semáforo mudou lá na frente. A gente nem se mexeu. Louis estava empolgado.
"O problema é que a raiva vai passando. Um cara faz uma coisa, o outro faz outra, daí esse cara tem que brigar com o outro. Um tem uma faca, daí o outro arranja um revólver. E o que a gente faz? Sai por aí atirando e se furando até não sobrar mais ninguém?" Ele deu um suspiro. "Desculpa, Marlon. Esse lance mexe comigo de um jeito ruim. Ainda mais quando eu penso que você quer fazer parte disso."
"Não quero."
O carro da frente foi dando ré até quase encostar no carro do Louis. Ele estava prestando bastante atenção. Quando o outro lado da rua liberou, o motorista fez um U bem apertado e saiu disparado.
Louis bateu no coração.

"Certo. Voltei a respirar. Vamos lá, tô preparado pra acreditar, por enquanto, que a faca é um lance fora do comum. Cê quer perguntar mais alguma coisa?"

"Cê sabe alguma coisa sobre o irmão do Tayz, o D-Ice?"

"D-Ice? É assim que o cara se chama?"

"O que cê sabe sobre ele?"

"O nome de verdade dele é Peter."

"Tô ligado."

"Cê anda sherlockando. O cara ficou preso. Tá ligado nisso também?"

Fiz que sim com a cabeça.

"Tem ideia do motivo?"

"Não."

"Ele tentou botar fogo no apartamento de uma mulher."

"Caramba! Alguém se machucou?"

"O lugar tava vazio, graças a Deus. Era o apartamento da namorada do Sharkie, Marlon. Um dos vizinhos viu o cara enfiando uns pedaços de papel acesos pela caixa de correio e ligou pra polícia. Ela nunca mais voltou pra casa e um mês depois se mudou pra Manchester. Dá pra culpar a mulher?"

O ar no carro estava ficando rançoso. Abri a janela. A gente já estava andando de novo, se arrastando atrás de uma van da Hackney Homes, com motos disparando pelas laterais do carro. Qualquer brisa que soprava pra dentro cheirava a cansaço.

"Você tá bem, Marlon?", Louis perguntou.

"Tô. O Tayz andava com os Riotboyz. E o D-Ice?"

Ele suspirou.

"Uns caras bem estúpidos de Brixton. Quando tinham 7 anos, eles jogavam futebol no parquinho. Cinco anos depois, tentaram cortar as veias uns dos outros e nenhum deles sabia por quê. *Eu* não sei por que, mesmo que nossos irmãos estivessem no meio."

"Então eles e os Spikes ainda tão tretando", eu disse.

"Os menores, sim, ficam se batendo pra distrair os outros dos assuntos dos chefões. Os chefões têm que trabalhar juntos, principalmente os caras mais no topo, que se juntam pra manter os espertinhos longe. Tem um número limitado de viciados por território e eles têm que cuidar do que é deles."

Não era nada que eu já não soubesse.

"Então as gangues tão todas ligadas?"

"Tipo isso. Mas também não. Caras de todos os lados têm ligações familiares, irmãos, meios-irmãos, sobrinhos, sei lá, em vários lugares. Às vezes eles andam juntos. Às vezes são inimigos. Lembra daquelas meninas que levaram tiro numa festa de ano-novo em Birmingham?"

"Lembro." Minha mãe imprimiu a notícia e jogou em cima do Andre.

"Uma das meninas... Foi o irmão dela que atirou. Puta desperdício de vida."

"E o D-Ice?"

"O D-Ice." Ele balançou a cabeça. "Eu acho que tô aumentando a reputação dele só por chamar o cara desse jeito. Ele e o Tayz tinham pais diferentes e a mãe deles foi abandonada pelos dois. A coitada deve ter passado por umas boas, primeiro um filho trabalhando nas ruas, daí o outro, que nem dois chefezinhos da máfia. Daí o Tayz foi preso e a casa caiu."

"O que aconteceu?"

"O conselho foi pra cima dela com tudo. Quebra de contrato et cetera, et cetera, e ninguém ia arranjar uma petição a favor dela. A mulher ficou fora da lista do conselho, perdeu o auxílio, e ela é professora assistente do primário. Você não consegue alugar nem uma poça d'água em Londres com um salário desses. Ela teve que se mudar."

"Pra onde ela foi?"

"Liverpool ou algum lugar pra esses lados, onde ela tinha família. Bem longe dos filhos. Foi como se ela tivesse lavado as mãos."

Enquanto minha mãe se agarrava na gente o máximo que podia.

"Então a mãe foi embora e o irmão mais velho, o Tayz, ficou preso em High Sutton. O D-Ice não tinha ninguém; ninguém pra cuidar dele nem cozinhar uma comida decente depois de um dia difícil no trabalho. Acho que o serviço social tentou fazer o melhor que podia, mas não consigo imaginar esse cara bancando o bom menino num orfanato. Ele acabou num abrigo em Bromley. Cê já entrou num lugar desses?"

Balancei a cabeça. Mas tinha um perto do ponto de ônibus em Dalston. Vi aqueles caras encolhidos do lado de fora com suas coisas em sacos de papel.

"Quando tempo ele ficou lá?", perguntei.

"Duas semanas. Daí ele botou fogo no apartamento da Michelle."

"Cê tá sabendo de tudo."

"Olha, dá pra encontrar bastante coisa em três anos se a gente ficar procurando."

Paramos na rotatória.

"É o suficiente pra você?", Louis perguntou.

Eu sentia uma pressão no peito como se o carro estivesse cheio de água. Foi difícil tentar respirar pra responder pro cara.

"É."

Dando a volta na rotatória, um táxi preto bem esperto ultrapassou a gente pela faixa de ônibus e voltou pra desviar de um ônibus. O Louis pisou no freio. A faca balançou.

"Conta pra polícia", Louis disse.

"Oi?"

"Não sou besta, Marlon. Tô ligado no que tá acontecendo. Sua cara toda ferrada, o lance na noite passada, tudo isso tá me contando a história. Se você não tomar cuidado, vai afundar nisso até o pescoço."

Olhei pra fora.

"Então você acha que dá conta disso sozinho."

"Eu tenho que fazer isso."

"Me deixa ajudar." Louis deu sinal, diminuiu a velocidade e parou.

"Não."

"Você não confia em mim, né?"

"Cê é guarda. É um deles."

Abri a porta e saí rapidinho do carro. Um motor ligou atrás de mim, mas não olhei em volta. Uma viatura passou fazendo o maior barulho. Eu precisava de espaço — espaço pra respirar, pra pensar. Andei depressa, os pés começando a pesar.

Quando o Tayz rodou, o D-Ice ficou pra resolver as coisas. Era tarde demais pra se vingar no Sharkie, mas tinha a namorada dele e o filho. Depois disso, o cara deve ter passado uns dois anos cozinhando na cela, fazendo o melhor que podia pra pegar o Andre. Daí ele deve ter me imaginado em casa, minha mãe de boa, sem estresse. Pode ser que o lance com a Sonya tenha sido um acidente. Ela devia estar comprando drogas dele pra ajudar a pagar a dívida da mãe. Eu, o Alex e o resto, todos ajudando a Hayley Wilson a acertar as contas. Mas e se a Hayley não tivesse parado de comprar e sua dívida tivesse aumentado? O que mais Sonya tinha que fazer? D-Ice achou novos jeitos de usar a Sonya. O cara estava de olho em mim e colocou a mina no meu caminho.

Mas os planos mudaram. Ninguém poderia imaginar que a Sonya acabaria morta.

Outra viatura passou por mim. E uma van. O mundo estava cheio delas, luzes brilhando, sirenes cortando o ar. E se eu tivesse que passar por elas? Certo. Eu ia andar bem quieto e de boa, abrir a porta, ir direto pra cozinha e colocar a faca de volta na gaveta. Eu ia me curvar, baixar os ombros, de olho nos pés, esquerda, direita, esquerda, direita, em frente.

Todos aqueles guardas. Era tipo uma daquelas chamadas de csi.

Em mais ou menos um ano, o Louis White estaria sentado num carro que nem esse, um assalariado de verdade da metropolitana, ele e seus parceiros policiais.

E se ele tiver caguetado e todos aqueles guardas estiverem esperando você?
Não, ele não ligou pra ninguém enquanto a gente estava junto.

Espera. Os guardas estavam estacionados ali, na frente da casa da Tish. *Tish?* Jesus! O Scott Lester deve...

Não! Eles estavam na frente da *minha* casa. Mãe? Não, ela estava com o Jonathan em Kew Gardens. Andre! Aqueles filhos da mãe foram pra cima do Andre! *Manda uma mensagem pro cara, uma daquelas!* Eles não precisariam fazer muita coisa. Só levar o Andre pra um lugar movimentado, tipo o metrô, e deixar o cara lá. Um cara grande, negro, nervoso, gritando... as pessoas iam pensar que era maluco. Andando por aí todo confuso, chamando o Sharkie ou a minha mãe, com os trens indo e voltando e as pessoas passando por ele. Se ele tropeçasse, se caísse...

Aquele barulho, meus pés descendo a ladeira, o vento na minha cara, era tipo um trem disparando por um túnel, os freios guinchando na minha cabeça, pronto pra colidir. Eu ia bater também, com os guardas na minha frente. Eles precisavam sair dali, precisavam parar de gritar comigo... Gritar comigo?

Fiquei ali parado. As mãos deles foram direto pra cima de mim, puxando meus braços pra trás, tateando o meu bolso, tirando a faca dali.

Poderia ter sido a mesma cela, com o mesmo ar gelado soprando o mesmo fedor no meu nariz. Minha mãe a caminho de novo, o advogado a postos de novo, como se eu estivesse num *loop* temporal, um lance de ficção científica. Nem o cartaz na cela tinha mudado. Eu sabia pra qual número ligar se o uso de drogas estivesse acabando comigo.

Sentei na beirada da cama. Earth, Wind & Fire? Explosões e macacões, globos espelhados e naves espaciais. Eu não precisava disso agora. Minha cabeça estava uma zona, como se estivesse cheia de cabos em curto circuito. Fechei os olhos, tentei ficar de boa, misturando os pensamentos até que virassem um só. Um cara. D-Ice. Ele planejou zoar a vida da minha família. Já era hora de fazer o cara parar.

Minha mãe estava na sala de interrogatório. Só uma olhada em mim, daí ela desviou os olhos.

Não fui eu que comecei isso, mãe. Você não entende? Ou quem sabe tivesse mais alguma coisa no olhar dela que ela não queria que eu visse.

Ela estava sentada perto de um cara de terno que parecia indiano. Ele levantou e estendeu a mão. Um aperto cuidadoso, pelo jeito mostrando pras câmeras que eu não estava colocando nada na palma da mão dele.

"Olá, Marlon. Meu nome é Chattura. Fui chamado pra representar você."

Minha mãe olhou feio pra mim.

"O Jonathan achou que a gente poderia se sair melhor do que com o outro advogado."

Chattura tentou dar um sorrisinho.

"Vamos dar uma palavrinha antes da polícia interrogar você, se estiver tudo bem."

Uma palavrinha. Como se eu fosse um menino de 5 anos que foi pego comendo massinha. Ignorei o advogado.

"Mãe?"

Ela estava balançando a cabeça. Chattura juntou as mãos, daí esfregou uma na outra.

"Vamos lá." Ele pegou uma caneta do bolso e checou as anotações na ficha que estava na frente dele. "Você entende o que está acontecendo, Marlon?"

Minha mãe estava enxugando os olhos com um lenço.

"Entendo!" Os cabos em curto circuito. "Algum idiota mentiu pra polícia e disse que eu machuquei a sra. Steedman."

"Quem?" Minha mãe estava com a testa franzida.

Chattura ignorou.

"Quando você foi preso, a polícia disse que você se comportou de maneira 'agressiva'."

"Não fiz isso."

"E você saiu correndo e gritando pra cima dos policiais?"

"Isso, sim. Achei que tinha acontecido alguma coisa com a minha mãe..." Minha mãe olhou pra mim e depois pro chão. "Ou com o meu irmão."

"Por quê?"

Porque aqueles filhos da mãe disseram que ia acontecer.

Minha mãe fungou e assoou o nariz.

"Duas vezes tivemos visitas de viaturas. A primeira foi quando meu marido desmaiou na rua. A outra foi quando o irmão dele... Andre sofreu um acidente de carro. Ele ficou em coma por um mês e o melhor amigo dele morreu."

Chattura fez uma anotação.

"Obrigado, sra. Sunday." De volta pra mim. "E quando revistaram você, eles acharam uma faca."

Concordei com a cabeça.

"Acho que temos um problema aqui, Marlon. Mas vamos cuidar primeiro da acusação de agressão. Você conhece a suposta vítima?"

"Conheço."

A caneta estava parada na mão do Chattura.

"Como?"

"Eu conhecia a neta dela, Sonya."

Minha mãe me encarou.

"De novo essa menina?"

Chattura franziu a testa.

"Continua, Marlon."

"Eu estava com a Sonya quando ela morreu no parque. Tinha alguma coisa errada com o coração dela."

Eu podia falar de boa agora, como se estivesse contando sobre um programa da TV. Eu não sonharia amarelo nem com o gosto da mostarda nem o cheiro de cebolas fritas se mantivesse tudo isso num canto bem afastado da minha cabeça.

"Os vizinhos dela disseram que viram você lá hoje, mais cedo", Chattura disse.

"É. Eu bati, mas ninguém atendeu."

"E o que aconteceu depois?"

"Os vizinhos apareceram e eu fui pra casa."

"Você sabe se tinha alguém em casa?"

"Não."
"Você não entrou correndo e jogou a sra. Steedman no chão?"
"Não! Os vizinhos viram que eu não fiz isso."
Minha mãe ainda não estava olhando pra mim. Ela se inclinou pro advogado.
"Quem denunciou a agressão?"
"Hayley Wilson, a filha da sra. Steedman."
Oi?
Minha mãe franziu a testa.
"Ela..."
Tive que falar com a lateral do rosto da minha mãe.
"Ela é a mãe da Sonya."
Minha mãe deixou escapar o mesmo tipo de risada que estava se formando na minha garganta, um lance meio nervoso e esquisito.
"*Ela* disse que *meu* filho jogou uma senhora no chão da casa dela. Me admira que a polícia tenha se importado em aparecer. É ridículo!"
Chattura balançou a cabeça.
"A sra. Wilson não está dizendo que viu isso. Ela alega que ouviu a mãe gritar e saiu correndo pelo corredor a tempo de ver o suspeito ir embora. Ela acha que reconheceu você, Marlon, pela parte de trás da sua cabeça."
Aquela risada insana estava muito perto. Se eu deixasse a coisa sair, eles teriam que me dopar.
"O que a sra. Steedman disse?", minha mãe perguntou.
"Bem pouco. A filha disse que ela está em choque."
Minha mãe deu um gole no chá e respirou alto.
"E essa é a prova que eles usaram pra prender o meu filho. A parte de trás da cabeça dele."
Chattura se inclinou pra mim.
"Hayley Wilson disse que você estava obcecado pela filha dela, Marlon. Ela disse que você foi até a casa dela e exigiu ver fotos da Sonya. E você foi até o enterro dela sem ser convidado."
Minha mãe ofegou.
"Puta!"
Estremeci. Essa palavra tinha sido proibida na nossa casa, colocada pra fora junto com "retardado".
Chattura limpou a garganta calmamente.

"Por favor, sra. Sunday. Marlon, ela alega que você a perturbou no cemitério até que ela levasse você pro túmulo da filha."

Perturbei? Os amiguinhos dela largaram meu irmão no meio da noite numa rua supermovimentada! Eles invadiram a minha casa, me bateram, me ameaçaram com uma faca! Essa era a história verdadeira!

Cê vai contar tudo, então?

Tá brincando? Olha o que aconteceu na primeira vez que você veio aqui.

Todo mundo conhecia a história que eles queriam ouvir. E não era a minha.

A caneta do Chattura se mexeu devagar; devia ser uma caneta bem cara.

"Onde você estava às 14h de hoje?"

"Com a polícia."

"Isso não é piada, Marlon." Se tivessem devolvido a faca da minha mãe, ela teria jogado em mim com a ponta virada pra frente.

"Eu sei. Eu tava com um policial. Louis White."

Minha mãe arregalou os olhos.

"Louis *White*? O irmão do Sharkie?"

"É, ele é guarda voluntário. Fui falar com o cara faz uns dias pra ver se ele não podia ir visitar o Andre. Ele tava voltando do trabalho pra casa e me deu uma carona."

"Você estava com a faca?", Chattura perguntou.

"Tava."

Minha mãe estava sentada na beirada da cadeira. Ela se virou pro advogado como se fosse tirar o cara da frente pra ela mesma fazer o interrogatório.

"Que faca, Marlon?"

"A pequena. Do John Lewis."

"Por que você estava com a minha faca de cortar cebola no seu bolso?"

"Não sei."

Mesmo que eu pudesse sentir agora o que senti hoje de manhã, não conseguiria explicar esses sentimentos com palavras que ela pudesse entender.

"Deve ter existido um motivo, Marlon. Ou você estava planejando aparecer na casa de um amigo pra fazer uma salada?"

Chattura chegou a cadeira dele pra perto de mim, bloqueando minha mãe.

"Vamos nos concentrar nos fatos, por favor. Me conta o que aconteceu com as suas próprias palavras."

Respirei fundo.

"Eu tava estudando, ou tentando estudar. Não tava conseguindo pensar direito, daí decidi dar uma volta."

"No sul de Londres?", minha mãe resmungou.

Ignorei.

"Uns caras vieram pra cima de mim no ponto de ônibus faz pouco tempo. Achei que a faca me ajudaria a ficar mais seguro."

Minha mãe arrastou a cadeira, mas não disse nada. Continuei.

"O Louis White me viu. Ele tava no carro dele, voltando do trabalho. Ele meio que sacou que eu tinha uma faca. Daí ele disse o quanto eu tava sendo estúpido e me deu uma carona até a minha rua pra eu poder ir pra casa e me livrar do lance."

"E foi só isso?", Chattura perguntou.

"Foi."

"Mas você foi pro sul de Londres."

"É."

"Por quê?"

"Porque... Porque, depois do que aconteceu no parque, eu quis ir até lá." Olhei pra minha mãe. "Depois que meu pai morreu, você não foi até os lugares pros quais vocês tinham ido juntos?"

"É diferente. A gente estava junto fazia quinze anos." Ela veio e se agachou na minha frente, com as mãos nos meus joelhos. "Olha pra mim, Marlon."

Não olhei porque sabia que ela queria que eu visse tudo que ela estava sentindo. Mas eu devia pelo menos isso, por ter trazido minha mãe de novo pra cá. Se eu olhasse bem, quem sabe pudesse ver outras coisas.

Mãe, você sabe o que o Andre fez? Ele caguetou alguém?

"Quando você foi até Streatham", ela estava dizendo, "a faca estava com você?"

Olhei pro outro lado. Minha mãe levantou devagar e sentou na cadeira.

"A polícia interrogou a Hayley Wilson e a mãe dela." Chattura estava parecendo um professor tentando controlar uma sala de aula. "Não houve absolutamente nenhuma menção a uma faca. Nenhuma."

Já passava das oito da noite quando o guarda digitou o código e abriu a porta que dava pra sala de espera. Uma mulher magra com um carrinho de bebê cheio de sacolas de plástico estava com jeito de que ia passar a noite ali. Um cara bêbado também tinha conseguido um lugar e estava caído em dois bancos. E ali, do outro lado, estava o Jonathan. Ele levantou, parecendo bem agradecido com o fim da espera. Colocou um braço em volta dos meus ombros e puxou minha mãe pra perto com o outro.

"Eu queria ter entrado", ele disse. "Mas não me deixaram."

Minha mãe suspirou.

"Você não perdeu nada."

Jonathan olhou surpreso pra ela. Ele não conhecia minha mãe tanto quanto pensava. A tristeza e a raiva nas palavras dela eram muito evidentes.

Ele se virou pra mim, o rosto cheio de preocupação, preocupação de verdade, não só tentando parecer legal na frente da minha mãe.

"O que eles vão fazer?"

"Fiança", respondi. "Tenho que voltar daqui a um mês."

Jonathan concordou com a cabeça.

"O Chattura é bom. É o melhor advogado disponível."

Minha mãe e o Jonathan pararam no restaurante indiano no começo da rua pra pegar alguma coisa pra viagem. Fui direto pra casa. Eu estava fedendo a esgoto.

Deixei o chuveiro na temperatura mais quente que eu podia aguentar, ensaboando bem e passando o xampu no cabelo duas, três vezes. Passei um creme no corpo, respirando aquele cheiro forte e doce. Esse era eu, o Marlon Caseiro, que comia rolinhos e assistia a *The Gadget Show* com a mãe. E o Marlon Prisioneiro? Foi pelo ralo? Não, ele virou vapor e grudou nas paredes, esperando uma chance de voltar pra dentro de mim.

"Marlon?" Minha mãe estava batendo na porta do banheiro. "Comida."

"Tô indo."

Quando eu estava passando pela sala, ouvi minha mãe e o Jonathan conversando. Continuei andando até a cozinha. Eles pediram carneiro ao curry pra mim. Minha mãe sabia que era meu preferido. Comi umas garfadas direto do pote, daí tampei e coloquei na geladeira. Engoli um copo de suco de laranja. O suco fez o gosto de gordura sumir. Enchi outro copo pra levar pra cima.

Do lado de fora da sala, mexi a maçaneta da porta fazendo barulho pra eles mudarem a conversa se quisessem. Marlon Caseiro. Atencioso e preocupado.

Minha mãe estava sentada no sofá ao lado do Jonathan, com o braço dele em volta.

"Não vai comer?", ela perguntou.

"Tô sem fome."

"Eu também." Ela balançou a cabeça.

Sentei numa poltrona na frente deles, como se eu fosse ser interrogado. Uma música estava tocando baixinho, um dos CDs de música clássica do Jonathan. Se minha mãe estivesse sozinha, acho que estaria ouvindo os Rolling Stones.

A expressão do Jonathan pareceu mudar um pouco, daí ele e minha mãe se olharam.

"A gente andou pensando...", ele disse.

Mordi meu lábio. Hora do anúncio. Uma grande mudança pra alguma vila em Kent. Ou eles iam se casar. O Jonathan já estava segurando a mão da minha mãe como se quisesse colocar um anel nela.

Ele olhou pra minha mãe de novo. Ela confirmou com a cabeça.

"Eu andei falando com a Jennifer..."

Pedindo a mão dela...

"...sobre tirar você do ensino público. Já está tarde pra alguns exames, mas o vestibular..."

Tive que segurar a risada. Se eu começasse a rir agora, minha mãe ia me chutar pra fora de casa e pode ser que até me jogasse da ladeira. Eles queriam me fazer subir de nível! Como se os gângsteres não tivessem carros nem passagens nem celulares nem internet. Como se você fosse parar no fim do mundo quando cruzasse os limites de Hackney. *E, Jonathan, você não sabe que as coisas acontecem nos lugares coxinhas também?* Pegaram a amiga da Tish escondendo uma arma embaixo da cama. O namorado dela pensou que ninguém ia encher o saco de uma menina rica em Barnet.

Minha mãe já estava com cara de nervosa outra vez.

"Você não tem nada pra dizer? Essa é a melhor oportunidade que você vai ter."

Jonathan fez carinho na mão da minha mãe.

"Deixa ele se acostumar com a ideia, Jenny. Uma escola totalmente nova, casa nova..."

"Casa?", perguntei com voz de cão raivoso. "Cê tá falando de um colégio interno?"

"Não." Jonathan sorriu. "Vocês vão morar na minha casa. Não é tão longe, então você vai poder visitar a Tish. E tem quatro quartos. Você pode receber um ou dois amigos sempre que quiser."

Amigos? Os coxinhas da escola particular?

"Isso deve ajudar." As palavras do Jonathan deram uma falhada.

"E então?" Minha mãe parecia bem agitada.

"É." Balancei a cabeça com força. "Boa ideia. Ótima ideia."

"É mesmo", minha mãe disse. Ela não pareceu aliviada. Só decidida.

Eu disse boa-noite, fui pra cima e deitei na minha cama, no escuro. Logo eu seria o Marlon Coxinha, com todas aquelas pessoas ricas, na casa enorme do Jonathan, em Camden. Enfiei meus fones. Bill Withers.

Devo ter cochilado, porque, quando abri os olhos, a casa estava completamente em silêncio e não tinha nenhuma luz passando por baixo da porta. Minha mãe — e o Jonathan — tinham ido pra cama. Sentei. Uma caneca tinha sido deixada na mesinha de cabeceira, chocolate quente, ainda meio morno. Deve ter sido minha mãe enquanto eu dormia. Alguém freou com tudo lá fora. Vozes, daí um som bem alto e o carro estacionou. Não era da minha conta, mas eu já estava bem acordado.

Consegui ver bem a rua. Tish estava tentando abrir a porta da frente. Ela deixou a chave cair e, quando se abaixou pra pegar, tudo que tinha na bolsa dela caiu. Ela se agachou, passando a mão pelo chão, daí ficou agachada, o rosto entre as mãos. Fechei as cortinas e sentei na beirada da cama. *Espera uns cinco ou dez segundos. Ela vai resolver isso sozinha.* Dei uma olhada de novo. Tish ainda estava lá. Calcei os tênis e desci as escadas. Chaves? É, peguei. Fechei a porta sem fazer barulho e atravessei a rua.

Tish tinha ido pra soleira da porta. Ela ficou olhando enquanto eu me aproximava, seu rosto todo escuro.

"Precisa de ajuda?", perguntei.

Ela balançou a cabeça.

"Cê vai dar um jeito na fechadura com a sua faca?"

O hálito dela fedia a álcool e ela parecia meio tonta.

"Cê andou bebendo?" Tentei falar numa boa.

"Tá brincando?"

Dei um passo pra trás.

"Precisa de ajuda ou não?"

A cabeça da Tish estava escondida nas mãos e ela balançava de um lado pro outro. Me agachei perto dela e coloquei a mão em suas costas.

"Tish? Que foi?"

Ela tirou minha mão.

"Me deixa em paz."

Eram só palavras, não o tom que a Tish usava quando falava sério. Peguei o batom e o bilhete de passagens e deixei do lado dela.

"Valeu." Ela estava parada agora, encarando o chão.

"Cadê suas chaves?"

Ela apontou pro canteiro de flores. Olhei entre dois vasos, enfiando a mão numas teias de aranha e na terra. Meus dedos encostaram no metal.

"Peguei."

Enfiei a chave na fechadura.

"Ainda não", ela disse.

"Tá."

Sentei do lado dela. Sua maquiagem estava toda borrada de choro. Se eu fosse menina, poderia abraçar a Tish sem me preocupar com as partes erradas dos nossos corpos se tocando. Sem falar na dúvida se a coisa seria só um abraço ou algo a mais. E também sem pensamentos idiotas sobre o Scott Lester abraçando a Tish.

Ela estava olhando pra mim.

"E o lance da faca? Por quê?"

"Porque, se eu não fizesse isso, os caras iam continuar aparecendo. E seria cada vez pior."

"E cê acha que a coisa mudou? É como se você tivesse aceitado mais um desafio."

"Cê não tá sacando. Cê não sabe como é quando alguém joga você numa parede, tipo, como se quisessem te matar."

"Errado. Eu sei."

"O quê?" Uma pontada no estômago. "Quando?"

"Hoje. Quando eu tive uma noite ainda pior que a sua, Marlon."

Ela levantou, pareceu dar uma vacilada e sentou de novo.

"Cê tá bem?"

"Eu pareço bem?"

Cheguei mais perto e coloquei um braço ao redor dela. Foi automático. Ela me deu uma olhada rápida e surpresa.

"Não, cara!" Ela se encostou em mim. "Deixa aí! A gente pode até trocar de lugar se você quiser."

"O que aconteceu, Tish?"

"O que aconteceu?" Ela balançou a cabeça, seu cabelo roçando no meu peito. "Aconteceu que a mãe do Wayne Lester não se livrou dele quando descobriu que tava grávida. Parece meio demais, mas o cara é um merda. Não vale o ar que respira, o espaço que ocupa, nada! O cérebro do cara é, tipo, transparente, de tão vazio, mas ele se acha o máximo, o malvadão. Uma combinação horrorosa."

Minha boca abriu muito rápido.

"O Scott é assim?"

"Cê não pode deixar o cara pra lá?"

"Ele colocou maconha na minha mochila, Tish. O cara quase me fez ser expulso da escola!"

"Tô ligada, Marlon, mas não foi pessoal. O irmão dele forçou o Scott a fazer isso. Ele só... Sei lá. Pode ser que ele mesmo seja expulso e se mude pra outro lugar."

"Você ligaria?"

Ela encolheu os ombros.

"De qualquer jeito, eu e o Scott terminamos."

"Ah."

"Você é um péssimo mentiroso, Marlon. Então nem tenta."

Ela saiu de perto de mim.

"Foi mal." Mexi a mão e as pontas dos meus dedos tocaram as dela. "Tish, por favor, conta o que aconteceu."

"Tá." Ela olhou pra mim toda séria. "Vou contar. Não quero que você diga nada, não enquanto eu tô falando, nem depois, nem nunca. Cê consegue?"

"Tish..."

"Por favor."

"Vou tentar."

"Tenta o máximo possível, Marlon. Certo?"

"Tá."

Ela colocou a mão no meu joelho, bem de leve, como se não quisesse deixar uma marca ali.

"Scott me chamou pra comer alguma coisa na casa dele. A mãe dele estaria lá, certo?"

"Eu não disse..."

"Sua cara disse! E mesmo que ela não estivesse, eu sei me cuidar. A gente nunca fez nada do tipo e não era parte do plano. Sacou?"

"Saquei."

"A gente voltou pra casa do Scott lá pelas 17h30 e a mãe dele *tava* lá, mas a mulher parecia que tinha sido, sei lá, atropelada." A Tish riu sozinha. "O Wayne tava jogando aquela merda de Xbox dele, matando gente. Ele meio que se animou quando viu a gente e começou a fazer uns comentários bem escrotos, tipo falando que ele sabia o que a gente ia fazer e tal. Nem o Scott curtiu isso, então a gente saiu de novo e foi dar uma volta com os amigos dele."

Ela sorriu, sua voz aumentando de tom.

"Foi bem legal, Milo. A gente assistiu a algum filme de zumbi idiota e os amigos dele tavam fazendo uns drinks com vinho espumante e conhaque. Não tinha ninguém da escola lá, daí eu não precisava ficar ligada em quem ia fofocar sobre mim amanhã."

"Eles não..."

"Eles falam de mim, Marlon. Eu sei que sim. Não gasta sua saliva. Mas então, o lance é que eu tinha deixado meu casaco na casa do Scott. A gente pegou carona com um amigo dele, daí o cara disse que eles me esperariam e poderiam me deixar em casa. O Scott tava se divertindo muito lá no banco da frente e não quis sair do carro pra pegar meu casaco. Ele jogou a chave da casa dele no banco de trás e disse pra eu ir pegar o lance se eu tava querendo tanto."

Apertei os dentes. Como é que eu ia cumprir a promessa de não dizer nada, não importando o motivo?

"O Wayne devia estar olhando pela janela." Tish abraçou os joelhos. "Porque ele sabia que era eu. Assim que eu abri a porta, ele me agarrou e me jogou na parede. Ele disse que tinha uma coisa pra mim."

Engoli em seco. Estava tudo muito claro na minha cabeça; a porta da frente abrindo, aquele covarde filho da mãe ali, prontinho pra agarrar a Tish, as costas dela batendo na parede. Fechei a mão, esticando os tendões até doer.

"Eu disse que não queria nada dele. Ele só riu e disse um lance bem escroto. Daí ele tentou me entregar um bilhete. Ele disse que o D-Ice pediu pra entregar pra você. Eu não era a porra do carteiro dele e disse isso pro cara." Ela parou, olhando bem pra mim. "Daí ele disse que, se eu não trouxesse o lance pra você, ele mesmo traria.

Viria com outros caras e eles estariam armados. E fariam questão que fosse num dia em que a tia Jen estivesse em casa."

Eu tinha prometido. Silêncio. Mas meu coração batia como se eu estivesse escalando um prédio enorme e eu fosse cair e morrer se não continuasse a subir.

"Não consegui segurar", ela contou. "Eu sei que foi idiotice, mas eu cuspi nele. Eu tava muito brava. Foi uma cuspida bem boa. Bateu bem na parte de cima do nariz dele e foi descendo pelo lado. Foi tipo uma vingança pelo que o D-Ice fez com você. Daí ele levantou a mão como se fosse me bater."

Deve ser assim que as piores coisas acontecem. Você bate na porta, vê a cara de merda do Wayne. O cara está muito perto, daí você só enfia a mão no bolso e sente o lance pesado, e a lâmina corta o ar... e o sangue faz você ficar feliz, só naquele momento.

"A mãe deles veio do quarto", a Tish continuou, "e disse bem baixinho: 'Não, Wayne'. O cara deu tipo uma risada e me soltou. Ela ficou ali até eu pegar meu casaco e cair fora."

"Cê contou pro Scott?"

Ela balançou a cabeça.

"Não deu. Não com o amigo dele lá e tudo mais."

"Cê devia estar toda nervosa. Como ele não percebeu?"

"Não tinha luz no carro e a música tava bem alta." Ela levantou. "É isso, Marlon. Não tenho mais nada pra dizer."

Tinha, sim! Tipo como o Wayne de merda Lester voltou pro Xbox dele como se não tivesse feito nada? Eu vi aquele sorrisinho estúpido naquela cara estúpida dele, como se ele fosse a última bolacha do pacote. Por que ele não estava sentado numa salinha na delegacia com os guardas acabando com a raça dele?

Tish colocou a mão na minha cabeça.

"Você pode entrar comigo se quiser."

"Claro."

Ela virou a chave e abriu a porta.

"De boa essa escuridão?"

"Tranquilo." Devia ser. Eu vinha pra cá desde os 5 anos de idade, quando a Tish mudou.

Seguimos pelo corredor roxo-escuro e subimos as escadas. Tropecei no primeiro degrau e parei, esperando a tia Mandisa colocar a cabeça por cima do corrimão. Nada. Continuei subindo, seguindo a Tish, me guiando pela parede. Ela abriu uma porta lá em cima e acendeu uma luz.

Era a minha primeira vez no quarto dela desde... Meu Deus, quando tinha sido? Eu devia ter uns 8 ou 9 anos. O teto azul cheio de nuvens — ela manteve, mas tinha uma colagem estranha com umas cabeças do Desmond Tutu num canto. As folhas de papel holográfico prateado coladas na parede eram novas. Tinha uma cômoda com as gavetas abertas transbordando, que nem no quarto da Sonya. Todas as meninas deviam ter isso. E um painel em cima — fotos da Tish, da mãe dela, algumas tirinhas antigas.

"Marlon?"

Os olhos dela estavam vermelhos e o rímel tinha formado bolinhas no fim dos cílios. Tinha um espaço enorme entre a gente agora.

"Tô com o bilhete", ela disse. "Se você quiser."

"Beleza."

Pra fora do bolso da calça dela, daí na minha mão. Um quadrado pequeno e amassado. Desdobrei.

"Cê olhou?", perguntei.

Ela confirmou com a cabeça.

Lápis de novo. Uma menina, que era pra ser a Tish. E os caras, o que eles estavam fazendo com ela me fez querer vomitar. Amassei o papel na mão e enfiei no bolso.

Ela estava olhando pra mim, mordendo o lábio. Fui até ela e peguei suas mãos. Encostamos nariz com nariz, ficando mais perto do que eu esperava. Ela deu um suspiro e senti o ar na minha pele. A Tish estava quente também — o calor que saía dela passava pra mim.

"Vou dar um jeito nisso, Tish", eu disse, soltando as mãos dela.

"Beleza."

CORES VIVAS
PATRICE LAWRENCE

15

O carro do Jonathan não estava lá fora. Minha mãe disse que ele saiu cedo pra começar a organizar a mudança. Pelo jeito, a gente podia deixar a casa logo, mas o lugar precisaria de uma passada de tinta primeiro.

Minha mãe tinha descido o liquidificador e estava batendo banana com leite, falando entre as batidas. Ela estava cheia de energia, como se tivesse retomado o controle de tudo.

"E você tem que continuar a estudar." Zumbe, chacoalha. "Agora temos ainda mais coisas pra provar." Chacoalha, chacoalha, chacoalha. "Você nunca mais vai aparecer na casa daquela mulher, Marlon. Nunca mais." Zumbe! "E, se tentarem falar com você, me avisa imediatamente. Tá entendendo?" Ela me deu uma olhada. "E então?"

"Beleza."

"Ótimo. E eu vou inscrever você num desses programas de orientação, querendo ou não." Ela colocou um copo de vitamina na minha frente. "Se você não consegue falar comigo sobre o que está acontecendo, a gente vai encontrar alguém com quem você possa conversar."

A alguns passos, lá em cima, tem um desenho numa gaveta, um caixão com o seu nome. Bem ao lado do Andre. E a Tish... Não consigo encontrar as palavras pra contar o que eles ameaçaram fazer com ela.

"Mãe? Quando o Andre..."

"Ah, que bom", ela disse. "Estava esperando um retorno de um dos corretores." Minha mãe foi até a sala pra atender o telefone. Ela voltou um segundo depois. "É um amigo seu."

"Oi?"

"Pede pra eles ligarem no seu celular. Estou esperando um monte de ligações."

Amigo? Desde quando alguém me ligava no fixo?

Minha mãe estava enchendo o liquidificador, cantarolando sozinha. Ela se virou e sorriu pra mim.

"Desculpa, querido. Só vai rápido, certo? Tenho que continuar me mexendo, porque se eu parar, é isso. Parei."

Concordei com a cabeça. Ela jogou o telefone no sofá. Eu peguei.

"O que você quer?"

"Cara, isso é, como eles chamam mesmo? Uma ligação de cortesia. Só pra você saber que mina da hora ela é."

O liquidificador no fundo, pulso, pausa, pulso, pausa. Ali, sozinho na sala, endireitei os ombros e toquei um dos lados do corpo, onde a faca deveria estar.

"E sua mãe." O D-Ice deu risada. "O resto dela é bonito que nem a voz? Nem estranhei você por aí carregando seu palitinho. Eu também ia tentar proteger minha mãe."

"Ouvi dizer que sua mãe foi expulsa." Minha voz estava baixa e firme. Perfeita. "Por causa do seu irmão."

"O Tayz não fez nada! Foi o seu irmão com aquela boca enorme e estúpida!"

"O que o Andre fez?"

"Você deve pra mim e pro Tayz. Quanto mais você demorar pra pagar, mais rápido a dívida cresce. Tô ligado que você gosta de igreja. Aquela perto da sua casa, do lado da delegacia, dá um pulinho lá pra ver."

A linha caiu.

Coloquei o telefone na base e olhei em volta. O Marlon Caseiro poderia ficar em casa e beber mais um pouco de vitamina, mas, se eu ficasse aqui, com tudo caindo em cima de mim, sem lugar nenhum pra ir, seria que nem em *Star Wars*, quando as paredes começam a se fechar.

Tênis calçados, celular no bolso, gritei lá pra baixo: "Vou dar uma saída, mãe".

Minha mãe apareceu no fim das escadas, me olhando feio.

"Você não ouviu o que eu disse antes sobre estudar, Marlon? Você precisa levar isso a sério."

"Preciso de uns cadernos e tô sem Post-Its."

A cara dela não melhorou.

"Cê precisa de alguma coisa da rua?", perguntei.

"Você pode dar uma passada na lavanderia pra ver se meu casaco está pronto." Ela olhou o relógio. "Preciso sair em exatos 25 minutos. Que Deus ajude se você não estiver de volta."
"Beleza."

Era outro dia quente e pesado. A rua principal estava cheia de fumaça dos carros. A porta da delegacia estava aberta, mas não tinha ninguém entrando ou saindo. Passei pelo caminho entre a delegacia e a igreja. Eu não tinha nenhum objeto de metal no bolso, mas meu corpo continuou naquele passo. Foi bom, meus ombros balançando de leve, minha altura no máximo, capuz levantado, passando pelas janelas gradeadas do porão.

A igreja estava lá na frente, a porta lateral coberta de papelão, do lugar pra onde o mendigo tinha se mudado, na varanda. Uma velha estava sentada no banco perto do memorial de guerra, seus pés varrendo bitucas de cigarros e migalhas de pão.

Beleza. Saquei. Vi quem eles tinham mandado.

Hayley Wilson estava sentada perto das grinaldas de papoulas murchas. Ela ainda estava usando aquelas calças largas, como se tivesse dormido com elas, e seu agasalho preto estava fechado até o queixo.

Ela deu uma boa tragada no cigarro, me olhando enquanto eu ia na direção dela.

"Pensei que você vinha de cartola."

Tinha um grande botão vermelho no meu cérebro com o nome da Hayley. Ficava perto daqueles rotulados como "Yasir" e "Lesters". Era apertar um deles e meus dedos já se fechavam.

"Tá querendo dizer o quê?", perguntei.

"Ouvi dizer que cê aprendeu um truque novo. Malabarismo com facas."

Apertei as costas dos dedos contra a minha palma até doer.

"Já pegaram o cara que machucou sua mãe?"

A expressão dela esvaziou.

"Quem sabe?" Ela deu uma última tragada e jogou a bituca perto de uma das guirlandas de papoulas. "Vem comigo. *Stalker*."

É, um enorme botão com a palavra "Aperte" em letras brilhantes e douradas.

Ela sentou num murinho de pedra. Sentei também, deixando um grande espaço entre a gente. A grama atrás da gente estava cheia de lápides antigas. Será que o D-Ice estava ali perto me observando? Se eu ficasse olhando em volta, ela ia perceber e sacar que eu estava nervoso.

"E aí?" Tentei olhar direto pra ela.

Ela tirou outro maço de cigarros do bolso da calça.

"Tá com pressa? Pensei que você gostasse de passar um tempo comigo."

"Não fica se achando."

Ela abriu o maço e me ofereceu um.

"Mesmo? Eu geralmente não tenho o bastante pra dividir."

Ela estava se divertindo com isso, me provocando.

"Achei que você tava guardando dinheiro pra lápide da Sonya", eu disse.

Tremi um pouco enquanto as palavras saíam. O que eu teria feito se alguém dissesse um lance desses pra minha mãe?

"Cê se acha mesmo melhor que eu, né?" O rosto dela parecia ainda mais pálido em contraste com a blusa preta. "Se você é tão certinho, levanta essa bunda daí e vai contar pros guardas o que tá acontecendo. Vai! Vai e seja um bom cidadão!"

Outro tremor dentro de mim.

"Não tô fingindo ser nada diferente do que eu sou", ela cuspiu as palavras. "Sou uma merda, tô ligada. Mas você com esse capuz levantado, andando com aquela pose toda... Eu vi! Cê tá vivendo um sonho, não tá?"

O calor subiu pelo meu rosto.

"Então cê ficou orgulhosa, né? Fazendo a Sonya vender drogas pra você."

"Eu não fiz isso."

"Cê não fez ela parar!"

"Não, não fiz." A voz dela quase sumiu no barulho do trânsito.

"Por que não?"

Ela passou a mão no bolso da calça. Daí tirou um isqueiro, ficou olhando pra ele por uns segundos e devolveu pro lugar.

"Tá ligado em todas essas coisas que eles tão fazendo com você? Como eles ficam provocando e encontrando seus pontos fracos?" Ela colocou a mão na cabeça. "Bom, bem-vindo ao clube!"

As cascas. A careca.

"Seu cabelo?", perguntei. "O D-Ice fez isso? Por quê?"

"Porque ele podia. Meu cabelo era igual ao da Sonya, mas eu não tingia mais. Era comprido." Ela segurou o braço na lateral do corpo e tocou o cotovelo. "Até aqui. Ainda bem que eu não ganho a vida com a minha aparência, né? Mesmo que eu já tenha ficado tentada a fazer isso algumas vezes. Eu devia dinheiro pra eles e a Sonya me ajudou a pagar. Ela e aquele grupinho de caras apaixonados que compravam sacos de balas dela toda vez que a Sonya piscava pra eles."

"Cê deixou ela fazer isso!"

"Até onde você iria pra ajudar sua mãe, Marlon?"

Carregar uma faca?

"Pode ser que eu entenda. Mas o lance comigo e com a Sonya era diferente. Foi tipo como se ela estivesse *me* procurando. Não qualquer cara. Eu."

Hayley deu risada.

"Isso porque o D-Ice é esperto, cara. Não é desses bandidinhos comuns e tal. Ele sabia que cê ia cair nessa."

Um bando de pombos saiu voando por cima do memorial de guerra, pousando meio desajeitados na grama. Eles descobriram umas migalhas de pão. Hayley levantou, procurando alguma coisa nos bolsos de novo. O que mais ela tinha ali? Uns sofás e uma geladeira?

"Caras que nem o Alex, pode ser que ela já conhecesse, soubesse com quem estava lidando. Mas ela não me conhecia. Eu podia ter ficado puto e feito ela pagar. Ela podia ter se negado a me procurar", eu disse.

"Ela fez isso. Daí eles disseram o que mais podiam fazer comigo e ela mudou de ideia." Hayley jogou um lance no meu colo. "O D-Ice disse pra deixar isso ligado."

Era um Blackberry, um daqueles baratos com a tela riscada.

Peguei o casaco da minha mãe na lavanderia e cheguei em casa bem quando ela estava se preparando pra sair. Fui direto pra cima, espalhei os livros na mesa e liguei o notebook. Sentei na cama e digitei o nome do meu irmão no navegador. Nunca tinha procurado por ele antes. Minha vida sempre foi tão cheia dele, sua vida nas ruas, o acidente, a recuperação. Era como se minha família estivesse ligada numa matrix própria e o Andre fosse o Arquiteto, controlando o mundo inteiro, parte de tudo que a gente fazia e pensava. Eu não precisava ir atrás de mais coisas.

Quando apertei "Enter", a tela se encheu de resultados. Comecei com o acidente. Era estranho ler sobre isso desse jeito. Parecia tudo tão claro. Algumas frases sobre o lugar onde aconteceu e os jornalistas fazendo questão de lembrar os leitores de que o Andre Sunday era conhecido como Booka nas ruas. Eles deviam era ter colocado um título enorme e brilhante gritando "Gângster!". Daí algumas palavras sobre o passageiro, Sylvester "Sharkie" White, que morreu na ocasião. Só uma meia coluna aqui e ali, nada sobre a minha mãe sair correndo da sala pra vomitar quando a polícia contou o que tinha acontecido com o Andre. Nem sobre a cara dele toda cortada ou o fêmur quase estourado. Nada sobre como as memórias dele nunca terminam de carregar, nem sobre quando ele não conseguia parar de chorar na primeira vez que tentou andar, nem sobre como ele não chorou quando descobriu que o melhor amigo dele tinha morrido. Nada sobre minha mãe alimentando o cara todo dia num copo com bico porque ele não conseguia segurar uma caneca.

Nada disso — mas tinha uma coisa. O carro que bateu no Andre era roubado. Quando a polícia apareceu, o motorista já tinha ido embora e — surpresa! — não tinha nenhuma testemunha. Tudo que eles encontraram foi um Hyundai todo ferrado e alguns espectadores mudos.

Mas eles conseguiram encontrar um caminho até o Tayz. Alguém deve ter aberto a boca, apontado a direção certa pros policiais.

Será que foi o Andre? Meu irmão mudado e esquecido?

Seja lá quem tenha sido, foi quem começou tudo. Alguns meses atrás, a vida do D-Ice veio abaixo. Depois que o Tayz foi preso, a polícia deu uma batida no apartamento da mãe dele e encontrou dinheiro, maconha, facas, uma arma. Ela perdeu a casa e o D-Ice foi expulso de lá.

Caramba, se eu, minha mãe e o Andre morássemos num conjunto habitacional, poderia ter sido a gente. Quem sabe o que o Andre costumava guardar no quarto dele? Mas a gente não estava no meio de um conjunto, estávamos aqui, nesta rua, com cercas vivas arrumadinhas e entregas da Tesco e o ônibus subindo e descendo. Apoiei as costas na cadeira. Se eu pudesse entrar na cabeça do D-Ice, o que eu veria? *O irmão mais novo do Booka, o cagueta, tem tudo. E eu, o D-Ice? Família separada, preso em um quartinho de merda, fugindo de gente louca sem-teto.*

D-Ice podia ter ido atrás do Andre, mas isso não seria nenhum desafio. A vida do Andre nunca voltaria a ser a mesma, de qualquer jeito. D-Ice queria ferrar com a minha vida como ferraram com a vida dele. E parecia que nada ia fazer o cara parar.

Eu disse pra Tish que ia dar um jeito nisso, pro Louis também, mas eu estava me afundando cada vez mais embaixo d'água e não tinha nada que me puxasse pra cima. Logo eu chegaria às pedras no fundo e não teria mais nada além de peso e escuridão acima de mim.

Pisquei de novo e de novo, rápido, deixando entrar pequenos flashes de luz, me forçando a voltar pra superfície. Se eu desistisse agora, o D-Ice ganharia. Ele era melhor que eu? Mais forte ou mais esperto que eu? Não, ele era só um aspirante a malandro trazendo a briga pra dentro da minha casa. Esse tipo de coisa devia acontecer com o Andre o tempo todo. A única diferença era que o Andre conhecia o jogo, ele entendia as regras das ruas. Eu ainda estava aprendendo.

Se o Andre estivesse no meu lugar, o que ele faria? Se trocar ideia não funcionava e uma faca não funcionava, se a rua começasse a esquentar e a ficar imprevisível, o que ele faria?

Meus dedos estavam no teclado de novo. Só quatro letras, *enter*.

Enquanto eu clicava nos resultados, a ideia começou a crescer e a ganhar cor na minha cabeça, juntando as partes. Um gatilho, um cano, um cabo.

As coisas devem ter esquentado esse tanto pro Andre, mesmo que ele diga que não lembra. Eu lembro. Foi a primeira e a única vez que eu me meti na vida que o Andre levava. Ele usava todas as ameaças que conhecia pra me impedir de contar pra mãe. Depois de contar em detalhes todas as mentiras que ele ia jogar pra cima dela se eu abrisse a boca, ele partia pro lance da culpa. Eu não devia chatear a minha mãe, ele dizia, porque ela ainda estava chateada com o lance do meu pai. E isso funcionava.

Meu irmão tinha que me pegar na escola e me levar pro grupo de teatro em Holborn. Em vez disso, ele estacionou o carro do Sharkie, a música bem alta, óculos escuros, pra todas as crianças da escola verem. Foi um presente dele pra mim, ele disse. Todos aqueles convencidos veriam com quem estavam se metendo se tentassem fazer alguma coisa contra mim. Eu nunca disse pro cara o quanto ele estava errado.

Logo vi que não estávamos indo pra nenhum lugar perto de Holborn. Eu conhecia o caminho que a gente estava pegando — Holloway

Road, passando por Archway, na direção do hospital onde meu pai passou horas fazendo químio. Continuamos pela ladeira que levava pras ruas menores de Highgate, estacionando na frente de uma livraria. Pelo caminho todo, a música estava ligada num volume que fazia meus ouvidos doerem, especialmente porque os alto-falantes estavam bem atrás da minha cabeça. Eles devem ter conversado sobre coisas que não queriam que eu ouvisse.

Assim que a gente chegou à livraria, desligaram a música. Sharkie fez um sinal com a cabeça pro Andre.

"Sua vez, cara."

"É, é, tô ligado." Andre sorriu pra mim. "Cê quer uma revista em quadrinhos ou coisa assim?"

"Não, cara. Tô muito velho pra essas porcarias!"

Sharkie e o Andre se olharam e começaram a rir.

"Beleza, maninho. Vou pegar um lance mais adulto pra você, certo?", Andre disse, abrindo a porta do carro.

Assim que a porta fechou, o Sharkie parou de sorrir. Ele se inclinou pra frente, os dedos no volante como se estivesse esperando que meu irmão viesse correndo com um saco de dinheiro.

"O que o Andre precisa pegar numa livraria?", perguntei.

"Livros! Que cê acha?"

Ficamos ali sentados, dez minutos, quinze minutos, com o Sharkie olhando pra janela da loja como se quisesse lançar um raio laser pelos olhos e derrubar a coisa.

A porta foi aberta e o Andre saiu, segurando alguma coisa enrolada numa sacola da Tesco. Ele acenou pro Sharkie com a cabeça.

"Vamos nessa, cara."

O pacote foi guardado no porta-luvas. Logo que a gente chegou à rua principal, o baixo estava explodindo atrás da minha cabeça de novo.

Eu nem perdi meu tempo perguntando pelo lance adulto que ele tinha prometido, mas não conseguia parar de pensar naquele pacote, uma coisa sólida e real vinda da outra vida do meu irmão. Não era o Andre, era o Booka. Mais tarde, naquela semana, procurei a caixa no guarda-roupa dele. Era uma caixa de tênis velha, o primeiro par que ele encomendou dos Estados Unidos. Os tênis foram abandonados logo, mas ele guardou a caixa por motivos especiais. Depois que meu pai morreu, ele colocou o Sr. Cabeça de Batata lá, ainda com aquela gola de papelão dos Jacksons. Eu estava muito ocupado desenrolando a sacola da Tesco pra ouvir o Andre entrar no quarto atrás de mim.

A.R.M.A. Quatro letras digitadas num navegador. Cara, se eu estivesse nos Estados Unidos, o assunto estaria resolvido. Lá, era como se todo mundo brincasse de indígenas e caubóis na vida real, com armas especialmente projetadas pras crianças. Você podia até comprar um livro com desenhos de armas pra crianças pequenas pra bajular os pais que curtiam essas coisas.

Na Inglaterra, encontrei a maioria das informações em relatórios do governo e jornais. Com certeza tinha algumas armas por aí. Algumas vinham do Leste Europeu, outras eram armas de ar comprimido convertidas em armas de fogo. Qualquer um fora dessa área devia achar que Hackney era o oeste selvagem, onde todas as baladas, parques e porões de bar estavam cheios de atiradores.

Fechei as abas e deletei o histórico. Mesmo se fosse o caso, arma custa dinheiro. O que eu ia fazer? Ir até uma casa noturna suspeita e arrancar a arma das mãos de um valentão? Eu tinha quinze libras e uns trocados. Jonathan sempre disse que eu podia pedir qualquer coisa pra ele. *Oi, Jonathan. Que cê acha de contribuir com uma graninha pra eu comprar uma arma?* Não importa que desculpa eu fosse dar pra ele, minha mãe ainda viria com perguntas. Mas ainda tinha uma coisa. Tirei uma foto do Blackberry — *Agora tenho o meu* — e mandei pra Tish.

Às 19h, atravessei a rua e bati na porta da Tish. Ela abriu na hora.

"Valeu, Tish", eu disse.

Ela fechou a porta atrás de mim.

"Logo cê vai poder abrir o seu próprio museu do Blackberry."

Nenhum dos dois riu. Ela me deu um envelope.

"120."

Enfiei no bolso do meu jeans.

"Valeu. Vou pagar você."

"Sem pressa. Meu pai vai mandar mais no próximo período. Mas nem parece muito. Cê ouve sobre caras como o D-Ice ganhando milhares por semana. Eu acho que ele ia querer muito mais pra deixar você em paz."

"Vou oferecer esse dinheiro como um primeiro pagamento."

"E depois?"

Daí você continua mentindo pra sua melhor amiga.
"Sei lá. Mas vou ganhar um tempo."
"Tempo pra quê?"
"Pra pensar em outra coisa."
Ela franziu as sobrancelhas.
"É, tipo o quê?"
"Não sei ainda."
Por um momento, achei que ela ia pegar o dinheiro de volta.
"Vamos falar disso lá embaixo", ela disse, entrando na casa.
Segui a Tish pelo corredor roxo até a cozinha. O notebook dela estava aberto no balcão.
"Pesquisa?", perguntei.
"Receita. Sua mãe foi trabalhar, né?"
"Foi. Tem um grupo de leitura na biblioteca hoje à noite."
"Então cê não comeu."
"Não tô com fome."
"Cê vai ficar."
Sentei num dos banquinhos do balcão. Tish estava cortando dentes de alho como se estivesse fazendo um teste pro *Masterchef*. A faca dela era só um pouco menor do que aquela que andou balançando no meu bolso. O lance cortava o alho como se fosse um purê de batata.
"Cê é boa nisso", eu disse.
"Não finge que tá surpreso." Uma olhada rápida em mim, daí pra baixo. "Eu morreria de fome se não cozinhasse. Minha mãe trampa fora nos cursos dela desde que eu comecei o secundário."
"Cê não fica chateada por ela passar tanto tempo fora?"
"A gente se dá muito melhor quando se vê pouco."
Outro dente e um monte de ervas. Tish colocou o alho pra fritar. Aspirei o cheiro. Meu hipotálamo com certeza estava se contorcendo.
Ela balançou um pacote de macarrão pra mim.
"Gravatinha. Beleza?"
"É meu favorito."
"O meu também. Não sei por que, já que são todos feitos da mesma coisa."
"Às vezes seu cérebro mistura as coisas", comentei. "Tipo quando você pensa que um doce verde vai ser de menta ou de limão. Se o lance tiver gosto de morango, cê surta."
"Hmm... E?"

"Seu cérebro espera que um macarrão torcido dê uma sensação diferente na sua boca e faz você pensar que o lance vai ter um sabor torcido."

"Sabor torcido?"

Formatos de macarrão. O assunto perfeito pra quando você tá esperando que um psicopata te ligue.

Tish ainda estava falando.

"Ouvi dizer que é o molho. Cê usa macarrões diferentes com molhos diferentes e seu cérebro se acostuma com isso. Ou", ela levantou e abaixou as sobrancelhas, "pode ser o trigo. O durum é o melhor." Ela riu. "Tá vendo, Milo? No reino dos nerds, eu sou uma rainha e você é um lavador de meias. Eu só disfarço melhor."

E eu tô pensando em comprar uma arma.

"É", respondi. "Cê ganha. Cadê a tia Mandisa?"

"Num encontro."

"Sua mãe tem encontros?"

"Às vezes." Ela se jogou num banco. "Cê quer continuar a falar sobre a vida amorosa da minha mãe? Ou sobre formatos de macarrão? Ou a gente vai falar sobre o D-Ice e o Tayz?"

Ou sobre o fato de que eu estou mentindo pra minha melhor amiga pra conseguir uma grana.

"O que têm eles? Não achei que tinha mais coisa pra falar", eu disse.

"Dã! Você tem 120 num bolso e um telefone de traficante no outro. Eu diria que vale uma conversa."

"A gente já falou sobre isso."

"Não", ela disse. "A gente não falou. Mesmo quando eu tava contando as notas de vinte, eu sabia que cê tava me servindo um prato cheio de mentira. Devo acrescentar que vou colocar coisa melhor no *seu* prato daqui a pouco."

Eu não ri.

"Beleza", ela continuou. "Saquei. Cê ficou todo tenso e de cara feia."

"Vai ver é porque não tem graça."

Ela encolheu os ombros.

"Tô bem ligada nisso, Marlon. É que… Sei lá. Eu tô meio com medo."

Tish com medo? Ou pelo menos admitindo isso. Era tipo o Spock tocando saxofone.

"Foi mal, Tish. Eu não sabia que eles iam meter você em tudo isso. Mas eu meio que tenho um plano agora", contei.

"É", ela disse. "É por isso que eu tô com medo. Não por mim, mas por você. É como se você fosse o Marlon Nerd..."

"Valeu, Tish."

"Não, Marlon! Isso é legal! É quem meu amigo era. Você *era* o Marlon Nerd. Agora você é o Marlon-Com-Uma-Faca. O que vem depois? Um nome de gangue?"

"Como eu disse, tenho um plano."

"Caramba, Milo!" Ela estava olhando pra mim como se de repente eu tivesse criado tentáculos. "Cê não vai fazer os lances pra eles, vai? Cê não vai usar meu dinheiro como capital inicial!"

"Não."

Ela se inclinou pra mim e cutucou o meu peito. Meus machucados arderam. Foi como ser eletrocutado.

"Conta a verdade."

"Não posso."

"Vai falar com a polícia. Como aquela lá disse."

"A Hayley tava zoando. Cê sabe disso. E minhas provas?"

"Os desenhos."

"Por incrível que pareça, os caras não assinaram, Tish. E o lance é... Eu sei que cê faz parte disso e cê tem me ajudado e tal, e eu agradeço de verdade a grana, mas é um assunto meu e eu tenho que resolver."

"Beleza."

Ela pulou do banco e foi até o fogão, ficando de costas pra mim, mexendo o macarrão.

"Eu quase levei uma surra por sua causa."

"Tô ligado. Desculpa. Mas cê podia só... Sei lá... Ter pegado o bilhete dele. Cuspir num idiota que nem o Wayne Lester, bom, só serve pra provocar o cara, né?"

Ela se virou.

"Cê não sacou, né?"

"O quê?"

"Ah, pelo amor de Deus! Só pega as facas e os garfos!"

Ela coou a panela de macarrão na pia, e ficou no meio de uma nuvem de vapor como se fosse um gênio. Pensei muito nela ontem à noite, rolando pra lá e pra cá, a cabeça tomada por aquele desenho revoltante.

"Foi mal, Tish. Falei besteira." Fui na direção dela. "Cê quer dar uma olhada no Blackberry?"

"Eu sei como é a merda de um celular!"

"Foi mal se eu..."

Ela apontou as gavetas com a cabeça.

"Facas. Garfos. E suco."

"Sabe, Tish? Tô tentando acertar as coisas entre a gente!"

"Bom, cê tá fazendo um trampo bem ruim."

Coloquei a mesa enquanto a Tish misturava o molho no macarrão. Ela serviu as gravatinhas em duas tigelas que bateu com tudo no balcão. A gente sentou um ao lado do outro e começou a comer.

"Tá muito bom", comentei.

"Valeu." Ela não olhou pra mim.

Tirei o Blackberry do bolso e coloquei na mesa. Era um pré-pago baratinho, meio antigo, mas estava carregado e pronto pra ação.

"Tô tentando lidar com isso da melhor maneira que posso", eu disse.

Ela abaixou o garfo e apoiou o queixo nas mãos. Os olhos dela poderiam abrir buracos no concreto.

"Mentindo pra mim?"

"O que cê quer dizer?"

"Melhor ainda. Mentindo pra mim *e* me tirando de idiota. Sacanagem dupla."

Deixei o garfo cair na minha tigela vazia e levei tudo pra pia. Lavei a louça, mas não voltei pra mesa.

"Por que cê acha que eu tô mentindo?"

"Porque eu não sou idiota."

"Acho que é melhor eu ir pra casa", eu disse.

Ela colocou uma gravatinha na boca e ficou ali mastigando aquele negócio por séculos.

"Senta, Milo. Se você quisesse mesmo ir embora, já teria feito isso. Manda a real: por que você precisa da grana?"

Sentei.

"Conto se você prometer que não vai surtar."

"Não posso prometer."

"Então não posso contar pra você."

"Pelo amor de Deus! Desembucha de uma vez!"

"Beleza. Se você quer mesmo saber, eu tô querendo uma arma."

"Cê tá zoando, né?"

Balancei a cabeça, e ela afastou a tigela. A maior parte da comida dela ainda estava ali.

"Cê vai atrás de um poncho e de um sombreiro pra combinar?"

"Hilário, Tish." Levantei. "Cê queria a verdade."

"Cê tava com as balas e foi pego. Cê tava com a faca e foi pego. Cê vai completar as jogadas, então."

"É o melhor que cê pode fazer?"

"Dei pra você o dinheiro que ganhei de aniversário. O que mais cê quer?"

"Achei que cê ia entender. Sabe, do jeito que cê entende o Scott Lester."

"Boa, Marlon."

Peguei o Blackberry e enfiei no bolso.

"O D-Ice disse que viria atrás de mim e ele tava falando sério. Acho que o Andre caguetou o irmão dele e foi assim que acharam o Tayz e prenderam o cara."

"Isso aconteceu faz anos. Por que o D-Ice tá atrás de você agora?"

"Ele tava preso. O cara tentou incendiar o apartamento da namorada do Sharkie."

"Meu Deus."

"Então cê entende por que eu tenho que me proteger? E minha mãe também."

"Não, isso só piora as coisas. E não mete a tia Jenny nisso. Não é como se ela fosse concordar com você. Cê vai acabar tipo... Dois caras negros atirando um no outro numa briga. Cê não percebe, Marlon? É sempre a mesma coisa, a mesma coisa."

"Cê não tá sacando mesmo."

Eu me virei e saí andando. Tish ficou onde estava.

"Quando você for trancado num reformatório de merda, eu não vou visitar você, tá bom? Tá bom?"

Beleza, Tish. Tá bom.

Bati a porta da frente da Tish tão forte que me surpreendeu a casa não ter caído. Eu não podia ir direto pra casa, não agora. Tish deu uma forçada boa e ainda insistiu mais uma vez. Nenhuma flauta de jazz, saxofone ou "Lovely Day" aliviariam a coisa. É, se o mundo fosse bom e certinho, e se tudo fosse como deveria ser, ela estaria certa. Eu falaria com a polícia, D-Ice seria preso e todos nós viveríamos felizes pra sempre. Mas o D-Ice não vivia num mundo bom e certinho, e não respeitava as regras de ninguém. A menos que o cara fosse trancado pela eternidade, ele ficaria atrás de mim a vida inteira.

Dei uma olhada no Blackberry pra ver se o volume estava no máximo e fui andando até a rua principal, um pé atrás do outro, até ficar com a cabeça mais tranquila. O problema da Tish era que ela queria fazer drama. Se alguma coisa estivesse pra acontecer, ela sempre tinha que estar por dentro, mas quando o lance esquentava demais, ela pulava fora. Era a mesma coisa com todos aqueles merdas com quem ela saía. Eles iam atrás dela, conseguiam alguma coisa, ela saía correndo. Ela se meteu nesse lance da Sonya e do D-Ice e daí, só pra piorar as coisas, ela foi se enrolar com o Scott Leter. Era como se ela estivesse tentando me provocar de propósito.

Não era assim que as coisas costumavam rolar entre ela e os caras. Shaun passou séculos atrás dela até ela dizer sim. O mesmo com o Jeevan, o mesmo com o Sav. E em todas as vezes ela me contava as coisas com detalhes, como se eu tivesse que dizer o que ela deveria fazer. Então por que o Scott Lester? A primeira vez que ouvi falar dele foi quando a gente visitou a vó da Sonya juntos. Tish achava que ele era o cara na escola com quem ela poderia conseguir umas balas. Daí ela nunca mais falou disso. Ela teria me contado se tivesse tomado bala, só pra me chatear. Pra causar! Essa era a Tish.

Mas ela me contaria sobre o Scott Lester se eu não tivesse visto os dois juntos?

Eu estava no topo da ladeira, perto das imobiliárias. As persianas estavam fechadas, mas o chinês estava aberto e tinha uma moça inclinada no balcão olhando pra rua. Hoje as balizas deviam estar mais interessantes do que nunca.

Quando o Scott Lester jogou aquele *skunk* na minha mochila, a Tish ainda estava com ele, mesmo quando ela soube o que o irmão do cara fez comigo. Ela contou que aqueles caras viriam atrás de mim em Westfield.

Espera aí!

Parei. A mulher do restaurante chinês estava me olhando agora, pelo jeito esperando que eu saísse da frente. Ela teria que esperar um pouco mais. Se eu me mexesse muito rápido, o pensamento escaparia.

Tish sabia que o Diamond tinha caguetado a gente porque o Scott Lester contou pra ela. Assim que o Scott ligou pra Tish na lanchonete, ela me contou. Cada coisa que ele disse pra Tish, ela disse pra mim. O motivo pelo qual ela estava enrolada com o Scott Lester era porque ele dizia as coisas pra ela e daí ela vinha me contar.

Droga.

Aquele imbecil do Wayne Lester foi escroto com a Tish por minha causa. E eu nunca nem disse um obrigado pra ela. Fui pelo caminho contrário e fiz a Tish pensar que era culpa dela.

Liga agora! Pede desculpas!

Meu celular tocou. Não o Blackberry, o meu mesmo. *Tish?* Mãe. Não, era o Jonathan no telefone da minha mãe. Ele começou a falar direto, as palavras se atropelando. Só ouvi três delas.

Mãe.

Fogo.

Hospital.

Jonathan tinha entrado no carro dele em Camden e estaria no hospital em meia hora. Ele disse que me manteria informado. "Informado", como se eu fosse um daqueles amigos com quem você mal mantém contato. Ele me *informou* que minha mãe estava em observação e que ele ia desligar o telefone pra falar com o médico. Ele não disse mais nada, mas consegui descobrir sozinho enquanto o trem parava em todas as estações de Londres e ficava ali pelo dobro de tempo necessário. O que acontece se você inalar um monte de fumaça? Rolam reações químicas. Minha mãe devia estar com um pulmão cheio de dióxido de carbono ou até cianeto, cada respiração cheia de veneno. O calor podia ter queimado o interior da garganta dela. Os pulmões podiam estar obstruídos com partículas de fuligem. Ela poderia até sufocar. Minha mãe estava deitada na cama do hospital, tentando respirar, e o ar não entrava nem saía.

Minha mãe, presa por tubos e dosadores. Que nem o Andre. Que nem o meu pai.

Jesus! Parada atrás de parada. E depois eu ainda tinha que pegar o metrô.

Era pra ser um hospital, mas parecia uma prisão. Nada do lado de fora fazia parecer que era um lugar pra onde as pessoas iam se curar. Jonathan disse pra eu ir pra emergência e não foi difícil de achar. A fila de pessoas esperando pra ser atendidas saía pela porta. Algumas delas não chegariam à recepção antes da meia-noite, imagina ver o médico. Me espremi entre duas mulheres que me olharam como se eu estivesse cortando a fila e encontrei uma cadeira vazia. Não tinha muitas. Parecia um aeroporto durante uma tempestade de neve.

Não consegui uma posição boa pra sentar, como se tivesse um cardume de piranhas indo e voltando no meu estômago. Mais de uma vez, uma delas foi nadando até o fundo do estômago e deu uma boa mordida. Todo mundo parecia estar sentado ali a noite toda. Umas pessoas que estavam a algumas fileiras de mim até trouxeram marmita. Um velho na minha frente estava sentado, segurando o estômago com o braço como se as entranhas dele fossem cair. A mulher que tinha vindo com ele estava completamente imóvel, os olhos fechados. Perto de mim, bom, acho que esse cara não via um chuveiro fazia um tempo. Ele estava sentado todo ereto, os dedos mexendo como se estivesse na frente de um teclado que só ele podia ver. Todo mundo estava na sua própria bolha de sofrimento.

Olhei pras fileiras de portas fechadas do outro lado da sala de espera. E se eles transferiram a minha mãe e ninguém me contou? Ela poderia estar numa ambulância, indo pra uma unidade especializada em queimaduras. Ou o Jonathan podia ter arranjado um lugar particular, fazendo com que ela prometesse não me contar. Dei uma olhada no celular. Eu não estava sendo informado.

Manda uma mensagem pra Tish. Conta pra ela.
Sério? Depois da discussão de hoje?

Enfiei os fones e fechei os olhos. John Coltrane.

Uma mão no meu ombro. Abaixei o volume do saxofone.

"Marlon?"

Era o Jonathan. Onde estava...? Minha mãe estava aqui. Bem do lado dele. Todos aqueles filmes de desastre que eu vi... Na minha cabeça, minha mãe deveria estar toda suja e coberta de cinzas. Não estava. Era a minha mãe. A não ser pelos olhos dela, que estavam tremendo, como se doesse abrir. Ela esfregou a garganta, piscando bem forte. Sua mão esquerda estava pendurada ao lado do corpo, toda enfaixada.

"Mãe?" Levantei.

Fui a abraçar. O cabelo dela cheirava a fumaça. Se ela estivesse usando a manteiga de cacau de sempre, o cheiro devia estar perdido em algum lugar ali embaixo. E os braços dela continuaram ao lado do corpo. Ela não devolveu o abraço.

Soltei minha mãe.

"O que aconteceu?"

Ela tocou a garganta e seus olhos ficaram apertados como se quisessem fechar.

Mãe?

"Vamos embora daqui", o Jonathan disse.

Ele colocou o braço em volta da minha mãe e a levou pra fora. Fui logo atrás.

Fomos pra casa do Jonathan. Ela sentou na minha frente, sua cabeça e o encosto fazendo uma sombra esquisita. A única vez que ela se mexeu foi quando o Jonathan colocou uma música. Ela se inclinou e desligou, dizendo alguma coisa pra ele que eu não consegui ouvir.

"Você quer saber o que aconteceu?", ele perguntou.

Jonathan estava olhando pra frente, mas com certeza falava comigo. Sim, eu queria saber. Eu precisava saber, embora os ossos do meu crânio estivessem rangendo, se batendo.

"Bom? Você quer?"

A mão da minha mãe se mexeu e tocou no joelho do Jonathan.

"Vou contar de qualquer jeito", ele disse. "Três meninos foram até a biblioteca depois que o grupo de leitura terminou e sua mãe estava arrumando o lugar. O guarda não ficou muito feliz porque viu o que eles eram."

"Jonathan." A voz da minha mãe saiu num sussurro.

Mãe?

"Não tem nada ver com raça, Jenny!" Jonathan meteu o pé no freio, quase passando o sinal vermelho. "Tem a ver com atitude. E só um deles era negro. Mas sua mãe, Marlon, ela acredita nas pessoas. Muito mais do que elas merecem."

Mãe, não foi culpa sua.

Um carro atrás da gente buzinou quando o sinal ficou amarelo. Avançamos.

"Então." Jonathan pareceu mais calmo. "Um dos meninos disse que precisava de um livro pra fazer a lição de casa e a Jenny convenceu o segurança a deixar os caras entrarem."

Não! Foi! Culpa! Dela!

"E foi quando começou. Eles entraram bagunçando o lugar todo e gritando coisas pra sua mãe. Devo dizer pro Marlon do que eles chamaram você?"

A sombra da minha mãe se mexeu.

"Certo. Não digo. Mas tenho certeza, Marlon, que você sabe de quais palavras eu estou falando."

Cê sabe que eu sei! E eu vou resolver as coisas, tá bom? Melhor do que você poderia.

"Eles eram espertos. Enquanto a Jenny e o guarda tentavam lidar com dois deles, o terceiro escapou pra começar o incêndio."

Minha mãe fungou. Jonathan estendeu o braço pra ela. Fiquei parado, minhas mãos agarrando o assento do carro.

"Eles saíram correndo", ele disse. "A Jenny tentou tirar alguns dos livros do fogo até que o guarda chegou com o extintor de incêndio."

"Rolou muito estrago?", perguntei.

A seta piscou do lado esquerdo e entramos na rua do Jonathan. E o Blackberry! A coisa começou com o seu próprio barulho, vibrando no meu bolso que nem uma mosca nervosa. Coloquei no silencioso, apertando o celular bem forte.

"Estrago?", ele perguntou. "Raciocina! É claro que sim."

Jonathan estacionou na frente da casa dele e deu a volta pra abrir a porta pra minha mãe. Ele pegou a mão boa dela e a ajudou a sair.

"Faz muito tempo que você não vem pra cá, Marlon", ele disse.

"É."

Ele entrou na casa primeiro pra desligar o alarme. Toquei o braço da minha mãe.

"Cê tá bem?"

Ela suspirou.

"Não consigo falar direito. Minha garganta dói."

"Vai ficar tudo certo com a biblioteca?"

"Não sei, Marlon."

Ela saiu de perto e foi andando na minha frente.

A casa do Jonathan tinha cheiro de limpeza. E não quero dizer no bom sentido. O cara pagava alguém pra limpar a sujeira dele e encher o lugar de aromatizador. Será que ele esperava que minha mãe fizesse isso por ele quando a gente se mudasse?

Quando a gente se mudasse. Casa nova, escola nova, quarto novo, Marlon novo. No mundo do Jonathan, você carrega as suas coisas pra longe e fica tudo certo. O cara não percebia que esse tipo de coisa segue você. Persegue você em parques de diversão e cospe na sua boca. Não importa o que a imprensa diga, os gângsteres vão de um lugar pro outro, especialmente se eles acharem que têm um bom motivo.

"Vou colocar a chaleira pra esquentar", Jonathan disse.

Chocolate quente! É o que minha mãe quer. Não, chá!

"Você quer alguma coisa, Marlon?"

Quero olhar o celular. Quero que minha mãe olhe pra mim como se eu fosse real.
"Não. Valeu."
Jonathan estava em pé na cozinha, minha mãe entre a gente.
"Tem certeza de que não quer nada?"
Ele ficou me encarando.
"Acho melhor eu ir pra cama", eu disse.
Ninguém se mexeu.
"Você sabe alguma coisa sobre o que aconteceu hoje?", Jonathan perguntou.
Balancei a cabeça.
"Que pena." Jonathan esfregou as mãos. "Que pena mesmo."
Tá, Jonathan.
"Então tudo certo. Você fica no quarto do primeiro andar, perto do armário. Lembra?"
"Lembro. Valeu."
Ele fez um sinal com a cabeça de novo. Minha mãe não se mexeu, nem pra olhar pra mim.
Eu devia ter tirado os tênis. Estava levando a sujeira da rua pros carpetes do Jonathan, mas nem pensei nisso até sair da sala. De qualquer forma, não era como se o cara esfregasse os carpetes ele mesmo. Abri a porta. Jonathan estava certo. Fazia tempo que eu não vinha pra cá, dois anos ou mais, mas o quarto não tinha mudado. Paredes cinza, cortinas cinza, roupas de cama cinza, um guarda-roupa do tamanho da parede e uma mesa. Liguei a luminária do lado da cama, tirei meus Nikes, peguei o Blackberry e olhei a mensagem.

Vamos ao trabalho.

É, D-Ice. Você é muito esperto.
Eu já tinha visto *Cães de Aluguel*, todos eles com óculos escuros e ternos, armas e um andar de malandro. O sr. Orange estava no meio, mais na frente. Ele morre com um tiro no final.

Tive um sonho. Uma menina estava escondendo o rosto no meu pescoço, seu cabelo loiro fazendo cócegas na minha pele. Os dedos dela acariciavam a minha bochecha, mas era como se ela estivesse pintando um quadro. Minha cara estava toda molhada, linhas vermelhas pingando do meu queixo. Mas deixei que ela continuasse.

Acordei, tirei o edredom e fiquei ali deitado, pronto pra tentar encontrar alguma ajuda nas minhas músicas. Mas o que eu queria ouvir estava a quilômetros de distância. Em casa. Bem na hora, o rangido começou de novo, dentro da minha cabeça, abrindo caminho pelo meu corpo, como se todas as coisas moles estivessem se transformando em metal.

Vesti as roupas de ontem e desci as escadas. Minha mãe estava sentada à mesa bebendo café, usando um roupão que deveria ser do Jonathan. A mão enfaixada estava na mesa, perto do jornal.

"Fiz um café." A voz dela pareceu quase normal, só que mais baixa.

"Valeu. Cê tá melhor?"

Ela deu um gole no café.

"Cadê o Jonathan?", perguntei.

"Ele tinha um compromisso." Ela fechou o jornal. "Não vou voltar pra casa, Marlon."

"O que cê tá querendo dizer?"

Ela balançou a cabeça.

"Quero dizer que cansei."

Sentei.

"Tá tudo lá em casa, mãe. Tudo. As coisas do pai também."

"Eu sei, mas..."

"Pode ser que depois de uns dias você se sinta melhor."

"Não. Não vou." Minha mãe deu outro gole no café. Ela estava tomando puro. Normalmente, o café dela parecia que tinha sido misturado com meio litro de leite. "Você não percebe, Marlon? Não estou segura em casa. Não estou segura no trabalho. Pra onde eu vou..."

Minha mãe estava chorando. Ela secou o rosto com a manga do roupão. Eu devia dar um abraço nela ou oferecer uns lenços. Devia pedir desculpas mil vezes, como se eu estivesse tentando encher um balde enorme de desculpas. Mas minha mãe estava parecendo a Sonya no parque, quando ela colocou um campo de força ao redor dela. Pela primeira vez desde que eu me lembro, minha mãe parecia não me querer por perto.

Sentei e enchi minha xícara de café, mantendo a mão firme enquanto colocava uma colherada de açúcar.

"Quando eu era criança, minha vó sempre ficava balançando um livro na minha cara. Era o *Inferno*, do Dante. Já ouviu falar?", minha mãe perguntou.

"Já. A sra. Littoli falava muito sobre ele."

"É um espetáculo encantador." Ela tentou sorrir. "Cheio de pessoas sofrendo as torturas do inferno. Segundo a minha vó, o nono plano do inferno, o mais profundo, era reservado pros traidores, principalmente as meninas que eram mal-educadas com suas avós. Elas ficavam enterradas no gelo até o pescoço pra sempre."

Também tentei sorrir.

"Sua vó pegava meio pesado, né?"

"Podemos dizer que sim. Eu sonhava que estava presa no congelador enorme da minha mãe, só com a cabeça pra fora. Meu corpo ia ficando cada vez mais gelado, até que eu não conseguia sentir mais nada. Daí eu parava de lutar."

Bebi a xícara inteira de café e servi mais. Minha mãe estava me olhando.

"Cê ainda tem esses sonhos?", perguntei.

Ela apoiou a testa na mão. Seus dedos apontavam pra um fio de cabelo branco, bem no meio da parte de cima do nariz. Quando eu era pequeno, ela me mandava pra missões de busca e destruição, daí eu tinha que arrancar todos eles.

"Marlon, estou tentando dizer uma coisa pra você." Ela se inclinou pra mim e colocou a mão no meu braço. "Quero que você entenda. Tenho que deixar o passado pra trás. E não quero me sentir culpada."

"Culpada?"

"É." Ela abanou o braço. "Por causa disso. Por estar aqui. Por deixar as coisas do seu pai pra trás. Por fazer você mudar pra cá."

"Mãe?"

"Oi?"

"Tem mais alguma coisa?"

"Tipo o quê, Marlon?"

"Sobre o acidente do Andre. Ou o que aconteceu depois. Essas coisas tão fazendo você se sentir culpada?"

Ela esfregou os olhos.

"Quase tudo em relação à vida do Andre me faz sentir culpa."

"Mas alguma coisa em específico. Cê sabe como a polícia descobriu que era o Tayz quem tava dirigindo o carro?"

Ela olhou pro outro lado.

"Fazendo o trabalho deles. Foi assim."

"O carro era roubado. Não tinham testemunhas."

Ela saiu de perto de mim.

"Eu disse pra você. Agora eu quero parar de me sentir culpada."

"Mãe, você não tem que se sentir culpada. Não se foi o Andre que contou pra eles. Foi ele, né?"

Ela deu um suspiro.

"Não, Marlon. Fui eu. O Andre disse uma coisa na ambulância. Eu meio que não entendi, mas contei pra polícia de qualquer forma, mesmo sabendo que o Andre me odiaria se descobrisse." Ela bateu a mão boa na mesa, fazendo a colher tremer no açúcar. "A merda da ética das ruas! É um lixo! Um menino morre, o outro se machuca feio e eu tenho que ficar de boca fechada? Só consegui encarar a mãe do Sharkie na igreja porque eu sabia que o assassino acabaria atrás das grades. E eu garanti isso."

Daí minha mãe começou a chorar; eram umas lágrimas bem grossas.

Coloquei mais açúcar e dei uma golada, levando a xícara até a boca, daí levantando mais pra minha mãe não ver minha cara. O café quente, o açúcar, a cafeína estavam acelerando meus neurônios, e mais lá no fundo a adrenalina jorrava no meu sangue. Andre nasceu com raiva. Minha mãe estava certa. Eu sentia raiva também, mas não tinha percebido isso antes. Só que agora eu sabia. Eu sentia. Era tipo um daqueles filmes de ação, quando o mocinho acende a trilha de gasolina. Eu estava parado no final dela.

Levantei.

"Mãe, você não deveria se sentir culpada. Nada disso é culpa sua."

"Não." A palavra soou como se tivesse vindo do outro lado da rua. Ela se curvou e olhou pro jornal. Tinha outros cabelos brancos, bem ali atrás, onde ela não conseguia ver.

Mas eu estava sendo sincero. Minha mãe nunca, jamais deveria se sentir culpada. Ela foi a única que sempre fez tudo certo. Agora eu tinha que sair e fazer tudo errado.

Fui pra cima e vesti meu moletom. Guardei o Blackberry do D-Ice no bolso e chequei se os 120 da Tish ainda estavam no meu jeans. A parte do plano que eu não pude contar pra Tish era simples. Encontrar o D-Ice e mostrar pro cara que eu estava falando sério. Ele tinha que entender. Essa treta tinha terminado.

Pra fazer a primeira coisa da minha lista, só tinha um lugar pra onde eu sabia que podia ir. De volta pra rua da livraria.

Quatro anos atrás, eu estava sentado no carro tentando ver alguma coisa pela janela da livraria. Agora tinha chegado a minha vez de atravessar a porta. Pra algumas pessoas, quatro anos não são nada. Elas continuam as mesmas, vivendo no mesmo lugar, indo pra cama com a mesma pessoa. Pra mim, tinha a diferença entre o Andre dando seus rolês pelo leste de Londres e o Andre comendo papinha por tubos; a diferença entre ser um menino de 12 anos no banco de trás de um carro e ir bater na porta de um estranho pra negociar uma arma.

Quatro anos. As pessoas mudam, principalmente nesse tipo de trampo, mas dei uma pesquisada na internet; não encontrei nada sobre venda de armas numa livraria em Highgate. Um lance desses teria rendido manchetes. Menos de um ano atrás, parece que o cara das armas tinha procurado o Andre pra tentar vender de novo. Então ele ainda devia estar trabalhando. Eu tinha que ter esperanças.

Então cê vai bater na porta de um estranho e pedir uma arma?

Vou.

Se eu abrisse a porta da loja que nem o Marlon Caseiro, sairia dali com os braços carregados de edições anuais de *Star Trek*. Eu tinha que ser o Marlon Prisioneiro, o Marlon com as balas num bolso e uma faca no outro. O Marlon que parecia ter só uma coisa em mente.

Quando eu estava pra sair, dei uma olhada na cozinha. Minha mãe ainda estava lá, o jornal aberto. Acho que ela nem deve ter virado a página.

Marlon Prisioneiro, vira as costas. Vai embora.

Fechei a porta sem fazer barulho e saí andando. A rua do Jonathan ficava do lado de uma pracinha com um jardim cercado no meio, sem ônibus nem vans da Tesco. Ninguém ia estacionar o carro aqui, fazendo tremer o lugar com o som do baixo. Acho que todo mundo se conhecia, mas ninguém sabia quem eu era. O lance com Londres é que o barulho e a bagunça estão sempre por perto. Passando pelos cartazes que anunciavam uma festa na pracinha, eu já estava no meio de tudo isso.

O horário de pico já era pra ter acabado, mas ninguém tinha contado isso pras pessoas em Camden. Até o ponto de ônibus parecia pronto pra abrigar um show. Dei uma olhada no Blackberry. Nada. Aposto que o D-Ice estava cronometrando, sabendo que eu estava ansioso, esperando. Pelo jeito ele achava que eu ia entregar os pontos e me render.

Tive que sair empurrando as pessoas pra pegar o ônibus. Em outras ocasiões, eu deixaria o primeiro passar e esperaria o próximo, mas, desta vez, não. Quando esse Blackberry começasse a falar, eu precisaria estar pronto. O bolso pesava. Protegido. O motorista continuava enfiando as pessoas pra dentro. Um cara com uma mochila ficava balançando pra lá e pra cá do meu lado, a fivela dele prendendo no meu ombro toda vez que o ônibus parava. Uma menina estava mandando mensagens enquanto a criança dela estava sentada no seu carrinho fazendo caretas pra si mesma. Eu era tipo "normal" pra eles, seguindo numa viagem sem graça. Consegui colocar meus fones de ouvido. A playlist caiu no Billy Paul, naquela música com o Martin Luther King. Passei a faixa. Eu não precisava ouvir esse sonho agora.

Para, continua, para, continua o caminho todo, passando por Archway e pela Highgate Road. As janelas estavam abertas, mas não entrava nenhuma brisa. Minha camiseta parecia uma outra pele grudenta embaixo do moletom. Olhei o Blackberry de novo. Nada. O ônibus esvaziou, mas não sentei e dei o sinal assim que reconheci a rua.

Ali ficavam as casas dos ricos. Quatro anos atrás, não era nada diferente. E a livraria continuava ali, a única loja numa fileira pequena de casas geminadas. Tinha um banco velho preso numa corrente do lado de fora, com algumas caixas de livros antigos.

Compra esses livros e leva pra biblioteca. Isso vai fazer sua mãe sorrir de novo.

A janela estava cheia de cartazes, daí não consegui ver lá dentro. Se eu quisesse ter ido a uma feira de veículos a vapor dois meses atrás, estaria tudo resolvido. Mas não era o que eu queria. Eu queria entrar na loja e sair armado de lá.

Tentei enxergar alguma coisa entre os cartazes pra ver quem estava lá dentro. Tudo que eu consegui ver foram mais livros. Encostei na janela, o vidro gelado contra as minhas costas. O lugar poderia ter trocado de dono com o passar do tempo. Tish poderia ter dado uma olhada nessas coisas. Ela teria descoberto quem construiu o lugar, quem colocou as prateleiras e quem limpava as janelas. Mas a Tish não estava aqui e logo meu celular estaria vibrando com novas informações. Se eu ia enfrentar o D-Ice e acabar com essa treta, precisava ser agora. Levantei o capuz e abri a porta da loja.

Lá dentro era pequeno e escuro. As prateleiras estavam lotadas de livros e tinha caixas de revistas jogadas nos cantos. Minha mãe teria adorado estar aqui, passando os dedos pelas lombadas e puxando suas descobertas. Uma mulher estava me observando por trás do balcão. Ela devia ter a idade da minha mãe, mas tinha deixado os cabelos brancos bem curtos, daí parecia jovem e velha ao mesmo tempo. Os olhos dela subiram dos meus tênis até o capuz e foi como se a cara dela tivesse paralisado. Ela olhou pra mim, procurando meus olhos embaixo da sombra do capuz. Me virei e fiquei olhando uns livros que estavam expostos. Um homem com uma roupa antiga do exército beijava uma mulher num vestido branco longo, espremidos entre um livro de medicina e um dicionário de francês. Quem sabe as armas estivessem escondidas atrás de uns títulos especiais.

A risada insana estava subindo. Esmaguei a vontade.

A mulher atrás do balcão era o quê? A esposa do cara que vendia as armas ou a mãe dele? Ela virou a página de uma revista que estava apoiada no balcão, mas continuava olhando pra mim. Ela podia ser que nem uma daquelas mulheres dos filmes de faroeste com uma espingarda embaixo da mesa, o cano apontado bem pros meus joelhos. Ou um pouco mais pra cima. Será que tinha uma senha ou um aperto de mão certo? Eu devia perguntar por um livro em específico?

Esse daí é o Marlon Caseiro pensando demais. Marlon Prisioneiro, cê precisa agir.

Eu me virei e ela deu uma recuada.

Daí ela tentou sorrir. *Essa mulher é mãe de alguém que gosta de livros.*

"Posso ajudar?"

Só diz "não, valeu" e vai embora.

"Você sabe porque eu tô aqui."

Ela engoliu em seco. Vi a garganta dela se mexendo.

"Não", ela respondeu baixinho. "Não sei."

Ai, meu Deus! Desculpa, desculpa, descul... O Marlon Prisioneiro não pede desculpas. É isso o que ele quer. E essa mulher já deve ter sacado quando você entrou pela porta.

Fui até o balcão bem devagar, daí ela teria tempo pra pensar no assunto. Fiquei olhando pra cara dela, um olhar bem arrogante, e joguei a revista no chão. Ela abriu numa página cheia de vestidos azuis.

"Cê sabe porque eu tô aqui. Cadê ele?"
Ela olhou pra revista dela espalhada no chão.
Pega o lance pra ela, cara!
Alguma coisa passou pelo rosto dela, como se dentro da cabeça ela estivesse atravessando o balcão pra me bater, sentindo raiva por estar com medo.

Ainda em voz baixa, ela disse: "Ele disse pra mim que ninguém mais viria aqui".

"Tirando eu. Cadê ele?"
Duas mãos no balcão, me levantando como se eu quisesse cobrir a mulher com a minha sombra.

"Por favor..." Ela se virou e abriu uma porta atrás dela.
Olhei pra dentro de um estoque cheio de prateleiras e caixas. Daí ela abriu uma porta nos fundos que dava pra um estacionamento pequeno com umas escadas que levavam pra um apartamento em cima da livraria. Assim que eu saí, ela fechou a porta atrás de mim e deve ter se apoiado nela, fechando bem. Talvez ela até tenha fechado a loja e a deixasse assim até ter certeza que eu já tinha ido embora.

Eu tinha conseguido. Só de entrar na loja. *E jogar a revista dela longe.*

O apartamento parecia totalmente normal. Eu não sei o que esperava encontrar — uns guarda-costas enormes ou coisa assim. Mas era o tipo de lugar em que qualquer um poderia viver, principalmente o tipo de pessoa que não vendia armas. Subi os degraus no estilo Marlon Prisioneiro, dois de cada vez, como se eu fosse dono do lugar, crescendo no fim da escada. Parei, segurando a respiração. Não vinha nenhum som de dentro. Toquei a campainha e a porta abriu direto. A mulher devia ter telefonado pra avisar ao cara.

Ele tinha a mesma altura que eu, era magrelo e, tipo, uns vinte anos mais velho, só que esses anos todos deviam ter sido bem difíceis. Ele tinha a cabeça raspada e o que restava de cabelo parecia uma mancha gigante. Olhei bem a cara dele — é, ele se parecia com a mulher lá embaixo. Um irmão, quem sabe.

Ele colocou a língua na bochecha e me olhou de cima a baixo.
"Quem é você?"
"O irmão do Booka."
"Quem é esse?"
Atrás dele, um bebê começou a chorar.
"Jesus!" Ele estava olhando pra mim com uma cara brava. "Cê acordou meu menino, cara."

"Descul..." Tossi. *Lembra, o Marlon Prisioneiro não pede desculpas.*

"Booka", repeti. "O que enfiou um carro numa parede e matou o parceiro."

O Careca concordou com a cabeça.

"É, é, eu lembro." Ele sorriu. "Deixou o cara todo esculhambado."

Marlon Prisioneiro. De cara feia mesmo com os punhos fechados.

"Ele me falou pra procurar você", eu disse.

"Por quê?"

Outro grito do bebê. O papai orgulhoso ignorou.

"Pra aceitar sua ajuda."

"Que ajuda?"

"Meu irmão disse que cê foi visitar ele."

"Eu visito muita gente." O Careca riu. "Sou gente boa."

Era tipo a escola multiplicada por um milhão. Tem uma pessoa que está acima de você, provocando pra caramba, esperando uma resposta sua pra ela poder te derrubar no chão. Você tem que esperar, engolir tudo, não dar esse prazer pra ela.

"Cê levou um lance pra ele", eu disse.

"É. Flores."

Atrás dele, o bebê gritou de novo e continuou a chorar. O Careca estava muito ocupado olhando por cima do meu ombro pra notar. Ele devia estar pensando que eu não estava lá sozinho. Os olhos dele voltaram pra mim.

"Cê quer umas flores, então", ele disse.

Flores?

Ele revirou os olhos.

"Flores. Que nem as que eu levei pro seu irmão."

"Ah. É. Flores." Armas. A senha especial do Careca.

"Quanto você quer gastar?", ele perguntou.

"Cem."

"Oi?" Ele deu risada. "Cê não vai conseguir muitas tulipas com isso."

"Pego o que tiver no estoque."

Ele não se mexeu.

"Prova."

"Provar o quê?"

"Que cê é irmão do Booka. Não foi Jesus que me apresentou você."

"Sério?" Que merda ele tava esperando? Um teste de DNA?

"É. Sério." Ele começou a fechar a porta.

"Espera." Enfiei a mão no bolso pra pegar o celular.

"Não precisa ter pressa!" Ele encostou no batente, assoviando e me olhando.

Passei pelas fotos e achei uma minha e do Andre no ano passado em Southbank.

"Serve?"

Um sorriso acendeu na cara dele e ele abriu a porta. O cara estava assobiando de novo. Era "Who Will Buy?", de *Oliver!*.

O corredor era pequeno e estreito, indo dar nuns quartos mais pra frente. Me espremi entre um cabide de casacos e uma sapateira cheia de pantufas, umas rosa e brilhantes, outras do Batman, umas na qual você enfiava o pé dentro da boca do Homer Simpson. A porta da sala estava aberta e por um segundo eu troquei um olhar com uma menina que estava lá balançando um bebê numa cadeira. Ela disse alguma coisa pra mim, fazendo uma cara feia.

Mas que merda eu fiz pra você?

"Aqui." O Careca abriu uma grade de segurança que dava na cozinha.

O lugar era pequeno e arrumado, embora eles tenham tentado enfiar ali uma geladeira enorme coberta de fotos de bebê. Tinha várias latas de leite em pó alinhadas em cima de um micro-ondas, como se estivessem esperando alguém pra jogar tiro ao alvo. Derrubando todas as latas, você ganharia um prêmio pra sua namorada.

Éramos só eu e o Careca aqui nesse lugarzinho pequeno. Tentei ficar ainda mais alto, deixando os ombros relaxados, uma mão no bolso, a outra na mesa.

"Tô ligado que cem é pouco, mas pode ser uma arminha de ar ou alguma coisa assim...", eu disse.

O cara foi tão rápido que eu nem vi. A mão dele estava no meu peito, me jogando contra a beirada da porta.

"Não vai sair falando por aí, sacou? Cê vem até aqui sem avisar e mesmo assim deixei você entrar. Boca fechada, beleza?"

Eu nem precisei falar; meu coração falava pelo código Morse. *Tum, tum, tum.* Ele saiu de perto, levantou a mão e indicou a palma. Passei a grana. Ele colocou cada uma das notas contra a luz, daí enrolou e enfiou no bolso da camisa.

"Fica aqui."

Ele abriu a grade e saiu pelo corredor. Ouvi a voz da menina e a criança chorando, daí ele voltou e ficou ali na porta. Estendeu um pacote pequeno pra mim. Tinha alguma coisa macia embaixo do jornal, tipo um monte de pano. Apertei forte e meus dedos agarraram um cano fino. Cem pilas não iam me arrumar uma Glock nem nada decente. Com esse valor, a coisa ia ser a pior possível.

Não importava. Eu estava segurando uma arma.

O Careca estava de olho em mim.

Caramba, é assim que a gente se sente quando quer cuidar de um lance e largar ao mesmo tempo. É isso, com seu coração batendo como se estivesse pronto pra explodir. Sua mãe finalmente largando mão de você. A Tish chorando em alguma merda de sala de visitas. E o Andre tentando acertar seu nome no seu enterro.

É o Clint Eastwood e o Ray Liotta e o Samuel L. Jackson de terno e black power. *E o Morpheus, em* Matrix, *que nem um rei com o sobretudo e os óculos escuros, explodindo os agentes e salvando Niobe e Zion.*

Eu sou assim agora.

Comecei a tirar o jornal.

"Mas que merda cê tá fazendo?" O Careca me olhou feio. "Por que você não escreve 'idiota' e coloca isso aí no balcão da primeira delegacia que cê encontrar? Digitais, cara!"

"Preciso ver..."

"O quê? Se o treco é bom?" Ele sorriu. "Que cê vai fazer? Ir até a próxima loja e comprar uma melhor se a minha não for boa?" Ele estendeu a mão. "Me devolve, então."

Coloquei o pacote no bolso do casaco e abri a grade de segurança.

Essa arma tem trava? Será que tá ativada?

A porta da sala estava fechada agora, mas o som abafado de algum programa infantil saía por baixo. O Careca ficou plantado na porta da frente com a mão na maçaneta. Tatuagens saíam do seu dedão e subiam pelos braços, leões azuis e verdes no ombro.

Ele se inclinou pra mim.

"Certo, Bookinha, coloca isso aí na água assim que chegar em casa e não esquece de colocar uma colherzinha de açúcar pra que as flores durem mais." E chegou ainda mais perto. "E vou dizer uma coisa, se qualquer merda voltar pra mim, eu juro pelos meus filhos que vou atrás de você. Agora cai fora."

Saí andando, os braços balançando, passos lentos, como se o meu tempo fosse a única coisa que importasse. Tranquilo, tranquilo, por mais que eu quisesse sair correndo o mais rápido possível. A porta foi fechada atrás de mim, mas, se eu voltasse e olhasse pelo olho mágico, descobriria um olho do outro lado. *Continua andando!* Descendo a escada, passando pelo estacionamento e indo até a rua. O pacote estava se mexendo no bolso, batendo na lateral do meu corpo. O mundo inteiro devia ver o lance, através da minha roupa, do jornal, dos panos.

Será que tá carregada?

Eu tinha que continuar andando, virar a esquina e sair da vista. Enfiei a mão no bolso e senti aquele amontoado de jornal. *Caramba. Uma arma.*

Capuz levantado, peito estufado. Na boa.

Só que bem agora o Blackberry começou a tocar e o D-Ice estava esperando que eu atendesse.

CORES VIVAS
PATRICE LAWRENCE

16

Pela primeira vez apareceu um número. Ele devia ter arranjado uma porcaria de pré-pago só pra falar comigo. Aceitei a ligação. Eu sentia como se tivessem amarrado o meu peito.

"O que cê quer?"

D-Ice estava num carro. Ouvi a música e uma sirene perto.

"Vamos ao trabalho."

Alguém riu no fundo. Deve ter sido o Wayne Lester, sem saber que aquela piada já era velha. Ali na rua, sozinho, mantive a expressão do rosto firme pra ter certeza de que a minha voz sairia do jeito certo.

"O que cê quer?", perguntei.

"Sua primeira missão, mano. Torrance Road, 313, em Brixton. O nome do cara é Cory e ele vai estar no quintal dele quando der meio-dia. Meio-dia, beleza? Cê precisa levar esse seu pintinho pra lá agora."

"Por quê?"

"O cara tem um mercadinho. Cê vai pegar comida."

"E daí?"

"Espera. Até eu colar."

A linha caiu. Segurei o ar e soltei devagar. Meu plano era simples. Eu já tinha pegado a arma. Fazia um volume grande no meu bolso como se tivesse engolido um saco de esteroides. O próximo passo seria encontrar o D-Ice. Essa parte do plano ia acontecer também. Só que não seria *eu* indo encontrar o cara, eu tinha que fazer um trampo pra ele antes. Tinha que fazer. Ele estava num carro. Se eu dissesse que não, ele poderia ir atrás do Andre, ou chegar à minha casa, ou pegar a minha mãe, bem mais rápido que eu.

Ele queria que eu pegasse "comida" — munição, vai ver, ou balas. Eu só tinha uma hora pra chegar a Brixton. Olhei o mapa no meu celular. A Torrance Road ficava no topo da ladeira que saía da estação em Brixton, bem no meio do território dos Riotboyz. Coloquei a mão no bolso. É, a arma encaixava bem.

As travessas de Highgate estavam vazias. Todos os cidadãos de bem deviam estar trabalhando, cuidando dos seus bancos ou escritórios de advocacia. Virei na rua principal. Uma menina no ponto de ônibus estava falando ao telefone sobre um cara que tinha gastado um dinheiro com a irmã dela. Se ela tivesse visão de raio x e pudesse ver dentro do meu bolso, estaria tendo uma conversa bem diferente.

Só pensar nisso fez disparar meus alarmes corporais de novo. E tinha umas sirenes, certo?

Olhei pra rua. Era uma ambulância, pelo jeito indo pro Whittington Hospital. Tinha uns ônibus atrás. Se eu fosse pela Highbury, poderia descer na Victoria Line. Todo mundo sabia que não rolava usar drogas no metrô, desde que a polícia começou a fazer patrulha com aqueles cachorros. Mas e armas? Os cachorros podiam sentir o cheiro delas? E parecia que o Careca também vendia haxixe. E se eles sentissem o cheiro?

Um ônibus parou no ponto. A menina levantou, ainda falando, passou seu bilhete e subiu. Fiquei onde estava e o ônibus foi embora. Tinha um táxi livre atrás. Era melhor. Vinte pilas iam me tirar de vista.

"Marlon!" Um carro branco parou tão perto que pude ver meus joelhos refletidos na pintura.

Aqui? Agora? É sério?

Só podia ser piada. Baixei a cabeça, encarando a calçada, daí olhei pro carro.

"Posso levar você pra algum lugar?"

"Não. Tô de boa."

Jonathan estreitou os olhos.

"Você está esperando alguém?"

"Não."

"Marlon, por favor, entra. A gente precisa mesmo conversar."

Mais sirenes tocando lá em cima da ladeira, desta vez uma viatura e uma moto. Por um momento, o Careca passou pela minha cabeça, a cara na parede, as mãos presas atrás, dando pros guardas a descrição completa do moleque que comprou a última arma dele. Jonathan estava indo pro sul e o tempo não estava do meu lado. Abri a porta do carro e entrei.

O carro do Jonathan estava com aquele cheiro de perfume, pinho artificial, e o ar-condicionado ligado no último. Alguém estava falando sobre agricultura no rádio. Eu quase não conseguia ouvir a voz por cima daquela rajada de vento gelado.

"A Jenny falou que você tinha saído", ele disse.

"Cê veio atrás de mim?"

"Vim."

Deixei o silêncio crescer entre a gente.

"Fui até a sua antiga casa", ele continuou.

Antiga casa?

"A Jenny disse que você deveria estar lá, mas não estava."

Não, Jonathan. Eu fui até a uma livraria chulé pra comprar uma arma.

"Estou voltando de uma visita a um cliente em Muswell Hill. Nem estava procurando você. O acaso, hein, Marlon? Um bom acaso."

Afundei no banco, juntando as mãos, a esquerda segurando a direita, impedindo que eu puxasse a arma pra checar a trava. E se o Jonathan pisasse no freio, o gatilho batesse nas minhas costas e eu atirasse em mim mesmo bem aqui, no carro, do lado dele? *O acaso, hein, Jonathan?*

A voz do Jonathan ficou mais ríspida.

"O que você estava fazendo por aqui?"

Forcei minhas mãos a ficarem quietas.

"Vendo uns amigos."

"Ah. Não sabia que você tinha amigos por aqui."

Ele deve ter percebido como a minha mãe olhava pra mim às vezes, quando ela queria saber se as palavras que estava ouvindo batiam com a verdade. Mas minha mãe tinha o direito de me olhar daquele jeito. Esse cara, não.

"Onde eles moram?", ele perguntou.

"Quem?"

"Seus amigos."

"Highgate."

Um ciclista passou na nossa frente na rotatória. Jonathan buzinou e o ciclista mostrou o dedo pra ele.

"Suicida", Jonathan disse, balançando a cabeça.

Se ele quer uma solução pra isso, tem uma arma aqui no meu bolso. Mas o ciclista louco tinha feito o Jonathan parar com as perguntas. Eu tinha que manter assim.

"Cê queria conversar", eu disse.

"Quero que nós dois conversemos. Suas provas escolares são importantes, Marlon. E não importa o que você pensa de mim, eu acho que você é importante. Sei que você é um menino atencioso e muito inteligente. Mas alguma coisa mudou. Ontem à noite..."

"Eu nem tava lá."

"Mas sua mãe, sim."

"Cê tá jogando a culpa pra cima dela?"

"Não! Não estou!"

"Cê disse que foi culpa dela, que deixou os caras entrarem. O guarda sacou o que eles eram, lembra? Mas minha mãe deixou eles entrarem."

Uma mulher com um carrinho de bebê estava parada na calçada, na frente de numa faixa de pedestres. Ela esperou até que o Jonathan parasse completamente e começou a atravessar.

"Eu não joguei a culpa na Jenny!"

"Foi o que pareceu."

A mulher atravessou, mas a gente continuou ali. Olhei pro relógio no painel. Já tinha perdido quinze minutos. O carro que vinha atrás buzinou e o Jonathan avançou.

"Ela está de licença por pelo menos duas semanas. E pode pegar muito mais se quiser. Eu disse que ela não deveria voltar mais." Senti que o Jonathan estava olhando pra mim. "Vai acontecer uma investigação policial, Marlon. O conselho leva essas coisas a sério, você sabe."

Silêncio total.

"Olha, eu não quero interferir nem nada...", o Jonathan disse.

A gente tinha encostado num caminhão de lixo. Os lixeiros estavam tirando sacos de lixo da frente das lojas sem a menor pressa. Abri a porta do carro.

"Marlon?"

"Foi mal, Jonathan." Mas as palavras nem saíram da minha boca.

Desci uma rua de mão única, o trânsito voltando pro caminho de onde eu tinha vindo. Jonathan seguia as regras; ele não ia me seguir. O canal estava logo em frente. A direção leste me levava pra casa, pra *minha antiga casa*, e o metrô ficava pro outro lado. Eu não tinha tempo pra pegar ônibus. Tinha que encarar os cachorros farejadores de Brixton.

O metrô ficou lotado até Stockwell, daí esvaziou. Fiquei com a mão no bolso, olhando bem pras plataformas toda vez que a gente parava.

Nada de polícia, nem cachorros, nada. Subi as escadas rolantes em Brixton, olhando, ouvindo, mas só vi os uniformes dos caras que trabalhavam no metrô. Eram 11h45. Eu ia conseguir.

O ar de Brixton me sufocava, e a rua era muito larga e estava lotada. Todo mundo tinha um jeito de que sabia que devia estar ali. Um cara tentando vender incenso, as pessoas se empurrando nos pontos de ônibus, o monte de gente entrando e saindo do mercado atrás da estação — todo mundo se encaixava. Era só eu mesmo, ali em pé como se tivesse sido transportado da lua, com as palavras "Carne Fresca do Norte de Londres" piscando em cima da minha cabeça.

"Irmão!" Um cara alto de terno cinza queria me entregar um panfleto da Nação do Islã. Peguei.

"Cê conhece a Torrance Road?", perguntei.

"Torrance Road?" Ele apontou pra rua e me disse pra onde ir. Daí jogou um monte de panfletos em mim. "Boa sorte, irmão."

Eu não podia correr, não com todas essas pessoas na frente, e, se tivesse qualquer policial por ali, eles iam querer saber qual era o meu problema. Especialmente se sacassem pra onde eu estava indo. Então andei, cabeça baixa, rápido. Será que foi esse o caminho que a Sonya tomou, subindo a ladeira pra pegar seu saco de balas? Pensar nisso deixou o mundo mais nítido. As bolas cinza de chiclete, cada rachadura e linha amarela, cada caixa de comida e latinha vazia, eu via tudo. Os velhos bebendo na frente do cinema, parecendo que eram feitos de trapos e sujeira. Será que a Sonya passou por eles também?

Eram 11h55. Eu tinha cinco minutos. Já estava no topo da ladeira e ali, do outro lado da rua, tinha um depósito de tapetes, um prédio enorme no meio de uma fileira de lojinhas. O cara da Nação do Islã disse que a rua que eu estava procurando ficava bem do outro lado. Era isso mesmo. Eu estava na esquina da Torrance Road. Joguei os panfletos da Nação do Islã numa lixeira, virei a esquina e parei. Eu tinha dado meu primeiro passo dentro do território dos Riotboyz.

O lance era: não era como se aquele lugar tivesse sido tirado de alguma zona de guerra e jogado no sul de Londres. Tinha umas casas bonitas, valendo bem mais do que a da minha mãe, se bem que nem chegavam perto da casa do Jonathan. Mas a gente podia imaginar um atirador num telhado ou atrás de uma cortina, os dedos coçando pra meter bala em você. Com certeza tinha alguma coisa aqui, esperando.

Meu pé chutou uma coisa de metal, uma lata velha de Coca. O que eu estava esperando? Uma bomba caseira? Três pra meio-dia. Eu tinha que me mexer. As casas começavam com "1" e não iam muito longe, daí eu já estava chegando aos prédios no fim da rua. As coisas sempre aconteciam nos blocos de apartamentos, e agora eu estava reconhecendo o lugar. Num dos vídeos do YouTube, um cara com um cachecol no rosto aparecia levantando o casaco pra mostrar sua arma enquanto um monte de moleques no fundo xingava alguma gangue. Deve ter sido filmado perto daquele bloco ali, aquele com a porta azul-viva e o telhado cinza na entrada.

Coloquei a mão no bolso e apertei o jornal bem forte, e mais forte, até sentir um lance duro por baixo. Clint Eastwood, Samuel L., Morpheus.

Continuei andando.

Parei numa rampa que levava pra umas garagens subterrâneas. É, era esse o prédio. Olhei pra cima e vi vinte ou trinta fileiras de varandas que pareciam degraus. Sacos plásticos balançavam presos nas grades, porque na imaginação fértil de alguém os pombos de Londres tinham medo do barulho de plástico.

Meio-dia. Em ponto. Avancei pra abrir a porta.

"Cara! Cê tá procurando o quê?"

As vozes vinham de cima de mim. Um pouco de cinza caiu perto do meu pé e ao mesmo tempo senti cheiro de maconha. Chegou tão forte que parecia que os caras estavam soprando o lance por um funil direto no meu nariz. A porta abriu e eles apareceram.

Se liga! Endireita os ombros. Agora. Agora!

Mas meu corpo queria se encolher até ficar do tamanho de uma caixa de fósforos.

Estufa o peito! Arruma essa cara. Ocupa seu espaço! Agora! AGORA!

Eles estavam atrás de mim, na frente, em volta. Um deles chegou bem perto, encostando a cara na minha. Ele tinha 13 ou 14 anos no máximo. O cabelo dele era curto, com duas linhas em cima da orelha, perfeitamente paralelas. Coloquei a mão no bolso e devolvi a cara feia.

"Cê vai responder, parça?", o menino perguntou.

"Tô atrás do Cory." Minha voz saiu tão firme quanto as mãos do barbeiro daquele cara.

O menino se virou pra um outro mais velho que tinha cara de turco e uma barba rala.

"Cory? Ele não trampa pro D-Ice?"

O mais velho confirmou com a cabeça.

E ele tá lá em cima, pronto pra abrir a porta, me esperando.

Eles abriram a roda e me deixaram ir. Enquanto eu ia até a porta, ouvi um barulho nas minhas costas e levei um empurrão.

"Tá com algum problema?", perguntei, me virando.

"Você."

O cabelo loiro e aquele sorriso lento e escroto. Wayne Lester. Idiota. Imbecil. Rindo porque me bater pelas costas foi a coisa mais inteligente que o cara já fez na vida. Quase tão inteligente quanto tentar enfiar papel na boca da Tish.

Quer saber de uma coisa, seu idiota? Eu tenho uma arma aqui no bolso.

Limpei meu ombro, bem onde ele tinha colocado a mão, e continuei a olhar bem nos olhos dele.

"De boa, Lester. Tô atrás do Papai Noel, não do anãozinho dele."

Ele se mexeu, mas eu fui mais rápido. Meu punho acertou a bochecha dele, não forte o suficiente pro cara cair, mas doeu. Os olhos dele ficaram cheios de lágrimas. E isso me fez sorrir. O cara estava pronto pra vir pra cima de novo, mas de repente olhou em volta. Éramos só eu e ele.

Ele deu um passo pra trás, esfregando a bochecha.

"Vejo você na volta."

Bati no bolso.

"É. Mal posso esperar."

No corredor, direto e decidido — *Samuel L.* —, por mais que eu sentisse que minhas pernas pareciam feitas de queijo. A porta do elevador abriu. Estava vazio, mas parecia mais uma caixa presa numa corda. Subi pelas escadas, dois degraus de cada vez. As escadas eram que nem na casa da Sonya, azulejos com cores diferentes colocados em padrões aleatórios, como se o arquiteto gostasse muito de brincar de Lego. Alguém estava subindo bem atrás de mim. Parei. Os passos pararam. Continuei subindo e os passos também. Olhei pra trás. A escada estava vazia.

Os passos são seus, idiota!

Cheguei ao primeiro andar; silêncio total. Segundo andar — vazio também. Terceiro, a mesma coisa. Tudo acontecia atrás das portas fechadas. Eu estava do lado de fora do 310, um apartamento de canto com uma floreira na janela que tinha mais bitucas de cigarro do que plantas. O apartamento do Cory ficava lá no fim, atrás de um portão encaixado entre a parede da varanda e o apartamento. E na porta da frente também tinha uma grade. Você só conseguia entrar naquele lugar se a pessoa lá dentro quisesse. Também só dava pra sair com a permissão dela, e no estado que ela quisesse.

Peguei meu celular e mandei uma mensagem pra Tish com o endereço de onde eu estava. Ela não poderia ler antes do almoço. Se eu saísse dali, escreveria pra ela de novo. Se não, ela saberia onde me encontrar.

Samuel L.? Tá. O cara entraria com tudo, atirando, não ia parar pra escrever pra sua amiga primeiro, ainda mais quando o relógio marcava cinco minutos de atraso. Cory poderia nem estar mais ali. O cara podia estar ao telefone com o D-Ice, me xingando. Ele poderia estar atrás dessas grades, esperando pra me mostrar o que pensava sobre atrasos.

Dei uma olhada nas varandas e lá embaixo. Tudo em silêncio. Coloquei o celular no bolso, esperei minha respiração acalmar um pouco e fui direto pro primeiro portão. Tinha uma campainha ali do lado; toquei.

A grade abriu e depois a porta. Uma menina olhou pra mim, seu cabelo azul cortado em forma de capacete. Ela coçou a testa e o cabelo todo se mexeu.

"Que é?"

"Tô procurando o Cory", eu disse.

Ela olhou pra dentro do apartamento, depois deu uma olhada em mim e fez *tsc*.

"Cara, cê é ruim de horário." Ela gritou pra dentro: "Cory?".

Ela foi empurrada pro lado e veio um cara, descalço, de cueca e regata. Ele parecia irritado.

"O que cê quer?"

Passei a mão no bolso.

"O D-Ice me mandou."

"Pra quê?"

"Comida."

"Mas quem é você? O Coringa?"

A menina disse alguma coisa no ouvido do Cory. Daí ele olhou pra mim mais irritado ainda.

"Na próxima vez que o cara precisar de mim, me avisa antes! Deixa ele entrar."

Respirei baixinho. Se o Cory não sabia que eu vinha, podia ser uma armação. A menina liberou a porta. O vestido dela terminava onde as coxas começavam e ela mexia os quadris como se estivesse tentando polir um carro com eles. Baixei os olhos e fiquei vendo os joelhos dela vindo na minha direção, os pés descalços do Cory atrás. Quando a menina abriu o portão, ele me puxou tão rápido que eu quase tropecei. O portão bateu atrás de mim. Tayz devia conhecer muito bem esse som.

"Fecha aí!", o Cory mandou.

A chave bateu no metal atrás de mim. Segui o Cory e fiquei esperando na porta. Ninguém me convidou pra entrar, mas eu não precisava ir mais longe que isso. Já era o bastante estar ali, com a porta da frente aberta.

O corredor estava vazio, paredes brancas e piso de madeira. Tinha um rádio ligado num outro cômodo, com um cara anunciando seguro de vida como se fosse o último filme do *Exterminador do Futuro*. Além disso, silêncio e portas fechadas.

"Fiquei sabendo que um lance aconteceu com a loira", Cory disse.

Confirmei com a cabeça.

"E cê vai ficar no lugar dela? Olhar pra ela era muito melhor, cara. Cê sabe que eu não aceito pedido depois do meio-dia."

Concordei de novo.

"Mas a Brandy não me avisou que cê vinha. Só dessa vez, beleza? As seis de sempre?"

"Isso."

"Paga na hora?"

Era pra eu ter trazido dinheiro pra esse cara? Balancei a cabeça, fiz cara de tédio.

Cory franziu as sobrancelhas.

"O cara precisa acertar as contas. Última vez, tá?"

Concordei.

"Dou um toque nele."

"E ele tem que falar *comigo*, beleza? A mina aqui acha que manda nas coisas." Ele apontou pra fora. "Ela não manda em nada, beleza?"

"Tá."

"Lembra disso. Vou pegar suas coisas."

Cory abriu uma porta — vi um guarda-roupa e uma cama —, entrou e fechou. A luz atrás de mim foi bloqueada. Dei um passo pra frente pra menina passar, mas ela ficou atrás de mim, tão perto que eu conseguia ouvir a respiração dela.

A mão da mina!

"Cê é o moleque do D-Ice agora?"

A coxa dela encostando na minha.

"Aquele idiota do Wayne subiu de cargo, é?"

A mão dela na minha coxa, me acariciando. Jesus! Era assim que o lance funcionava?

"Para com isso!" Era pra ser um sussurro, mas minha mãe deve ter ouvido lá em Camden. Olhei pra porta do quarto.

"Anda", ela disse. "Chama o cara."

As duas mãos agora, deslizando por baixo do meu casaco. Me virei e empurrei a menina. Ela estreitou os olhos.

"Encosta em mim de novo e eu mesma chamo o Cory. Vou dizer pra ele onde cê tava tentando enfiar a mão. Cara!" Ela estava segurando meu celular. "Antigão!"

Peguei o celular de volta.

"Qual é o seu problema?"

Ela revirou os olhos.

"Nenhum. Mas você, eu posso arrumar um problemão pra você. O que tem no seu bolso?"

"Não é da sua conta."

"É, sim."

Ela esticou o braço. Agarrei o pulso dela, mas sua outra mão já tinha conseguido pegar o lance.

"Brandy? Que foi?" Cory estava parado na porta olhando pra gente. Ele jogou os sacos que estava segurando pra dentro do quarto e fechou a porta.

Brandy ficou parada, com a mão no meu bolso, e daí puxou o amontoado de jornal.

"Acho que encontrei uma coisa pra você, Cory."

Palavras prontas.

"Não é nada."

Mas o Cory estava rasgando o jornal.

"É melhor não ser... Eu falei praquele bostinha que ninguém entra na minha casa com um cano. Cê tá ouvindo? Ninguém."

Voz! Eu preciso de você agora!

"O D-Ice não disse nada."

A voz do Cory estava baixa.

"Não é da minha conta o que ele diz pra você ou não."

O jornal rasgado caiu no chão.

"Se você cola aqui armado, é porque tá procurando problema. E eu posso criar uns problemas pra você. Vários problemas. Tantos problemas que sua mãe nunca mais vai reconhecer sua cara."

A coisa estava embrulhada num pedaço velho de cortina, mas o cano prateado despontava pra fora. Quando eu me inclinei pra ver, o Cory deu uma risada.

"Meu Deus!"

Ele abriu a mão e a arma caiu no chão. Fez um barulho de nada. Uma arma de verdade seria mais barulhenta. Mas aquela coisa não era nem um pouco de verdade. O Careca já devia estar falando no telefone com os amigos, morrendo de rir por ter conseguido vender a arminha de brinquedo do filho e ganhado cem pilas de um idiota que foi bater na porta dele. Senti o calor subindo pelo meu pescoço, espalhando pelo rosto. Se a sensação pudesse me queimar todo até eu virar só uma pilha de poeira e fumaça, seria melhor do que estar aqui agora.

Eu podia sentir o Cory e a Brandy olhando pra mim. Fiquei com os olhos grudados no chão.

Os pés do Cory chegaram perto de mim.

"Eu devia dar uma surra em você só pela zoeira!"

Olhei pra porta da frente; estava fechada. E, atrás, os dois portões do Cory. Me forcei a olhar pra ele.

"Não tem nada de errado em me cuidar."

Cory balançou a cabeça devagar.

"Cê precisa mesmo, porque eu vou dar um jeito em você."

Brandy bateu palmas. Ela estava pronta pra arranjar um lugar e ficar ali comendo pipoca. Cory era o quê? Dez, quinze anos mais velho que eu. Mas eu ia dificultar fosse lá o que ele tentasse. Ele ainda estava de regata e cueca, então não estava escondendo uma arma. Fechei as mãos.

Um telefone tocou uma música em algum lugar atrás de uma daquelas portas. Brandy colocou a mão na boca.

"Que foi?", o Cory perguntou, franzindo as sobrancelhas.

"É o Whiska." Ela quase nem olhou nos olhos dele. "Ele disse que tava vindo."

"Cara, cê precisa me avisar das coisas, Brandy! Me avisa! Você!" Ele me empurrou pra porta. "Cê tá com sorte. Sai daqui! E diz pro idiota do irmão do Tayz... Quero o meu dinheiro, tá ouvindo? E a gente acaba aí."

Ele entrou no quarto batendo a porta.

Brandy se abaixou pra pegar a arma, me mostrando mais pele do que eu precisava ver.

"Toma aqui sua pistolinha, Woody."

Fiz *tsc* e guardei o lance no bolso. A mina passou por mim, me cutucando com a chave. Ela abriu a porta, chutou a grade e abriu o portão na varanda coletiva, me mandando um beijo enquanto eu saía.

Fui saindo bem rápido, virei no fim do corredor e fiquei ali parado perto do elevador. Tirei a arma do bolso. Era patético. Mesmo que o gatilho funcionasse, o cano cuspiria uma bandeira com a palavra "bang". Essa era a minha proteção, a coisa que me fez sentir forte o suficiente pra atravessar esses portões de metal e voltar. Meu cartão de transporte pesava mais que aquilo.

O Careca devia ter rezado bem pra caramba ontem à noite porque de manhã ele abriu a porta e eu estava lá, completando a verba pras férias da família. Ele viu o que eu era, do mesmo jeito que a Hayley, a Tish e até o Jonathan. O cara sabia que eu não ia voltar pra reclamar se ele me enganasse com o brinquedo do filho dele, nem ferrando. Em *Matrix*, oferecem uma pílula vermelha e uma azul pro Neo. A vermelha é aquela que revela o mundo de mentira. Agora eu também tinha engolido a pílula vermelha. Consegui ver o que o Careca era de verdade — um engraçadinho de merda.

Abri a tampa da lixeira e joguei a arma lá dentro. O lance fez um barulhinho quando chegou ao fundo e mais nada. Caiu ali sem fazer muita bagunça, indo parar num monte de resto de comida e latas. Ouvi uma batida na lixeira quando um saco de lixo foi jogado ali do andar de cima.

Mas aquilo não tinha terminado ainda. D-Ice ainda estava por aí e viria atrás de mim. Eu não era gângster. Eu não era o Andre e não podia seguir o caminho dele. A pílula vermelha me fez perceber que eu era o Marlon num conjunto habitacional no sul de Londres, sem dinheiro, sem arma, sem nada. D-Ice devia estar agorinha no telefone checando como andava o lance com as drogas dele e o relatório do Cory não seria dos melhores. Eu tinha falhado da pior maneira possível. A lojinha do Cory estava fechada pro D-Ice. Sem vendas, sem crédito. E a treta correndo solta.

Eu tinha que sair dali.

A porta do elevador abriu e eu entrei. Pelo cheiro do lugar, parecia que alguém tinha quebrado uma garrafa de cidra na parede. A porta fechou e o elevador desceu. Quem sabe o D-Ice estivesse vindo pra cá agora. Quem sabe estivesse esperando aqui perto. Eu tinha que chegar ao térreo, sair por aquela porta e voltar pro norte. E daí? É. Eu ia contar pra alguém, talvez pro Louis. Tish estava certa. Eu não podia lidar com aquilo sozinho.

Segundo andar. *Continua descendo! Desce!* O elevador parou e as portas abriram.

"Cê tem alguma coisa pra gente?"

CORES VIVAS
PATRICE LAWRENCE

17

O cara mais novo, com o corte chavoso, segurou as portas do elevador abertas. Outros dois *minions* estavam sentados de cabeça baixa na escada, os capuzes cobrindo os bonés. Um deles estava com um filhote de *staff bull* mal-encarado preso numa coleira. O cachorro latiu pra mim, puxando a guia.

Todos eles estavam me olhando. Os rostos, a pose, o cachorro, os caras sabiam como a coisa funcionava. Era isso que causava tanto nervosismo nos professores e nos comerciantes e nos passageiros dos ônibus que tentavam não olhar nos olhos deles. E, sim, o lance estava me deixando bem nervoso, mesmo sabendo que o único lugar onde toda essa pose valia alguma coisa era aqui, entre eles.

O malandro com cara de turco estava falando.

"Cê precisa pagar uma taxa, parça."

"Não, cara. Não tenho nada pra você", respondi.

Ele levantou a cabeça.

"Cê colou lá no Cory. Deve ter conseguido alguma coisa."

Balancei a cabeça.

Um bocejo enorme bem na minha cara.

"Vamo dar uma olhada nele."

Eles foram rápidos, me apalpando, enchendo aquele espaço pequeno com um fedor de fumaça e suor. A guia do cachorro se enrolou nas minhas pernas, o corpo dele pesando. Enfiaram as mãos nos meus bolsos e reviraram meu casaco. Um deles pegou o Blackberry e jogou pro chefe. Um outro achou meu Samsung.

O cara que estava no comando levantou os dois celulares.

"O mano foi pro Mercadinho e não tem nada?"

"Olha."

A nota de vinte, o dinheiro da Tish. O cara que pegou a nota levantou o boné. Era o Wayne Lester, o grande Wayne Lester, um adulto de verdade andando por aí com esses moleques.

Ele estava balançando a cabeça como se estivesse tentando fazer o cérebro pegar no tranco.

"Vai ver a gente não tá procurando no lugar certo. Né não, Marlon?"

Ele veio na minha direção. Na cabeça do cara, ele estava andando que nem o Mike Tyson. Na minha, ele precisava trocar as fraldas. *Risada insana! Risada insana! Risada insana!* Daí minha cabeça ficou toda vermelha, quente e pesada, bloqueando tudo ao redor. Eu podia ter descido a rua! Eu podia estar esperando o trem pro norte na plataforma pra ir ver minha mãe e tentar explicar! Eu podia estar dizendo "desculpa" pra Tish. Esses filhos da mãe tinham me parado. Puxei o ar e soltei. Meus olhos grudaram no Wayne Lester, a cara debochada, os bolsos do casaco, os punhos dele.

A cabeça dele estava baixa, como se os pensamentos ali estivessem pesando demais.

"Curto sua mina", ele disse. "Ela pegou eu e meu irmão ao mesmo tempo."

Apareceu uma imagem na minha cabeça, a mãe do Wayne Lester cansada e desistindo. Minha mãe, na cozinha do Jonathan, também estava exausta assim. Mas eu estava aqui agora, com esses caras babando no Wayne como se ele fosse o campeão deles. Lembrei de como minha cara fez a moça na livraria ficar com medo. É, eu também sabia como a coisa funcionava.

"Não, cara." Empurrei o peito do Wayne Lester e ele bateu na parede do elevador. O lugar todo tremeu. "Cê tá falando da sua mãe com você e com o seu irmão."

Um dos outros caras ficou todo animadinho, mas assim que as palavras saíram eu já queria que elas tivessem desaparecido. A mãe dele não merecia isso.

O cachorro estava rosnando e puxando a coleira como se fosse o braço direito do Wayne. O braço do Wayne foi pra trás e veio que nem um borrão pra cima de mim. *Pá!* Os nós dos dedos dele bateram com tudo na minha bochecha. Meus dentes cortaram meu lábio. O sangue tinha um gosto bem forte, como se tivesse uma piscina inteira dentro da minha boca. Boa, Wayne!

Alguém deve ter feito um sinal porque o cachorro foi puxado e a porta do elevador fechou. Eu, o Wayne Lester, o Turco, nariz com nariz, olho no olho, nessa caixa capenga. Precisei segurar a respiração. O suor, a cidra, aquela proximidade toda fizeram meu estômago embrulhar.

Térreo. *A porta vai abrir. Eles vão jogar você pra fora, mandando um soco só pra se mostrar.* Podem ir sonhando. A gente continuou descendo.

O elevador tremeu numa parada e a porta abriu num lugar meio escuro. Fui empurrado pro centro do inferno. O lugar cheirava a podridão e alguma coisa queimada, e tinha até um daqueles freezers enormes que minha mãe sempre quis tanto. Imaginei a tampa fechando em cima de mim, escuridão total, o gelo entrando nos meus ossos. Umas fileiras de colunas de concreto seguravam um teto que parecia baixo demais pra gente andar de boa embaixo. O chão era de concreto também, com montes de lixo e folhas e pedaços de coisas queimadas e cinzas espalhados ali que nem um tapete. Eu estava nas garagens subterrâneas, só que a maioria delas tenha sido invadida e algumas nem tinham portas. Não vi nenhum carro ali. Garagens abandonadas, pra onde ninguém ia.

Os malandros tinham se multiplicado; sete ou oito deles agora, se empurrando, e o cachorro também tinha sido trazido pra festinha. O dono dele era pequeno, devia ter 11 anos, no máximo 12. Ele tinha enrolado um cachecol no rosto, daí eu só conseguia ver os olhos dele. O cara abriu o casaco pra ter certeza de que eu tinha visto a faca, trazendo o cachorro pra tão perto que o bicho podia me cheirar.

E de repente só uma coisa me vinha à cabeça.

Eu não quero morrer.

Não aqui nesse lugar imundo, com caras que nem sabiam o meu nome. Tentei transmitir isso bem forte e alto, até lá em cima e pra rua. Queria que o pensamento saísse voando de Brixton e irradiasse pro leste. Queria que a Tish sentisse, que o Louis sentisse, que até o Jonathan sentisse.

EU NÃO QUERO MORRER!

Então não morre!

Ninguém ia entrar correndo pra me tirar daqui. Nada de Trinity, nem Neo, nada de óculos escuros, nem couro. Eu tinha que assumir o controle. Esses filhos da mãe se alimentavam de medo. Era hora de provocar a fome. Fiz uma cara brava e relaxei o corpo como se eu pudesse sair dali a hora que quisesse.

O Turco estava andando ali na maior tranquilidade, de um lado pra outro, de um lado pra outro, daí veio pras minhas costas. Continuei de boa, não mexi um centímetro, mesmo que eu estivesse sentindo que estava no topo da maior roda-gigante do mundo.

Wayne Lester avançou na minha frente, levantando as mãos como se ele fosse um chefão da máfia.

"A mina do Cory disse que você tentou roubar o cara."

Olhei bem praquela cara feia dele.

"Vai tomar seu remedinho, Wayne. Cê tá ouvindo vozes."

Era a vez do Turco.

"O que cê pegou do Cory?"

Eu pisquei. Uma piscada boa e lenta.

"Nada."

Wayne Lester deu um sorriso.

"Cê acha que essa história vai colar?"

Ouvi um barulho atrás de mim. Era o som de uma fita sendo puxada do rolo.

Oi?

Wayne Lester agarrou meu casaco. Tirei as mãos dele, daí fui com tudo. Meu punho bateu no estômago dele. Quando ele se curvou, minha testa acertou o cara no nariz.

Daí ouvi gritos e risadas, um latido nervoso, aquele eco bizarro da garagem enchendo o lugar de demônios. Wayne caiu pro lado, daí o cachorro veio pra cima de mim e parou quando a guia esticou. Enquanto eu me retorcia e chutava, os demônios estavam em cima de mim, me empurrando de um pro outro, e parecia que eu estava seguindo o ritmo de alguma música. Algumas vezes eu dava um soco num rosto, num casaco, em outra mão. Na maioria das vezes, eu só batia no ar.

Minha mãe comendo pimenta e abanando a boca.

Eu não ia morrer aqui.

Andre colocando sementes de abóbora na terra.

Não. Aqui, não.

Tish, um tempo atrás, fazendo o auditório todo gritar quando ela fez parecer que tinha cortado o próprio braço fora. É, ela devia ter ganhado aquele concurso de talentos.

E meu pai, um pouquinho só. Lendo alguma coisa nos seus livros do Asimov com uma voz de robô.

Aqui, não.

Meu cérebro estava sacando bem a mensagem, fazendo o lance pulsar pelo corpo. Tentei me ver por dentro, imaginei uma supernova me enchendo de uma energia doida de raiva. A coisa foi fervendo pelos meus braços e pernas enquanto eu ia metendo porrada, dando socos e batendo bem forte. Mas não era suficiente. Era eu, um monte deles, um cachorro. Eles me pegaram no ombro e pelas costas, chutando minhas pernas até eu cair naquele chão imundo. Os dentes do cachorro furaram meu braço. O bicho soltou um grunhido quando alguém deu um chute nele, e meus braços foram puxados pra cima da minha cabeça enquanto dois deles se ajoelharam nas minhas pernas. Todos os caras estavam gritando, fazendo piadas, uns sorrisinhos naquelas caras estúpidas, os celulares piscando, e daí eles podiam adicionar minha foto à galeria deles. É claro que estavam felizes. Dessa vez não tinha sido com eles.

O Turco estava inclinado em cima de mim, pra ter certeza de que eu podia olhar pra ele. Ele estava segurando um rolo enorme de fita adesiva. Desenrolou um pedaço bem devagar, a orelha bem perto, como se ele estivesse saboreando o barulho.

"Cês acham que a gente devia mandar um presente pra mãe dele?"

Mais zoação, usando o nome da minha mãe como se fosse um lance nojento enquanto um dos caras cortava a fita com sua faca. Meus pulsos foram presos bem forte e a fita tapou minha boca. Eu não tinha como respirar. Tentei abrir a boca só um pouquinho, mas os meus lábios estavam bem grudados. Meus pulmões berravam e agora eu suava, minha testa escorrendo, a camiseta ensopada. Meus olhos estavam saltando das órbitas e meu hipotálamo soou o alarme. Eu não estava me afogando. Estava sufocando.

Eu tinha que controlar a respiração ou ia ficar sem ar. Fechei os olhos, inspirei devagar pelo nariz e soltei. O ar pesado foi passando pelo meu organismo. Soltando o ar, inspirando, devagar.

Umas mãos abriram meu casaco. Meus olhos abriram. O Turco tirou outro pedaço de fita e fez tipo um garrote. Wayne Lester passou o casaco pelos meus braços, passou pelos meus punhos e jogou no chão. Minhas pernas, meus braços, minhas costas, minha cabeça batiam no concreto enquanto eu tentava escapar. Aqueles merdas estavam adorando, gritando umas piadas estúpidas. Uns dedos pegaram a barra da minha camiseta e levantaram. Meu tênis foi tirado e jogado numa coluna. Daí o outro. Levei um chute no tornozelo. Meu tendão tremeu e senti uma pancada bem dolorida na perna. Minha boca ficou salgada. Eu não podia vomitar agora. Ia me afogar no meu próprio vômito.

O Turco balançou o rolo de fita preta. Fora de vista, ouvi o cara puxando outro pedaço. Eles me levantaram e me sentaram, arrancaram minha camiseta, puxaram minhas mãos pra trás do corpo. Ar e suor, quente e frio ao mesmo tempo. Wayne Lester começou a passar a fita em mim, os braços junto do tronco, as mãos presas nas costas. Mais e mais, do pescoço até a barriga, como se quisesse me transformar numa múmia. Ele apertou a fita bem forte pela parte de trás. Bateram palmas! Porque era bem engraçado! Engraçado pra cacete! Meus poros se espremeram, a pele raspava nas minhas costelas. Os dedos deles estavam no cós da minha calça, as unhas arranhavam minha pele.

Eles estão tirando minha calça porque... Eles vão...

Ai, meu Deus. Aquela fita. Eles iam enrolar nas minhas pernas, apertando bem. Os caras não iam parar até me ouvir gritar. E daí eles iam apertar ainda mais. E depois? Iam tapar o meu nariz.

EU NÃO VOU MORRER!

Eu me debatia e me contorcia como se estivesse ligado numa torre de alta voltagem. O Turco gritou alguma coisa e um deles se inclinou bem perto de mim. Uma mão fechada acertou o osso embaixo do meu olho. Minha cabeça ficou cheia de fogos de artifício, tipo os cósmicos, a estrela dentro de mim soltando faíscas. Mas não parei de me mexer.

De repente, ficou tudo em silêncio. Wayne Lester se agachou perto de mim, um sorriso no rosto, os olhos distantes, como se ele estivesse passando um tempo com o seu Espírito Santo particular. Ele estava segurando uma faca, apontando o lance pro teto como se estivesse oferecendo pra Deus.

"Vai, Les! Fura o cara, mano!", uma voz gritou.

E o coro dos demônios: "Fura! Fura! Fura!".

O Chavoso passou um baseado pra ele. Wayne deu uma tragada boa, devolveu o lance e a mão dele relaxou, daí a faca foi pra baixo, ficando com a ponta no meu peito.

"Fura!"

Quando ele levantou a faca, o mundo chegou com tudo. Ouvi guinchos e rugidos explodindo pela garagem. Um pedaço de concreto saiu voando de uma coluna.

Trinity? Neo?

Wayne Lester recuou. O Turco ficou paralisado, seus soldados, *seus atiradores* em cima e em volta dele. O cara me chutou quando passou correndo, mas eu não era nada perto desse novo inimigo. Outro barulho. *Tiros?* O eco bateu nas colunas. Ouvi o motor de um carro e um monte de gritos e xingamentos, tudo misturado num barulho ensurdecedor.

Virei de lado, meu tornozelo dolorido indo bater no concreto. Os nervos começaram a tremer, cada contração causando mais dor. Tentando esquecer o tornozelo, respirei bem fundo pelo nariz e dobrei o corpo. Levantei o joelho até que ficasse perto do meu rosto e esfreguei a boca nele. Talvez o suor tenha ajudado, mas não demorou muito pra eu pegar a ponta e minha mordaça saiu. Engoli ar, poeira, tudo. Agora o resto. Me torci todo, passando as costas no concreto áspero. Meus dedos se esticaram atrás de mim, apertando e cutucando, as unhas arranhando até encontrarem uma ponta solta. Puxei e um pedaço de fita soltou. Agarrei essa ponta, tirando a fita que estava ao redor da minha barriga. Mesmo com os pulsos meio soltos, eu não conseguia alcançar a parte de trás. Soltei o ar bem forte. A fita se mexeu no meu peito. Passei o dedão por baixo de uma camada de fita, torcendo, abrindo mais espaço, o suor e a sujeira e a cola deslizando pela minha pele. Dedão pra fora. Dois dedos. Três dedos. É! Minha mão inteira soltou, tirando a fita, pele e pelos vindo junto. Mas não importava. Passei o casulo de fita por cima da cabeça e dei um último puxão pra tirar aquilo das minhas costas.

Livre.

Saí engatinhando, suando tanto que eu devia estar deslizando que nem uma lesma. Minha camiseta estava toda amassada num monte de folhas. Peguei a camiseta, vesti e me encostei numa coluna, forçando a vista na fumaça e na escuridão.

Um carro tinha parado no fim da rampa, as portas se abriram e por um segundo, por um segundo iluminado, eu tinha voltado pra *Matrix*. Trinity e Neo, arrebentando, as armas atirando pra todo lado.

Tirei a poeira dos olhos. Eu estava em Brixton, sozinho, e *eu* tinha que dar um jeito de sair dali. Era a minha chance. Meus tênis já eram, mas não importava. Nada que estivesse naquele chão me causaria mais dor do que eu já estava sentindo.

"Peguei você, cara!"

Alguém agarrou minha camiseta por trás, a gola cortando a minha garganta. Minha respiração parou, e minha boca se escancarou quando a traqueia fechou. Cambaleei enquanto me puxavam pra trás, tentando me livrar. Cada movimento fazia a gola apertar mais. Puxei o tecido até que o ar entrasse de novo, enchendo os pulmões com um cheiro azedo de fumaça e óleo queimado. Meu pé ruim quicou no chão — meu Deus! Cada um dos meus neurônios estava cuspindo fogo. Meus pés, minhas pernas, meu peito, meu nariz. Marlon Sunday, o dragão humano. *Risada insana chegando!* Fechei os olhos, apertando os dentes. Minha mãe segurou as mãos do meu pai e fechou os olhos dele. A última coisa que meu pai soube era que ela o amava. Meus últimos momentos seriam nesse porão imundo, com a cara enfiada num monte de pneus e papel queimado.

De repente, fez silêncio. Não um silêncio total. Aquele chiado ainda ecoava na minha cabeça e meu coração batia como se tivesse sido apertado até quase despedaçar. Fui jogado na sujeira perto da porta do carro, e a gola da minha camiseta afrouxou. Quando me virei pra sacar quem tinha me pegado, o joelho dele subiu e bateu no meu queixo. Minha cabeça caiu pra trás e meus dentes bateram. O rosto que sorria pra mim era daquele idiota, o Dill, o cara que fez a cama da minha mãe de penico.

Adrenalina e noradrenalina arrebentando a minha amígdala. Tá a fim de uma reação química, sr. Laing? Essa se chama ódio.

"Se mexe e cê tá morto."

Meu lado estúpido, o lado que não estava tremendo de dor, deu risada. O cara ficou a vida inteira esperando pra dizer um lance desses. Ele nem tinha que se preocupar. Eu não conseguia me mexer mesmo. Meu corpo tinha sido feito em pedacinhos, todos eles agonizando e confusos em relação ao que deveriam fazer.

Dill passou por mim e parou na frente da porta do carro.

Uma voz, alta e irritada. Wayne Lester.

"O cara não tem nada. Cê prometeu, mano."

Mais gritos. O cachorro estava se ocupando de novo.

"D-Ice, cara! Cê disse pra gente que o moleque ia estar de mão cheia! E ele não tinha nada no bolso!"

"A gente mandou ver no cara e entregou ele." Wayne Lester de novo. "A gente cumpre o que promete, mas vocês, não. O acordo era dar um apoio pra vocês e pegar o troco, certo?"

Gritos de aprovação.

"Nem parece que cê dá uma força pros Riotboyz." Wayne Lester esperou que os outros caras parassem de gritar. "Parece que cê só cuida do D-Ice mesmo."

"Que cê tá tentando dizer, Wayne?" A voz do D-Ice, calma e baixa.

"Tô dizendo que a gente não precisa de você, *Peter*. Eu cuido das coisas agora."

"Melhor o cara nem chegar perto." D-Ice, como se estivesse brigando com uma criança. "O cara precisa se colocar no lugar dele."

Tentei ir um pouco mais pra frente pra ver. Meu corpo começou a gritar comigo. Fiquei onde estava.

Wayne Lester estava rindo.

"É, o cara precisa se colocar no lugar dele. Que cara? O cara que tá aqui trabalhando ou o que chegou assombrando tipo *Velozes e Furiosos* num carrinho amarelo? Cê tem um bebê no carro, cara?"

Outra voz. O Chavoso, quem sabe. Mas a maioria deles falava assim, meio moleque, meio homem, bem um lance das ruas de Londres.

"É, D-Ice. Sua calça tá meio caída, cara. Tem uma fralda aí embaixo?"

Mais latidos e risadas, com um tempo extra pros ecos. Alguém fez um barulho de bebê.

"Cês são corajosos, cara." A voz do D-Ice soou como se ele estivesse rindo.

"Nem. A gente tá ligado na vida real." A boca do Wayne Lester continuou mandando ver. "O Cory não vai mais trampar com você. Cê vem aqui num carrinho de menina, tentando crescer pra cima da gente. Cê disse que o cara estaria com os lances e ele não tinha merda nenhuma. Cê só fala, D-Ice."

"Sério?"

Um som agudo de tiro. Meus ouvidos tremeram com a explosão.

"Les, cara?"

"Merda! Ele atirou no Les!"

Enquanto me puxavam pra cima, vi os caras tentando levantar o Wayne Lester. Ele estava agarrando o braço, os olhos arregalados e a boca bem aberta. Dill me jogou no assento de trás do carro e a porta fechou com tudo.

"Sharkie?"

Mas que merda era aquela?

"Andre?"

Meu irmão estava no banco de trás, me encarando.

As portas da frente abriram e o carro disparou de ré pela rampa. Me agarrei no banco.

"Sharkie?"

"Andre! É o Marlon! Cê precisa se mandar daqui!"

Andre esticou a mão por cima de mim e puxou o cinto.

"Coloca isso!"

"Quê? Cê acha que um cinto vai proteger a gente aqui? A gente precisa vazar! Agora!"

Paramos com tudo no alto da rampa e, naquela fumaça toda que vinha lá de baixo, os caras estavam subindo. D-Ice se virou, daí eu consegui ver a cara dele entre os bancos da frente. Ele mostrou com a cabeça o cano da arma que estava apontada pra gente.

"Bem-vindos ao Batmóvel." Ele sorriu.

D-Ice virou pra frente e o carro avançou, meu pescoço balançando pra lá e pra cá quando a gente deu ré na rampa. Arranquei o cinto da mão do Andre e passei em volta de mim, minha camiseta raspando nos pontos doloridos onde a fita estava colada antes. Travei o cinto.

"O cara é rápido", Andre disse.

Paramos de repente. D-Ice e o Dill baixaram as janelas, xingando, enquanto a gangue toda saía do caminho, arrastando o Wayne Lester com eles. Daí ré de novo, e a gente entrou com tudo na rua, pegando uma curva bem apertada, e saiu dali cantando pneu. O rádio explodiu no alto-falante atrás da minha cabeça, dizendo alguma coisa sobre convites pro Summer Ball em Streatham.

D-Ice se virou de novo.

"Tá vendo aqueles caras? Tá vendo como eles correm que nem ratos?"

"Para o carro!" Minha voz saiu alta, passando por cima da música e do motor.

D-Ice balançou a cabeça.

"Olha o volume, cara. Cê tá ligado que o cara aí não curte corrida."

Do meu lado, o Andre estava resmungando sozinho, batendo os dedos na palma da mão.

"Andre", sussurrei. "O que a gente tá fazendo aqui?"

Ele me deu um sorriso confuso.

"São meus parceiros, cara."

"Não! Eles não são!"

Andre abaixou o boné pra cobrir os olhos e virou pro outro lado. Meu irmão mais velho, meu irmão gângster malvadão, isso era tudo que ele tinha pra oferecer. E o lance era: foi esse cara quem começou tudo! Se ele e o Sharkie não tivessem dado as saidinhas deles, se ele ficasse em casa e só continuasse a ser uma pessoa normal, eu não estaria aqui. E agora ele simplesmente se fechou nele mesmo e me deixou sozinho pra lidar com as coisas.

Passei por tudo que tinha acontecido hoje. O Careca, Cory — Jesus, aquela fita. Tudo. Meu corpo inteiro doía. Toda vez que eu virava a cabeça ou meu pé balançava ou minhas costas batiam no banco era como se tivesse agulhas furando o meu tálamo, mas eu ainda estava ali. Sem o Andre, podia ser que eu conseguisse passar por isso também. Mas era sempre assim — o mundo girando em volta do Andre. Não importava que planos você tivesse feito, o Andre tomava parte deles e tudo ficava muito mais complicado.

O carro diminuiu de velocidade quando a gente virou na rua principal, o volume do rádio mais baixo. Nem o D-Ice arriscaria uma batida policial agora. Hoje em dia, nenhum guarda de Lambeth pararia um carro só por causa de quatro caras negros se não tivesse uma boa desculpa pra isso, mas quem sabe eu pudesse dar essa desculpa pra eles. Olhei bem. Não tinha nenhuma viatura por ali. Tentei trocar olhares com as pessoas que estavam nos outros carros, com os passageiros nos ônibus, mas ninguém queria me ver.

"O que meu irmão tá fazendo aqui?", perguntei, me inclinando pra frente.

Dill deu um sorrisinho.

"Dando um rolê."

"Deixa o cara num lugar de boa e a gente pode resolver as coisas."

D-Ice me olhou nos olhos pelo espelho.

"Cê zoou meu negócio com o Cory. Como cê acha que vai resolver isso?"

"Deixa meu irmão sair e eu conto."

"Não, cara. O sr. Orange precisa estar aqui."

O Andre não sabia! Não foi ele! Foi... Não. Ele não precisava saber sobre a minha mãe, nunca.

Viramos num conjunto e a velocidade e o rádio aumentaram de novo. Dill começou a batucar no painel do carro. Do meu lado, o Andre estava indo pra trás e pra frente como fazia quando saiu do hospital. Primeiro eram os resmungos, daí esse balanço e o desfecho era um surto barulhento. Eu não precisava disso agora. Respirei fundo e passei a mão no braço dele.

"Vamos chegar logo", eu disse.

"A gente precisa ir mais devagar, cara."

"Tô ligado. A gente vai."

E foi o que a gente fez. Na hora. D-Ice foi pro outro lado da rua, parando na frente de uma fileira de lojas desativadas. A música foi desligada. O motor zumbia. Meu coração batia rápido. Os joelhos do Andre bateram nas costas do banco do Dill.

"A gente tá indo pro rio, né?"

"Olha esse Booka. É o cara dos planos", o D-Ice disse.

Dill deu risada.

"Deixa meu irmão ir embora", falei tranquilo, pensando no Andre.

Dill cutucou o joelho do Andre.

"Cê tá aqui porque quer, não tá?"

Andre não respondeu; nem sei se ele ouviu. Me inclinei por cima dele e tentei abrir a porta, forçando. Estava bem trancada.

D-Ice balançou a cabeça.

"Trava pra criança. Pra quando cê não quer que o bebê fuja."

Apoiei as costas no banco, os dedos ainda agarrando a maçaneta.

"Os caras lá tavam achando que o bebê era você."

"É." Ele se virou, rindo. "O bebê com o cano."

O carro estava parado que nem o Andre, como se o tempo tivesse parado até que acontecesse a coisa certa. E qual seria a coisa certa? Queria um tempo na boa pra sacar isso. Eu não tinha arma nem ajuda; meu irmão tinha sido transportado pra sua própria dimensão. Nos filmes, os prisioneiros conversam com seus captores, tentando conquistar a confiança deles. D-Ice nunca confiaria em mim, mas pelo menos eu podia fazer o cara falar. Me forcei a parar de olhar pra arma.

"Sua mãe chama você de D-Ice?" Minha voz saiu clara e devagar. "Ou de Peter Juan Diego Marrilack?"

Dill deu uma risadinha e olhou de mim pro D-Ice.

"Juan Diego? Mas que merda é essa?"

D-Ice foi pra cima do Dill.

"Tá me zoando?"

"Não, cara!" Dill ficou inseguro. "Juan Diego. Parece tipo..."

"Sai do carro!"

"Tá brincando, mano. É da minha irmã!"

"Que irmã? Aquela em Enfield? Gosto daquela do oitavo ano. Quantos anos ela tem, Dill? Uns 13, né? Ela já tá parecendo uma mulher de verdade."

Dill ficou ali sentado um tempinho, daí abriu a porta com tudo. Ele disse alguma coisa escrota pro Andre e ficou ali no meio-fio enquanto o D-Ice saía com o carro.

Isso! Um já desceu, ainda faltava o outro — o outro e mais uma arma.

A gente já estava quase perto das garagens do prédio do Cory de novo, como se o D-Ice quisesse provocar os caras um pouco mais. Uma senhora estava levando o cachorro pra passear depois da rampa. Além deles, mais ninguém. Nem uma viatura, uma ambulância, nada. Se alguém ouviu o tiroteio mais cedo, não ia denunciar. As pessoas ali talvez tivessem esperança de que todo mundo tivesse se matado.

D-Ice desligou a música.

"Então cê sabe meu nome."

Esperei.

"Cê acha que isso é tipo um truque de mágica? Tipo, cê diz meu nome e começa a mandar em mim?"

Passamos pela entrada das garagens, cantando pneu no fim da rua e voltando pro caminho de onde a gente veio.

"E aí? Cê vai ficar dirigindo o dia todo?"

D-Ice deu uma olhada no espelho. Olhos frios com cílios de menina.

"Marlon Isaac Asimov Sunday, você é meu. Não tem nada de mágica. Eu salvei sua vida. Cê tá me devendo."

"Não devo nada pra você."

Outra volta, como se o tênis do D-Ice estivesse colado no acelerador. Andre cutucou a minha perna. Uma pontada de dor. Segurei o grito no fundo da garganta.

"Sharkie, meu velho. A gente tá chegando, né?"

"Isso! Aguenta aí!"

"Aqueles menininhos iam amarrar você todo." D-Ice diminuiu a velocidade pra ter certeza de que eu estava ouvindo. "Primeiro sua boca, daí as mãos, depois os pés, daí seu pintinho. Os caras queriam passar a mão nos seus lances e vender de novo pro Cory. Golpinho bom, né?"

"Como cê sabe?"

"São meus moleques."

Não são mais.

"O que rolou quando a Sonya foi procurar o Cory?", perguntei.

Ele estava olhando pra mim pelo espelho. Eu podia ver a parte de trás da cabeça dele e os olhos ao mesmo tempo, e odiava o cara dos dois ângulos. Queria que meu ódio pudesse pegar fogo pra fazer a cabeça dele explodir.

"Ela podia colar lá. Se alguém encosta numa menina que nem ela, todos os bandidos de Londres caem matando no conjunto. Armas, cachorros, tudo. Mas você..." Ele estava sorrindo. "Qualquer coisa que eu mandasse, meus moleques fariam. Jogar você numa das garagens e largar lá. Encher você de óleo e cozinhar. Qualquer coisa."

"Certeza? Parece que rolou um motim lá embaixo."

Pelo canto do olho, vi o Andre levantando a mão de novo. Consegui parar o cara antes que ele pegasse na minha coxa outra vez. Ele soltou a mão.

"Diz aí, cara! A gente vai sair agora, né?"

D-Ice deu uma acelerada.

"É. O Booka fez uma pergunta! Responde!"

"Tá chegando, Andre."

Andre encostou no banco e fechou os olhos.

Me inclinei pro D-Ice.

"Nada que cê faça agora vai mudar o passado. A gente já se meteu com os assuntos dos nossos irmãos. Não quer dizer que precisamos continuar."

Ele fez *tsc*.

"Já disse. Cê é meu moleque. Cê não sabe o que 'moleque' quer dizer? Não ensinaram escravidão pra você na escola?"

Ensinaram, sim, mas não tudo. Minha mãe me disse que escravizados fugiam ou morriam tentando. Alguns deles se voltavam contra seu mestre ou nem eram pegos.

"Cê usou a Sonya pra chegar em mim", eu disse.

"Cê é o irmão inteligente."

"O que cê queria com ela?"

"Eu fiz aquela menina controlar você, tipo o Pinóquio. Só uma piscadinha e você já estava pronto pra sair por aí com as balas dela. Ela faria você roubar sua própria mãe se eu mandasse. Eu podia fazer você topar qualquer coisa."

Tipo mentir pra minha mãe. E fazer ela ir até a delegacia com a cabeça cheia de coisas do passado.

"Eu não coloquei o seu irmão na cadeia, Peter", eu disse.

D-Ice pisou no acelerador; avançamos e paramos. Ele se virou, a arma apontada pro Andre.

"Não. Ele é que fez isso. Caguetou um mano."

Irmão?

A boca do Andre estava se mexendo, mas não saía nenhuma palavra.

"Nossos irmãos eram amigos? Quando?"

"Faz tempo. Cê não lembra? Até o Booka começar com gracinha pra cima da mina do Tayz. Se ele tivesse ficado na dele, o Tayz não ia atrás de problema."

"O Sharkie foi morto porque o Andre tava de olho numa mina idiota? Cara, é ridículo."

O carro estava ficando menor e mais quente. Estava tudo fechado e minha boca tinha gosto de jornal velho. D-Ice acelerou e parou de novo. Ele ainda estava falando.

"Sua mãe é boazinha, né? Ela ajuda a molecada e os velhos na biblioteca. E conseguiu pegar um cara branco e rico. O que seu pai ia pensar disso?"

Ele... Ele ficaria feliz por ela. É. Ficaria.

D-Ice saiu com o carro de novo, dirigindo devagar. Tentei a porta de novo, ainda fechada. A gente estava perto das garagens outra vez. Em algum lugar nas varandas, entre as sacolas penduradas e as grades, os atiradores deviam estar nos vigiando. O carro parou. D-Ice se virou e me deu uma boa olhada entre os bancos.

"Sua mãe ficou lá do lado da cama do Booka todos os dias, fazendo o cara engolir papinha. Daí, quando ele saiu, o namorado rico arranjou os melhores cuidados pro Booka. Já com a *minha* mãe, a polícia entrou na casa dela que nem um furacão, cara, e daí chutaram ela de lá. Nem o pessoal da igreja dela ofereceu um teto. Sem lugar pra ficar, sem dinheiro, e a escola onde ela trabalhava disse que ela não podia mais colar lá." Ele apontou o dedão pro Andre. "Sua mãe tava lá. A minha não conseguia nem levantar uma grana pra me visitar. Aquele tempo todo preso, fiquei vendo aquela cena na minha cabeça. Eu indo praquele lugar cheio de malucos que nem ele. Eu batendo na porta. Minha faca estava prontinha pra quando chamassem o cara. Mas assim parecia muito fácil, cara. Eu queria zoar com a sua família que nem vocês fizeram comigo. O melhor jeito? Mexer com o anjinho da mamãe." Ele sorriu pra mim, balançando a cabeça. "Uma loira de jeans apertado bateu na sua porta e a auréola desapareceu."

Andre puxou o meu braço.

"Chegamos! Vamos sair!"

"Esquece, Andre!"

Ele agarrou a maçaneta da porta.

"Agora! A gente precisa ir agora!"

Ele abanou a mão, batendo no meu olho machucado. Meu braço levantou e bati nele também. Seu boné caiu e os óculos escuros ficaram pendurados no nariz. O olho direito dele estava injetado de sangue, caído, a pele dobrada na cicatriz grossa que ia até o couro cabeludo. Não importava quanto o cabelo dele crescia, ali não ia nascer mais nada.

Ele estava olhando pra mim em choque. Bem devagar, ele colocou o boné. Meu estômago disparou que nem um extintor de incêndio.

"Andre?"

Ele estava balançando de novo, resmungando alguma coisa.

"A auréola, cara! Caiu no chão, e você acabou de mijar em cima", o D-Ice gritou.

De repente, o carro estava em movimento, mais rápido do que um ferro-velho desses deveria ir, disparando pela rampa como se a gente fosse sair voando, só que o nosso caminho estava bloqueado por colunas de concreto. Andre gritava, a cabeça enfiada nas mãos, a voz misturada com os ecos da garagem, o motor, o ruído louco dentro de mim enquanto tudo se debatia e balançava. O carro cantou pneu numa curva fechada.

Andre deu um soco no banco do motorista.

"Que merda, Sharkie! Não, cara! Não!"

Ele se virou pra mim e deu uma porrada na minha coxa. Meus nervos gritaram, meus reflexos prontos pra bater nele de novo, meu cérebro respondendo na hora. Meus dentes cravaram na minha língua e senti mais gosto de sangue.

O Andre tá gritando. Acalma o cara. Diz pra ele que tá tudo bem.

Mas não estava. A gente estava voltando pra rampa. Se eu abrisse a boca, seria pura adrenalina e a risada insana borbulhado que nem mingau quente. A gente deu uma volta de novo, eu caindo em cima do Andre como se a gente estivesse num brinquedo do parque de diversões.

Rodando no Dizzy Drum, os dedos entrelaçados, o brilho da blusa rosa, uma mancha de mostarda...

Descendo de novo pela rampa, as colunas ficando maiores, maiores, maiores; o Andre agarrando o cinto, segurando bem forte no peito, lutando enquanto a coisa apertava. Eu, puxando a porta com as duas mãos, a música atacando os ouvidos. Cantamos pneu em volta das colunas, daí voltamos pra rua.

Pausa cerebral. Agora!

Faz uma lista. O que você precisa fazer?

Soltar o Andre.

Me soltar.

Sair do carro. Abrir a porta do Andre.

Tirar o cara daqui e cair fora.

D-Ice tinha uma arma, mas estava dirigindo. Só um bom soco, era tudo que eu precisava, e andei treinando nas últimas semanas.

Era tudo que eu tinha que fazer.

Me inclinei pra frente. A arma estava entre os joelhos do D-Ice. Minha mão procurou o fecho do cinto do Andre. Ali estava.

"Não! Deixa isso aí!" Andre tirou minha mão com um tapa.

"Não, Andre", sussurrei. "A gente tem que dar o fora."

Ele agarrou a trava, os dedos firmes.

"É ele!"

"Andre!"

A gente disparou pela rampa de novo.

D-Ice se virou e gritou: "Tá curtindo o rolê, Booka? Quer que eu acelere?".

Andre balançou a cabeça.

"É ele! É ele, cara!"

"Quem, Andre?"

"Ele!"

É claro! A parede, o impacto forte, o barulho de vidro quebrando enquanto seu amigo batia nos tijolos. Meu irmão tinha voltado pros seus pesadelos no hospital. Ele não via o D-Ice. Ele via o...

"Tayz!"

Os olhos do D-Ice no espelho, arregalados e confusos. Ouvi minha própria voz, misturada com a do Andre, berrando. Mas era tarde demais. A coluna tomou a visão do para-brisa e o mundo inteiro ficou cinza e sujo.

E daí a gente bateu.

Fui jogado pra frente e pra trás. Todo o ar fugiu dos meus pulmões. O motor deu umas batidas por um tempo, depois parou. Passei a mão na parte de trás do pescoço, quase surpreso pela minha cabeça ainda estar presa ali. D-Ice? Ele tinha sido lançado pra frente. A arma devia ter caído em algum lugar embaixo dele, mas eu não estava planejando encontrar. Quando olhei pro cara, a mão dele tremeu.

"Andre?"

Ele estava parado, os olhos fechados, os óculos no colo. A mão dele ainda estava protegendo a trava do cinto.

"Andre! Vamos!"

As pálpebras dele se mexeram e o peito dele subia e descia.

"Andre?"

Tentei tirar a mão dele dali, mas ele segurava firme.

"Cara, a gente precisa dar o fora."

Ele não respondeu. Percebi um movimento no banco do motorista e o D-Ice soltou tipo um grunhido. Se tinha apagado, não ia ficar assim pra sempre.

"Pelo amor de Deus, Andre!"

Agarrei a mão dele e tentei tirar da trava. Ele estava relaxando, sim! Estava quase soltando e — ele me deu um soco. Sem muita força, mas o suficiente pra sentir o punho dele deixando uma marca no meu peito, se juntando aos outros pontos de dor pra formar um quadro maior. Meus nervos gritaram e me deu um branco. Pisquei forte.

Ele fez uma cara feia pra mim.

"Cê me bateu. Daí eu devolvi. Agora tamos acertados."

Acertados? Nem perto disso! Mas agora não.

Dei uma olhada lá fora. Ninguém por perto ainda. Mas as notícias nesses conjuntos correm soltas. Aqueles caras já podiam estar vindo pra cá, junto com o Cory. E eu sentia cheiro de gasolina.

"Andre?"

Ele balançou a cabeça.

"As portas abrem por fora. Preciso sair pela porta da frente e daí consigo tirar você daqui, tá?"

Outro aceno.

D-Ice ainda estava curvado, mas com certeza respirando. Fiquei procurando o botão no assento do passageiro pra colocar o banco pra frente. Ali estava. Girei, deixando o banco na horizontal. Dei uma olhada no D-Ice.

Tinha uma arma apontada direto pra mim.

"Abre essa porta e eu meto bala em você", o D-Ice disse.

A testa dele estava cortada e tinha sangue escorrendo pelo rosto. Levantei as mãos.

"Beleza. Tá certo. Cê ganhou. Faço o que você quiser que eu faça. Só deixa o Andre vazar."

Porque meu irmão também ia sacar aquele cheiro de gasolina logo e, se ele tivesse um ataque de pânico de verdade, a gente nunca ia sair dali.

"Tarde demais." D-Ice balançou a cabeça.

Ele segurou a arma com as duas mãos. O bandidão ia meter bala em mim. Não baixei os olhos. Quando o cara puxasse aquele gatilho, eu estaria olhando pra ele. Minha cara ficaria aparecendo nos sonhos dele do mesmo jeito que o rosto da Sonya aparecia nos meus. Nossos olhos se encontraram e de repente ele abriu a porta do motorista e saiu. Soltei o ar tão forte que achei que ia cuspir meus pulmões. Talvez ele não tivesse mais munição, ou não desse mais conta daquilo. Agora isso não importava.

"Andre! Chega! Vamos!"

Meu irmão estava rindo.

"Aquela merda de arma! O cara não ia conseguir fazer nada com aquilo."

"Não importa. Ele vazou."

"Não, cara. Olha ele ali."

"Oi?"

Andre estava certo. D-Ice estava ali, do lado da porta do motorista. A mão dele se mexeu...

"Andre! Abaixa!"

Me joguei por cima dele. A porta abriu, eu fechei os olhos — e nada. Sentei de novo. Nada do D-Ice, mas o cheiro logo ficou preso na minha garganta, fumaça escura cobrindo a minha boca. Uma bola de trapos estava queimando no banco do passageiro, e, quando olhei, o fogo pegou numa revista velha que estava no piso. Na mosca. Os rostos ficaram pretos quando as chamas roxas e verdes começaram a subir.

E cê tá tipo só sentado aqui olhando pro fogo?

Andre encolheu os ombros.

"Cara, cê quer acabar comigo." Ele se endireitou. "Tô sentindo cheiro de fumaça."

"Tô ligado. Solta o cinto e daí a gente pode cair fora."

"Fumaça, cara! Fumaça! Tá rolando um incêndio!"

Os braços do Andre estavam se debatendo, o carro inteiro tremendo. Passei por ele, me espremendo pra ir até o banco da frente. O fogo tinha aumentado, o calor entrando no fundo dos meus olhos. Abri a porta do motorista, a rajada de ar fazendo as chamas aumentarem mais ainda.

"Sharkie!" Foi como se aquele grito estivesse preso bem fundo nele.

"Peraí, Andre!"

Meu pé ficou preso no cinto e eu caí pra frente, metendo o joelho no concreto. Senti uma dor — bom, pelo menos devia ter sentido, mas meu cérebro tinha construído uma barragem pra ele. Nenhuma dor passaria por enquanto.

Abri a porta do Andre, peguei o pulso dele e segurei. As chamas subiam no banco da frente, indo na direção dele.

"Andre", eu disse. "É o Marlon."

Os olhos dele estavam cheios de lágrimas e o nariz escorria. Ele abriu a boca pra dizer alguma coisa, mas só saiu um som abafado. Tossiu e esfregou os olhos.

"Marlon?" Um sussurro.

"É. Marlon, seu irmão. Vamos sair daqui, tá?"

O banco da frente estava pegando fogo, as chamas tocando o teto. Mas o calor também ia descer, seguindo pela mangueira do tanque até a saída de gasolina.

Meti a mão na trava e o cinto soltou.

"Caramba, Andre! Rápido!"

Enquanto eu puxava o Andre daquele emaranhado de cinto, o peso dele fez a gente cair no chão. Tentei me levantar, puxando meu irmão. Alguma coisa explodiu e uma onda de calor passou por nós.

Ele se virou.

"O carro tá queimando, cara! Vamos!"

Valeu, Andre! Eu poderia ter dado risada se meus pulmões não estivessem pegando fogo. Saímos tropeçando pra rampa, na direção da luz do dia, meu irmão e eu nos apoiando um no outro. Se um de nós soltasse, o outro cairia.

"Sr. Orange, eu disse que tava chegando."

D-Ice saiu de trás de uma coluna. A arma dele estava apontada pro Andre.

E, bem nessa hora, eu vi ele e eu brincando de corrida num parquinho. Eu tinha 5 ou 6 anos. Meu pai ainda estava vivo, mas ficando mais doente, e acho que minha mãe pediu pro Andre me levar pra passear. Éramos quatro, dois times: D-Ice e Tayz contra Andre e eu. Fizemos uma trilha de obstáculos nos escorregadores e gira-giras e no campo de futebol, gritando e nos provocando até escurecer. Será que o D-Ice lembrava disso também?

Procurei alguma coisa na expressão dele. Não tinha nada além de raiva.

Avancei.

"Peter? A gente não fez merda nenhuma. Não precisamos continuar com isso."

Andre deu risada.

"De boa, cara. Conheço esses moleques. As armas deles são tipo bombinhas. Não pega nada."

"Errou, Booka." Agora os olhos do D-Ice estavam em cima de mim. "O lance é: um irmão por um irmão."

O dedo dele se mexeu.

"Não!" Me joguei pro lado, tirando o Andre do caminho.

Bang.

CORES VIVAS
PATRICE LAWRENCE

18

Sangue. Respingos espalhados pelo chão imundo. Atrás de mim, a parte da frente do carro estava pegando fogo, as chamas saindo por uma janela quebrada.

Forcei a vista pra ver através da fumaça, os olhos ardendo.

D-Ice estava encostado numa coluna, olhando pra uma massa de sangue onde deveriam estar os dedos dele. Eu estava olhando também. Parecia que a mão dele nunca mais ia segurar nada. O maxilar dele se mexia, como se estivesse trocando uma ideia com os restos que sobraram no fim do seu pulso.

Armas baratas de festim, de um metal bem ruim, adaptadas pra comportar balas de verdade — o que o Andre chamou de bombinhas. O calor e a força eram demais, e, se a arma não explodisse com o primeiro tiro, era só questão de tempo. Bang! Levando uns dedos junto.

D-Ice escorregou por uma pilastra, caindo no chão sujo.

Meus próprios dedos estavam soltos e pesados, como se fossem cair das mãos. E dentro de mim — neve derretida, líquidos, gases — não tinha nada sólido.

Ouvi umas sirenes. Se estivessem vindo pra cá, os caras chegariam bem atrasados. Nessa hora, eu já seria só outra mancha de sujeira no concreto.

De repente, meus dedos foram erguidos, alguém segurou minha mão bem forte. Os olhos do Andre estavam vermelhos e molhados.

"Marlie! Cê tá bem?"

Balancei a cabeça. Ele sentou perto de mim, apertando a minha mão. Minha cabeça caiu no ombro dele. Fechei os olhos e acho que ele começou a cantar bem baixinho.

The Jackson 5. "I Want You Back".

A gente não se mexeu até que as sirenes chegaram, fazendo o maior barulho.

CORES VIVAS
PATRICE LAWRENCE

19

A gente está em dois carros. Andre no carro do Jonathan, no seu lugar de sempre atrás da minha mãe. Dois meses depois e este é o único carro onde ele entra, mas mesmo assim o cara vai surtar. Seguro a respiração enquanto ele senta e pega o cinto. Ele trava a fivela, encosta no banco e acho que está fechando os olhos por baixo dos óculos de sol. Fecho a porta, tomando cuidado pra não pegar no monte de flores que está no banco.

"Encontro você lá", minha mãe diz.

Tish e eu vamos com o Louis. Por mais que o Jonathan tenha feito o melhor trampo diplomático que podia, o Louis e minha mãe ainda não sabem o que dizer um pro outro. Andre mudou, mas pelo menos a gente ainda está com ele — o Louis, a mãe dele e o filho do Sharkie têm aquele buraco onde o Sharkie deveria estar. Leva um tempo muito grande pra que as palavras preencham um vazio desse tamanho.

Minha mãe ainda está brava comigo. Aceitei uma advertência por causa das balas e isso vai entrar nos meus registros escolares. Mas é só o começo. Ainda vai ter um julgamento pelo lance da faca. Mas não tem nenhuma queixa por causa do *skunk* na minha mochila. As câmeras mostraram o Scott Lester mexendo nas minhas coisas. E ninguém conseguiu perguntar nada pra ele — a família do cara deu o fora, deixando um monte de aluguéis atrasados e mais nada.

Jonathan está pagando uma advogada fodona que convenceu o cara de que eu só vou pegar um tempo de serviço comunitário pela faca. Ela vai convencer o tribunal de que eu estava assustado e que meus amigos e minha família estavam sendo ameaçados. Eu sou um dos mocinhos, ela vai dizer, um estudante esforçado, que vem de uma família decente. Um anjo com uma auréola quebrada.

Fico pensando nas palavras que o tribunal vai usar pra descrever o D-Ice. Os jornais chamavam o irmão dele de "bandido arrogante", e acho que as mesmas manchetes vão aparecer pro D-Ice. Eu não queria pensar nele, mas o cara grudou na minha cabeça, o sangue e o que sobrou dos dedos dele. Por enquanto, ele está preso de novo, na preventiva. Fizeram uma busca no lugar onde ele estava morando e acharam mais drogas, facas e a réplica de uma arma. Até o mais fodão dos advogados vai ter problemas pra livrar o cara disso.

A advogada me contou mais uma coisa e preciso que a Tish saiba. Mas isso pode esperar. A gente está aqui agora, passando pela entrada do cemitério enorme que parece uma imitação de castelo. É engraçado como tantas prisões têm esse mesmo tipo de arquitetura. Paramos numa vaga, o carro do Jonathan estacionado do outro lado. Minha mãe está segurando a porta aberta pro Andre; as flores saem primeiro, seguidas pelo que resta dele.

"Tudo bem?", a Tish pergunta. Está falando com o Louis.

"Tudo", ele responde. "Mas é estranho."

"Desde que sua mãe não esteja aqui", ela diz. "Estranho é de boa. Só não gosto de violência."

Louis acha que vai desistir do lance com a polícia. O cara vai ter que entrar num tribunal e dizer que não me denunciou pelo lance da faca. Ele acha que, se alguma coisa do tipo acontecesse de novo, ele faria a mesma coisa e não tem certeza se consegue andar na linha da polícia. Ele se ofereceu pra trabalhar uns lances com o Andre e entrou pra uma lista de mentores que conversam com meninos, tentando impedir os caras de entrar pra gangues.

Ele também foi atrás da mãe do D-Ice. Quer saber se ela precisa de ajuda. Eu também quero encontrar com ela pra ver se acho algum jeito de acabar de vez com tudo isso.

Seguimos o Louis. Tish e eu, minha mãe do lado do Jonathan e Andre na frente, até a gente chegar no túmulo do Sharkie. Não tem nenhuma foto, mas, lendo as datas, a gente lembra que o cara só tinha 19 anos. Minha mãe está de olho no Andre, apertando e dobrando os dedos, mas ele parece bem calmo. Ainda tem um monte de flores frescas num vaso, não tem espaço pras flores do Andre, então ele só se inclina, coloca as plantas no túmulo, se vira e vai embora. Minha mãe quase pula o túmulo pra ir atrás dele, mas o Louis vai primeiro. Qualquer coisa que aqueles caras estiverem conversando, é um lance só deles, mas eles continuam andando um do lado do outro até o café.

Já avisei minha mãe que a Tish e eu temos uma coisa pra fazer.

"Tá", ela diz. "Não demorem."

Os esquilos estão de volta hoje, fazendo *parkour* nas lápides. Demoro um pouco pra encontrar o túmulo da Sonya e ainda não tem nada dizendo que ela está ali.

"A advogada falou que a vó da Sonya deu um depoimento", comento.

As sobrancelhas da Tish levantam na hora.

"Sobre quê?"

"Tudo. Ela sabia sobre as drogas, mas tava com medo. Nem tanto por ela, mas por causa da Hayley e da Sonya."

"Cê acha que a Hayley vai dizer a verdade?"

Encolho os ombros.

"Pode ser."

"A polícia achou o Blackberry da Sonya?"

Dou risada.

"Bem embaixo da roseira onde eu deixei. Por sorte, não choveu muito."

"Ele não se transformou numa árvore de Blackberrys?"

"Não."

Mas pode ser que os guardas vão atrás dos outros — Stunna, Westboy, Diamond —, que têm suas próprias histórias pra contar sobre a Sonya.

Este lugar está estranhamente cheio de vida. Parece certo pra Sonya. Trens passam, cortadores de grama fazem seu trabalho e a rua principal não está longe.

"Acabamos?" Tish passa a palma da mão na minha, nossos dedinhos se encontrando. Deixamos assim. "Hora do chocolate quente?"

"É", respondo. "Boa ideia."

Tish vai na frente, eu fecho os olhos e a vejo. Não Sonya. Siouxza. Cabelo cheio e loiro, blusa rosa, um sorriso. Daí ela vai embora.

E agora estou só eu aqui, sozinho.

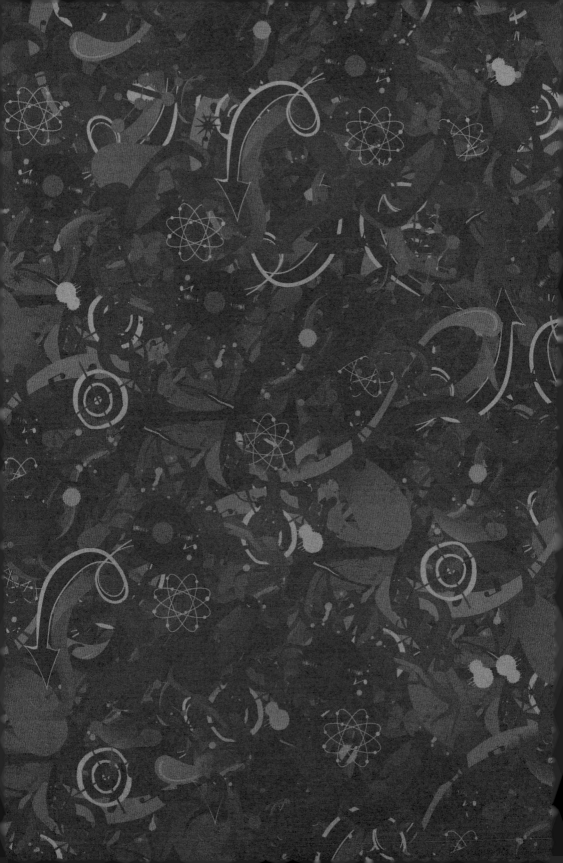

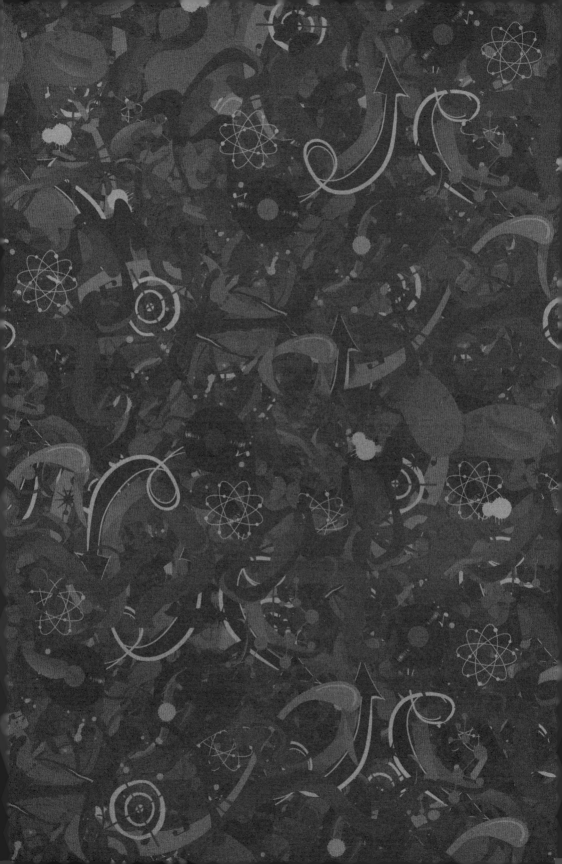

agradecimentos

Tantos, tantos. Então vou começar do começo, com os instigadores: Dreda Say Mitchell, Frances Fyfield e Arvon.

Depois os incubadores, que leram, releram, aconselharem e leram mais um pouco: Nathalie Abi-Ezzi, Katherine Davey, Jenny Downham, Liz Graham, Sarah Lerner, Anna Owen, Aisha Phoenix, Elly Shepherd, Charlie Weinberg — e valeu, Eva Lewin, por me colocar em contato.

E agora aos entendidos — e, gente, vocês não fazem ideia de como precisa deles até que você percebe o quanto não sabe. O pessoal que vou citar me ajudou com tudo, desde questões policiais, legais e procedimentais relacionadas às gangues, sobre o que é viver com lesões cerebrais ou trancado numa cela, até que roupa usar num encontro. Então, gratidão a: Annetta Bennett, Anita Bey, Chinyere Inyama, a mãe da Chloe e da Amelia, Deniz Oguzkanli, Heather Ransom, Martin Porter, Randal Porter e Tendayi Kerr.

Àqueles que não desistiram e me ajudaram a chegar até aqui: Caroline Sheldon, minha agente paciente e encorajadora, Lucy Donoghue, Jane Lane, Miranda Macaulay, Natalie Martin, Odina Nzegwu e Sheryl Burton.

Meu obrigada à equipe da Hodder por ser fabulosa, pelo café e pelo bolo, incluindo: Emma Goldhawk, Nina Douglas e Anne McNeil.

Patrick, seu vasto conhecimento sobre o universo do funk tem algo de maravilhoso, assim como sua longa lista de contatos. Sua ajuda com as reconstituições envolvendo facas de cebola na cozinha também é muito apreciada.

E, finalmente, um grande salve pra Denise C., que na emergência me emprestou um teclado, sem o qual outro prazo de entrega teria passado.

PATRICE LAWRENCE nasceu em Brighton, Sussex. Com mestrado em escrita para cinema e TV, teve a ideia para *Cores Vivas* quando participou de um curso de escrita forense da Arvon Foundation. O livro venceu o YA Book Prize e o Waterstones Children's Book Prize for Older Children em 2017, e foi finalista do Costa Children's Book Award 2016. Lawrence escreve em seu blog, *The Lawrence Line*, a respeito de suas experiências com escrita. Leia mais em patricelawrence.wordpress.com

DARKLOVE.

"O jeito mais comum de as pessoas desistirem do seu
poder é pensar que não têm nenhum."
— ALICE WALKER —

DARKSIDEBOOKS.COM

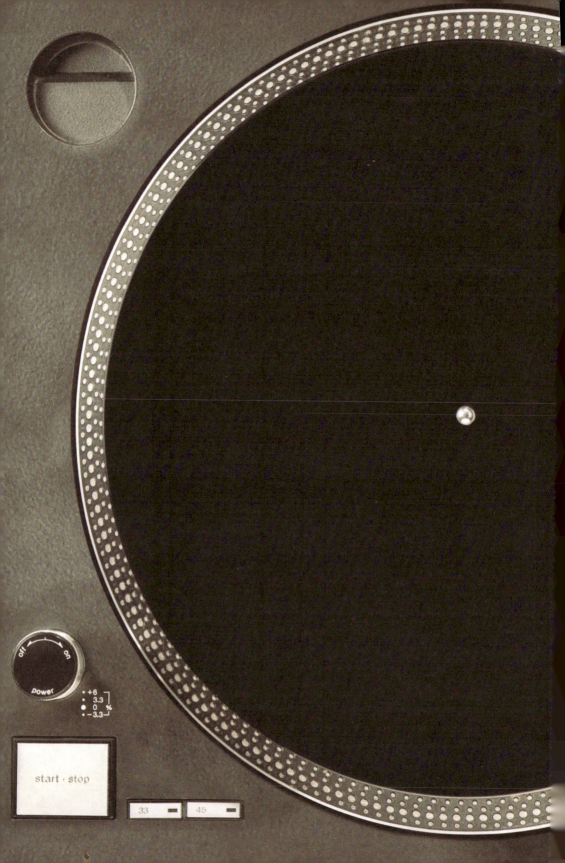